KB177369

종이학
살인사건

종이학
살인사건

치넨 미키토 지음

BOOK PLAZA

목차

◇◇◇◇◇

일러두기

———————

본문의 각주는 모두 옮긴이 주입니다.

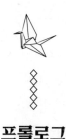

프롤로그

호리 칸타는 의료용 라텍스 장갑을 낀 손으로 길쭉한 호스 형태의 내시경을 쥔 채 가쁜 숨을 몰아쉬었다. 의사가 된 지 30년이 넘은 그는 여러 차례 대수술을 집도했고 응급실에서는 생사를 넘나드는 환자를 수도 없이 치료해 왔다. 그러나 지금껏 이만한 긴장감을 느껴본 적은 없었다.

"정말… 해도 되겠나?"

마스크에 가려진 호리의 입에서 떨리는 목소리가 흘러나왔다.

"아까부터 똑같은 질문을 몇 번이나 하나? 괜찮으니까 얼른 하게."

의료용 침대에 누운 노령의 남자가 신경질적으로 쏘아붙였다.

"정말 이런 짓을 해도 될지… 이게 생각처럼 될지도 확실하지 않네. 이렇게 비상식적인 시술은 해본 적이 없으니까."

"이보게, 호리 선생."

남자는 상체를 일으키고 호리와 눈을 맞추었다. 내면 깊은 곳까지 꿰뚫어 보는 듯한 눈빛. 호리는 30여 년 전 좁은 방에서 이 남자에게 조사를 받던 기억이 떠올라 머리카락이 쭈뼛 섰다.

"뭘 하든 '처음'은 있는 법이야. 처음 놓는 주사, 처음 하는 진찰, 처음 참여하는 수술, 그리고… 처음 약으로 해보는 장난질."

남자는 눈을 가늘게 떴다. 호리의 입에서 희미한 신음이 새어 나왔다.

"당신은 그 모든 걸 뛰어넘고 의사로서 실력을 갈고닦아서 이렇게 제법 커다란 의원까지 차렸잖나. 그러니 이 '처음'도 잘 해낼 수 있겠지."

마취 때문에 어눌해진 남자의 목소리가 호리의 귀에는 마치 지옥 밑바닥에서 올라오는 것처럼 들렸다.

아니다. 실제로 이 남자는 지금 지옥 밑바닥에 있다. 호리는 앞에 있는 남자가 처한 상황을 떠올리며 바싹 마른 입안을 혀로 훑었다.

이 남자가 요구하는 비상식적인 시술을 하지 않으면, 그는 호리를 지옥으로 끌어당길 것이다.

호리는 그동안 의사로서 죽을힘을 다해 일해 왔다. 아내를 맞았고, 외동딸을 낳아 길렀고, 병원을 개업해 지역의료에 이바지했다. 작년에 결혼한 딸은 몇 개월 뒤면 첫 손주를 낳는다. 30년 넘게 열심히 쌓아 온 재산, 그것을 지키기 위해서라면 무슨 짓이든 할 것이다.

결의를 다진 호리는 내시경 줄을 쥔 손에 힘을 주었다.

"알았어. 해, 한다고. 그러니까 다시 눕게."

"그렇게 나오셔야지. 역시 원장 선생님이군."

남자는 왼쪽을 바라보고 침대에 모로 누운 채 베개에 옆머리를 누였다.

호리는 뻑뻑함을 줄이려고 내시경 줄에 국소 마취제인 리도카인 젤리를 바르면서, 옆에 놓인 모니터 화면 끝에 셀로판테이프로 붙여 놓은 메모지에 눈길을 던졌다. 거기에는 뜻 모를 문자들이 나열되어 있었다.

"이 메모는 무슨 뜻인가?"

"알려고 하지 마. 자네하고는 상관없어. 이 시술이 끝나면 자네는 이 일을 전부 잊을 거야. 물론 그 메모에 적힌 내용까지. 그 대신 자네 의 비밀은 영원히 묻히겠지. 그렇게 약속하지 않았나?"

"…그래, 그랬지. 분명 그렇게 약속했네."

호리는 도구 준비대 위에 놓인 마우스피스를 들어 남자에게 내밀 었다.

"이걸 입에 끼우게. 시술 중에 내시경 줄을 씹지 않게 해줄 거야. 입 에 침이 고일 텐데, 삼키지 말고 옆으로 흘리게나."

호리는 남자의 얼굴 옆에 금속제 농반을 두어 입에서 흐르는 타액 이 그 안으로 떨어지게 했다.

"시작하겠네. 후회하지 말게."

마우스피스 때문에 대답하지 못하는 남자는 어서 하라는 듯 작게 턱짓했다. 호리는 남자의 입으로 내시경 줄을 신중하게 집어넣었다. 내시경 끝이 목구멍을 통과할 때, 인두 반사로 남자가 가볍게 헛구 역질을 했다. 호리는 그의 얼굴이 괴롭게 일그러지는 것을 보자 내심 고소했다.

"식도로 들어갔어. 이제 괴롭지 않을 걸세."

호리는 모니터를 보았다. 번들번들한 광택을 발하는 점막 관이 화면을 채웠다. 내시경을 더 안쪽으로 밀어 넣자 모니터 영상이 식도에서 위로 바뀌었다. 호리는 왼손으로 핸들을 조작해 내시경 끝을 움직이면서 오른손으로 내시경 위치를 조정해 위벽을 확인했다. 건강한 상태였다면 얇은 분홍색이었을 점막이 검붉게 충혈되었고 흉터 때문에 군데군데 오그라들어 있었다.

"위가 지저분하군. 오래된 염증 때문에 점막이 쪼그라들었고 여기저기 위궤양의 흔적이 있어. 스트레스를 얼마나 많이 받은 건가? 하긴 직업이 그러니 별수 없나."

위 전체를 대강 확인한 호리는 모니터에서 눈을 떼고 남자 쪽으로 시선을 돌렸다. 남자와 눈이 마주쳤다. 끝없는 늪을 방불케 하는 그 깊고 어두운 눈동자에 빨려 들어갈 것 같은 착각이 들어 가볍게 고개를 흔들었다.

"그럼 시작하겠네. 도와줄 간호사가 없으니 시간이 얼마나 걸릴지 몰라. 몸에도 상당한 부담이 될 걸세. 그래도 결심은 여전한가?"

마지막으로 확인했다. 남자는 반응하지 않았다.

"대답하기도 귀찮다 이건가. 이런 걸 부탁하다니, 머리가 어떻게 된 게 분명해."

크게 혀를 찬 호리는 모니터를 노려보며 정면에 비친 위 점막을 향해 신중하게 내시경을 움직였다.

정말 할 수 있을까? 그런 의문이 머릿속에 떠올랐지만, 고개를 흔들어 두개골 바깥으로 내보냈다.

의문을 품을 때가 아니다. 어떻게든 해내야 한다. 30년 넘게 쌓아

온 것들을 지키기 위해서.

잠시 후 화면 가득 검붉은 점막이 비쳤다. 호리는 내시경 끝에서 뻗어 나온 금속이 점막에 닿는 것을 확인하자마자 핸들 옆에 있는 버튼을 눌렀다.

경고음 같은 전자음이 공기를 흔들었고, 뿜어져 나온 흰 연기 때문에 영상이 흐릿해졌다.

호리는 얼음처럼 차가운 땀이 뺨으로 흘러내리는 것을 느끼며, 이를 악물고 양손을 바쁘게 움직여 내시경을 조작했다.

제1장

위벽에 새긴 암호

제1장
위벽에 새긴 암호

앞으로 1년이나 이렇게 일해야 한다고?

현미경에서 눈을 뗀 미즈키 치하야는 얼룩덜룩한 천장을 올려다보았다. 입에서 흘러나온 한숨이 여러 약품 냄새가 뒤섞인 공기 속에 녹아들었다.

도쿄 미나토구 카미야쵸에 위치한 준세이의대 부속병원. 그 3층에 있는 조직검사실. 지난주부터 이곳이 그녀의 직장이었다.

몇 시간 동안 현미경을 들여다본 탓에 눈 안쪽이 납덩이가 들어찬 것처럼 무거웠다. 치하야는 양손으로 관자놀이를 누르며 방을 둘러보았다. 병리의 몇 명이 현미경을 들여다보며 묵묵히 전자 차트에 기록을 남기고 있었다.

이런 분위기, 정말 싫다. 아직 병리부에 온 지 일주일밖에 안 됐는데, 외과 의사로서 매일같이 수술에 들어가던 것이 머나먼 옛일처럼 느껴졌다.

치하야의 전공은 복부 외과였다. 의대를 졸업하고 2년 동안 초기 연수를 끝낸 다음 준세이의대 제1외과의국에 들어가서 3년 동안 외과의로 수련하며 밤을 지새웠다. 그런데 준세이의대 제1외과에는 어느 정도 연수가 찬 의사를 병리부에 1년간 파견하는 전통이 있었다.

검사나 수술 과정에서 채취한 세포를 관찰하는 조직검사는 임상 현장에서 대단히 중요하다. 특히 종양이 양성인지 악성인지, 다시 말해 '암'이라 불리는 것인지 판정할 때, 병리의가 종양 세포를 현미경으로 관찰해서 판단하기 때문이다. 그래서 병리의는 '닥터스 닥터 (의사 중의 의사)'라고 불린다.

외과 의사의 일은 곧 암과의 전쟁이라고 해도 과언이 아니다. 외과의가 '적군'인 암을 더 심도 있게 알려면 병리학을 배워야 한다. 그것이 제1외과의국이 내세우는 방침이었다.

병리학이 아무리 중요해도 1년이나 이렇게 음침한 부서에서 일할 필요는 없지 않을까.

치하야는 다시 한숨을 쉬었다. 표본을 얇게 잘라서 프레파라트를 만들고 각종 용액으로 염색한 다음, 현미경으로 천천히 세포의 성질을 살펴보고 리포트를 작성해야 한다. 품과 시간이 드는 이 작업은 자타 공인 꼼꼼함과는 거리가 먼 치하야에게 그야말로 고문이었다.

치하야가 어깨를 축 늘어뜨리자, 옆에서 목소리가 들려왔다.

"치하야 선생, 한숨만 쉬지 말고 열심히 일해야지."

"…네, 시오리 선생님. 죄송합니다."

치하야는 사과하며 옆자리로 시선을 던졌다. 거기에 젊은 여자 의사가 구부정하게 앉아 있었다. 커다란 안경 너머로 보이는 눈은 졸린 듯 가늘어진 상태였다. 몸에 걸친 흰 가운은 후줄근했고 여기저기에 염색약이 얼룩져 있었다.

"잘 부탁할게에."

여느 때처럼 나른하게 말하고 다시 현미경을 들여다보는 그녀의 모습을 곁눈질로 관찰했다. 거의 해를 보지 못한 사람처럼 창백한 얼굴에는 화장기가 없었고, 어깨까지 내려오는 검은 머리에는 가볍게 웨이브가 들어가 있었지만, 파마를 했다기보다 자면서 헝클어진 머리를 손질하지 않은 것처럼 보였다. 항상 막 잠에서 깬 듯 몽롱한 분위기를 풍기는 이 여자가 바로 병리부에서 치하야를 도맡아 지도하는 의사 토야 시오리였다.

치하야는 시오리가 지도의(指導醫)인 것이 불편함의 근원이라고 속으로 투덜거렸다.

사실 치하야와 시오리는 준세이의대 의학부 동기였다. 병리부 교수가 "아는 사람이 지도해주는 게 더 편하겠지?"하며 시오리를 지도의로 삼겠다고 제안했다. 하지만 그것은 쓸데없는 오지랖 그 이상도 이하도 아니었다. 왜냐하면 대학 동기였다고는 하나, 학교에 다니는 동안 치하야와 시오리는 대화를 나눠 본 적이 거의 없기 때문이다.

같은 실습조가 된 적도 없고, 격투기 동아리에 들어간 치하야와 달리 시오리는 아무런 동아리 활동도 하지 않았다. 치하야에게 시오리는 '한때 동기였던 남'일 뿐이었다.

그래서 치하야는 "아니에요. 동기를 지도하면 시오리 선생도 불편할 테니까…"라고 완곡하게 거절하려 했다. 그런데 치하야가 입을 떼기도 전에 시오리가 특유의 나른한 어조로 "전 상관 없어요오"라고 말했다. 그리하여 잘 알지도 못하는 대학 동기를 지도의로 대해야 하는 아주 불편한 상황에 놓이고 말았다.

다시 현미경을 들여다보기 시작한 치하야는 기기 측면에 달린 나사를 돌려 초점을 맞췄다. 지금 관찰하는 프레파라트는 자궁경부에서 채취한 세포를 염색한 것이다.

세포는 가지런히 늘어서 있었고 핵에는 이상이 보이지 않았다. 몇 분에 걸쳐 관찰을 끝낸 치하야는 옆에 놓인 전자 차트의 키보드를 두드렸다.

'세포 이형성 발견되지 않음. class I.'

치하야는 소견을 다 적은 뒤, 옆에 앉은 시오리에게 "확인해주세요"라고 말을 걸었다. 시오리는 "오케이"라고 중얼거리며 바퀴 달린 의자를 타고 와서 치하야의 현미경을 들여다보았다. 치하야의 보고서는 매번 지도의인 시오리에게 최종 확인을 받아야 했다.

"이형성은 없지만 표층부에 아주 조금 염증 세포가 침윤했네."

몇십 초 후 고개를 든 시오리는 짧게 중얼거린 뒤 의자를 돌려 전자 차트를 보았다.

'세포 이형성은 발견되지 않았으나, 표층에 염증 세포 침윤 발견. class II.'

보고서를 고친 시오리는 다시 의자를 타고 자기 자리로 돌아갔다.

지난 일주일 동안 이런 대우에도 익숙해졌다. 치하야는 "감사합니다"라고 무미건조한 감사 인사를 하고는 마우스를 움직여 화면에 표시된 '등록' 버튼을 눌렀다. 처음에는 시오리를 어떻게 대해야 할지 고민이 많았다. 좌우간 지도의이니 존댓말을 쓰기 시작했는데, 결과적으로 옳은 선택이었다. 존댓말은 적당한 거리감을 유지하는 데 도움이 되는 도구였다.

관찰을 마친 검체를 옆으로 치우고 새 프레파라트를 현미경에 고정했다.

앞으로 1년이나 이런 생활을 견딜 수 있을까.

치하야는 오늘 몇 번째인지 모를 한숨을 내쉬고 현미경 렌즈에 얼굴을 갖다 댔다.

일을 마친 병리의들이 하나둘 방에서 나갔다. 시오리도 누구에게랄 것 없이 "수고했어요"라고 중얼거리며 자리에서 일어나 출구로 갔다. 문 너머로 지도의의 모습이 사라지는 것을 확인한 치하야는 폐 밑바닥에 고여 있던 공기를 단숨에 뱉어냈다. 벽시계 바늘이 오후 다섯 시경을 가리켰다. 병리부는 보통 오후 다섯 시가 되면 근무가 끝난다.

외과에서는 정시에 퇴근하는 날이 거의 없었다. 매일같이 있는 대기 수술, 외래 업무, 병동 회진과 지시 사항 전달, 처방전 입력, 차트 작성, 거기다 갑자기 들어온 긴급 수술까지. 그 모든 업무를 근무시간 내에 끝내기란 사실상 불가능했다. 더군다나 툭하면 잡히는 콘퍼런스 증례 보고도 준비해야 하고, 교수 회진도 있었다. 24시간 일에 묶인 삶. 그래도 그런 나날에서 보람을 느꼈다.

치하야는 등받이에 체중을 실으며 기지개를 켰다. 척추가 뚜두둑 소리를 냈다.

치하야가 무거운 피로감을 느끼며 일어났을 때, "치하야 선생"하고 부르는 소리가 들렸다. 뒤돌아보니, 병리부 부장이자 준세이의대 병리학교실 교수인 마츠모토 잇테츠가 손짓했다.

치하야는 "네" 하면서 얼른 마츠모토의 자리로 가서 군기가 바짝 든 군인처럼 꼿꼿하게 섰다. 대학교 의국은 주임교수가 꼭대기에 있는 피라미드 구조라서 학교를 졸업한 연차에 따라 명확한 상하관계가 형성되기 쉬웠다. 외과 의국은 특히 그런 경향이 강해서 '군대'라고 놀림 받을 정도였다.

"그렇게 긴장할 것 없네. 여기는 외과가 아니니까 좀 더 편하게 있어."

마츠모토는 인심 좋은 미소를 지었다. 내년에 정년퇴직한다고 하니 지금은 예순넷일 테지만, 주름진 얼굴과 새하얀 머리카락 탓에 훨씬 늙어 보였다.

"여기 온 지 일주일이 지났는데, 어떤가? 좀 익숙해졌나?"

뭐라고 대답할지 순간 망설였다. 마츠모토는 "솔직하게 얘기해주게나" 하며 어깨를 으쓱했다.

"솔직히 말씀드리면 아직 적응이 안 됩니다. 외과와 상황이 너무 달라서요."

"외과에서는 정시에 퇴근할 수가 없지. 특히 교수인 나를 두고 먼저 퇴근하는 건 더더욱 있을 수 없는 일이고."

마츠모토는 껄껄 웃었다.

"하지만 다들 자기가 맡은 검체를 전부 확인한 후에 퇴근하는 거라네. 자기 업무가 끝났는데도 의리로 남는다면 그 얼마나 미련한 일인가. 주어진 시간 안에 일을 제대로 끝내자. 그게 내 신조야. 그러니 치하야 선생도 맡은 업무가 끝나면 다른 선생들이 남아 있어도 신경 쓰지 말고 정시에 퇴근하게."

치하야가 머뭇거리다가 "네…" 하며 고개를 끄덕이자, 마츠모토가 가만히 눈을 들여다보았다.

"그것 말고도 적응이 안 되는 이유가 또 있나 보군. 혹시 인간관계가 문제인가?"

치하야는 정곡을 찔려 말문이 막혔다.

"과묵한 친구들이 많지만, 다들 사람이 좋아. 시간이 더 지나면 서로 터놓고 지낼 수 있을 걸세. 그동안 외과에서 우리 쪽으로 파견된 의사들도 다 그랬거든."

치하야도 병리의들이 자신을 신경 써주는 것을 느끼고 있었다.

"네, 다들 잘 대해줘요."

거기까지만 말하려고 했으나, 치하야의 입에서 저도 모르게 "그런데…"라는 말이 튀어나왔다.

"그런데, 뭔가?" 마츠모토가 고개를 갸웃했다.

"뭐랄까…, 시오리 선생에게 부담을 주는 것 같아서요."

"시오리 선생에게 부담을?"

"…그, 그렇습니다. 시오리 선생도 저처럼 졸업한 지 6년밖에 안 됐는데, 누군가를 지도하면서 자기 일을 하기가 힘들지 않을까 싶어서요. 게다가 제가 대학 동기라서 더 지도하기 불편할 수도 있고요."

말을 마친 치하야는 격렬한 자기혐오에 휩싸였다. 불편해하는 사람은 시오리가 아니라 치하야 자신이었다. 과묵하고 감정을 읽기 힘든 대학 동기이자 지도의가 어색할 뿐이었다.

방금 한 말을 취소하려고 입을 연 순간, 마츠모토가 가볍게 손을 저었다.

"그런 걱정은 넣어두게나. 시오리 선생은 우리 직원 중에서 가장 나이가 어리지만, 병리의로서 능력은 다른 선생들 못지않아. 그러니 자네를 지도하느라 부담을 느낄 리는 없네."

"하지만 항상 뭐랄까…, 피곤해 보여서요."

"자네의 지도의가 되기 전부터 시오리 선생은 늘 그랬어. 혹시 학창 시절에는 좀 달랐나?"

치하야의 머릿속에 기운 없이 교실 구석에 앉아서 책을 읽는 시오리의 모습이 떠올랐다.

"아뇨. 예전에도 그런 느낌이었어요."

"그렇지? 시오리 선생은 타고나길 그런 거야. 그러니 속앓이할 필요 없네. 그리고 곧 있으면 대학 동기인 자네도 모르는 시오리 선생의 새로운 면모를 볼 수 있을 거야."

마츠모토는 어린아이처럼 장난스러운 표정을 지었다.

"병리의 토야 시오리 선생의 진가가 발휘되는 곳은 이 조직검사실이 아니거든."

"그게 무슨 뜻이죠?"

"곧 알게 될 걸세. 여기는 병상이 천 개가 넘는 대형 병원이야. 요즘 점점 줄어들기는 하지만, 평균적으로 일주일에 한 번 정도는 그 의뢰가 들어오거든. 그러면 시오리 선생이 나설 차례가 된 거지. 그때가 오면 자네도 거들어주게나. 시오리 선생의 열정을 가까이서 느껴보면 그 친구를 보는 눈도 바뀔 거야."

마츠모토는 자리에서 일어나 흰 가운을 걸친 치하야의 어깨를 가볍게 두드렸다.

"그럼 치하야 선생, 수고했네. 내일 보지. 나갈 때 불 잘 끄고 가게."

마츠모토는 어리둥절한 표정의 치하야를 남겨둔 채 재빠르게 조직 검사실을 나갔다.

세포를 고정할 때 쓰는 포르말린 냄새가 혼자 남겨진 치하야의 코끝을 스쳤다.

◇◇◇◇◇

형광등 빛이 환하게 비추는 복도를 나아갔다. 3층에 있는 조직검사실을 뒤로한 치하야는 곧장 엘리베이터를 타고 25층에 있는 외과 병동으로 향했다.

간호사 데스크 앞을 지날 때, "어, 치하야." 하는 밝은 목소리가 들려왔다. 그쪽을 돌아보니, 데스크 너머에서 3년 선배인 외과 의사 무카이 요스케가 한 손을 흔들고 있었다.

"수고 많으십니다, 무카이 선생님." 치하야는 전자 차트 앞에 앉은 무카이에게 다가갔다.

"그럼, 수고가 많고말고. 조금 전까지 에비사와 교수님이 집도하는 식도암 수술 제1조수를 장장 여덟 시간이나 했다니까. 간신히 병동으로 돌아와서 회진만 겨우 마친 참이야."

무카이는 일부러 뚝뚝 소리가 나도록 목을 스트레칭하더니 짓궂게 한쪽 입꼬리를 올렸다.

"왜 뼈다귀를 앞에 둔 개처럼 애타는 표정을 지어? 그렇게 수술에 들어가고 싶어?"

정확히 정곡을 찔린 치하야는 "제가 개예요?" 하며 어물쩍 넘어갔다.

"하긴, 나도 1년 동안 파견 가 봐서 알아. 병리부 일, 힘들지."

"저기, 무카이 선생님, 잠깐 제 얘기 좀 들어주실 수 있어요?"

치하야는 의자를 당겨 무카이 옆에 앉았다. 성격이 활달하면서도 세심해서 의국의 분위기 메이커 역할을 하는 무카이는 젊은 의사들의 형이나 오빠 같은 존재였다.

"나 참, 얼마 전에 타카나시도 그러더니, 너희는 무슨 일만 있으면 나한테 상담을 하는구나."

외과 동기의 이름이 나오자 치하야는 "그때 그 일은…" 하며 머뭇거렸다. 작년에 병원에서 일어난 사건 때문에 그 동료는 외과 의국을 떠나 올해부터 종합 내과 의국에서 일한다.

"타카나시의 고민은 아주 무거웠지. 직접 수술해서 고친 환자가 목을 매달았으니 인생관이 바뀔 만도 해. 아무튼 치하야, 네 고민은 그것보다는 가볍지?"

"아, 네, 물론이죠. 그게…"

치하야는 익숙하지 않은 병리부 일로 스트레스를 받는 것, 친하지 않은 대학 동기가 지도의라서 어떻게 대해야 할지 모르겠다는 것 등등을 이야기했다.

치하야의 고민거리를 대강 들은 무카이는 "흠…" 하며 턱을 쓰다

듣었다.

"병리부 일은 조만간 익숙해질 거야. 그리고 외과의에게 병리학은 정말 중요해. 장차 일류 외과의가 되기 위한 훈련이라고 생각하면 의욕이 생기지 않을까?"

맞는 말이다. 의국의 방침 때문에 억지로 떠밀려 나왔다고 생각해서 힘든 것일지도 모른다.

"그리고 그 지도의와 관련된 고민은, 그 사람을 알아가 보면 해결되지 않을까?"

"알아가라고요?"

"대학 동기가 지도의인 게 당황스러워서 네가 그 동기랑 벽을 쌓는 것 같아. 그러니까 좀 더 다가가서 그 사람을 관찰해 봐. 그러면 몰랐던 면모가 보일 테고, 그걸 계기로 서로 편해질 수도 있어."

"그렇게 될까요…?"

저도 모르게 목소리에 의심이 묻어났다. 무카이는 연극배우처럼 과장되게 두 손을 펼쳤다.

"뭐, 아무 상관도 없는 사람의 무책임한 조언이야. 참고만 해. 아직 시간은 많잖아. 지내다 보면 불편한 감정도 옅어질 거야."

무카이가 가볍게 말하니 정말 그렇게 될 것도 같았다. 치하야는 의자에서 일어나 고개를 숙였다.

"감사합니다. 조금 후련해졌어요. 바쁜데 시간 내주셔서 고맙습니다."

무카이가 돌아서는 치하야의 팔을 잡았다.

"치하야, 상담할 일은 그게 다야?"

치하야가 "네?"라고 되묻자, 무카이는 전자 차트 화면을 가리켰다.

가슴속에서 심장이 요동쳤다. 치하야가 곧 만나러 갈 환자의 진료 정보가 거기에 표시되어 있었다.

"병리부에 관한 고민은 천천히 해결하면 돼. 아직 시간이 있으니까. 하지만 이쪽 고민은 시간이 별로 없어. 알고 있지?"

치하야는 "알아요" 하면서 녹슨 기계처럼 뻣뻣하게 목 관절을 움직 여 고개를 끄덕였다.

"네가 매일 병문안하러 오는 건 간호사들에게 들어서 알아. 매번 몇 분 만에 병실에서 나오는 것도."

무카이가 치하야의 눈을 똑바로 들여다보았다. 치하야는 그 시선 으로부터 도망치듯 눈을 내리깔았다.

"어쩔 수 없어요. 할 얘기가 없는걸. …무슨 말을 해야 할지 모르 겠어요."

"그 마음을 모르는 건 아니야. 하지만 정말 이대로 괜찮겠어?"

"…무카이 선생님하고는 상관없잖아요." 무심코 그런 말이 흘러나 왔다.

"상관없지 않아."

부드러운 목소리가 돌아오자, 치하야는 고개를 들었다. 무카이는 미소를 지으며 전자 차트 화면을 가리켰다.

"나는 이 환자의 주치의야. 그리고…."

무카이가 치하야의 코앞에 검지를 척 내밀었다.

"너는 내 소중한 후배야."

"무카이 선생님…."

"네가 후회하지 않았으면 좋겠어. 두 사람의 관계가 조금 복잡한 건 눈치로 알아. 지금 상황에서 서로 어떤 이야기를 해야 좋을지 모르는 마음도 이해해. 근데 이대로 가면 틀림없이 후회할 거야. 그러니까 네가 먼저 한 걸음 다가가 봐."

"다가간다…." 치하야는 그 말을 조용히 되뇌었다.

"그래. 지금 상태면 그래도 몇 주 정도 여유가 있을 것 같아. 그러니까 우선 한 발짝만 내디뎌 봐. 그걸 매일 되풀이하다 보면 뭉쳐 있던 안 좋은 감정이 풀릴 거야. 누가 뭐라든… 가족이니까."

가족. 그 말이 치하야의 마음을 뒤흔들었다. 치하야는 가슴에 손을 얹었다. 손바닥에 심장 박동이 느껴졌다. 그래, 그 사람과 나는 가족이다. 이대로 끝낼 수는 없다.

"오, 눈빛이 살아났네. 그럼 그 결심이 식기 전에 얼른 만나러 가."

"네, 감사합니다."

치하야는 진심으로 감사 인사를 하고 간호사 데스크를 나와 간호사들이 분주하게 오가는 복도로 나아갔다. 그리운 외과 병동을 울리는 익숙한 소란스러움이 주변을 감쌌다. 목적지에 가까워질수록 심장이 빠르게 뛰었다. 1인 병실 앞에 도착한 치하야는 눈을 감고 몇 번 심호흡한 다음 문을 두드리고 조심스럽게 손잡이를 잡았다.

미닫이문을 열고 실내로 들어갔다. 세 평 남짓한 살풍경한 공간. 창가에 놓인 침대에 어떤 남자가 누워서 역사 소설을 읽고 있었다. 치하야는 그 모습을 보고 가볍게 입술을 깨물었다.

마른 남자였다. 얼굴에 지방이 거의 없어서 두개골 위에 바로 피부가 붙어 있는 것 같았다. 눈은 움푹 들어가서 안구가 튀어나와 보였다. 환자복 옷깃 사이로 드러난 가슴에는 갈비뼈가 불거져 보였고 소매에서 뻗어 나온 팔은 마른 나무처럼 가느다랬다. 귀에 걸린 플라스틱 호스가 코까지 연결되어 있었고 침대 옆 탁자에 놓인 모니터에는 심전도 파형이 떠 있었다.

의료종사자가 아니더라도 그 모습을 보면 누구나 알 것이다. 남자가 중병에 걸려 남은 시간이 얼마 되지 않는다는 것을.

간내 담관암의 전신 전이로 인한 악액질. 의학적으로는 남자의 상태를 그렇게 설명할 수 있다. 간에서 생성되는 담즙을 쓸개로 보내는 관, 그 조직에 생긴 암세포가 전신으로 퍼져나가 간과 폐, 림프샘, 복막, 대혈관 등 온갖 곳에서 군집을 이룬다. 그 암세포들은 핏속에서 끊임없이 영양을 빨아들이며 무질서하게 증식한다.

치하야가 말을 걸기 전에, 남자가 읽고 있던 책을 침대 옆 탁자에 내려놓았다.

"오늘은 일찍 왔구나." 남자는 혼잣말처럼 중얼거렸다.

"지금은 좀 한가해서." 치하야는 느릿느릿 침대로 다가갔다. "몸은 어때? …아빠."

"그냥 그렇다."

치하야의 아버지 미즈키 미노루는 여느 때와 똑같이 대답했다.

치하야는 "그렇구나"라고 중얼거리고 상두대에 기대어 놓은 철제 의자를 펼쳐 앉았다. 무거운 침묵이 방을 가득 메웠다. 미노루는 입을 꾹 다문 채 먼 산을 보듯 창밖을 바라보았다.

어린 시절부터 아버지와 대화할 기회가 적었다. 경비원으로 바쁘게 일하던 아버지는 언제나 귀가가 늦었다. 가끔 가족 셋이서 저녁 식사를 할 때도 주로 대화를 나누는 사람은 치하야와 어머니 요코였다.

치하야가 고등학교 2학년일 때 병마가 어머니의 목숨을 앗아가기 전까지는.

유방암으로 어머니를 잃음과 동시에 치하야의 삶에서 단란한 가족은 사라졌다. 아버지가 저녁 식사 전에 귀가하는 빈도는 훨씬 줄어들었다. 치하야는 동아리 활동을 마치고 집으로 돌아와서 냉장고에 준비된 저녁을 전자레인지에 돌려 혼자 먹었다. 휴일을 맞아 아주 가끔 아버지와 밥을 먹을 때도 대화는 거의 없었다. 식기가 달그락거리는 소리가 무척이나 크게 들리는 거실에 아버지와 단둘이 있는 것이 언제부턴가 갑갑해졌다.

준세이의대 의학부에 합격하자마자 집을 나와 학교 기숙사에서 자취를 시작했다. 지하철로 몇십 분 거리에 사는 아버지와는 1년에 몇 번, 밖에서만 얼굴을 보게 되었다. 6년의 의학부 생활을 마치고 국가시험을 치른 뒤 정신없이 바쁜 수련의 생활에 들어서자, 얼굴을 마주할 기회는 더더욱 적어졌다.

그렇다고 아버지를 싫어하는 것은 아니었다. 무뚝뚝한 아버지 나름대로 딸에게 애정을 쏟는 것을 알고 있었다. 어머니가 돌아가시자, 요리라고는 해본 적이 없던 아버지가 아침 일찍 일어나 도시락을 싸고 저녁을 만들어 주기 시작했다. 치하야가 잔뜩 긴장하며 "커서 의사가 되고 싶어"라고 말했을 때도 "네 인생이니 네가 원하는 대로 해라. 학비는 내가 어떻게든 마련하마" 하며 두툼한 입술 끝을 살며시 올리던 아버지였다.

가족의 중심이던 어머니를 잃고 서로 어떻게 대해야 할지 모르게 되었을 뿐이다. 시간이 지나면 언젠가 다시 아버지와 '가족'이 될 수 있으리라는 막연한 기대를 품고 있었다. 그러나 1년 전 아버지의 몸에서 암이 발견되면서 그 미래 예상도는 갈기갈기 찢어졌다.

암이 이미 온몸으로 전이된 상태라 근치 치료*는 불가능했다. 그 사실을 안 치하야는 아버지를 열심히 설득해 준세이의대 부속병원 외과에서 치료를 받게 했다.

처음에는 외래에서 받은 화학요법 덕분에 종양이 꽤 작아졌는데, 반년쯤 지나자 항암제 효과가 사라져 암이 다시 증식하기 시작했다. 아버지는 가능한 한 집에서 지내며 경비원 일을 계속하고 싶다고 했지만, 한 달쯤 전부터 외래 진료만으로는 통증을 억제할 수 없게 되었고 전체적인 몸 상태도 나빠져 이 병원에 입원했다. 그 뒤로는 암을 적극적으로 치료하는 대신 고통을 없애는 완화요법에 주력했다.

치하야는 하루가 다르게 쇠약해지는 아버지의 모습을 매일 이렇게 지켜봤다. 외과의가 되어 수많은 환자의 암을 치료했는데도 유일한 혈육을 구하지 못하는 무력감에 마구 시달리다가, 의자에서 일어나고 싶어졌다.

아버지가 입원한 뒤로 병문안을 올 때마다 이 납덩어리처럼 무거운 침묵을 견디기 힘들어 10분도 채우지 못하고 "내일 또 올게" 하며 병실을 뒤로했다.

'네가 먼저 한 걸음 다가가 봐.'

몇 분 전 무카이에게 들은 말이 귓가에 울렸다.

그렇다. 이대로는 안 된다. 치하야는 건조한 입술을 핥고 조심스럽게 입을 열었다.

---

* 완치를 목적으로 병의 근원을 제거하는 치료

"벚꽃…." 속삭이듯 말하자, 미노루가 치하야를 돌아보았다.

"뭐라고?"

"벚꽃, 예쁘게 피었네. 창밖으로 보이지?"

병원 본관 창문으로는 보통 잿빛 사무용 건물들만 보이지만 이 병실에서는 근처에 있는 유명한 절이 내려다보여서 사찰 정원에 심긴 벚나무를 볼 수 있었다.

"그래, 보이는구나."

미노루는 최소한의 단어로만 대답했다. 치하야는 대화가 끊기지 않도록 필사적으로 화젯거리를 찾았다.

"올해는 개화가 늦어서 아직 꽃이 지지 않네. 아빠, 그거 기억나? 내 고등학교 입학식 날. 그때도 학교 운동장에 벚꽃이 활짝 펴서 엄마랑 셋이서 사진 찍었잖아."

미노루는 "그랬지"라고 한마디만 중얼거렸다. 병실에 다시 침묵이 내려앉았다.

역시 글렀다. 치하야는 어깨를 축 늘어뜨리고 입을 굳게 다물었다. 무카이의 말대로 어떻게든 한 걸음 다가서려고 했지만, 아버지에게서는 냉담한 반응만 돌아왔다.

낙담해서 고개를 숙이는데, "치하야…" 하는 조심스러운 목소리가 들려왔다. 치하야는 고개를 들었다.

"일은… 여전히 바쁘냐?"

"지금은 별로 바쁘지 않아. 왜?"

"아니, 왠지 얼굴이 피곤해 보여서."

익숙하지 않은 병리부 근무와 눈에 띄게 나빠지는 아버지의 병세 때문에 스트레스를 받았더니 얼굴에 드러났나 보다. 치하야는 급히 미소를 꾸며냈다.

"일 때문에 외워야 할 게 좀 많아서, 그래서 그런가 봐."

"새로운 수술 방법 같은 걸 외우는 거냐?"

치하야는 "뭐 그런 거지"라고 대충 얼버무렸다. 병리부로 파견되었다는 이야기는 하지 않았다. 그 주제를 한번 입에 담으면 계속 푸념만 늘어놓을 것 같았다. 병상에 있는 아버지에게 괜한 걱정을 끼치고 싶지 않았다.

"그나저나 네가 외과 의사가 돼서 환자들을 치료해 주다니…. 아직도 믿기지가 않는다."

미노루가 살짝 눈웃음을 지었다.

"예방 주사 맞기 싫다고 울던 게 엊그제 같은데."

"그땐 유치원생이었잖아. 벌써 25년도 더 된 일이야."

"25년. …그래, 벌써 25년이나 지났구나."

미노루는 아련한 눈빛으로 천장을 바라보았다. 어떤 기억을 떠올리는 것일까. 가족 셋이서 함께 지낸 기억일까. 치하야는 희미한 기대를 품으며 입을 열었다.

"아빠, 그거 기억나? 나 중학교 입학식 때…."

치하야는 아버지가 함께한 몇 안 되는 추억을 하나하나 끄집어냈다. 그때마다 미노루는 "그래, 기억난다" 하며 엷게 미소 띤 얼굴로 고개를 끄덕였다.

아버지와 조금씩 가까워지는 느낌이 들자, 치하야는 말이 술술 나왔다.

부녀간의 소소한 대화. 그것을 나눌 수 없어서 10년 넘게 아버지와 거리를 두고 지냈다고 생각했다. 그러나 사실은 어머니의 죽음을 맞닥뜨리고 갈피를 못 잡던 자신이 멋대로 벽을 만들었는지도 모른다. 한 발짝이라도 다가섰다면, 아버지는 늘 얼굴 앞을 가리던 신문지라는 벽을 허물고 치하야를 마주 보았을지도 모른다.

시간이 더 있었으면 평범한 부녀 사이가, 평범한 가족이 될 수 있었을 텐데….

치하야는 열심히 아버지에게 말을 걸며 가슴속에서 솟구치는 후회를 떨쳐 냈다.

아니, 아직 늦지 않았다. 아직 시간이 있다. 진짜 가족이 되어 갈 시간이.

치하야가 또 무슨 말을 꺼내려고 한 순간, 노크 소리가 나더니 미닫이문이 열렸다.

"미노루 씨, 저녁 왔습니다."

쟁반을 들고 병실로 들어오던 간호사가 치하야를 발견하고 걸음을 멈추었다.

"아, 치하야 선생님. 방해해서 죄송합니다. 나중에 다시 올까요?"

"아니에요, 괜찮아요. 막 가려던 참이었어요."

어느새 한 시간이 지나 있었다. 아버지와 이렇게 오래 대화한 건 오랜만이었다. 긴장한 탓에 조금 피곤했다. 체력이 약해진 미노루는 훨씬 피곤하리라. 대화를 마무리하기 딱 좋은 타이밍이었다. 게다가 낙이 적은 입원환자에게 식사는 몇 안 되는 기쁨이다.

앞으로 병세가 더 깊어지면, 간부전이나 악액질이 진행되면서 강한 권태감이 생겨 몸이 음식을 받아들이지 못하게 된다. 더 나아가서는

간이 노폐물을 제대로 처리하지 못해 독성 물질이 혈류를 타고 전신으로 퍼져나간다. 그 결과 뇌 기능이 떨어지는 간성뇌증이 발생할 테고 머지않아 혼수상태가 되면 이내 다른 장기들도 조용히 자신의 역할을 포기할 것이다. 그리고 결국에는 생명을 새기던 심장이 서서히 멈출 것이다.

치하야는 앞으로 아버지의 몸에 일어날 일을 아주 실감 나게 상상할 수 있었다. 그동안 비슷한 환자를 몇십 명, 몇백 명이나 돌봤고, 사망 선고를 내렸으니까.

아버지가 앞으로 몇 차례나 식사를 즐길 수 있을지 모른다. 그러니 그 시간을 방해할 수는 없었다.

간호사는 "실례하겠습니다" 하면서 침대를 가로지른 테이블에 저녁 식사가 담긴 쟁반을 올려놓았다. 보온 기능이 달린 배식차에서 갓 나온 된장국이 은은한 김을 뿜었고, 술지게미에 절인 연어는 식욕을 돋우는 맛있는 냄새를 풍겼다. 시금치나물 앞에 놓인 밥그릇에 씹기 쉽게 죽이 들어 있는 것만 빼면 집에서 먹는 정성스러운 저녁과 별반 다르지 않았다.

간호사는 "천천히 드세요" 하며 병실에서 나갔다.

"그럼 먹어볼까."

가볍게 손뼉을 마주친 뒤에 양손으로 된장국 그릇을 들고 홀짝인 미노루는 약해진 몸에 국물을 흡수시키듯 10초 정도 입에 머금고 있다가 꿀꺽 소리를 내며 삼켰다.

"…맛있다."

미노루가 감탄하듯 숨을 뱉었다. 치하야는 아버지가 아직 식사를 즐길 수 있다는 사실에 기쁨을 느끼며 의자에서 일어났다.

"그럼 아빠, 난 이만 가볼게."

미노루는 "그래" 하면서 고개를 끄덕였다. 그 얼굴에 희미한 아쉬움이 엿보여 발길이 떨어지지 않았다. 치하야는 "천천히 맛있게 드세요" 하며 문으로 향했다.

어머니가 돌아가신 뒤로 줄곧 아버지와 치하야 사이를 가로막던 벽에 드디어 균열을 만들었다. 아버지가 멀쩡하게 식사하는 것을 보니, 시간도 꽤 남아 있는 것 같다. 병리부로 파견된 덕분에 앞으로 면회 시간도 충분히 확보할 수 있을 것이다. 조바심 내지 말고 조금씩 거리를 좁혀 가면 된다.

"치하야."

치하야가 문손잡이로 손을 뻗을 때, 뒤에서 목소리가 들려왔다. 뒤돌아보니 미노루가 방금까지 읽던 역사 소설을 손에 들고 있었다.

"혹시 서점에서 이 책 다음 권을 사다 줄 수 있겠니? 이 병원 매점에는 없어서."

치하야는 몇 번 눈을 끔뻑이다가 활짝 웃었다.

"알았어. 역 앞에 큰 서점이 있으니까 내일 거기서 사올게."

"미안하다, 귀찮게 해서."

"괜찮아. 피가 섞인 부녀지간이니까 이 정도는 당연히 해야지."

부녀. 자기도 모르게 뱉은 그 단어에, 치하야는 멋쩍으면서도 은근히 기뻤다. 그러나 아버지의 반응을 보자, 그런 마음이 순식간에 사라졌다.

"피가 섞인 부녀…" 미노루는 된장국 그릇을 쟁반에 내려놓으며 낮은 목소리로 중얼거렸다.

"왜… 왜 그래?"

심상치 않은 낌새에 치하야가 물었다. 미노루는 된장국에 시선을
고정한 채 천천히 입을 열었다.

"…부녀가 아니야."

"웅?"

미노루는 고개를 돌려 치하야의 눈을 똑바로 응시했다. 끝을 알 수
없는 늪처럼 깊고 어두운 눈동자. 거기에 빨려 들어갈 듯한 착각이
치하야를 덮쳤다.

"단순히 피가 섞였다고 부녀가 되는 건 아니야."

치하야의 귀에는 그 말이 기계음처럼 무미건조하게 들렸다.

"왜… 그런 말을 해…? 왜 지금…."

간신히 벌린 입술 사이로 쉰 목소리가 새어 나왔다.

드디어 벽을 허물 수 있겠다고 생각했다. 다시 '부녀' 사이로 돌아
갈 수 있을 줄 알았다. 하지만 미노루의 대답은, 너와 나는 부녀지간
이 아니라는 명백한 거부였다.

"사실이니까. 그걸 잊지 마라."

미노루는 더 이상 대화하지 않겠다는 듯 젓가락을 들고 연어 살을
바르기 시작했다.

돌아선 치하야는 문을 거칠게 열고 병실을 나왔다.

쇠사슬이 심장을 옥죄는 것처럼 무거운 통증이 가슴을 파고들었다.

시끄러운 전자음이 방 안의 공기를 헤집었다. 깊은 잠 밑바닥에 잠겨 있던 의식을 단숨에 건져 올린 치하야는 눈을 번쩍 뜨고 침대 옆 탁자로 손을 뻗었다. 스마트폰이 번쩍이며 소란스럽게 울렸다.

일어나자마자 보기에는 너무 밝은 화면에 '준세이의대 부속병원'이라는 글자가 떠 있었다. 탁자에 놓인 디지털시계에는 'AM 4:28'이 표시되어 있었다.

네 시 반…. 일어나기 힘들 만도 하다. 치하야는 졸린 눈을 비볐다. 엷은 긴장감이 느껴지는데도 잠기운은 완전히 달아날 줄을 몰랐다. 일주일에 한 번은 한밤중에 병원에서 긴급 연락이 온다. 대부분 담당 환자의 병세가 나빠졌을 때이다.

큰 이상이 있다면 곧장 병원으로 가야 하지만, 단순한 증상이 나타난 정도라면 당직 의사에게 맡기고 아침 일찍 상태를 보러 가면 된다. 치하야는 무거운 머리를 흔들며 통화 버튼을 눌렀다.

"치하야 선생님, 25층 병동 야근 간호사예요!" 스마트폰에서 젊은 여자 목소리가 울렸다.

"네, 알아요. 무슨 이상 있어요?"

"네, 이상이 있어요. 빨리 오세요!"

그 다급한 목소리를 듣고 치하야는 자세를 고쳤다. 아무래도 심각한 상황인 것 같다.

"진정하고 차분하게 보고하세요. 이상이 있는 사람은 누구고, 어떤 상태죠?"

'내 담당 환자 중에 지금 상태가 안 좋은 사람은….' 거기까지 생각하자, 머릿속에 끼어 있던 안개가 순식간에 걷혔다. 실내 온도가 갑자기 영하로 떨어진 것 같았다.

지금 치하야에게는 담당 환자가 없다. 지난주부터 병리부로 파견됐으니까….

양손이 떨려 왔다. 그 떨림은 수면에 이는 파문처럼 곧 온몸으로 퍼져 나갔다.

"치하야 선생님…."

스마트폰에서 들리는 조용한 목소리가 고막을 흔들었다.

"이상이 있는 사람은 치하야 선생님의 아버님이에요. …아주 심각한 상태입니다."

손에서 빠져나간 스마트폰이 바닥에 떨어지며 둔탁한 소리를 냈다.

어두침침한 복도를 헐떡이며 달렸다. 병원에서 연락을 받은 치하야는 곧바로 옷을 갈아입고 집에서 나와 택시를 타고 병원으로 향했다.

엘리베이터가 25층에 도착하자, 느긋하게 열리는 문틈을 비집고 나가 발소리를 울리며 내달렸다. 발이 꼬여 몇 번이나 넘어질 뻔하며 미노루의 병실 앞에 다다른 치하야는 거친 숨을 몰아쉬며 문손잡이를 잡으려 했다. 하지만 몸이 말을 듣지 않았다.

무서웠다. 문을 여는 것이. 그 문 너머에 펼쳐질 광경을 보는 것이.

피가 배어 나올 정도로 세게 입술을 깨물며 문을 옆으로 밀고 병실 안으로 걸음을 내디뎠다.

어두운 복도와 달리, 눈부시게 밝은 형광등 빛이 드리운 공간. 그 안쪽 침대에 미노루가 누워 있었다. 코에 꽂혀 있던 산소 튜브는 제거

되었고 침대 옆에 놓인 심전도 모니터 화면은 새까맸다.

"아빠…."

치하야는 살얼음 위를 걷는 듯한 걸음걸이로 침대 옆까지 나아갔다. 온화한 표정으로 눈을 감은 그 모습은 기분 좋게 잠든 것처럼 보였다.

치하야는 조심스럽게 아버지에게 손을 뻗었다. 손끝이 뺨에 닿는 순간, 치하야는 뜨거운 물이라도 닿은 것처럼 손을 뒤로 뺐다. 목구멍에서 비명에 가까운 소리를 흘리며 몇 발짝 뒷걸음질 쳤다.

아버지의 피부는 차갑고 딱딱했다. 마치 고무로 만든 인형처럼.

치하야는 그 감촉을 알고 있었다. 생명의 불씨가 꺼진 인간의 감촉.

"아빠…."

똑같은 말이 입 밖으로 새어 나온 순간, "치하야" 하는 목소리가 등 뒤에서 들려왔다. 치하야는 천천히 뒤를 돌아보았다. 어느새 무카이와 젊은 간호사가 문 근처에 서 있었다.

"…무카이 선생님." 치하야가 가냘픈 목소리로 중얼거렸다.

"약 한 시간 전에 갑자기 산소 포화도가 낮아져서 간호사 데스크에서 알람이 울렸어. 당직인 내가 와서 진찰했을 때 이미 의식이 없었고 혈압도 떨어진 상태였어. 마스크로 산소 10리터를 투여했고 도파민도 투여했지만 반응이 없었어."

치하야는 우두커니 서서, 딱딱한 목소리로 보고하는 무카이의 말을 들었다. 그 내용이 머리에 제대로 들어오지 않았다.

"곧바로 너한테 연락하라고 간호사에게 지시를 내렸고, 그 뒤에도 계속 처치했지만 20분 전에 심폐가 정지됐어. DNR을 미리 확인해둔 상태라서 심폐소생술은 하지 않았어."

DNR은 심폐 기능이 정지했을 때 심장 마사지나 인공호흡을 받지 않겠다는 서약이다. 말기 암 환자들은 대부분 미리 가족과 상담한 후, 소생술로 몸을 해치는 대신 자연스럽게 죽음을 맞이하겠다고 그 서약서에 서명한다.

"알겠…습니다." 치하야는 혼란스러운 상태로 목소리를 쥐어짰다.

"그럼 확인해도 될까?"

가까이 다가온 무카이가 말했다. 치하야가 무슨 말인지 이해하지 못하고 "확인이요?"라고 묻자, 무카이가 고통을 견디는 표정으로 딱딱한 목소리를 짜냈다.

"사망 확인."

"아, 아아, 해주세요."

입이 멋대로 움직였다. 치하야는 누군가에게 조종당하는 느낌에 사로잡혀서 무카이가 침대 옆으로 다가가는 것을 멍하니 지켜보았다.

"미노루 씨, 실례하겠습니다."

무카이는 흰 가운에 달린 가슴 주머니에서 펜 라이트를 꺼내 미노루의 눈꺼풀을 열고 빛을 비추었다. 동공에서 대광반사가 소실된 것을 확인한 무카이는 이어서 청진기를 귀에 꽂고 진동판을 미노루의 가슴에 대서 호흡과 심장 박동이 멈췄음을 확인했다. 사망 확인 루틴. 치하야도 지금껏 의사로서 수백 번 되풀이해온, 어딘가 의식 같은 일련의 동작.

청진을 마친 무카이는 침대에 누운 미노루에게 "수고하셨습니다"라고 조용히 말하고 뒤를 돌아 치하야를 마주 보았다.

"5시 17분, 사망하셨습니다."

무카이는 낮은 목소리로 선고한 뒤 깊숙이 고개를 숙였다. 간호사도 똑같이 따라 했다.

이럴 때 뭐라고 답해야 하지? 뇌신경이 합선된 것처럼 머릿속이 혼란스러웠다.

아, 그렇지. '그동안 감사했습니다'였다. 그제야 생각해낸 치하야가 고개를 숙였다.

"그동… 그동안 감사….."

거기까지 말한 순간, 숨이 턱 막혔다. 어찌 된 까닭인지 시야에 비치던 하얀 바닥이 갑자기 부옇게 번져 갔다. 무슨 일이 일어났는지 이해하지 못한 채 다시 감사 인사를 하려고 했다. 하지만 벌어진 입술 사이로 흘러나온 것은 비통한 오열이었다. 당황한 치하야는 울음소리를 억누르려고 애썼다. 그러나 가슴속에서 울컥 솟아오른 그것이 목구멍을 지나서 입으로 터져 나왔다.

숨이 가빴다. 치하야는 숨 쉬기가 힘들어 고개를 들고 자세를 고쳤다. 그 순간, 창백한 얼굴로 침대에 누워 있는 아버지의 모습이 눈물로 일그러진 시야에 들어왔다. 치하야는 숨을 들이쉬는 것도 잊어버린 채 그저 아버지에게 시선을 쏟고 또 쏟았다.

아버지가 떠나 버렸다. 잔혹한 현실이 가슴을 파고들었다.

치하야는 걸음을 뗐다. 바닥이 울렁거려 걸음걸이가 위태로웠다. 좌우로 휘청거리며 침대로 다가가자, 무카이가 조용히 비켜섰다.

치하야는 침대 프레임을 붙잡고, 핏기 없는 얼굴로 눈을 감은 아버지에게 말했다.

"아빠…, 아빠, 왜…."

더는 말이 이어지지 않았다. 치하야는 애원하듯, 점점 차가워지는 미노루의 몸을 끌어안고 그 가슴에 얼굴을 묻었다.

깊은 통곡이 얇은 이불보에 스며들었다.

구부정하게 의자에 앉은 치하야는 초점 없는 눈으로 탁자 위를 하염없이 바라보았다.

미노루의 사망 선고를 들은 지 벌써 30분 넘게 지났다.

치하야는 십여 분 동안 미노루의 시신에 매달려 울부짖었다. 몸속의 수분을 전부 쏟아내듯 울다가 가슴속에서 휘몰아치던 감정의 소용돌이가 어느 정도 잔잔해졌을 즈음, 간호사가 기다렸다는 듯 말을 걸었다.

"치하야 선생님, 괜찮으시면 아버님의 몸을 정돈해 드릴게요. 그런 다음에 천천히 이별할 시간을 드릴 테니 일단 면담실에서 기다려주시겠어요?"

시신에 달린 링거를 빼고 얼굴과 몸을 닦아 깨끗하게 한 뒤에 유족이 면회할 수 있게 다시 시간을 마련한다. 병원에서 가르치는 환자 사망 시 대응 방침과 정확하게 일치하는 대처였다.

치하야가 천천히 고개를 들자, 무카이가 "그러는 게 좋겠다"하며 손수건을 내밀었다. 손수건을 받아들고 눈물과 콧물로 범벅된 얼굴을 닦은 치하야는 중간중간 훌쩍이면서 "잘 부탁드립니다"라고 말한 뒤 터덜터덜 병실을 나가 면회실로 향했다.

원형 테이블이 열 개 정도 늘어섰고 자판기도 있는 널찍한 공간.

낮에는 항상 대화를 나누는 입원환자와 문병객 들로 가득한 홀이지만 지금은 날이 밝기 전이라 치하야만 덩그러니 앉아 있다.

이제 눈물은 나오지 않는다. 조금 전까지 소용돌이치며 가슴을 갈기갈기 찢던 슬픔도 사라졌다. 다만 흉곽 안쪽에 있던 무언가가 통째로 뽑혀나간 것 같은 상실감이 온몸을 지배했다.

덜커덕거리는 소리가 들려 반사적으로 뒤를 돌아보았다. 어느 틈엔가 문 근처 자판기 앞에 무카이가 서 있었다. 치하야에게 다가온 무카이는 말없이 캔커피를 내밀었다.

"…감사합니다."

치하야는 캔을 따서 따뜻한 커피를 한 모금 마셨다. 깊이 있는 쓴맛과 설탕의 단맛이 혀를 감쌌다. 금속처럼 딱딱하게 굳었던 마음이 아주 조금 따뜻해진 것 같았다.

"미안해." 무카이가 의자를 당겨 치하야 옆에 앉았다.

"뭐가요?"

"조금 더 시간이 있을 줄 알았어. 그래서 어제 그런 조언을…."

"사과하실 필요 없어요. 저도 몇 주의 여유가 있을 줄 알았어요."

암 환자, 특히 말기까지 암이 진행된 환자는 언제 상태가 급변해서 목숨을 잃어도 이상하지 않다. 암 치료에 종사하는 이라면 누구나 아는 상식이다. 그걸 알면서, 당장이라도 이별의 순간이 올 수 있다는 가능성을 외면했다.

"저야말로 죄송해요. 너무 흐트러진 모습을 보였네요. 의사라는 게 한심하게…."

무카이가 손바닥을 내밀어 치하야의 말을 막았다.

"지금의 너는 의사가 아니야. 소중한 사람을 잃은 유가족이야. 그러니까 슬퍼하는 건 당연해. 흐트러져도 괜찮아. 사과할 필요 없어. 그분과 너는 부녀지간이잖아."

"부녀…."

무의식적으로 흘러나온 그 말이 비눗방울처럼 둥둥 떠다니다가 사라졌다.

부녀…. 확실히 혈육으로서 아버지와 치하야는 부녀지간이었다. 하지만 실상은….

'단순히 피가 섞였다고 부녀가 되는 건 아니야.'

어제 헤어질 때 미노루에게 들은 말이 귓가에 맴돌았다. 칼로 찌르는 듯한 통증이 가슴을 파고들자, 치하야는 작게 신음했다.

걱정스럽게 "괜찮아?"라고 묻는 무카이에게 치하야는 가슴을 부여잡고 고개를 끄덕였다.

어머니가 돌아가시고 나서 아버지와 치하야는 '부녀'로 지내지 못했다. 그리고 다시 '부녀'로 돌아갈 기회마저 잃고 말았다. 영원히….

후회가 혈류를 타고 전신을 돌아 산성 물질처럼 몸과 마음을 좀먹었다.

"치하야, 연락할 친척 없어? 앞으로 그…, 장례식도 그렇고 여러모로 힘들 거야. 도와줄 사람이 있는 게 좋아."

"…없어요, 그런 사람. 저는 이제 혼자예요."

형제는 없고 조부모님은 돌아가셨다. 외삼촌이 한 명 있지만, 몇 년째 교류가 없었다.

외톨이가 되었다. 이 세상에 홀로 남겨졌다. 참을 수 없는 고독이 덮쳐와 등을 짓눌렀다. 치하야는 앉은 상태로 몸을 둥글게 말고 덜덜 떨기 시작했다.

"치하야, 괜찮아. 우리가 있잖아. 너는 혼자가 아니야."

무카이가 조심스럽게 등을 쓸어 주었다. 의국이라는 한시적인 가족의 테두리 안에서 오빠처럼 믿음직한 존재가 지금 옆에 있다. 치하야를 짓누르던 고독이 약간 가벼워졌다.

"감사합니다, 무카이 선생님."

진심 어린 감사 인사를 뱉었을 때, 뒤에서 구두 소리가 들렸다. 뒤돌아보니 검은 테 안경을 끼고 정장을 입은 중년 남자가 면담실에 들어와 있었다.

"실례합니다. 미즈키 치하야 씨 되십니까?"

"아, 네. 그런데요…."

남자는 당황하는 치하야에게 성큼 다가와 정중하게 고개를 숙였다.

"삼가 조의를 표합니다. 제 소개를 하겠습니다."

남자가 양손으로 내민 명함에는 '변호사 노노하라 마사시'라고 적혀 있었다.

"변호사…님이세요?" 치하야가 쭈뼛거리며 명함을 받아들었다.

"네. 미즈키 미노루 씨가 돌아가셨다는 연락을 받고 찾아왔습니다."

"연락이요? 누구한테 연락을 받으셨죠?"

치하야가 묻자, 노노하라 대신 무카이가 "나야"라고 대답했다.

"무카이 선생님이요? 뭐가 어떻게 된 거예요?"

"미노루 씨가 부탁하셨어. 본인이 죽으면 너하고 이 변호사님한테 연락해달라고."

"아버지가 부탁했다고요?"

치하야가 되묻자, 노노하라가 고개를 끄덕였다.

"네, 그렇습니다. 미즈키 미노루 씨는 본인이 죽으면 곧바로 병원으로 달려와서 유언을 전하라고 제게 부탁하셨습니다."

노노하라는 거기서 말을 끊고 가볍게 헛기침했다.

"유언장은 나중에 보여드리겠지만, 우선 내용을 말씀드리자면 본인의 재산은 전부 딸인 미즈키 치하야 씨에게 줄 것, 그리고…."

"잠깐만요!"

치하야가 목소리를 높였다. 노노하라는 "왜 그러시죠?" 하며 고개를 약간 옆으로 기울였다.

"아버지가 돌아가신 지 얼마 되지도 않았어요. 지금은 그런 얘기를 듣고 싶지 않다고요. 장례식을 잘 치르고 마음이 조금 진정되면…."

"그러면 늦습니다."

노노하라가 치하야의 목소리를 누르듯 말했다. 치하야는 "늦는다고요?" 하며 미간을 찌푸렸다.

"그렇습니다. 장례식이 끝난 뒤에는 의뢰인의 유지를 받들 수 없게 됩니다. 그래서 제가 이 새벽에 서둘러 달려온 겁니다."

"장례식이 끝나고 나서는 유지를 받들 수 없다니…. 도대체 아버지가 뭘 원하셨길래요?"

불길한 예감에 목소리가 떨리는 치하야에게 노노하라는 낮은 목소리로 말했다.

"미즈키 미노루 씨는 본인이 사망한 게 확인되면 곧바로 시신을 해부해달라고 하셨습니다."

"해…부…? 아버지의 시신을 해부한다고요?!"

치하야가 귀를 의심하자, 노노하라는 크게 고개를 끄덕였다.

"그렇습니다. 의뢰인께서는 사망한 뒤에 최대한 빨리 자신의 몸을 해부해달라고 생전에 요청하셨습니다. 그리고 그 유지를 정식 문서로 만들어 저에게 맡기셨죠."

"잠깐만요! 왜 해부해야 하는데요?"

"이유는 저도 듣지 못했습니다. 의뢰인께서는 그저 사후에 해부될 수 있도록 법적 절차를 밟아달라고 의뢰하셨습니다."

노노하라가 담담히 대답하자, 치하야는 두통을 느꼈다.

"보통은 뭉뚱그려서 해부라고 말하지만, 그것도 여러 종류가 있어요."

경찰이 시신을 검안해서 범죄와 연관이 있다고 판단했을 때 하는 사법해부. 범죄와 연관이 있는지 판단하기 어려울 때 하는 행정해부. 그리고 병으로 죽은 사람에게 하는 병리해부. 사람이 사망하자마자 이루어지는 해부는 이렇게 세 종류가 있다.

"물론 압니다. 의뢰인은 명백히 병으로 돌아가셨으니 병리해부가 적절하겠지요. 병리해부를 해주시기 바랍니다."

"못 해요!"

치하야가 거칠게 대꾸하자, 노노하라의 눈이 살짝 가늘어졌다.

"못 한다고요? 왜죠? 제가 조사해 보니 어느 정도 규모가 있는 병원에서는 병리해부가 가능하다고 하던데요. 특히 대학병원에서는 환자가 사망했을 때 기본적으로 해부를 희망하는지 물어보게 돼 있다고 들었습니다."

맞는 말이었다. 병리해부의 목적은 시신을 해부해서 질환과 관련된 정보나 해당 환자가 받은 치료의 효과를 밝히는 것이다. 그 과정에서 얻은 정보는 장차 의료 발전의 밑거름이 된다. 그래서 의학 발전에 이바지해야 하는 대학병원에서는 환자 유족에게 적극적으로 병리해부를 요청해온 역사가 있다.

하지만 시대가 변했다. CT, MRI, 초음파 검사 같은 영상진단이 급격히 발달하면서 병리해부의 중요성이 서서히 낮아졌다.

가족을 잃어 깊은 슬픔에 빠진 유족에게 해부를 제안하기는 쉽지 않다. 병리해부의 중요성이 낮아진 요즘은 더더욱 그렇다. 그래서 최근에는 그저 정해진 업무를 해치우는 느낌으로, 원하면 병리해부를 할 수 있다고 유족들에게 가볍게 설명하는 데 그친다. 주치의가 확고하게 병리해부를 요청하는 예가 있다면, 몹시 희귀한 질환으로 사망한 환자를 해부해서 그 질환에 대한 치료법을 발전시킬 수 있는 경우 정도이다.

"그건 그렇지만, 해부할지 말지를 결정하는 건 유족이에요. 그리고 저는 아버지의 시신을 해부할 생각이 없습니다."

치하야가 분명하게 선언하자, 노노하라는 관자놀이를 긁적였다.

"이것 참 곤란하게 됐군요. 유족인 따님이 이렇게 확고하게 해부를 거부하시다니…. 하지만 미즈키 미노루 씨는 생전에 강력하게 해부를 원하셨으니 저는 그 유지를 존중해야 합니다. 그럼 어쩐다…."

노노하라는 연극 같은 투로 말하다가 입꼬리를 살짝 올렸다.

"도저히 합의점을 찾을 수 없다면 법정에 판단을 맡길 수밖에 없겠군요."

"법정?!" 치하야가 눈을 치켜떴다.

"그렇습니다. 민사재판은 지금처럼 서로 주장이 대립할 때 어느 쪽 의견이 타당한지 전문가인 재판관에게 판단을 맡기는 시스템이니까요."

"아무리 그래도 갑자기 재판이라니…."

"저도 재판까지 가고 싶지는 않습니다. 하지만 의뢰인은 '무슨 수를 써서라도 내 시신이 해부되게 해달라'고 하셨습니다. 그러니 해부를 허락해주지 않으신다면 당장이라도 소송 절차를 밟겠습니다."

망설임 없는 말투로 보아 단순한 협박은 아닌 것 같다.

"소송…. 그럼 판결이 나올 때까지 얼마나 걸리는데요?"

"그건 경우에 따라 다릅니다. 양측의 주장이 정면충돌하는 경우에는 판결이 나오기까지 시간이 오래 걸리죠. 만약 이번 일이 재판으로 간다면, 비슷한 전례도 없으니 몇 개월, 혹은 몇 년이 걸릴 수도 있습니다."

"그동안 아버지의 시신은 어떻게 하고요!"

치하야가 물어뜯을 듯 말했지만, 노노하라는 표정 하나 변하지 않았다.

"어딘가에 보관해야겠지요. 부패하지 않도록 냉동 보관을 하든지, 포르말린 같은 약물에 담가놓든지요. 그 분야는 제 전문이 아니니 병원에 맡기겠습니다."

치하야는 현기증이 일어 살짝 휘청거렸다.

"…얼른 장례식을 치러서 아버지를 편안한 곳으로 보내드리고 싶어요. …편히 잠들게 해드리고 싶다고요."

가냘픈 목소리로 말하자, 노노하라가 어깨를 으쓱했다.

"그렇다면 해부에 동의하시기를 추천합니다. 해부만 끝나면 당장이라도 장례식 절차를 밟을 수 있습니다. 따님의 뜻대로 아버님을 편안한 곳으로 보내드릴 수 있겠죠."

"해부에 동의…"

노노하라가 말한 것처럼 병리해부는 몇 시간이면 끝난다. 해부만 하면 늦어도 오늘 오후에는 상조 회사에 연락해서 시신을 집으로 옮길 수 있을 것이다. 그리고 주말에 장례식을 올리면…. 치하야는 거기까지 생각하다가 스테인리스제 부검대가 놓인 해부실 광경이 떠올라 몸을 떨었다.

주치의로서 병리해부에 입회해본 적이 몇 번 있다. 해부를 집도하던 베테랑 병리의들은 수술 때 쓰는 메스보다 훨씬 투박하고 거대한 해부용 메스를 능숙하게 다루어 시신의 피부를 가르고 뼈를 끊고 내장을 꺼냈다. 시신에 경의를 표하는 병리의들의 마음은 그들의 언행에 충분히 묻어났다. 하지만 너무나 기계적인 일련의 작업을 보고 있노라면 어쩐지 '해체'라는 단어가 떠올랐다.

지난 1년간 죽을힘을 다해 투병해온 아버지의 모습이 주마등처럼 뇌리를 스쳤다.

아버지는 이미 고통을 겪을 만큼 겪었다. 셀 수 없이 많은 검사를 받았고 항암제 부작용과 암으로 인한 통증을 견뎌왔다. 그러니 이제 더는 아버지의 몸을 괴롭히고 싶지 않았다.

"역시 안 되겠어요. 해부는 허락할 수 없어요!"

"그럼 법정에서 시비를 가리는 걸로 이해하면 되겠습니까?"

"얘기가 왜 그렇게 되냐고요!"

치하야는 분을 못 이겨 옆에 있는 테이블을 내리쳤다. 둔탁한 소리가 면담실에 울려 퍼졌다.

"저는 그냥, 이제 아버지를 편하게 해드리고 싶을 뿐이에요. 왜 그걸 방해하세요?"

눈앞이 흐려졌다. 치하야는 얼얼한 손으로 눈가를 덮으며 입을 꾹 다물었다. 그러지 않으면 오열이 터져 나올 것 같았다.

"치하야…."

조금 떨어진 곳에서 들려온 목소리에 치하야는 젖은 눈가를 닦고 그쪽으로 시선을 돌렸다. 조용히 상황을 살피던 무카이가 걱정스러운 표정을 짓고 있었다.

"죄송해요, 무카이 선생님. 큰 소리를 내면 병실에 있는 환자들이 들을 텐데…."

"아니, 그건 신경 쓰지 않아도 돼. 네 마음은 충분히 이해해. 그런데 이대로면 합의점을 찾을 수가 없잖아. 그러니까 제삼자가 개입하는 게 나을 것 같아서."

"제삼자? 선생님이요?"

"아니, 나 말고. 이 사람."

무카이가 가리킨 방향을 보니, 정장을 입은 젊은 여자가 어느 틈엔가 면담실 입구 쪽에 서 있었다. 키가 큰 여자였다. 아마 170센티는 되는 것 같았다. 몸에 꼭 맞는 어두운색 바지 정장 덕에 날씬한 몸매가 도드라졌다. 기백 넘치는 길쭉한 눈에 짙은 아이섀도를 발랐고 도톰한 입술에는 엷은 장밋빛 립스틱을 칠했다.

패션쇼 모델 같은 몸매였지만, 단정한 얼굴에 담긴 딱딱하고 쓸쓸해 보이는 표정 때문인지 짙은 남색 정장이 마치 상복처럼 보였다.

"누구예요? 무카이 선생님이 불렀어요?" 치하야는 연신 눈을 끔뻑거렸다.

"내가 부른 셈인가…. 해부할지 말지 합의점을 못 찾는 것 같아서 혹시 몰라 연락을 해봤는데, '금방 갈게요'라고…."

무카이가 우물거리며 말했다. 그 말투로 짐작하건대 무카이도 당황한 것 같았다.

"연락을 해봤다니, 어디에요?"

"병리부 온콜 당직한테."

"병리부요?"

치하야가 되물었다. 준세이의대 부속병원 병리부에서는 밤중에 사망한 환자를 병리해부할 때를 대비해 온콜 당직을 세운다. 당직인 의사는 병원에서 연락을 받고 필요하면 한밤중에라도 달려와서 유족에게 병리해부에 관해 설명해야 한다.

"그런데 병리부에 저런 사람은…."

치하야는 지난주부터 병리부에서 일했기에 거기 소속된 의사를 모두 안다. 하지만 저런 모델 같은 여자는 없었다. 치하야는 정장을 빼입은 여자를 물끄러미 쳐다보았다. 그때 갑자기 데자뷔를 느꼈다. 이 여자를 어디서 본 적이 있다. 그런데 어디서 봤는지 모르겠다.

미간에 주름을 잡으며 기억을 더듬는데, 여자가 다가와서 깊숙이 고개를 숙였다.

"치하야 선생님, 얼마나 상심이 크십니까? 진심으로 조의를 표합니다."

"아…, 마음 써주셔서 감사합니다." 치하야는 당황하며 가볍게 고개를 숙였다.

"죄송하지만 두 분의 대화를 조금 들었는데, 제가 힘이 될 수 있을 것 같습니다."

"힘이 된다는 게… 무슨 뜻이죠?"

"만약 병리해부를 하신다면, 아마 제가 집도하게 될 겁니다. 그러니 참고가 되지 않을까 싶습니다."

"당신이 집도한다고요? 집도는 이 병원 병리의가 담당할 텐데…. 저기, 실례지만 누구시죠?"

여자가 어리둥절한 표정으로 고개를 갸우뚱하더니 입을 열었다.

"모르시겠어요? …토야 시오리인데요."

"시오리?!" 치하야의 목소리가 뒤집혔다.

"네, 그렇습니다. 뭔가 문제라도 있나요?"

치하야는 여자를 응시했다. 하나하나 뜯어보니 앞에 서 있는 이 여자는 정말 치하야의 병리부 지도의인 시오리였다. 평소에는 민낯이던 얼굴에 화장이 돼 있었고 자다 일어난 것 같던 머리는 깔끔하게 정돈되었으며, 안경 너머에서 항상 졸린 듯 게슴츠레하던 눈에는 아이섀도가 발려 있었다. 구부정할 때가 많던 등도 지금은 철심이라도 박아 넣은 것처럼 꼿꼿하게 펴져 있었다.

"그게 아니라, 너 그 옷차림…."

"병리해부를 할 때는 이렇게 입습니다. 의학의 발전을 위해 해부에 임해주실 시신과 그 유족분들께 경의를 담아서요."

평소에 듣던 맥없는 목소리와는 사뭇 다른 씩씩한 말투. 거기에서 뜨거운 열정이 느껴졌다.

"아, 음, 죄송해요, 시오리 선생님. 반말을 해 버렸네요. 게다가 이름까지 함부로…"

아직 머릿속이 복잡해서 저도 모르게 그런 말을 했다.

"괜찮습니다, 치하야 선생님. 지금 선생님은 병리부에서 연수하는 외과의가 아니라 소중한 분을 잃은 유족입니다. 그러니 제가 존댓말을 사용하겠습니다."

"그, 그래."

"무카이 선생님께 대강 들었습니다. 아버님이 돌아가신 후에 본인의 몸을 해부해주길 바라셨다고요. 그리고 치하야 선생님은 거기에 반대하시는 거죠?"

질문을 받은 치하야는 "당연하지" 하며 고개를 끄덕였다. 시오리가 등장하자, 뒤죽박죽이던 머릿속이 드디어 원래 상태로 돌아오기 시작했다.

"왜 반대하시는지 여쭤봐도 되겠습니까?"

"왜냐니, 당연하잖아. 가족의 몸이 갈기갈기 찢기는 걸 두고 볼 수 없으니까."

가족. 그 말을 입에 담는 순간, 날카로운 통증이 가슴을 저몄다. 아버지는 나를 가족으로 인정하지 않았는데, 그런 내게 아버지의 소원을 거부할 자격이 있을까.

"그 마음은 충분히 이해합니다."

시오리가 크게 고개를 끄덕이자, 노노하라가 한 걸음 앞으로 나와 말했다.

"하지만 해부를 원한 건 의뢰인 본인입니다. 그 소원을 무시하는 건 윤리적으로도 법적으로도 문제가 있습니다."

"변호사님 말씀도 이해합니다. 두 분의 주장은 모두 일리가 있어요. 우선 지금은 감정적으로 생각하지 말고 논점을 정리하는 게 좋을 것 같은데, 어떠신가요?"

시오리가 제안하자, 치하야와 노노하라는 머뭇머뭇 고개를 끄덕였다.

"우선 미즈키 미노루 씨가 왜 사후에 해부되기를 원했는지 이야기해보죠. 수긍할 만한 이유가 있다면 치하야 선생님도 해부를 허락하실지 모르니까요."

대화를 주도하기 시작한 시오리는 노노하라에게 시선을 던졌다.

"아까 변호사님은 그 이유를 전혀 모른다고 하셨죠? 직무상 의뢰인의 비밀을 발설할 수 없어서 그렇게 말씀하신 건가요? 아니면 정말로 미즈키 미노루 씨에게 아무것도 듣지 못하신 건가요?"

"아무것도 못 들었습니다." 노노하라가 즉시 대답했다. "저라고 이렇게 상식에 어긋난 의뢰를 아무 생각 없이 받았겠습니까? 저도 의뢰인에게 몇 번이나 이유를 물었어요. 하지만 그분은 끝까지 말씀해주시지 않았습니다."

"그렇군요. 그럼 치하야 선생님."

갑자기 이름을 불린 치하야는 저도 모르게 "네" 하며 허리를 세웠다.

"선생님은 뭔가 짚이는 데가 없으신가요?"

"짚이는 데? 자기 몸이 해부되길 원하는 이유를 어떻게 알겠어? 상식적으로 말이 안 되잖아."

치하야가 대답하자, 시오리는 "꼭 그렇지는 않습니다" 하며 고개를 가로저었다.

"뭐? 무슨 말이야?"

"아주 드물지만, 사후에 자신의 몸이 해부되길 원하는 분들이 있어요. 대부분 강한 의료 불신을 품은 환자분들이죠."

치하야의 입에서 "아…" 하는 목소리가 흘러나왔다. 해부를 하면, 그 사람이 받은 의료 행위의 결과가 그 어떤 검사를 받았을 때보다 명확하게 드러난다. 의료 과실을 의심하는 환자라면 그 사실을 밝히려고 자진해서 해부를 원한다 해도 이상할 것이 없었다.

"치하야 선생님, 아버님에게 의료 불신을 암시하는 발언을 들은 적이 있으십니까?"

치하야는 무카이를 곁눈질했다. 그의 얼굴은 긴장으로 굳어 있었다. 미노루의 목적이 의료 과실을 고발하는 것이라면, 그 화살은 자연스럽게 주치의인 무카이에게로 향할 터였다.

"없어." 치하야는 확실하게 단언했다. "아버지가 담당 의료진을 불평하는 건 한 번도 본 적이 없어. 오히려 아버지는 아주 고마워하셨어. 다들 아버지를 위해 열심히 애써주신다고."

"그렇군요. 그럼 그쪽 가능성은 낮겠습니다."

시오리가 고개를 끄덕이고 무카이가 안도의 한숨을 내쉬는 모습을 보며 치하야는 불안해졌다.

방금 말했듯, 아버지가 병원이 어떻다는 둥 불평하는 것은 한 번도 본 적이 없다. 하지만 아버지가 마지막까지 가족으로 인정하지 않은 자신에게 진심을 말했다는 보장은 어디에도 없었다.

아버지는 오랫동안 울분을 참아온 것이 아닐까. 혹시 치하야가 자신의 눈이 닿는 곳에서 치료를 받으라며 병원을 옮기게 한 것도 불만이었던 것은 아닐까.

치하야가 시선을 떨구고 있으려니, 시오리가 목소리를 높였다.

"변호사님, 해부를 원하는 이유 말고, 미즈키 미노루 씨가 다른 말씀을 하시진 않았나요? 조금이라도 참고가 될 만한 게 있으면 가르쳐 주세요."

노노하라는 "글쎄요…" 하며 팔짱을 꼈다. 조금 전까지는 완전한 평행선을 걷던 대화가 시오리의 중재 덕분에 정보 교환으로 바뀌었다.

"…그러고 보니 의뢰인이 그런 말씀을 하셨습니다. 자기한테는 못 다 한 일이 있다고. 이대로는 죽어서도 마음 편히 잠들 수 없다고요."

"다시 말해 해부를 하면 편히 잠들 수 있다는 뜻인가요?"

"말 그대로 받아들이자면 그런 뜻이겠지요. 그리고 이런 말씀도 하셨습니다. 이건 소중한 것을 지키기 위해 본인이 할 수 있는 마지막 일이라고요."

"마지막 일…"

치하야는 그 말을 입안에서 되뇌었다. 새로운 정보가 하나둘 드러난다. 그러나 아버지가 왜 해부를 바랐는지, 그 수수께끼는 풀리기는커녕 더 깊어져 갔다. 시오리가 후 하고 숨을 내쉬었다.

"아무래도 해부해보기 전에는 아무것도 알 수 없겠군요. 치하야 선생님, 어떻게 하실래요?"

"뭐? 어떻게 하냐니?" 갑자기 질문을 받은 치하야는 새된 목소리를 냈다.

"지금까지 들은 이야기를 종합해보자면, 아버님의 의도를 밝히기 위해서는 병리해부를 해야 할 것 같습니다. 그리고 지금 이 순간 선택권을 쥔 사람은 치하야 선생님입니다."

시오리의 길쭉한 눈이 치하야를 바라보았다.

"선생님이 허락해주시면 해부를 할 수 있습니다. 하지만 도저히 용납하지 못하시겠다면 우선 시신을 보관한 다음 법원의 판결을 기다리게 될 겁니다."

"아무리 그래도 아버지를 해부한다니…."

시오리의 양손이 다가와, 혼란스러워하는 치하야의 손을 부드럽게 감쌌다.

"어떤 결정을 내릴지는 선생님이 정하는 겁니다. 하지만 만약 허락해 주신다면 저는 최대한 경의를 담아서 해부에 임하겠습니다."

"최대한 경의를 담아서…."

치하야가 되뇌자, 시오리는 크게 고개를 끄덕였다.

"시신에 메스를 대고 장기를 꺼내는 그 과정을 일반적인 감각으로는 받아들이기 힘들 겁니다. 그런데도 병리해부를 받는 환자와 유족분들은 의학 발전을 위해 그 과정을 허락해주시죠. 그 마음에 부응하기 위해 집도의가 최대한 경의를 담는 것은 당연합니다."

조용한 말투. 하지만 치하야는 거기에 담긴 델 듯이 뜨거운 열정에 압도당했다.

"저는 돌아가신 환자분의 본질을 해부로 밝히고 싶습니다. 그분이 어떻게 태어나 어떤 인생을 살았고 어떻게 마지막 순간을 맞았는지를요. 시신에서 최대한 많은 정보를 읽어내고 그분이 남긴 마음을 깊이 이해하는 것. 그분의 마지막 목소리를 온몸과 마음을 다해 건져

올리는 것. 병리해부는 제게 그런 의미입니다.'

말을 마친 시오리는 조용히 손을 물렸다.

'토야 시오리 선생의 진가가 발휘되는 곳은 이 조직검사실이 아니거든.'

병리부장 마츠모토의 말이 귓가에서 되살아났다. 이제야 그 말이 이해되었다. 해부실이야말로 병리의 토야 시오리가 가장 빛을 발하는 장소이자, 그녀의 진짜 일터였다. 그리고 그녀는 그곳에서 병리해부라는 언어로 죽은 환자와 대화하려 한다.

가벼운 두통을 느낀 치하야는 얼굴을 찌푸리며 관자놀이를 눌렀다. 어제 병실을 나서던 때가 머릿속을 스쳤다.

'단순히 피가 섞였다고 부녀가 되는 건 아니야.'

병실을 나서기 직전, 아버지에게 들은 차가운 말. 그것이 여전히 가시처럼 가슴을 찔렀다.

아버지가 왜 끝까지 마음을 열어주지 않았는지, 왜 외동딸인 나를 미워했는지 알고 싶다.

대화가 적은 부녀 사이였다. 사실 마음속으로는 아버지와 모든 것을 터놓고 대화하고 싶었다. 하지만 그 기회가 완전히 사라져 버렸다. 그런데 지금 눈앞에 시신의 마음을 읽어내겠다는 병리의가 있다. 어쩌면 그녀는 아버지가 남기고자 한 말을 내게 전해줄 수 있을지도 모른다.

"만약…." 치하야가 주저하며 입을 열었다. "만약 네가 집도하면, 아버지가 자기 몸을 해부하라고 한 이유를 알 수 있어? 아버지가 못다 한 일이 뭔지 알아낼 수 있어?"

"약속은 못 드립니다. 하지만 최선을 다하겠습니다."

치하야는 패기 있게 말하는 시오리와 눈을 맞추며 흐트러질 대로 흐트러진 마음을 가다듬었다. 뒤엉킨 실을 하나하나 신중하게 풀어나가듯 가슴속에서 소용돌이치는 무수한 감정을 정돈했다.

자신이 정말 바라는 것을 찾기 위해서.

치하야는 몇 분 동안 고민한 끝에 조용히 말했다.

"…알았어. 너라면 괜찮을 것 같아. 네가 집도해 준다면, 해부에 동의할게."

건드리면 당장이라도 끊어질 것처럼 팽팽하던 분위기가 느슨해졌다. 굳어 있던 노노하라의 표정이 풀리는 것을 모른 체하며 치하야는 "단,"이라고 덧붙였다.

"그 해부에 나도 입회할 거야. 그게 동의하는 조건이야."

"아니, 그건 좀…."

"무슨 문제라도 있어? 너는 내 지도의잖아. 네가 병리해부를 할 때 내가 조수로서 보조하는 건 당연한 거야."

"하지만 가족을 해부하는데 입회하는 건…."

시오리는 도와달라는 듯 무카이에게 눈빛을 보냈다.

"치하야, 잠깐 진정해." 무카이가 치하야의 어깨에 손을 올렸다. "외과에서도 가족 수술에 들어가는 건 금기야. 너도 알잖아."

"그건 동요해서 손을 떨 가능성이 있으니까 그렇죠. 하지만 수술과 달리 해부는 손을 조금 떨어도 큰 문제가 되지 않아요."

"그래도 유족이 보고 있으면 해부하는 의사가 불편하잖아."

치하야는 타이르는 무카이의 목소리를 들으며 시오리를 쳐다보았다.

"아까 네가 최대한 경의를 담아서 해부하겠다고 했지? 그 말이 진심이라면 내가 봐도 상관없을 거야. 안 그래?"

도발적으로 말하자, 시오리는 몇 초간 고민하다가 고개를 끄덕였다.

"네, 전 상관없어요. 유족이 본다 해도 평소처럼 세심하게 해부할 수 있습니다. 그런데… 치하야 선생님은 괜찮으세요?"

질문을 돌려받은 치하야는 침을 꿀꺽 삼켰다. 혈육이, 아버지가 눈앞에서 해부되는 것을 견딜 수 있을까? 침착하게 볼 수 있을까? 자문해 봤지만 답은 나오지 않았다.

"…몰라."

솔직하게 대답하자, 시오리는 "그럼 보지 않는 게…" 하며 가지런한 눈썹을 찡그렸다.

"몰라…. 모르지만, 네가 정말 해부로 아버지의 마음을 건져 올린다면, 나는 그 자리에 있어야 해. 나는 그 순간을 지켜봐야 해."

치하야는 가슴에 들어찬 감정을 언어로 바꿔 시오리에게 토해냈다.

"…후회하지 않을 거죠?" 시오리가 나직하게 물었다.

"만약 그 순간을 보지 않으면, 나는 평생 후회할 게 분명해."

시오리는 "알겠습니다" 하며 고개를 끄덕이더니 무카이를 돌아보았다.

"해부는 오전 열 시에 시작하겠습니다. 무카이 선생님은 주치의로서 그때까지 필요한 절차를 밟아주세요."

시오리의 시원시원한 목소리가 면담실에 울려 퍼졌다.

스테인리스제 부검대가 형광등 빛을 둔하게 반사했다. 수술복을 입은 치하야는 그 위에 놓인 하얀 천을 가만히 바라보았다.

자기가 입회하는 조건으로 병리해부를 허락한 치하야는 병리해부 승낙서에 서명한 뒤 당직의가 쓰는 수면실로 향했다. 무카이가 잠시 누워서 쉬라고 했기 때문이다.

치하야는 수면실 불을 끄고 낡은 싱글 침대에 누웠지만 잠들 수 없었다.

해부를 하느니 마느니 하는 통에 잠시 잊었던 상실감, 아버지를 잃고 이 세상에 혼자 남겨졌다는 실감이 천천히 솟아올라서 어둠을 응시하던 눈에서 눈물이 흘러넘쳤다. 처음에는 셔츠 소매로 눈가를 닦다가, 눈물이 끝없이 흘러나오자 십여 분 후에는 그냥 뺨을 타고 흐르게 내버려 두었다.

코를 너무 많이 훌쩍여 눈 안쪽이 욱신거리고, 비틀어 짜면 눈물이 뚝뚝 떨어질 만큼 베갯잇이 푹 젖었을 즈음, 침대 옆에 있는 내선 전화가 울리더니 필요한 절차가 끝나서 한 시간 후에 해부를 시작한다는 무카이의 말을 전했다.

수면실을 나온 치하야는 탈의실에서 델 듯이 뜨거운 물로 샤워한 뒤 수술복 위에 흰 가운을 걸치고 병원 신관 지하에 있는 해부실로 향했다.

자극적인 포르말린 냄새가 가득한 방에 들어가 보니, 무카이가 이미 기다리고 있었다. 그 뒤에 자리한 부검대 위에 사람 형체처럼 울룩불룩한 흰 천이 놓여 있는 것을 보자, 심장이 요란하게 두방망이질 했다. 치하야는 그로부터 십여 분 동안 몇 미터 앞에 있는 부검대를 멀뚱히 바라보았다.

"치하야, 너 진짜 괜찮아? 입회하더라도 나랑 교대로 하는 게 낫지 않겠어?"

옆에서 보기 힘들었는지 무카이가 말을 걸었다.

담당 환자가 병리해부를 받을 때, 주치의는 조금 떨어진 곳에서 지켜보며 병리의의 소견을 기록하고 잡무를 처리해야 한다. 반면, 조수인 치하야는 부검대를 끼고 병리의와 마주 서서 코앞에서 시신이 해부되는 모습을 들여다보며 그 과정을 도와야 한다.

"괜찮아요. …할 수 있어요."

"할 수 있기는, 너 지금 얼굴이 새파래. 까딱하면 쓰러지겠어."

무카이의 말이 맞다. 천 아래에 누운 아버지의 모습을 상상했을 뿐인데, 이마에서 비지땀이 끝없이 흘러나왔다. 조금 전부터 바닥이 울렁거리는 느낌이 들어 제대로 서 있기가 힘들었다.

"그래도 제가 해야 해요."

치하야는 목구멍을 쥐어짜 말했다. 아버지가 못다 한 일이 있다면, 죽어서도 편히 눈감을 수 없는 이유가 있다면, 유일한 혈육인 자신에게는 그것을 해결할 의무가 있다. 그것이 아버지를 위해 할 수 있는 유일한 일이다. 그런 생각이 치하야의 몸을 가까스로 지탱했다.

"기다리게 해서 죄송해요."

문 열리는 소리와 함께 시원스러운 목소리가 들려왔다. 어지러운 머리를 돌려 해부실 입구를 쳐다본 치하야는 입을 쩍 벌렸다.

거기에 시오리가 서 있었다. 세 시간쯤 전에 면담실에서 만났을 때와 똑같은 어두운색 정장을 입은 시오리가.

구두를 또각거리며 치하야 앞을 지나친 시오리는 부검대 맞은편으로 돌아 들어갔다.

"잠깐. 그 복장은 뭐야?!"

치하야가 격앙된 목소리로 묻자, 시오리는 눈을 끔뻑거리며 자기 몸을 내려다보았다.

"뭐가 이상한가요?"

"당연히 이상하지. 너 지금 해부하러 온 거 아니야?"

"네, 맞는데요."

"그 복장으로 할 생각은 아니지?!"

조금 전과는 다른 의미에서 현기증을 느끼는 치하야를 향해 시오리는 부드럽게 미소 지었다.

"설마요, 재킷을 벗고 해부복을 입을 거예요. 물론 장화로 갈아 신을 거고요. 구두가 높아서 이 상태로는 균형을 잃기 쉬우니까요."

"아니, 그게 아니라…."

치하야는 할 말을 잃었다. 병리해부를 할 때는 흉강과 복강에 들어 있는 모든 장기를 적출한다. 당연히 그 과정에서 혈액과 복수, 흉수 같은 체액을 만져야 한다. 해부복을 위에 입는다고는 하나, 정장 차림으로 해부하는 병리의가 있다는 말은 들어본 적이 없다.

"그 상태로 하면 정장이 더러워질 텐데…. 냄새도 밸 거고."

"얼룩이나 냄새 같은 건 세탁소에 맡기면 금방 해결돼요. 시신에 최대한 경의를 표하기 위해서 가능한 한 격식 있는 복장으로 임합니다. 그게 제 방식이에요."

시오리는 가슴을 펴며 선언하듯 말하더니, 부검대 위에 있는 천을 잡고 조심스럽게 걷었다. 부검대에 누운 미노루의 얼굴이 드러났다. 그 표정이 온화해서, 얼굴색이 흙빛으로 변한 것을 제외하면 그저 잠든 것처럼 보였다.

반쯤 벌어진 치하야의 입에서 모깃소리처럼 "…아빠"라는 말이 새어 나왔다.

"미즈키 미노루 씨, 해부를 담당할 토야 시오리라고 합니다. 실례가 되지 않도록 온 힘을 다해 집도할 테니 모쪼록 잘 부탁드립니다."

시오리는 미소 띤 얼굴로 부드럽게 말하고 깊숙이 고개를 숙인 뒤, "그럼 준비하죠" 하며 해부실 입구 쪽으로 돌아갔다. 벗은 재킷을 신발장 위에 아무렇게나 두고 구두를 장화로 갈아신은 시오리는 뒤를 돌아 치하야를 쳐다보았다.

"치하야 선생님, 조수를 맡을 거면 이제 준비해줄래요?"

비상식적인 시오리의 언행에 굳어 있던 치하야는 그 말을 듣고서야 정신을 차렸다.

이제 정말 아버지를 해부한다. 그리고 나는 그 조수를 맡는다….

치하야는 입구에 다가갈수록 얼굴에서 핏기가 가시는 느낌이 들었다. 아버지가 왜 해부되기를 원했는지, 못다 한 일이 무엇인지, 눈으로 직접 확인하려고 조수를 하겠다고 나섰다. 그런데 막상 이 해부실에 도착하니 포르말린 냄새가 섞인 공기를 들이마실 때마다 결의가 시들고, 그 대신 후회가 부풀었다. 벌써 쓰러질 것처럼 기진맥진했다. 이런 상태에서 아버지의 몸이 잘리는 것을 보고도 견딜 수 있을까.

"치하야 선생님."

고개를 숙이고 있던 치하야는 퍼뜩 정신을 차리고 고개를 들었다.

시오리는 블라우스 위에 해부복을 입은 차림새였다.

"치하야 선생님은 병리해부 조수는 처음이죠? 제가 되도록 자세히 지시할 테니까 약간 느려도 괜찮으니 보조해주세요. 그리고 조금이라도 힘들면 가감 없이 말해요. 그럼 바로 대신할 병리의를…."

"괜찮아. 그런 걱정 안 해도 돼."

치하야가 말을 가로막았다. 주사 맞기 싫어하는 어린아이를 달래는 듯한 말투가 거슬렸다.

나는 외과 의사이다. 피를 봤다고 현기증을 일으키는 나약한 여자가 아니다. 수천 건에 달하는 수술에 들어갔고, 응급 상황에서도 교통사고로 중증 다발성 외상을 입은 환자를 수도 없이 치료했다. 피투성이가 된 아수라장을 몇 번이나 이겨냈다. 이런 일로 걱정을 끼칠 사람이 아니다.

"하지만 가족이 해부되는 모습을 지켜보는 건 아주 힘들 거예요. 그러니까 부디 무리하지 마세요."

"…그것 좀 그만해."

치하야가 해부복을 집어 들며 작은 목소리로 말했다. "그거라니요?" 하며 시오리가 고개를 갸우뚱했다.

"그 존댓말 말이야. 등에 소름 돋아."

"그래도 치하야 선생님은 유족이니까…."

"유족에게 경의를 표하겠다는 의지는 충분히 알았어. 근데 넌 지도의야. 나는 이제 너의 지시를 받으면서 해부를 도와야 한다고. 그런데 계속 그렇게 깍듯하게 대하면 내가 불편하잖아."

"듣고 보니 일리가 있네요."

"나도 정신이 없어서 너한테 존댓말 하는 걸 잊어버렸고 말이야. 적어도 오늘만은 서로 반말하자. 그게 편하겠어."

시오리는 갸름한 턱에 손가락을 대고 잠시 생각하다가 한 손을 쑥 내밀었다.

"그럼 그렇게 하자. 잘 부탁해, 치하야. 시오리라고 불러."

갑자기 이름으로 불릴 줄 몰랐던 치하야는 시오리의 빠른 태도 변화가 당황스러웠다.

그렇게까지 가깝게 대할 생각은 없었는데…. 치하야는 속으로 투덜대면서도 "…잘 부탁해, 시오리" 하며 악수했다.

"그럼 빨리 준비해. 시신을 기다리게 하고 싶지 않거든."

시오리는 긴 흑발을 틀어 올려 하나로 묶은 다음 헤어 캡을 쓰고 감염 방지용 고글이 달린 마스크를 착용했다. 치하야도 시오리를 따라 준비했다.

마지막으로 라텍스 장갑을 이중으로 낀 두 사람은 부검대로 다가 갔다.

드디어 시작된다. 부검대를 끼고 시오리 맞은편에 선 치하야는 길고 가늘게 숨을 내쉬며 필사적으로 긴장감을 누그러뜨렸다.

시오리가 "실례하겠습니다" 하며 시신에 덮인 천을 치웠다. 치하야는 드러난 미노루의 전신을 보고 어금니를 꽉 깨물었다. 미라라는 단어가 저절로 떠오를 정도로 앙상한 몸이었다. 갈비뼈는 하나하나를 확실히 셀 수 있을 만큼 도드라져 보여 뼈 위에 바로 피부가 붙어 있는 듯했다. 팔은 고목처럼 가늘어서 조심스럽게 다루지 않으면 금방 부러질 것만 같았다. 근육과 지방이 빠져나간 대퇴부에는 속이 빈 피부가 막처럼 늘어져 있었다.

원래 몸집이 작고 마른 아버지였다. 치하야는 심각한 요통을 자주 호소하는 아버지를 보며 용케도 경비원 일을 한다고 늘 생각했다. 그래도 이렇게까지 뼈와 거죽만 남았을 줄은….

시오리는 우두커니 선 치하야를 두고, 옆에 있는 해부 도구 카트에서 거즈를 몇 장 집어 아주 자연스러운 손놀림으로 하복부에 내려놓아서 음부를 가렸다.

시오리는 허리를 굽혀 미노루의 귓가에 입을 대고 속삭이듯 말했다.

"성심성의껏 집도하고 배우겠습니다."

시신에게서 배운다. 치하야는 학창 시절 병리학과 해부학 수업에서 여러 번 들은 '시신은 스승이다'라는 말을 떠올렸다. 의학은 시신을 해부하고 거기에서 다양한 정보를 얻음으로써 발달했다. 그래서 시신을 해부할 때는 감사와 경의를 담아서 임하고 더 좋은 의사로 성장하기 위한 지식을 얻어야 한다.

"그리고 당신이 전하고자 한 것, 그 메시지를 반드시 읽어내겠습니다. 그러니 안심하고 편히 쉬세요."

시오리는 다시 카트에서 거즈를 집어 미노루의 얼굴에 덮은 다음 조금 떨어진 곳에 선 무카이를 쳐다보았다.

"먼저 외표를 관찰하겠습니다. 기록할 준비는 되셨나요?"

"아, 아, 네. 시작하세요."

치하야와 마찬가지로 시오리의 언행에 놀라 얼이 빠져 있던 무카이는 허겁지겁 기록용지를 손에 들었다.

"악액질 때문에 온몸이 눈에 띄게 수척합니다. 부종은 보이지 않습니다. 피부는 황달 때문에 약간 노란빛이…"

시오리는 시신에 얼굴을 들이대고 크게 뜬 눈으로 관찰하면서 시신 표면에서 읽어낼 수 있는 소견을 늘어놓았다. 무카이가 그것을 분주히 기록용지에 연필로 적었다.

"그럼 치하야, 부탁해."

갑자기 영문 모를 부탁을 받은 치하야가 "어? 응?" 하며 눈동자를 굴렸다.

"앞쪽은 다 관찰했으니까 이제 등 쪽을 관찰해야지. 몸을 이쪽으로 90도 일으킨 거야."

"아, 응. 알았어."

시신의 어깻죽지와 허리를 손으로 받친 치하야는 시오리가 "하나, 둘, 셋" 하는 신호에 맞춰 힘을 주었다. 살이 빠져 가벼워진 데다 사후경직으로 전신이 굳은 미노루의 몸은 생각보다 훨씬 쉽게 일으켜졌다.

"등에는 부종이 약간 확인됩니다. 사후 반점은…"

몸을 앞으로 쭉 내민 시오리는 외표 관찰을 3분 만에 끝내고 시신을 다시 부검대 위에 똑바로 눕혔다. 해부실에 무거운 침묵이 내려앉았다.

"그럼 지금부터 병리해부를 시작하겠습니다. 잘 부탁드립니다."

시오리가 깊숙이 고개를 숙였다. 치하야와 무카이도 따라서 인사했다.

시오리가 카트로 손을 뻗어 메스를 집어 들었다. 외과 수술에서 쓰는 것보다 투박하고 커다란 해부용 메스가 형광등 빛을 둔하게 반사했다.

미노루의 어깻죽지에 살며시 메스를 댄 시오리는 미끄러지듯 손을 가슴 언저리까지 이동시켰다가 잠시 손을 떼더니 이번에는 반대쪽 어깻죽지에서 가슴 언저리로 똑같이 메스를 움직였다.

부드럽다…. 치하야는 시오리의 손놀림을 바라보며 내심 감탄했다. 그동안 봐온 병리해부에서는 상당히 힘을 주어 피부를 가르는 병리의가 많았다. 하지만 시오리가 피부를 절개하는 방식은 마치 피부를 어루만지는 듯했다. 쓸데없는 힘이 들어가지 않아서 그렇게 보이는 것이리라. 시오리가 그동안 얼마나 많이, 그리고 진지하게 해부를 해왔는지 짐작이 됐다.

양쪽 어깨에서 가슴까지 피부를 절개한 시오리는 이어서 두 절개선이 만나는 가슴 언저리에서 복부까지 일자로 피부를 절개했다. 메스는 도중에 만난 배꼽을 살짝 피해서 하복부까지 나아갔다. 몸통 피부에 Y자 형태의 절개선이 그려졌다.

"치하야, 부탁해."

그 말을 들은 치하야는 곧바로 무슨 말인지 이해하고 손을 뻗으려 했다. 하지만 신경이 끊긴 것처럼 몸이 움직이지 않았다. 온몸에 있는 세포가 지시받은 행동을 거부했다. 치하야는 고개를 떨구고 자신의 손목을 붙잡았다.

"치하야."

그 목소리에 고개를 든 치하야는 시오리와 눈이 마주쳤다. 시오리의 눈동자에 나약하게 등을 구부린 자신의 모습이 비쳐 보이는 것 같았다.

"조수 역할을 못 하겠으면 바로 말해. 대신할 사람을 부를게. 네 사정 때문에 아버님을 기다리게 할 수는 없어."

단호한 말투. 치하야는 마스크 아래에서 입술을 깨물었다.

그동안 아버지와 대화하기를 꺼렸다. 그 결과, 진짜 부녀 사이가 되기 전에 아버지가 세상을 떠나고 말았다.

시오리의 말처럼 병리해부가 시신과 대화하고 그 마음을 건져 올리는 과정이라면, 이것이 아버지와 대화를 나눌 마지막 기회이다. 이 기회를 두 눈 멀쩡히 뜨고서 놓칠 수는 없다.

턱에 힘이 들어가 뾰족한 송곳니가 입술을 살짝 찢었다. 날카로운 아픔이 끊어진 신경을 이어붙였다. 치하야는 떨리는 손을 뻗어 메스가 절개해 놓은 피부 사이로 손가락을 집어넣었다.

"교대하지 않아도 되겠어?"

"당연하지!" 치하야는 아랫배에서 목소리를 끌어올려 외치고는 손가락을 갈고리 모양으로 구부려서 피부를 앞쪽으로 젖혔다.

"그럼 진행하겠습니다."

시오리가 메스를 든 손을 좌우로 움직일 때마다 피부가 큼직하게 벗겨졌다. 치하야는 가능한 한 시신의 머리 쪽을 보지 않으려고 애쓰며 시오리를 도왔다.

10분도 지나지 않아 몸 앞쪽 피부가 벗겨져 좌우로 활짝 벌어졌다. 피부 아래에 숨어 있던 갈비뼈, 늑간근, 복근 등이 드러났다.

시오리가 명치 근처에 메스를 대고 복근과 그 아래에 있는 복막을 살짝 절개했다.

"복수 분출은 확인되지 않음. 대량의 복수는 없었던 것으로 보인다."

시오리는 메스를 카트에 돌려놓고 그 대신 해부용 가위를 들었다. 메스로 만들어 놓은 구멍에 가위 끝을 집어넣은 시오리는 주저 없는 손놀림으로 복막을 단번에 갈랐다.

위, 간, 대장, 소장. 복강 안에 들어 있는 장기들이 드러났다.

복강 오른쪽 위에 있는 거대한 장기, 간이 눈에 들어온 순간, 치하야의 목구멍에서 신음이 새어 나왔다. 검붉은 광택을 발하는 그 표면에서 야구공만 한 하얀 덩어리가 고개를 내밀고 있었다.

"간에 주먹만 한 종양 덩어리가 확인됨. 원발 병터*로 보인다."

시오리가 혼잣말처럼 중얼거린 소견을 무카이가 기록용지에 적었다.

이것이 아버지의 목숨을 앗아간 원인…. 치하야는 거대한 별사탕처럼 생긴 덩어리를 노려보았다.

"그리고 창자와 복막에도 파종으로 인한 전이 종양이 확인됨."

시오리는 담담히 말하면서 복강 안에 손을 집어넣어 횡격막 위치와 장기의 상태를 확인한 뒤 흡인기로 복수를 채취했다.

"이어서 갈비뼈를 빼고 흉강 내 장기를 관찰하겠습니다."

억양 없는 목소리로 선언한 시오리는 메스로 재빠르게 흉쇄관절을 절단하고 늑골 가위를 손에 들었다. 투박한 두 날 사이에 갈비뼈를 끼웠다.

아버지의 갈비뼈가 절단되는 그 소리는 치하야의 귀에 지독히도 크게 울렸다.

---

* 몸에 처음으로 생긴 병변. 이것을 시작으로 신체에 병변이 퍼진다.

"십이지장 구부에 궤양으로 인한 변형이…."

시오리의 말이 해부실에 울려 퍼졌다. 그녀의 양손에는 식도와 십이지장이 달린 위가 들려 있었다.

병리해부가 시작된 지 벌써 세 시간이 지났다. 모든 장기가 미노루의 몸에서 적출되어 부검대 옆 관찰대 위에 늘어섰다. 시오리는 지난 두 시간 동안 적출한 장기를 하나하나 열어서 육안으로 관찰했다. 수많은 장기를 관찰하는 과정도 드디어 막바지에 접어들어, 지금 시오리가 손에 든 위를 포함해서 장기 두세 개만 남은 상태였다. 하지만 미노루가 말기 암이었다는 사실 말고는 아직 이렇다 할 특별한 발견은 없었다.

치하야는 무거운 피로감을 느끼며 부검대에 시선을 던졌다. 장기가 빠져나간 미노루의 시신에는 처음처럼 하얀 천이 덮였다. 장기 관찰이 끝나면 몸 안에 탈지면을 채워 넣고 잘라낸 갈비뼈를 다시 끼운 다음 피부를 봉합할 것이다. 그러면 병리해부가 끝난다.

빨리 끝내 줘…. 얼굴을 바싹 들이대며 축축한 위장 표면을 관찰하는 시오리에게 마음속으로 애원했다. 새벽에 아버지의 상태가 나빠졌다는 전화를 받고 일어나서 지금까지 한순간도 마음 편히 쉬지 못했다. 심신이 모두 피폐했다. 온몸에서 식은땀이 흐르고 구역질이 났다.

결국 아버지가 왜 해부를 원했는지 알아내지 못했다. 이 모든 게 헛수고였다.

실망감이 피로를 더욱 부추겼다. 당장이라도 다리가 풀려 쓰러질 것만 같았다.

"치하야, 아버님이 평소에 스트레스를 많이 받으셨어? 십이지장이 이렇게까지 변형된 걸 보면 엄청 심각한 궤양이 있었을 거야."

치하야는 해부용 가위를 손에 든 시오리에게 "글쎄…"라고 힘없이 대답했다.

아버지가 어떤 일상을 보내고 무엇을 느꼈는지 어떻게 알겠는가. 아버지는 치하야를 가족으로 여기지 않았는데. 치하야는 시오리가 능숙하게 가위를 움직여 위를 여는 모습을 초점 없는 눈으로 바라보았다.

시오리가 갑자기 "이게… 뭐야…?"라고 신음하듯 중얼거리더니 위를 관찰대에 내려놓았다. 다가온 무카이가 헉하고 목이 막힌 소리를 냈다. 무슨 일일까. 치하야는 족쇄를 찬 듯 무거운 다리를 움직여 시오리의 어깨 너머로 관찰대를 내려다보았다.

절개해서 벌려 놓은 위장이 스테인리스제 관찰대 위에 놓여 있었다. 무수한 주름으로 구성된 표면에 줄칼로 깎아낸 듯한 위궤양의 흔적이 여럿 보였다. 하지만 치하야의 시선을 잡아끈 것은 지독하게 오그라든 그 상흔이 아니었다.

검붉게 충혈된 위 점막, 거기에 글자가 새겨져 있었다. 어린아이가 쓴 것처럼 삐뚤삐뚤한 글자가.

"뭐야…, 이거…?"

무카이가 중얼거리자, "…글자"라고 시오리가 쉰 목소리로 대답했다.

"그건 알아! 왜 위벽에 글자가 적혀 있냐고. 그보다 이걸 어떻게 적었지? 개복수술을 받은 흔적은 없었는데."

"아마… 내시경일 거예요. 내시경에는 지혈이 필요한 부분을 지질 수 있는 기능이 있잖아요. 그걸로 점막을 지져서 글자를 새긴 거예요."

"내시경으로 위벽에 글자를 새기다니…, 그건 쉬운 일이 아니야. 까딱 잘못했다가는 위 천공이 생겨서 죽을 수도 있어. 이런 짓을 누가 왜 했냐고!"

"누가 내시경을 조작했는지는 알 수 없습니다. 다만 이걸 의뢰한 사람은 미즈키 미노루 씨 본인일 거예요. 그리고 이게 바로 사후에 해부되기를 그토록 원한 이유겠죠…." 시오리가 무카이에게 답했다.

"누군가가 몸을 해부해서 이걸 읽어주기를 원했다고? 왜 이런 이상한 방법으로…. 뭔가를 전하고 싶었으면 편지를 남길 수도 있었잖아." 무카이가 시오리에게 반문했다.

"그럴 수 없는 이유가 분명히 있었을 거예요. 미노루 씨는 굳이 위벽에 글자를 새겼고, 해부를 요구해서 그 사실을 드러냈습니다. 이 과정 자체도 그분의 메시지였다고 봐야 합니다."

아버지의 메시지. 이것이 아버지가 남긴 마음. 몸 안에 묵직하게 쌓여 있던 피로가 사라지고 머릿속에 끼어 있던 안개가 걷혔다.

"그래서 뭐라고 쓰여 있는 거야?"

무카이가 중얼거리자, 시오리는 몸을 앞으로 기울여 관찰대에 놓인 위에 얼굴을 들이댔다. 시오리의 머리에 가려서 치하야는 문자열 아랫부분을 볼 수 없었다.

"이 부분, 이건 '에게 전해라' 같네요."

시오리가 여러 줄로 이루어진 문자열에서 가장 윗줄을 가리켰다. 그 옆에는 커다란 궤양 흔적이 남아 있었다. 치하야는 눈을 부릅뜨고 거기에 적힌 글자를 들여다보았다.

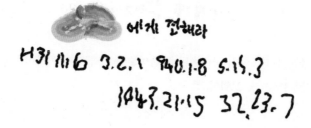

"이게 무슨 뜻이지?"

"원래는 이 앞부분에 사람 이름이 적혀 있지 않았을까요? 그런데 위궤양 때문에 이름이 지워진 것 같아요."

"그럼 누구한테 보낸 메시지인지 알 수가 없잖아!"

시오리는 소리 지르는 무카이를 본체만체하고 장갑 낀 손으로 글자를 더듬었다.

"이 밑에 적힌 숫자는 뭔지 잘 모르겠네요. 꼭 암호 같아요. 그리고…"

시오리의 손가락이 치하야에게 보이지 않는 부분으로 이동했다. 몇 초 후, 그녀의 몸이 크게 떨렸다. 시오리가 목 관절에 녹이 슨 것처럼 어색하게 뒤를 돌아보았다. 그 얼굴에 깊은 불안이 어렸다.

"보여줘!"

치하야가 시오리의 몸을 두 손으로 밀쳤다. "안 돼!"라는 외침이 들렸지만, 궁금증을 이기지 못하고 몸을 앞으로 기울였다.

시오리에게 가려 보이지 않던 글자들이 망막에 비쳤다. 삐뚤빼뚤한 일곱 글자가 충혈된 위 점막에 새겨져 있었다.

 '날에게 알리지 마

시야에서 원근감이 사라졌다. 삐뚤빼뚤한 그 글자가 치하야의 눈앞
으로 덮쳐오는 듯 보였다.

◇◇◇◇◇

미즈키 치하야는 책상에 상반신을 기대고 초점 없는 눈으로 벽을
바라보았다. 의국이 보여 있는 공간 구석에 자리한 작은 방, 병리
부 의국에서 한 시간 넘게 이렇듯 부질없이 시간을 흘려보냈다.

아버지 미즈키 미노루를 병리해부하는 과정은 세 시간 전에 끝났
다. 미노루의 시신은 상조회사 직원이 벌써 병원 밖으로 실어갔다.
원래는 유일한 유족인 치하야가 상조회사와 이것저것 논의해야 했지
만, 변호사 노노하라가 그 역할을 대신했다.

노노하라가 설명하기를, 미노루는 몇 개월 전에 이미 자신의 장례
식을 어떻게 치를지 상조회사와 하나하나 논의해서 결정했고 비용도
다 냈다고 한다. 치하야가 한 일이라고는 앞으로 진행될 절차를 설명
하는 상조회사 직원의 담담한 목소리를 흘려들은 것 정도였다.

아버지는 자신의 장례식까지 모두 준비해 놓았다. 치하야의 의견은
비집고 들어갈 틈이 없을 만큼 꼼꼼하게. 치하야는 그것이 자신의
장례식을 딸에게 맡기고 싶지 않다는 의사 표현처럼 느껴졌다.

'역시 아버지는 나를 가족으로 생각하지 않았구나. 내 나름대로

아버지를 애도할 기회조차 주지 않았구나.' 눈앞이 흐려졌다. 치하야
는 천천히 눈가를 닦았다.

하지만 오히려 잘된 일인지도 모른다. 적어도 지금은 장례식 계획을
짤 만한 상태가 아니었다. 머릿속은 안개가 낀 듯 멍했고, 몸은 혈관
에 수은이 흐르는 것처럼 무거웠다. 손가락 하나 까딱하는 것도 귀찮
았다.

세 시간 전, 병리부 부장 마츠모토에게 해부가 마무리됐다고 보고
하니, 시신 이송 절차가 끝나자마자 집에 가서 며칠 쉬라는 지시가
떨어졌다. 아버지를 여읜 것도 모자라 병리해부까지 지켜보느라 심신
이 지쳤을 테니 휴식을 취하라는 뜻이었다.

"근데 그게 다가 아니야…."

치하야는 힘없이 중얼거리고 눈을 감았다. 속이 훤히 드러난 위장
이 영상처럼 눈꺼풀 아래에 비쳤다. 검붉게 충혈된 점막에 새겨진
불길한 글자들과 함께.

암호 같은 그 숫자들은 무엇을 의미하는 것일까. 그리고 마지막에
적힌 '딸에게 알리지 마'라는 말은….

이별이 생각보다 빨리 찾아왔지만, 아버지에게 남은 시간이 적다
는 것은 이미 알고 있었다. 병리해부에 입회하기로 한 것도 나름대로
각오를 다지고 내린 결정이었다. 하지만 위벽에 새겨진 메시지는 뜻
밖의 기습과도 같았다. 그 삐뚤빼뚤한 글자들이 눈에 들어온 순간,
필사적으로 붙들어 놓은 정신의 균형이 한순간에 무너져 내렸다.

시오리의 제안에 따라, 위벽에 글자가 적혀 있었다는 사실은 그
자리에 함께한 셋이서만 알고 비밀에 부치기로 했다. 마츠모토 부장

에게도 보고하지 않았다.

"내용으로 짐작하건대 미즈키 미노루 씨는 이 글을 특정 인물에게만 전달하고 싶었던 것 같아. 고인의 유지를 존중해야 하니까 이 일은 바깥에 알리지 않는 게 좋겠어."

몇 시간 전, 시오리는 라텍스 장갑을 낀 손으로 위장 표면을 쓰다듬으며 낮은 목소리로 그렇게 말했다. 치하야와 무카이는 너무나 기이한 사태를 접한 충격에 그저 우물쭈물 고개를 끄덕일 수밖에 없었다.

"하지만… 아버지의 유지는 이미 존중받지 못했어. 아버지는 누구보다도 나에게 이 사실이 알려지지 않길 바랐으니까."

독백이 방 안 공기에 녹아들었다. 그 메시지를 전하려고 아버지가 사후에 자신의 몸을 해부하라고 지시한 것은 분명하다. 다시 말해 그 글자들은 아버지가 스스로 원해서 위벽에 새긴 것이다. 그런데 왜 꼭 그렇게 해야만 했을까. 처리능력이 떨어진 뇌세포로는 그 답을 끌어낼 단서조차 찾을 수 없었다. 치하야는 눈동자만 굴려서 벽시계를 확인했다. 오후 네 시 반이 넘었다.

병리의들은 근무 시간 내내 조직검사실에 틀어박히므로 이 방에는 사람이 거의 드나들지 않았다. 심신이 쇠약해진 치하야로서는 적막으로 가득한 이 공간이 좋았다. 하지만 30분 후에는 일을 마치고 귀가하는 병리의들이 짐을 가지러 올 것이다. 그 전에 자리를 떠야 한다. 지칠 대로 지친 지금 상태로는 위로의 말을 듣는 것조차 고통스러웠다.

치하야는 의자 등받이에 걸쳐 놓은 흰 가운을 들고 무거운 발걸음을 옮겨 방에서 나갔다. 탈의실에 도착해 사물함에 흰 가운을 넣으려고 하는데, 갑작스러운 전자음이 고막을 흔들었다. 과하게 활기찬 그 선율이 신경을 거슬렀다.

"뭐야, 눈치 없이!"

쏘아붙이듯 혼잣말하며 옷걸이에 걸린 흰 가운 주머니에서 업무용 휴대전화를 꺼냈다. 순간 무시해 버릴까 생각했지만, 사망진단서에 결함이 있다는 연락일지도 몰랐다. 치하야는 통화 버튼을 누르고 휴대전화를 얼굴 옆으로 가져갔다.

"네, 미즈키 치하야인데요."

"바쁘신 중에 죄송합니다. 여기는 1층 안내 데스크입니다."

젊은 여자 목소리가 들려왔다. 아마 데스크 직원인 모양이다.

"안내 데스크요?" 예상치 못한 곳에서 온 연락이라 치하야는 미간을 찌푸렸다. "무슨 일이시죠?"

"치하야 선생님을 뵙고 싶다는 분이 오셔서요."

미간에 잡힌 주름이 더 깊어졌다. 오기로 예정된 손님은 없었다.

"미안하지만 바쁘다고 전해줘요. 지금은 환자한테 인사할 여유가 없어요."

"아뇨, 환자가 아니라…."

"환자가 아니라고요? 그럼 누구죠?"

"아버님의 지인이라고 하십니다."

"아버지의 지인이요?!" 뜻밖의 단어에 목소리가 커졌다.

"네, 그렇습니다. 어떻게 할까요? 돌아가시라고 할까요?"

치하야는 망설였다. 그동안 아버지의 지인을 만나본 적이 거의 없다. 문병객일까. 아니, 문병객이라면 바로 병동으로 갔을 것이다. 병원에 들어오자마자 보이는 안내 데스크에서 치하야를 찾은 것으로 보아 그 사람은 아마 아버지가 돌아가신 것을 아는 모양이다.

대체 누가 무슨 목적으로 이 타이밍에 찾아왔을까.

거기까지 생각한 순간, 몇 시간 전에 본 위벽의 메시지가 뇌리를 스쳤다. 치하야는 머리가 지끈거려 작게 신음했다. 지금 안내 데스크에 찾아온 사람은 치하야가 모르는 아버지의 모습을 알지도 모른다. 그렇다면 아버지가 왜 위벽에 글자를 새기는 괴상한 짓을 했는지 밝혀낼 단서를 갖고 있을 수도 있다.

"치하야 선생님, 들리세요?"

데스크 직원이 물었다. 치하야는 휴대전화를 쥔 손에 힘을 주었다.

"네, 들려요. 지금 갈 테니까 기다리라고 해주세요."

치하야는 휴대전화를 얼른 흰 가운 주머니에 넣고 탈의실에서 나갔다. 온몸의 세포를 뒤덮던 피로감이 어느새 말끔히 사라졌다. 복도를 달리다가 비상계단을 뛰어 내려가서 1층에 도착했다. 진찰 시간이 거의 끝나 한산해진 외래 대기실을 잰걸음으로 나아가다 보니 안내 데스크가 보였다. 젊은 데스크 직원 두 명이 있는 부스 옆에 갈색 코트를 입은 중년 남자가 서 있었다. 저 사람이 아버지의 지인인 것 같다.

치하야는 걷는 속도를 늦추고 호흡을 가다듬으며 멀리서 그 인물을 관찰했다. 나이는 쉰 정도일까. 보통 키에 보통 체격이었지만 새우처럼 등이 구부정해서 훨씬 작아 보였다. 머리카락이 매우 곱슬곱슬해 언뜻 보면 까치집을 머리에 얹은 것 같았다.

역시 처음 보는 사람이다. 아버지와 어떤 관계일까.

안내 데스크로 다가가자, 치하야를 알아본 데스크 직원이 "치하야 선생님이 오셨습니다"라고 남자에게 말했다. 치하야 쪽으로 돌아선 남자가 살짝 미소 지었다.

"미노루 씨의 따님이십니까? 처음 뵙겠습니다. 저는 사쿠라이 키미야스라고 합니다."

사쿠라이라고 자신을 소개한 남자는 까치집을 얹은 것 같은 머리를 깊숙이 숙였다.

"상심이 크시지요? 진심으로 조의를 표합니다."

"미즈키 치하야라고 합니다. 위로 말씀 감사합니다." 치하야도 예의를 차려 인사했다. "실례지만, 아버지와 어떻게 아는 사이셨죠?"

"미노루 씨가 제 직장 선배였습니다. 제가 아버님께 많이 배웠습니다."

고개를 든 사쿠라이의 얼굴에서 그리움과 슬픔이 뒤섞였다.

"직장 선배…요."

이 남자도 경비원이란 말인가.

"그럼 최근까지 아버지와 같은 직장에서 일하신 건가요?"

"아뇨, 아닙니다. 미노루 씨와 같이 일한 건 꽤 오래전입니다."

"꽤 오래전이라면…?"

치하야가 되묻자, 사쿠라이는 기억을 더듬듯 눈동자를 굴렸다.

"그게 그러니까 아마… 28년 전일 겁니다."

"28년 전이요?!" 목소리가 커졌다. "그럼 최근에는 아버지와 만난 적이 없으세요?"

"네. 연하장은 주고받았지만, 얼굴을 보지는 못했습니다. 저는 꼭 만나 뵙고 싶었는데, 엄청 바쁘신 것 같아서…. 그리고 미노루 씨는 예전 직장 사람과 만나기를 꺼리시는 것 같았거든요…."

예전 직장? 치하야는 그 말에 꺼림칙함을 느끼며 질문을 이어갔다.

"거의 30년 동안 못 만났는데 오늘은 갑자기 왜 오신 거죠?"

"미노루 씨가 돌아가셨다는 얘기를 듣고 어찌할 바를 모르겠더군요. 말씀하신 것처럼 오랫동안 못 뵀지만, 미노루 씨는 제가 존경해 마지않는 대선배였거든요. 그래서 마지막으로 잠깐이라도 뵙고 고마운 마음을 전하고 싶었습니다."

열띤 어조로 보아 겉치레로 하는 말 같지는 않았다.

"같이 일한 기간은 겨우 몇 개월이었지만, 그때 저는 미노루 씨에게 많은 것을 배웠습니다. 그때 그 경험이 없었다면 지금의 저도 없었을 겁니다. 미노루 씨가 제게 가르쳐 주신 노하우, 그리고 무엇보다 일을 대하는 타협 없는 자세. 그런 것들 덕분에 제가 아직도 이렇게 시민의 안전을 지키는 임무를 다하고 있습니다."

경비원이 시민의 안전을 지킨다라…. 과장된 표현에 치하야는 속으로 쓴웃음을 지었다.

"그렇군요. 저, 사쿠라이 씨, 저희 아버지는 일할 때 어떠셨나요?"

앞에 있는 남자가 중요한 정보를 알지도 모른다는 기대는 사라졌지만, 그래도 물어보지 않을 수 없었다. 자신은 본 적 없는, 직장에서 일하는 아버지. 그 모습이 어땠을지 궁금했다.

"자기 자신에게나 동료에게나 아주 엄격한 분이었습니다. 저도 얼마나 많이 혼났는지 몰라요. 그것도 다 별을 따서 피해자의 억울함을 풀어주려는 마음에서 나온 행동이었죠."

치하야가 "별이요?" 하며 고개를 갸우뚱하자, 사쿠라이는 관자놀이를 긁적였다.

"아, 죄송합니다. 저희 업계에서 범인을 가리키는 은어예요."

범인? 좀도둑을 잡을 때를 말하는 것일까. 치하야는 어쩐지 이야기의 아귀가 맞지 않는다는 느낌을 받았다.

"음, 아까 저희 아버지가 사쿠라이 씨네 회사를 28년 전에 그만 뒀다고 하셨죠?"

"회사라고 해도 될지…. 음…. 그때 무슨 일이 있었는지 아버님께 못 들으셨나요?"

"아버지는 일 얘기를 거의 안 하셨거든요."

"그렇군요…. 아, 그 마음은 이해합니다. 워낙 참담한 사건이었으니까요."

"참담한 사건이요?"

"네, 그렇습니다." 사쿠라이는 쓸쓸한 표정으로 중얼거렸다. "직업 특성상 참담한 사건을 많이 수사해왔지만, 그렇게 속이 뒤집히는 사건은 처음이었죠. 태어난 지 얼마 되지도 않은 여자아이들이 줄줄이 피해자가 된 살인사건이었으니까요."

"살인?!"

눈을 동그랗게 뜨고 새된 목소리로 외친 치하야는 데스크 직원이 의아한 눈빛을 보내는 것을 깨닫고 양손으로 자신의 입을 막았다.

"저기, 왜 그러시죠?" 사쿠라이가 어리둥절한 표정으로 치하야를 보았다.

"그야 경비원이 살인사건을 수사했다고 하니까…."

"경비원이요?"

이상하다는 듯 중얼거리는 사쿠라이의 모습을 보고서야 치하야는 깨달았다. 두 사람 사이에는 근본적인 인식의 차이가 있었다.

위벽에 새겨진 메시지와 연결되는 단서. 그것에 다가섰다는 직감이 들어 심장이 더 빨리 뛰었다. 치하야는 건조한 입술을 핥고 신중하게 입을 열었다.

"저기, 사쿠라이 씨, 실례지만 직업이 어떻게 되시죠?"

"제 직업이요?"

사쿠라이는 눈을 끔뻑거리다가 코트 주머니를 뒤적였다. 그는 안주머니에서 자그마한 검은 지갑 같은 것을 꺼내 치하야의 얼굴 앞에 내밀더니 반으로 접혀 있던 그것을 펼쳤다. 사쿠라이의 얼굴 사진과 함께 '경위 사쿠라이 키미야스'라는 글자가 나타났다.

"경시청 수사1과 형사입니다."

치하야의 귀에는 사쿠라이의 목소리가 아주 멀리서 울리는 것처럼 들렸다.

찻잔을 입에 대고 코코아를 한 모금 마셨다. 따스한 달콤함이 혀를 감싸고 살짝 첨가한 럼주 향이 입에서 비강으로 퍼져 나갔다. 찻잔을 받침 접시에 내려놓은 치하야는 크게 숨을 내쉬었다.

"조금 진정이 되셨습니까?"

사쿠라이가 커피에 각설탕을 집어넣으며 물었다. 치하야는 "죄송해요, 흐트러진 모습을 보여서" 하며 고개를 숙였다.

"아닙니다. 저야말로 눈치가 없어서 죄송합니다. 거기 서서 이야기할 내용이 아니었는데."

사쿠라이가 사과하며 두 번째 각설탕을 커피에 넣었다.

십여 분 전 사쿠라이가 눈앞에 경찰 신분증을 들이밀었을 때, 치하야는 소스라치게 놀라며 "형사라고요?! 대체 저희 아버지는 저한테 뭘 숨긴 거죠?!"라고 큰 소리로 쏘아붙였다.

사쿠라이가 "진정하세요. 다들 쳐다봅니다"라고 타이르고 나서야 겨우 정신을 차리고 주변을 둘러봤다. 데스크 직원과 외래 환자들의 시선이 두 사람에게 쏟아지고 있었다. 싸움이 난 줄 알았는지 경비원까지 허리에 찬 경찰봉에 손을 얹으며 다가오자, 치하야는 "죄송해요. 아무 일도 아니에요" 하며 사방으로 고개를 숙였다.

그런 뒤에 사쿠라이가 제안하여 병원 근처에 있는 이 카페로 자리를 옮겼다.

치하야는 코코아를 한 모금 더 마셔 마음을 가다듬은 다음, 우유를 붓고 커피를 휘젓는 사쿠라이에게 시선을 고정했다.

"다시 여쭤볼게요. 사쿠라이 씨는 경찰이신 거죠?"

"네, 맞습니다. 경시청 수사1과 살인사건 전담반 형사입니다."

사쿠라이는 가볍게 대답하고 엄청난 양의 설탕과 우유가 섞인 커피를 홀짝였다.

"살인사건 전담반…." 치하야는 그 말을 입속으로 되뇌었다.

"네, 그렇습니다. 경시청 수사1과에는 반이 서른두 개 있는데, 그중 열네 개가 살인범수사계, 흔히들 살인사건 전담반이라고 부르는 살인사건 수사팀입니다."

"그럼 사쿠라이 씨의 동료였다는 건…."

거기서 잠깐 말을 끊은 치하야는 긴장 때문에 바싹 마른 입안을 혀로 훑었다.

"아버지도 살인사건 전담반 형사였다는 뜻인가요?"

사쿠라이는 커피잔을 손에 든 채 난처한 표정으로 까치집 같은 머리를 긁적였다.

"미노루 씨가 숨긴 걸 제가 말해도 될지…."

"이미 늦었어요. 여기까지 말한 이상 어중간하게 숨겨봤자잖아요. 제발 더 자세히 가르쳐 주세요."

치하야는 사쿠라이의 눈을 똑바로 바라보았다. 사쿠라이는 잠시 생각에 잠겨 있다가 "아무래도 그렇겠죠" 하며 고개를 까닥였다.

"네, 미즈키 미노루 씨는 수사1과 형사였습니다. 그 당시에는 살인 사건 전담반이 아니라 강력반이라고 불렀지만요."

아버지가 형사였다…. 예상은 했지만, 막상 확답을 들으니 혼란스러워서 숨이 가빠졌다. 아버지는 왜 형사였다는 것을 치하야에게 숨겼을까. 단순히, 가족으로 여기지 않는 치하야에게 말할 필요가 없다고 판단해서? 아니, 아니다. 치하야는 가볍게 고개를 흔들었다.

치하야의 어머니도 아버지가 형사였다는 이야기를 한 번도 해주지 않았다. 아버지와는 달리 어머니와 치하야는 명백한 '모녀'였다. 마음을 터놓고 대화하는 사이였다. 그런데도 이야기를 하지 않은 거라면 아버지가 어머니에게 입단속을 시켰을 것이다.

아버지가 그렇게까지 해서 형사였음을 숨긴 이유. 그것을 지금 앞에 있는 남자에게서 알아내야 한다. 그러려면 지금 물어야 할 것은….

"28년 전…." 치하야가 신중하게 입을 뗐다. "28년 전에 무슨 일이 있었죠?"

28년 전에 아버지는 형사를 그만두었다. 그리고 자신이 형사였다는 사실을 숨기게 되었다. 그때 무슨 일이 있었던 게 분명하다. 아버지의 인생을 송두리째 바꿀 어떤 일이. 치하야는 코코아 덕에 혈당치가 높아져서인지, 정상적으로 돌아가기 시작한 머리를 필사적으로 굴렸다.

"28년 전…이요?"

사쿠라이의 말투가 무거워졌다. 치하야가 저도 모르게 몸을 앞으로 기울였을 때, 사쿠라이는 가볍게 손을 들어 근처를 지나가던 점원을 불러서 생크림 케이크를 추가로 주문했다.

"…사쿠라이 씨."

치하야가 김이 빠져 흘겨보자, 사쿠라이는 어깨를 으쓱했다.

"에이, 눈에 힘 풀어요. 제가 단 걸 좋아해서 케이크가 당기는 걸 어떡합니까."

정말 엉뚱한 사람이다. 치하야가 맥 빠지는 느낌을 곱씹고 있자니, 가벼운 분위기를 풍기던 사쿠라이의 표정이 차츰 험악해졌다.

"그 사건을 떠올리면 아직도 창자가 뒤틀립니다. 그 화를 억누르려면 당분이 필요해요."

땅속에서 울리는 듯한 목소리로 말하는 사쿠라이를 보고 기가 눌린 치하야는 마른침을 삼켰다.

"…그 사건을 계기로 사쿠라이 씨와 아버지가 함께 수사하게 된 거군요."

"네. 그 당시 저는 스미다구에 있는 무코지마 경찰서 형사과에서 근무했습니다."

"네? 수사1과가 아니고요?"

"도쿄에서 살인사건 같은 큰 사건이 일어나면, 그 지역 관할 경찰서에 수사본부가 설치되고, 그 사건을 담당하게 된 반의 경시청 수사 1과 형사들은 해당 수사본부로 파견됩니다. 그리고 관할서 형사나 기동수사대 대원과 짝을 이뤄서 2인 1조로 수사하죠."

"그러니까 사쿠라이 씨는 무코지마 경찰서 형사였고, 수사1과에서 파견된 아버지와 짝이 됐다는 건가요?"

"제대로 이해하신 것 같군요. 사실 저는 미노루 씨와 처음 파트너가 됐을 때 엄청 긴장했습니다. 여기저기서 소문을 많이 들었거든요."

"아버지와 관련된 소문이요? 어떤 소문이었죠?!"

"아주 무서운 호랑이 형사라고요. 파트너가 된 관할서 형사는 된통 깨진다는 소문이었어요."

"호랑이 형사…."

"네. 미노루 씨는 먹잇감을 쫓는 야수처럼 비범한 집념으로 범인을 압박했습니다. 독불장군이라 다른 사람과 함께 다니는 걸 싫어해서 자기 실력만으로 사건을 해결하는 형사였습니다."

"독불장군이요? 아까는 짝을 지어서 수사한다고 하셨잖아요?"

"원래는 그래야 하는데, 미노루 씨는 관할서 형사를 똘마니…라고 할까요? 아무튼 걸리적거리는 존재로 생각하셨거든요. 조금이라도 뭉그적거리거나 엉뚱한 발언을 하면 불호령이 떨어졌습니다. 게다가 틈만 나면 관할서 형사를 떼어놓고 혼자서 움직이셨죠. 미노루 씨와 파트너일 때 정말 힘들었습니다. 한순간도 긴장을 늦출 수 없었거든요."

치하야는 껄껄 웃는 사쿠라이 앞에서 "그런 갑질을…"하며 얼굴을 찡그렸다.

"옛날얘기잖아요. 참고로 제가 형사의 기술을 배우려고 필사적으로 쫓아다니는 게 기특해 보였는지, 나중에는 수사에 동행하게 해주셨습니다. 심지어 직접 이것저것 가르쳐주시기도 했어요. 잘못하면 주먹이 날아오기는 했지만요."

"주먹이라니…. 그러면 안 되지 않아요?"

"우리 형사들에게 가장 중요한 건 규칙 준수가 아니라, 범인을 잡는 겁니다. 피해자의 억울함을 조금이나마 풀어주고 편히 눈감게 해줄 수 있다면 수단과 방법을 가리지 않죠…. 그게 살인사건 전담반 형사입니다."

사쿠라이는 살짝 턱을 당기고 목소리를 낮췄다. 그 모습을 보자, 치하야는 본능적인 공포를 느꼈다. 언뜻 보면 피곤에 찌든 샐러리맨 같은 이 남자가 사실은 밤낮으로 살인범을 쫓는 사냥꾼임을 실감했다.

그때 점원이 "케이크 나왔습니다" 하면서 생크림 케이크를 내왔다.

"오, 맛있겠다."

얼굴이 확 밝아진 사쿠라이는 포크로 케이크를 떠서 입에 넣고 행복하게 우물거렸다.

"음, 그래서 무슨 얘기를 하고 있었죠?"

케이크를 삼분의 일 정도 먹은 사쿠라이가 말했다. 치하야가 어이없다는 듯 "28년 전 사건 이야기요" 하며 한숨을 쉬자, 사쿠라이는 입맛을 다시듯 입술에 묻은 생크림을 핥아 먹었다.

"종이학 살인사건."

"네? 그게 뭐죠?"

"종이학 살인사건이요. 들어본 적 없으세요?"

사쿠라이가 눈을 살짝 치뜨고 물었다. 치하야는 관자놀이에 손을 대고 기억을 더듬었다.

"어디서 들어본 것 같은데…. 아마 TV에서 하는 미제사건 특집 방송 같은 데서…."

"하긴 젊은 분들한테는 먼 이야기겠군요. 꽤 오래전 사건이니까요. 아무리 큰 사건도 시간이라는 놈을 만나면 희미해지죠."

사쿠라이는 자세를 고쳐 앉고 나지막한 목소리로 말했다.

"28년 전 봄, 스미다구 히키후네에 사는 토다 하나에라는 다섯 살 난 여자아이가 동네 놀이터에서 놀겠다고 집을 나갔다가 그대로 행방불명됐습니다. 부모님이 경찰에 신고했지만, 처음에는 아이가 길을 잃었겠거니 하며 동네 주민들과 집 주변을 수색하는 데 그쳤죠. 그런데 사건이 급변했습니다. 밤이 돼도 아이는 돌아오지 않았고, 경찰이 심상치 않음을 감지했을 즈음, 수색을 돕던 동네 주민이 스미다가와 하천 부지에서… 아이의 시신을 발견했거든요."

사쿠라이가 음울하게 내뱉은 말에 치하야는 몸을 떨었다.

"부검 결과, 목 졸린 흔적이 발견돼서 끈 형태의 도구로 강하게 목을 졸려 살해됐다는 판단이 나왔습니다. 그리고 감식반은 아이가 입고 있던 치마 주머니에서 정성껏 종이접기한 색종이를 발견했죠. 아이가 유괴된 장소로 추정되는 현장에서도 똑같이 접은 색종이가 나온 것으로 보아 범인이 스스로 범행을 과시하려고 일부러 남긴 것 같았습니다."

사쿠라이가 담담하게 늘어놓는 설명이 무척 실감 나서 치하야는 서서히 이야기에 빠져들었다.

"유괴 살인사건이라는 판단이 떨어지자마자 무코지마 경찰서에 특별수사본부가 설치됐고, 경시청 수사1과 강력반 3계가 사건을 도맡아 지역, 관계, 증거물로 역할을 나눠서 수사를 시작했습니다."

"지역, 관계…?" 익숙하지 않은 용어에 치하야가 고개를 갸웃거렸다.

"아, 죄송합니다. 지역은 사건이 일어난 동네를 꼼꼼히 탐문해서 사건의 단서가 될 정보를 찾는 겁니다. 관계는 피해자와 관련된 온갖 정보를 파헤치는 수사죠. 피해자의 인간관계나 사건 전후의 행적 등을 빈틈없이 조사합니다. 증거물은 범인이 현장에 남긴 유류품의 출처를 찾는 임무입니다. 그렇게 각자 모은 정보를 수사회의에서 보고하면 수사를 지휘하는 간부들이 그다음 날부터 어떻게 수사할지 방침을 정합니다."

"그렇군요. 그럼 아버지와 사쿠라이 씨는 뭘 담당하셨나요?"

"우리는 유격대 취급을 받았어요."

"유격대요?"

"정확히는 '특명수사'라고 부릅니다. 미노루 씨는 그… 상당히 독특한 분이라 간부들이 지시를 내려도 따르지 않고 자기 주관대로 수사하는 버릇이 있어서서…."

"경찰은 자기 멋대로 행동하는 구성원을 눈감아 주지 않는 조직 아니었나요?"

"네, 일반적으로는 봐주지 않죠. 멋대로 움직였다가는 바로 교통과로 좌천되기 십상입니다. 그런데 미노루 씨는 일반적이지 않았어요. 그분은 특별했거든요."

"특별했다고요?"

"아까 말했듯이 미노루 씨는 지시받은 것과 다른 수사를 할 때가 많았습니다. 하지만 그 수사 덕에 해결한 사건도 많았어요. 어떻게 수사하면 범인을 잡을 수 있을지 본능적으로 감지하는 야성적인 감 같은 걸 타고난 분이었습니다."

사쿠라이의 얼굴에 자랑스러움이 번지는 듯했다.

"범인을 잡았는데 어떻게 수사1과에서 내치겠습니까? 하지만 간부들한테는 눈엣가시였을 겁니다. 그래서 간부들은 수사를 할 때 미노루 씨에게 지시를 내리지 않았습니다. 쉽게 말하면 마음대로 수사하라는 승인을 받은 거나 다름없었죠."

"네…, 그렇군요."

붙임성과 거리가 먼 사람인 줄은 알았지만, 그렇게까지 괴짜였을 줄이야.

자신은 모르는 아버지의 모습에 흥미가 동한 치하야는 "그래서 사건은요?" 하며 뒷이야기를 재촉했다.

"당시 수사본부는 피해자의 지인 중에 범인이 있을 거라고 판단해 인간관계에 특히 힘을 실어서 조사했습니다."

"왜 그렇게 판단했죠?"

"피해자인 아이의 아버지가 금융 관련 회사를 운영했거든요. 소위 말하는 대부업이었죠. 평판이 나쁜 회사라 고객의 약점을 잡아서 고금리로 돈을 빌려주고 등을 벗겨 먹는 식으로 수익을 올렸습니다. 요즘 말하는 불법 사채에 가까웠어요."

"그래서 채무자들의 원한을 샀군요."

"그렇습니다. 피해자의 아버지에게 지독하게 시달린 채무자 중 누군가가 복수하려고 아이를 해쳤다고 생각했습니다. 그런데 약 3주 후, 그 예상이 완전히 빗나갔다는 게 밝혀졌습니다."

"3주 후에 무슨 일이 있었는데요?"

"두 번째 피해자가 나왔습니다." 사쿠라이의 표정이 험악해졌다.

"살해된 사람은 카메이도에 사는 여섯 살짜리… 초등학교 1학년 여자아이였습니다. 하교하던 도중에 행방불명됐고, 이튿날 자택 근처에 있는 신사* 정원에서 교살된 시신으로 발견됐습니다. 그리고 시신 옆과 하굣길에 첫 피해자 때와 마찬가지로 정성스럽게 접은 색종이가 놓여 있었습니다. 감식해 본 결과, 동일인물이 만든 것이 확실했습니다. 그런데 다른 점이 딱 하나 있었죠. 두 번째 사건에서 발견된 것들에는 서명 같은 게 적혀 있었습니다. …'종이학'이라고요."

"종이학…" 치하야가 그 단어를 되뇌었다.

"그 정보가 언론으로 흘러 들어가자, 범인은 '종이학'으로 불리게 됐습니다. 언제부턴가 수사본부 안에서도요. 나중에 자세히 조사해 본 결과, 두 사건의 피해자 사이에는 아무런 연결고리가 없어서, 어린 여자아이를 무차별적으로 노린 연쇄살인일 가능성이 매우 크다는 결론이 나왔습니다. 수사본부는 크게 동요했고 거의 공황 상태에 빠졌죠. 그야말로 최악의 사태였으니까요."

"그랬겠네요. 새로운 피해자가 나오는 걸 막지 못했으니."

"그뿐만이 아니었습니다. 연쇄살인이라면 범인이 잡힐 때까지 어린아이들이 계속 살해될 가능성이 있었습니다. 게다가 범인은 표적

---

* 神社 일본 민족신앙인 신토를 기반으로 세운 종교시설

을 무차별적으로 골랐기 때문에 범행을 방지하기도 어려웠죠. 두 사건 현장은 상당히 멀리 떨어져 있어서 특정 장소를 중심으로 경계하기도 힘들었습니다. 그리고 무엇보다 수사 계획이 어그러진 게 타격이 컸습니다."

"수사 계획이 어그러졌다고요?"

"네. 아까 말씀드렸다시피 수사본부가 막 설치됐을 때는 원한에 의한 범행을 전제하고 피해자의 인간관계를 중심으로 수사했습니다. 그런데 그 노력이 전부 쓸모없어진 겁니다."

사쿠라이는 벌레를 씹은 듯한 표정을 지었다.

"사건을 해결하려면 초동수사가 아주 중요합니다. 시간이 지나면 지날수록 관계자들의 기억이 흐려져서 범인을 찾을 수 있는 단서가 줄어들거든요. 첫 3주 동안 엉뚱한 수사에 힘을 쏟았으니 그야말로 치명적인 실수였습니다. 그래서 현장 수사관들이 우려한 대로 범인을 가리키는 단서를 하나도 찾지 못한 채 사태는 최악의 길로 접어들었죠."

어떤 이야기가 이어질지 눈치챈 치하야는 표정이 굳어졌다.

"맞습니다. 2주쯤 지나서 또 다른 피해자가 나왔습니다. 아사쿠사에 사는 네 살짜리 여자아이였고, 낮에 집 앞에서 놀다가 유괴되어 그날 밤 근처 폐가에서 교살된 시신으로 발견됐습니다. 그로부터 3주쯤 후에 스미다구 야히로에서 다섯 살 난 아이가 유괴되었고, 근처에 있는 아라카와 하천 부지에서 시신으로 발견되었죠. 두 사건 모두, 유괴 현장과 시신 옆에 종이접기한 색종이가 놓여 있었습니다."

사쿠라이는 너무 참담한 사건을 설명하느라 진이 빠졌는지 생크림 케이크를 한 입 먹었다.

잠시 할 말을 잃은 치하야는 "저, 저기…"하며 움직임이 둔해진 혀를 움직였다.

"그렇게 연달아 사건을 일으키고도 잡히지 않는 게 가능해요? 그리고 그런 끔찍한 사건이 일어나는 시기에 아이한테서 눈을 떼는 부모는 없을 텐데…."

"시대가 달라요." 사쿠라이는 피곤이 묻어나는 목소리로 말했다. "요즘 같았으면 사건 현장 근처에 있는 CCTV 영상을 분석해서 범인을 찾았겠죠. 하지만 28년 전에는 CCTV가 지금처럼 흔하지 않았습니다. 그리고 그 시절에는 지금보다 아이들 수가 훨씬 많았어요. 가전 제품도 요즘만큼 편리하지 않아서 비교가 안 될 정도로 집안일이 힘들었습니다. 그래서 부모의 눈이 닿지 않는 곳에서 노는 아이가 꽤 많았죠. 특히 사건이 일어난 상업 지역에서는 더더욱 그랬습니다. 범인이 마음껏 날뛰기 좋은 상황이었어요."

"…피해자가 늘어나는 동안 수사는 계속 진행됐나요?"

"물론 저희는 온 힘을 다해 수사했습니다. 지역 주민들을 철저히 탐문하고 범행 현장에서 유류품을 수색했죠. 하지만 눈에 띄는 성과는 없었습니다."

"과거 상업 지역에서는 동네 사람들끼리 교류가 많지 않았나요? 동네 여자애가 모르는 사람한테 끌려가는 걸 본 사람이 있을 법도 한데…."

치하야가 꼬집어 묻자, 사쿠라이는 입술을 비틀며 까치집 같은 머리를 긁적였다.

"그게 좀 애매합니다. 범행이 일어난 장소가 그 당시에 한창 재개발
돼서 인구가 유입되는 지역이었거든요. 신축 아파트가 들어서서 젊은
가족들이 하나둘 이사 오던 시기였어요. 그래서 그 이전처럼 온 동네
가 서로 알고 지내는 상황은 아니었습니다. 아마 범인은 거기까지
계산했을 겁니다. 신중하고 머리가 좋은 놈이에요. 범행 현장에도
단서가 될 만한 유류품을 거의 남기지 않았습니다."

"그럼 수사는 포기 상태였나요?"

"그렇지는 않았습니다. 피해자가 모두 어린 여자아이인 점을 고려
해 소아 성범죄 전과가 있는 사람들을 철저히 파헤쳤죠. 하지만 거기
에 해당하는 사람이 워낙 많아서 아무래도 시간이 오래 걸릴 수밖에
없었고, 효율적인 수사는 아니었습니다."

"아버지와 사쿠라이 씨도 전과자를 조사하셨나요?"

"아닙니다. 미노루 씨는 완전히 다른 관점으로 사건을 조사했습니다."

"완전히 다른 관점이요?"

"수사본부는 범인이 일정한 직업을 가지지 않은 변태 성욕자라고
추측했습니다. 평일 대낮에 일어난 사건도 있었거든요. 그런데 미노루
씨는 그런 식으로 대상을 미리 정해놓고 많은 노동력을 들여서 일일
이 가려내는 방식은 위험하다고 생각했습니다."

"다시 말해 범인은 전과가 있는 변태 성욕자가 아니라는 뜻인가요?"

"아뇨. 물론 전과자일 가능성이 크지만, 그렇지 않을 경우를 고려해
서 다른 방식으로도 수사해야 한다고 생각하셨습니다."

"아버지와 사쿠라이 씨는 구체적으로 어떤 수사를 하셨죠?"

"미노루 씨는 첫 사건을 중요하게 봤습니다."

"첫 사건이라면 히키후네에서 다섯 살짜리 아이가 살해된 사건이죠?"

"네, 맞습니다." 사쿠라이가 고개를 끄덕였다. "사람을 한번 죽인 사람은 제어 장치가 고장 난다고, 미노루 씨가 항상 말했죠."

"제어 장치요?" 치하야가 미간을 찡그렸다.

"그렇습니다. 한번 살인을 저질러본 사람은 살인에 대한 거부감이 현저히 줄어듭니다. 두 번째부터는 처음보다 훨씬 쉽게 손을 더럽힐 수 있습니다. 그리고 그걸 되풀이하다 보면 살인이 어느새 일상의 일부가 되는 거죠."

"살인이 일상의 일부…. 그게 말이 되나요?"

"말이 됩니다." 사쿠라이가 즉시 대답했다. "제가 그동안 만나본 살인범 몇 명은 아무런 망설임 없이 사람을 죽입니다. 그중 한 명은 경찰 조사를 받다가 이런 말을 했습니다. 자기한테는 사람을 죽이는 게 식사나 배설과 별반 다르지 않다고요."

치하야는 실내 온도가 뚝 떨어진 듯한 느낌에 양어깨를 끌어안았다.

"하지만 그렇게 사람의 가죽을 뒤집어쓴 악마 같은 놈들도 입을 모아 말하더군요. 처음 범행을 저질렀을 때는 몸이 떨렸다고. 온몸에서 얼음처럼 차가운 땀이 흐르고 몸이 떨려서 이가 딱딱거릴 정도였다고요. 뭐, 긴장이나 공포 때문이었는지 아니면 흥분 때문이었는지는 알 수 없지만요."

"…모든 연쇄살인범에게 첫 사건은 특별하다는 뜻이군요."

"네. 많은 범죄자가 첫 범행 전에는 어마어마한 갈등을 겪습니다. 체포에 대한 공포, 세상에서 가장 강한 금기를 깨는 것에 대한 본능적인 거부감, 그걸 뛰어넘는 이유가 있어야 비로소 선을 넘어 사람을 죽이죠."

"다시 말해 첫 번째 사건에는 범인이 그 선을 넘을 만한 이유가 있었다는 건가요?"

"물론입니다. 그 이유가 원한이나 이해관계라고 단정 지을 수는 없습니다. 범인이 자기 속에 감춰진 어두운 욕망의 폭주를 더는 억누를 수 없게 된 건지도 모르니까요. 그래도 미노루 씨는 토다 하나에 양이 첫 피해자로 선택된 데에는 이유가 있을 거라면서 수사본부가 피해자의 인간관계 조사에서 거의 손을 뗀 뒤에도 하나에 양의 주변 인물을 철저히 조사했습니다."

"그래서 단서를 찾았나요?"

치하야가 묻자, 사쿠라이는 "아뇨, 그게…" 하며 어깨를 으쓱했다.

"미노루 씨는 가장 중요한 걸 가슴속에 묻어두는 분이었던지라…."

치하야가 실망감을 얼굴에 드러내자, 사쿠라이는 당황한 표정으로 가슴 앞에다 양손을 흔들었다.

"아니, 단순히 제가 미노루 씨를 쫓아가기 벅찼을 뿐입니다. 그분은 틀림없이 범인에 근접했을 거예요. 파트너인 저는 그걸 느꼈습니다."

"하지만 결국 범인을 체포하지 못했잖아요."

의심 가득한 목소리로 묻자, 사쿠라이는 힘없이 고개를 가로저었다.

"그 상태로 쭉 밀고 나갔다면, 미노루 씨는 분명히 범인을 찾아냈을 겁니다. 전 그렇게 믿어요. 그런데 그러기 전에 마지막 사건이 일어나고 말았습니다. 한 살짜리 영아가 살해당하는 끔찍한 사건이."

"한 살…."

말문이 막힌 치하야 앞에서 사쿠라이가 괴로운 목소리로 이야기를 시작했다.

"네, 그렇습니다. 네 번째 피해자가 나온 그다음 주, 킨시쵸 쇼핑센터 주차장에 주차된 차에서 갓 한 살이 된 여자아이 진나이 사쿠라코 양이 유괴됐습니다."

"차에서 유괴됐다고요? 그때 부모는 뭘 하고 있었죠?"

"부모는 잠든 사쿠라코 양을 차에 두고, 뭐라고 할까요…. 볼일을 보고 있었습니다."

모호한 대답이 신경 쓰였지만, 치하야는 뒷이야기가 더 궁금했다.

"그래서 그 아이도 교살당한 채로 발견된 거죠?"

"아닙니다." 사쿠라이는 가볍게 손을 흔들었다. "그 아이는 발견되지 않았습니다. …끝까지요."

"그럼 그 유괴 사건이 연쇄살인범의 짓이라는 걸 어떻게 확신하죠? 전혀 다른 사건일 수도 있잖아요."

"종이접기요. 종이접기한 색종이가 유괴 현장에서 발견됐습니다. 저희는 진나이 사쿠라코 양이 범인에게, 즉 종이학에게 유괴됐다고 판단하고 대규모 수사를 벌였습니다. 하지만 결국 진나이 사쿠라코 양을 찾지 못했고, 그 사건을 끝으로 범행은 더 일어나지 않았습니다."

"범행이 왜 멈췄을까요?"

"짐작도 안 됩니다. 충분히 죽였으니 만족해서, 더 죽이면 체포될까 봐, 다른 범죄로 체포돼서, 질병이나 부상 때문에 범행을 이어갈 수 없어서…. 이런저런 가설이 나왔지만, 뭐가 정답인지는 알 수 없습니다. 물론 방금 든 예시와는 완전히 다른 이유였을지도 모르죠."

사쿠라이는 남은 생크림 케이크를 입안에 밀어 넣었다.

"그럼 저희 아버지는 어떻게 생각하셨나요?"

사쿠라이에게 묻자, 그는 커피로 케이크를 꾸역꾸역 눌러 삼킨 뒤에 어두운 표정을 지었다.

"모릅니다. 원래도 말수가 적은 분이었지만, 마지막 사건이 터지고 나서는 거의 아무 말도 하지 않으셨거든요."

"아무 말도 하지 않았다고요? 무슨 일이 있었길래요?"

"정신적으로 피폐해져서 저 같은 신참 형사를 상대할 여유가 없으셨던 것 같습니다. 옆에서 보기에도 그 당시 미노루 씨는 무척 괴로워 보였습니다. 범인을 잡지 못하고 허둥대는 사이에 어린아이들이 하나둘씩 죽어 나가더니 심지어 한 살짜리 돌쟁이까지…. 미노루 씨는 그걸 본인의 책임이라고 생각한 것 같습니다. 정신적으로 한계가 왔어도 이상할 게 없어요."

"왜 그렇게까지 혼자서 떠안았을까요?"

"치하야 씨의 아버님은 그런 분이었습니다. 과묵하고 살갑지 않아서 툭하면 오해를 샀지만, 누구보다도 정의감이 강한 사람이었습니다. 살인범을 체포해서 시민들이 마음 편히 지낼 수 있게 하는 게 자신에게 주어진 임무라고 생각했죠. 그래서 용납이 안 됐을 거예요. 종이학과, 그놈을 체포하지 못하는 자기 자신을."

사쿠라이는 긴 이야기를 늘어놓느라 지쳤는지 크게 한숨을 쉬고 남은 커피를 마저 마셨다. 받침 접시에 올려놓은 커피 잔 밑바닥에 덜 녹은 설탕 덩어리가 남아 있었다.

"그 뒤로 사건은 어떻게 됐나요?" 치하야는 고단함을 느끼면서도 물었다.

"물론 수사는 계속됐습니다. 하지만 범인을 밝혀낼 이렇다 할 정보를 찾지는 못했습니다. 범행이 멈춰서 수사본부는 서서히 규모가 작아졌고, 결국 몇 개월 후에는 아주 적은 전담반 인원만 남겨놓고 해산했습니다."

"그동안 아버지는 어떤 수사를 하셨죠?"

"사실 마지막 사건을 수사할 때 저는 거의 미노루 씨와 동행하지 못했습니다."

사쿠라이는 면목 없다는 듯 머리를 긁적였다.

"네? 아까는 아버지에게 인정받아서 같이 움직이게 됐다고…."

"그랬는데, 마지막 사건이 터진 이후에 미노루 씨가 '제발 부탁이니 혼자 수사할 수 있게 해줘. 이대로 가다가는 미쳐 버릴 것 같아'라고 간곡히 부탁하시더라고요. 그 모습이 너무 애처로워 보여서 부탁을 받아들이고 말았습니다. 낮에는 따로 움직이다가 수사회의 전에 합류해서 정보를 교환했죠. 그런 날이 계속됐습니다."

"아버지는 왜 혼자 수사하기를 원했을까요?"

"아마 저처럼 별 도움도 안 되는 짐 덩어리를 뒤치다꺼리할 여유가 없었던 거겠죠. 혹은 알려지면 문제가 될 방법으로 정보를 얻을 계획이라, 같이 있으면 저한테 피해가 갈까 봐 배려하신 걸 수도 있고요."

"불법 수사를 말씀하시는 거예요? 그런 걸 하는 형사가 진짜 있나요?"

치하야의 질문에 사쿠라이는 말없이 입꼬리를 올렸다. 시들어 가는 중년 남자를 가장하던 가면 뒤에 숨겨진 위험한 본성을 본 것 같아서 등골이 오싹했다.

"그럼 마지막 사건 이후에 아버지가 어떤 걸 조사했는지 전혀 모르세요?"

치하야가 당황해서 화제를 돌리자, 사쿠라이는 야릇한 미소를
거두었다.

"그렇지는 않습니다. 최소한의 정보는 교환했으니까요. 미노루 씨는
아마 마지막 사건의 피해자 진나이 사쿠라코 양의 부모와 그 주변을
조사했을 겁니다."

"마지막 피해자의 주변…."

"사쿠라코 양이 행방불명된 뒤로 사건은 더 이상 일어나지 않았
습니다. 다시 말하면 첫 피해자와 마찬가지로 마지막 피해자도 범인
에게 의미 있는 인물인 거죠. 미노루 씨는 그렇게 생각했을 겁니다."

사쿠라이의 말이 맞는지도 모른다. 그러나 마지막 피해자의 주변
을 조사하는 것이 다였다면, 굳이 사쿠라이를 떼어놓을 필요는 없지
않았을까.

'제발 부탁이니 혼자 수사할 수 있게 해줘. 이대로 가다가는 미쳐
버릴 것 같아.'

아버지의 입에서 그런 말이 나왔다니 믿기지 않았다. 치하야가
아는 아버지는 약한 소리를 하는 사람이 아니었다. 암이 온몸에 퍼져
참기 힘든 고통을 느끼면서도 이를 악물고 의연한 태도를 유지하던
사람이다. 그런 아버지가 그렇게 약한 소리를 했다니….

순간 사쿠라이가 거짓말을 하는 것일지도 모른다는 생각이 스쳤지
만, 그가 그런 짓을 할 이유는 없었다. 사쿠라이의 말이 사실이라면,
마지막 사건이 일어난 뒤에 아버지는 무척이나 궁지에 내몰려 있었다
는 뜻이다.

앞으로 죽을 위기에 처한 것보다도 극한 상황. 아버지는 범인을 체포하지 못한 채 차례로 죽어 가는 어린아이를 지켜보는 것이 그토록 괴로웠던 것일까.

치하야는 접시에 묻은 생크림을 포크로 긁어 입으로 가져가는 사쿠라이를 응시했다. 이 사람에게서 제법 많은 정보를 얻어냈다. 이제 물어볼 것이 그리 많지 않았다.

"마지막으로 한 가지 더 여쭤봐도 될까요?" 치하야가 조용히 말했다. "사쿠라이 씨는 아버지가 경찰을 관둔 이유를 아시나요?"

사쿠라이는 손에 든 포크를 접시에 내려놓고 "네, 물론이죠" 하며 옛 생각에 잠긴 듯 어쩐지 슬픈 표정으로 고개를 끄덕였다.

"범인을 체포하기는커녕 이렇다 할 단서도 찾지 못한 채 수사본부가 해체됐을 때, 미노루 씨는 전담반에 남게 해달라고 상부에 요청했습니다."

"전담반이면 수사본부가 없어진 뒤에도 해당 사건을 조사하는 팀이죠?"

"그렇습니다. 하지만 상부는 미노루 씨의 요청을 받아들이지 않았어요. 수사 능력이 좋은 미노루 씨를 한 사건에 묶어두는 대신, 앞으로 일어날 새로운 흉악범죄를 해결하는 데 사용하고 싶어 한 거죠. 뭐, 지당한 판단이었습니다. 하지만 그 결정이 떨어지자마자 미노루 씨는 사표를 내고 형사를 그만뒀습니다. 이유는 명백하죠."

"…형사를 관둬서라도 종이학을 잡고 싶었군요."

치하야가 중얼거리자, 사쿠라이가 "그렇습니다" 하며 크게 고개를 끄덕였다.

"물론 미노루 씨에게 직접 들은 건 아니지만, 아마 맞을 겁니다. 그분은 경찰관이라는 안정적인 지위를 버리는 한이 있더라도 종이학을 잡고 싶었던 겁니다. 그 전까지 미노루 씨가 수사에 참여한 살인 사건은 모두 범인이 체포되면서 막을 내렸습니다. 그러니 범인을 잡지 못한 상태로 사건을 포기하는 걸 용납할 수 없었을 겁니다."

"그렇군요…."

치하야는 중얼거린 뒤에 코코아를 한 모금 마셨다. 식은 코코아의 달콤함이 입안에 끈적하게 달라붙었다.

"아, 죄송합니다. 벌써 시간이 이렇게 됐군요."

사쿠라이가 손목시계로 시선을 던졌다.

"미노루 씨가 생각나서 저도 모르게 말이 길어졌네요. 힘든 일을 겪어서 피곤하실 텐데 붙잡아 놔서 죄송합니다."

"아닙니다. 얘기를 해달라고 조른 건 저였는걸요."

"저는 이만 가보겠습니다. 치하야 씨도 집에 가서 푹 쉬세요. 찻값은 제가 내겠습니다."

계산서를 손에 들고 일어난 사쿠라이는 코트 주머니에서 명함을 꺼내 치하야에게 건넸다.

"아버님과 관련해서 또 궁금한 게 생기면 이쪽으로 연락 주세요. 그리고 장례식 일정이 정해지면 그것도 알려주십시오."

"저…, 고별식 같은 건 생략하고 정말 자그마하게 장례식만 할 예정인데…."

"화장하기 전에 미노루 씨에게 감사 인사 한마디만이라도 전할 수 있다면 그걸로 족합니다. 그러니 장례식을 언제 어디서 하시든 달려가겠습니다."

"경시청 수사1과 형사님이시잖아요. 바쁘실 텐데…."

"수사본부에 투입돼서 수사할 때는 눈 돌아가게 바쁘지만, 제가 소속된 반은 요즘 담당하는 사건이 없어서 대기 중이거든요. 그래서 시간이 남아돕니다."

치하야는 어깨를 으쓱하는 사쿠라이를 보고 "알겠습니다" 하며 미소 지었다. 원래는 혼자 보내드릴 계획이었지만, 이렇게까지 아버지를 생각해주는 사람이라면 꼭 장례식에 불러야겠다는 생각이 들었다.

"감사합니다. 그럼 실례하겠습니다."

사쿠라이는 정중하게 고개를 숙이고 문 쪽으로 갔다. 치하야는 계산을 마친 그가 가게에서 나가는 모습을 지켜보다가 찻잔에 남은 코코아를 마저 마시고 집에 갈 준비를 했다.

카페를 나선 사쿠라이는 하늘을 올려다보았다. 봄이 되어 해가 꽤 길어졌건만, 주변에 벌써 어둠이 깔렸다.

"밤에는 아직 춥군."

코트 깃을 세운 사쿠라이는 여느 때처럼 등을 둥글게 말고 근처에 있는 카미야쵸 역으로 걸음을 옮겼다. 밤바람이 목덜미에서 체온을 앗아갔다.

몇 분 동안 걷는데, 허리춤에서 진동이 느껴졌다. 코트 주머니에서 떼쓰듯 몸부림치는 스마트폰을 꺼내 통화 버튼을 눌렀다.

"예, 예, 사쿠라이입니다. 무슨 일 있어?"

늘어지는 목소리로 말하자, 수화기 너머에서 흥분한 목소리가 날아들었다. 그 내용이 머릿속에 흡수되면서 자연스럽게 스마트폰을 쥔 손에 힘이 들어갔다.

"…그거 확실하지?"

낮은 목소리로 묻자, "네. 확실합니다"라는 대답이 돌아왔다.

"바로 갈게."

전화를 끊은 사쿠라이는 달이 뜬 밤하늘을 올려다보며 중얼거렸다.

"죄송해요, 미노루 씨. 장례식에는 못 갈 것 같아요."

스마트폰을 코트 주머니에 쑤셔 넣은 사쿠라이는 등을 꼿꼿이 세우고 큰 보폭으로 걸었다. 뱃속에서 불꽃이 피어오른 것처럼 몸이 뜨거웠다.

더는 추위가 느껴지지 않았다.

"…다녀왔습니다."

입에서 흘러나온 말이 어두운 현관에 차갑게 부딪혔다.

치하야는 천천히 구두를 벗고 옆에 있는 전등 스위치를 켰다. 전구가 노르스름한 빛을 발하며, 현관을 오르면 바로 나오는 갑작스러운 계단과 짧은 복도를 밝혔다.

왜 이 집으로 돌아왔을까. 무거운 발걸음으로 복도를 지나며 자문했다.

한 시간쯤 전에 사쿠라이라는 형사에게서 아버지의 과거 이야기를 들은 뒤, 치하야는 닌교쵸에 있는 자취 집이 아니라 오시아게에 있는 본가로 왔다.

아버지의 시신은 그의 유지에 따라 본가가 아닌 상조회사 영안실에 보관되었다. 그래서 치하야는 이 집으로 돌아올 이유가 없었다. 그런데 다리가 멋대로 이곳으로 향했다.

지은 지 30년 된 2층짜리 작은 목조 주택. 대학생이 되어 자취를 시작하고 나서 한 번도 이 집 문턱을 넘지 않았다. 11년 만에 찾아온 본가는 꼭 남의 집 같아서, 옛 생각이 나기보다는 왠지 불안한 마음이 들었다.

치하야는 복도 안쪽에 있는 문을 열고 형광등을 켰다. 고풍스러운 식탁과 오래된 소파가 놓인 거실이 펼쳐졌다. 부모님과 치하야, 셋이서 살던 시절에는 비좁아서 불만스럽던 이 거실이 지금은 넓게만 느껴졌다. 어머니가 세상을 떠나고 치하야가 집을 나온 뒤로, 혼자 남겨진 아버지는 어떤 마음으로 이 집에서 지냈을까.

양말 아래에서 올라오는 바닥의 찬기를 느끼며 천천히 거실을 가로질렀다. 아담한 부엌에 들어선 치하야는 생소한 느낌을 받고 걸음을 멈추었다. 싱크대가 너무 깨끗했다. 마치 최근에 광을 낸 것처럼.

아버지는 청소를 싫어했다. 어머니가 떠나고 2년 정도 아버지와 둘이서 지내는 동안, 치하야가 청소를 전부 도맡아 했을 정도이다. 그런 아버지가 10년 넘게 혼자 살았으니 집이 발 디딜 틈 없이 더러우리라 예상했다. 그런데…. 치하야는 뒤를 돌아 거실을 관찰했다. 다시 보니 거실도 과하리만치 깔끔했다. 아버지가 혼자 사는 동안 필요성을 깨닫고 청소를 하게 된 것일까.

"그렇다 해도 물건이 너무 적은데…."

혼자 중얼거린 치하야는 가벼운 두통을 느끼고 머리를 흔들었다. 해부를 요청하는 유언, 위벽에 새겨진 수상한 메시지, 그리고 경시청 수사1과 형사였던 아버지의 과거. 아버지의 몸 상태가 나빠졌다는 연락을 받고 새벽에 갑자기 깨어난 뒤로 영문을 알 수 없는 일이 너무 많이 일어났다. 뇌세포가 부하를 견디지 못해 머리가 터질 것 같았다.

오늘은 더 이상 생각하지 말자. 다 잊어버리고 쉬자. 그러려면….

치하야는 부엌 안쪽에 있는 냉장고로 다가갔다. 매일같이 밤술을 마시던 아버지는 항상 냉장고에 캔 맥주를 쌓아놓고 살았다. 치하야는 그것을 마시고 알코올로 뇌를 마비시켜 잠들기로 했다.

맥주를 생각하며 냉장고 문을 연 치하야는 "어?"라고 얼빠진 목소리를 흘렸다. 캔 맥주가 없었다. 그뿐 아니라, 냉장고는 텅 비어 있었고 전원까지 꺼져 있었다.

치하야는 거대한 빈 상자로 변해 버린 냉장고를 보고 자신이 착각했음을 깨달았다.

아버지는 청소를 잘하게 된 것이 아니었다. 두 번 다시 이 집으로 돌아오지 못할 것을 알고 입원하기 전에 청소업체를 불러 집을 정리한 것이다.

아버지가, 그리고 치하야네 가족이 살아온 흔적은 이 집에서 모조리 사라졌다. 이제 이 냉장고처럼 텅 비어 버렸다. 그 사실을 깨닫자, 견디기 힘든 상실감이 치하야를 덮쳤다. 어릴 때부터 이 집에서 지내온 추억까지 말끔히 사라진 것 같았다.

아주 약간 남아 있던 기력마저 몸에서 빠져나갔다. 치하야는 고개를 숙이고 불안한 걸음걸이로 거실을 뒤로하며 계단을 올랐다. 2층에 도착해서 짧은 복도를 끝까지 나아가 문을 열고 전등 스위치를 켰다. 눈을 몇 번 깜빡이다가 가슴을 쓸어내렸다.

낡은 인형이 놓인 싱글 침대, 소설과 만화, 참고서가 들어찬 책꽂이, 작은 공부 책상, 오래된 카펫. 이 집에서 나오기 전까지 치하야가 쓰던 이 방은 시간이 멈춘 것처럼 11년 전과 똑같은 모습으로 남아 있었다.

치하야는 안도와 애수가 뒤섞인 감정을 느끼며 쓰러지듯 침대 위에 누웠다. 얼굴을 감싸는 이불의 부드러운 감촉이 포근했다. 10년 넘게 쓰지 않았는데도 먼지가 없었다. 이 방에도 청소업체의 손이 닿은 모양이다.

치하야는 눈을 감았다. 이제 아무것도 생각하고 싶지 않았다. 손가락 하나 까딱하기도 귀찮았다.

졸음이 서서히 의식을 삼켰다. 멀어지는 아버지의 뒷모습이 눈꺼풀 뒤에 비치는 듯했다.

무거운 눈꺼풀을 천천히 들어 올렸다. 눈이 부셔 작게 신음한 치하야의 시야에 형광등을 밝힌 작은 방이 들어왔다. 순간 자신이 어디에 있는지 깨닫지 못했다.

"…아, 본가에 왔었지."

건조한 독백이 공기 속에 녹아들었다. 침대에 누운 채로 눈동자만 움직여 왼쪽 손목에 채워진 시계를 확인했다. 시곗바늘이 오후 아홉 시가 되기 몇 분 전을 가리켰다.

여기에 도착했을 때가 오후 일곱 시 넘어서였으니 한 시간 반 정도

잔 것 같다.

치하야는 침대에 누워서 돌이 가득 들어찬 듯 무거운 머리를 설레설레 흔들었다.

"…집에 가는 게 낫겠어."

이 집에는 생필품이 하나도 없었다. 제대로 휴식을 취하려면 집에 돌아가는 것이 나을 듯했다. 하지만 침대에서 몸을 일으킬 기력이 없었다.

망설이고 있자니, 배가 크게 울었다. 동시에 강한 허기가 몰려왔다.

생각해 보니 아침부터 먹은 것이 거의 없었다. 카페에서 마신 코코아 한 잔이 전부였다.

"가까운 편의점에 갈까…. 아니면 역시 집에 돌아가는 게 낫나?"

일어나지 못하고 중얼거렸을 때, 딩동 하고 가벼운 전자음이 고막을 흔들었다.

이런 시간에 누구지? 궁금증이 머리를 스쳤지만, 굳이 현관까지 가서 확인할 마음은 들지 않았다. 찾아온 사람이 누구든 지금은 상대할 여유가 없었다.

집에 없는 척 가만히 있는데, 이번에는 초인종이 연달아 울려 댔다.

치하야가 혀를 차며 "없다니까!"라고 외치자, 소리가 끊겼다.

드디어 포기했나 보다. 그렇게 생각했을 때, 밖에서 희미하게 여자 목소리가 들려왔다.

"치하야, 여기 있지? 나와, 치하야!"

이 목소리는…?! 치하야는 눈을 휘둥그레 뜨고 침대에서 뛰쳐나갔다. 서둘러 방을 나선 치하야는 계단을 뛰어 내려가 맨발로 현관에 다다라서 문을 벌컥 열었다. 거기에는 역시나 그 사람이 서 있었다. 병리부 지도의이자 대학 동기인 토야 시오리.

해부할 때 봤던 짙은 화장은 지워진 상태였고, 화장기 없는 얼굴에 촌스러운 안경을 끼고 있었다. 몸에 딱 붙는 정장을 스웨터와 청바지로 갈아입은 편안한 차림새였다. 이유는 모르겠으나 양손에는 에코백을 들고 있었다.

"네가 왜 여기에 있어?!"

치하야가 목소리를 높이자, 시오리는 의아한 표정으로 고개를 살짝 기울였다.

"왜냐니, 너를 만나러 왔지. 아까 너희 집으로 갔는데, 아무리 불러도 반응이 없길래 여기 있겠거니 했어."

"여기 있겠거니…? 네가 우리 본가 주소를 어떻게 알아?"

"미즈키 미노루 씨 차트에 주소가 적혀 있었어. 그래서 여기가 너희 본가구나 했지."

시오리는 미안한 기색도 없이 담백하게 말했다. 치하야는 "개인 정보를 뭐라고 생각하는 거야?" 하며 관자놀이를 눌렀다.

"그건 미안하지만, 너하고 얘기를 나눠야 해서 어쩔 수 없었어."

"…무슨 얘기?"

"당연히 위벽에 적힌 메시지 얘기지."

시오리의 말을 들은 순간, 위 점막에 삐뚤빼뚤하게 적힌 글자가 다시 떠올랐다. 이제야 겨우 잊어 가던 참이었는데…. 치하야는 솟구치는 짜증을 느끼며 머리를 헝클었다.

"너하곤 상관없잖아. 나 좀 내버려 둬."

"안 돼. 너희 아버님은 누군가에게 전하기 위해서 그 메시지를 위벽에 새겼고, 심지어 자기 몸을 해부하게 했어. 나는 그게 누군지 알아낼 의무가 있어."

시오리의 목소리에 힘이 들어갔다. 한순간 기에 눌린 치하야는 시오리를 흘겨보았다.

"딸인 내가 더 이상 관여하지 말라잖아. 그런데도 포기하지 않겠다는 거야?"

"응. 당연하지." 시오리가 망설임 없이 대답했다. "나도 유족의 마음을 존중하고 싶어. 하지만 내게 주어진 사명은 시신을 해부해서 환자분의 유지를 드러내는 거야. 그러니까 나는 무슨 일이 있어도 미즈키 미노루 씨가 누구한테 그 메시지를 전하고 싶어 했는지 알아내야 해. 그러려면 우선 유족인 너한테 자세한 이야기를 들을 필요가 있어."

"잊었나 본데, 나는 몇 시간 전에 아버지를 잃었고, 심지어 아버지의 시신을 병리해부 하는 것도 지켜봤어. 이렇게 지칠 대로 지친 나를 괴롭히면서까지 정보를 캐내야겠어?"

이렇게까지 말했으니 물러나겠지. 그렇게 생각했지만, 시오리는 시원스레 고개를 끄덕였다.

"응. 그래야 돼. 어쩌면 미노루 씨는 메시지가 되도록 빨리 전달되기를 바랐을지도 몰라. 네가 회복되기를 느긋하게 기다릴 새가 없어."

"너… 진짜 제정신이야…?"

치하야는 경악했다. 특이한 성격인 줄은 알았지만, 이렇게까지 괴짜일 줄은….

"남이 뭐라고 하든 상관없어. 나는 그저 해야 할 일을 할 뿐이야.

알았으면 나 좀 들여보내 줘."

"그만 좀 해. 오늘은 피곤하다니까!"

치하야가 언성을 높이며 시오리를 노려보았다. 그때, 자칫하면 폭발할 것처럼 경직돼 있던 공기를 꼬르륵하는 나른한 소리가 뒤흔들었다. 치하야는 깜짝 놀라서 양손으로 배를 붙잡았다. 굳게 닫혀 있던 시오리의 입술에 의기양양한 미소가 걸렸다.

"배고프구나?"

부정하려고 했지만 배가 또 꼬르륵거렸다. 치하야가 입술을 깨물고 잠자코 있자, 시오리는 "자" 하며 왼손에 든 에코백을 무심히 건넸다.

"…이게 뭐야?"

에코백을 받아 보니, 주먹밥과 반찬, 과자 같은 것이 잔뜩 들어 있었다.

"아침부터 정신없어서 밥 먹을 시간도 없었지? 지금쯤 배고플 것 같아서 오는 길에 마트에 들러서 사 왔어."

거기까지 내다봤다는 말인가. 치하야는 얼굴을 찌푸렸다. 가능하다면 "필요 없어" 하며 퇴짜를 놓고 싶었지만, 점점 커져만 가는 배고픔이 그것을 허락하지 않았다. 치하야는 몇십 초 동안 망설이다가 크게 한숨을 내쉬었다.

"알았어. 안 그래도 혼자 감당하기 힘들었는데, 너한테 털어놓는 것도 괜찮겠네."

백기를 든 치하야는 "그런데" 하며 덧붙였다.

"맨정신에 얘기하기는 좀 그렇다. 미안하지만 다시 마트에 가서 술 좀 사다 줄래?"

시오리는 안경 너머로 의미심장하게 미소 짓더니 오른손에 든 에코백을 열었다. 치하야가 "뭐야?" 하며 목을 빼고 보니, 가방 안에는 길쭉한 캔 맥주, 와인, 위스키, 심지어 테킬라까지 다양한 종류의 알코올음료가 가득했다.

"그럴 줄 알고 벌써 사 왔어."

시오리가 자신만만하게 말했다. 입을 떡 벌리고 가방을 들여다보던 치하야는 실소를 터뜨리며 엄지를 세워 뒤에 있는 계단을 가리켰다.

"들어와. 그 대신 오늘 밤은 쓰러질 때까지 마실 테니까 각오해."

"그러니까 미노루 씨는 전직 경시청 수사1과 형사였고, 종이학 살인사건의 범인을 잡으려고 경찰을 관뒀다는 거지?"

시오리는 카펫 위에 정좌한 채 물 섞은 위스키가 담긴 종이컵을 양손으로 들고 중얼거렸다. 뺨은 불그스름했고 안경 너머로 보이는 눈은 평소보다 배는 졸린 듯 게슴츠레했다.

"맞아. 뭐, 그 사쿠라이라는 형사님의 말을 믿는다면 말이야."

쪼그려 앉은 치하야는 레드 와인이 담긴 종이컵을 살살 돌렸다. 시오리가 찾아온 지 두 시간 정도가 지났다. 그 두 시간 동안 시오리가 사 온 음식을 안주 삼아 둘이서 계속 술을 마셨다. 낮은 탁자 위에 맥주 캔과 와인병 여러 개가 쓰러져 있었다.

처음에는 시오리가 묻는 대로 답하며 아버지가 나고 자란 지역, 경비원으로 근무한 것, 병이 발견된 이후의 경과 같은 무난한 이야기만 했다. 그런데 한 시간쯤 술이 들어가자, 알코올로 뇌가 마비되면서 더 깊은 이야기가 나오기 시작했다.

어머니가 돌아가시고 나서 아버지와 빚은 불화, 마지막으로 만났을 때 아버지가 '부녀가 아니'라고 냉담하게 말한 것, 그리고 더 나아가 겨우 몇 시간 전에 처음 안 아버지의 과거까지 모두 말해 버렸다.

"그럼 위벽에 적힌 메시지가 그 연쇄살인사건과 관련이 있을지도 모르겠네."

팔짱을 끼고 혼잣말하는 시오리의 옆얼굴을 치하야는 멍하니 바라보았다. 그 시선을 느꼈는지 시오리는 "왜?" 하며 살짝 고개를 기울였다.

"너 말야, 왜 이렇게까지 열심히 해?"

"말했잖아. 나는 해부를 해서, 돌아가신 분의 유지를…."

"알아. 네 업무 철칙은 이미 여러 번 들어서 알고, 어떤 의미에서는 대단하다고 생각해."

치하야는 빙글빙글 도는 천장을 바라보며 손을 휘저었다.

"그런데 말이야, 그건 병리의의 본 업무가 아니잖아. 시신을 해부해서 질환의 상태나 치료 효과를 꼼꼼히 확인한 다음 리포트 쓰기. 거기까지만 해도 되잖아. 그런데 뭐가 너를 그렇게 부추겨?"

치하야가 자세를 고치자, 시오리의 얼굴이 순식간에 굳었다.

"나는…."

고통을 참는 듯한 표정으로 힘겹게 말을 꺼내는 시오리를 보고 치하야는 허둥지둥 두 손으로 앞을 막았다.

"그만, 그만. 말하지 않아도 돼."

"왜?"

"방금 엄청 무거운 얘기를 하려고 했지? 억지로 털어놓을 필요 없어."

"너는 힘든 이야기를 해줬잖아. 나만 입 다물고 있으면 불공평…."

"그런 거 신경 쓰지 마. 나는 혼자 감당하기 힘들어서 너를 배출구 삼아 속에 있는 걸 토해냈을 뿐이야. 무엇보다 나는 이미 한계치라 남의 넋두리를 들어줄 여력이 없거든. 그러니까 말하지 않아도 돼. 알았지?"

치하야가 못을 박자, 시오리는 고개를 끄덕이며 "알았어" 하고는 안도의 한숨을 쉬었다.

"아, 정말, 그다지 친하지도 않은 나한테 별 얘기를 다 하려고 한다. 취한 김에 계급장 떼고 말하겠는데, 너 다른 사람하고 의사소통하는 거 어렵지? 친구들이랑은 보통 어떤 얘기를 해?"

"친구…." 시오리가 눈동자를 굴렸다. "잘 모르겠어. 친구를 사귀어 본 적이 거의 없어서."

"친구를 사귀어 본 적이 없다고?! 학창시절에 뭐 했는데?"

"중학생 때 따돌림을 당해서 등교를 거부했어. 고등학교에 들어가는 대신 검정고시를 봐서 의학부에 합격했지만, 학자금 대출을 받고도 돈이 부족해서 학교에 있는 시간만 빼고 계속 아르바이트를 했어. 다들 동아리에서 친구를 만드니까 학생 때는 계속 혼자였지."

그래서 늘 교실 구석에 혼자 앉아 있었구나. 치하야는 눈가에 손을 대며 신음했다.

"무거운 얘기를 들을 여력이 없다니까."

"딱히 무거운 얘기를 할 생각은 없었는데…."

치하야는 난처한 표정을 지은 시오리를 보며 고개를 저었다.

"괜찮아. 나야말로 무신경한 질문을 해서 정말 미안해. 이 얘기는 일단 여기까지 하자."

"그럼 그 메시지 이야기로 돌아가도 될까?"

시오리의 얼굴이 진지해졌다. 치하야는 "그 얘기로 돌아간다고?" 하며 표정을 굳혔다.

"궁금하지 않아? 미노루 씨가 왜 그랬는지."

"궁금하지 않다면 거짓말이지만, 너무 서두를 필요 없잖아."

"하지만 연쇄살인사건과 관련이 있을지도 몰라."

"그렇다 해도 28년 전 사건이야. 벌써 공소시효도 끝났어."

"공소시효가 끝났든 말든 미노루 씨는 상관하지 않았어. 그분은 계속 그 사건을 쫓았고, 중요한 정보를 누군가에게 알리고 싶어 했어. 그렇다면 나는 그게 누구인지 찾아내서 메시지를 전해야 해."

시오리는 강하게 말하고 종이컵에 든 물 섞은 위스키를 단숨에 들이켰다.

"아버지의 유지를 존중해주는 건 고맙지만, 누구에게 보낸 메시지 인지 알아내는 게 현실적으로 가능해? 위궤양으로 지워진 부분에 적힌 글자를 복원할 수 있을 것 같아?"

"그건 못 해." 시오리는 우울하게 고개를 가로저었다. "아까 살펴봤 는데, 궤양이 점막 아래 근층까지 퍼져 있었어. 현미경으로 봐도 원래 있던 글자를 확인하기는 어려워."

"그럼 손쓸 방법이 없잖아."

"글자를 복원할 수 없으니까 너한테 정보를 얻어서 그분이 누구에 게 메시지를 남겼는지 알아보려는 거야."

"아니, 불가능해." 치하야가 한 손을 내저었다. "나는 아버지에 대해서 아무것도 모르거든. 아버지가 형사였던 것도 방금 알았는걸. 말했 잖아. 아버지는 나를 가족으로 생각하지 않았어. 나한테 마음을 열지 않았다고."

자학하듯 말하자, 시오리는 복잡한 얼굴로 입을 다물었다.

"저기, 만약 그 메시지가 28년 전 사건과 관련이 있다면, 아버지 가 그 말을 전하려고 한 사람은 아마 수사 관계자일 거야. 아버지의 파트너였던 사쿠라이라는 형사님에게 연락해 볼까? 그 형사님에게 메시지를 보여주면 경찰에 정보가…."

"안 돼!"

치하야가 말을 마치기도 전에 시오리가 날카롭게 외쳤다.

"왜 그래, 갑자기?"

"…그 사쿠라이라는 사람, 너를 만나기 전에 조직검사실에 왔다 갔어."

"뭐? 사쿠라이 씨가 조직검사실에? 왜?"

"미즈키 미노루 씨를 해부할 때 뭔가 이상한 점이 없었냐고, 만약 있었다면 가르쳐 달라고 했어."

"뭐라고?" 치하야가 눈을 동그랗게 떴다. "설마 그 메시지를 말한 건가?!"

"그거 말곤 없지. 그 사람은 위벽에 암호가 있다는 걸 알고 있었어."

"사쿠라이 씨가 왜…. 그래서 너는 뭐라고 대답했어?"

"당연히 개인정보는 유족한테만 가르쳐 줄 수 있다고 하고 돌려보 냈지."

"그런데 사쿠라이 씨는 나랑 대화하는 동안 그 메시지를 한 번도 언급하지 않았어. 왜지? 애초에 사쿠라이 씨는 위벽에 글자가 새겨져 있는 걸 어떻게 알았지?"

그러고 보니 아버지가 별세한 것을 사쿠라이가 어떻게 알았는지도 미지수였다. 지금 돌이켜보니 그는 그 이야기를 얼버무렸던 것 같다. 치하야는 이마에 손을 대고 머릿속에서 상황을 정리하려고 애썼다.

"어쩌면 미노루 씨는 그 남자한테서 정보를 숨기려고 위벽에 글자를 새겼을지도 몰라."

"정보를 숨기려고? 무슨 뜻이야?"

치하야가 몸을 앞으로 기울이자, 시오리가 의아한 표정을 지었다.

"조금만 생각해 보면 답이 나오잖아. 누군가에게 정보를 남기고 싶을 때 사람들은 보통 어떻게 해?"

"어떻게 하냐고? 편지를 남긴다든가…."

치하야가 우물쭈물 대답하자, 시오리가 고개를 끄덕였다.

"그래, 보통은 그렇게 하지. 그런데 미노루 씨는 위벽에 암호를 새겼어. 왜 그런 짓을 했을까?"

치하야는 말문이 막혔다. 아버지가 왜 그렇게 비상식적인 짓을 했는지, 그 이유를 몰라서 지금 이렇게 피폐해진 것 아닌가. 시오리는 입을 꾹 다문 치하야를 신경 쓰지 않고 말을 이었다.

"내 생각은 이래. 편지 같은 형태로 정보를 남기면, 그 편지를 받아야 할 사람에게 전달되기 전에 누군가가 그걸 없애 버릴지도 몰라. 그래서 자기 몸에 새기는 방법을 택할 수밖에 없었던 거야."

"누군가라니…, 누구?"

"그건 알 수 없지만, 미노루 씨가 남긴 정보가 드러나면 곤란해지는 인물이겠지."

"아버지가 남긴 정보…."

피로와 알코올 탓에 회전이 느려진 머리로 열심히 궁리하던 치하야는 크게 숨을 삼켰다.

"종이학! 28년 전 사건의 범인!"

치하야가 흥분해서 일어서자, 시오리는 자기 종이컵에 위스키를 부으며 "너무 앞서나가지 마"라고 타일렀다.

"그 메시지가 종이학 살인사건과 관련이 있을 거라는 생각은 어디까지나 추측이야. 게다가 그건 자칭 경시청 수사1과 형사라는 수상한 남자가 준 정보에 기반을 뒀고."

"자칭이라니? 내가 경찰 신분증을 확실히 봤어."

"요즘은 인터넷으로도 얼마든지 가짜 경찰 신분증을 살 수 있어."

시오리가 냉정하게 말하자, 치하야는 입꼬리를 내리며 다시 카펫 위에 앉았다.

"미안하네, 혼자 흥분해서."

"사과할 필요 없어. 여러 의견을 주고받는 과정에서 비로소 보이는 것들도 있으니까."

비참한 기분을 알코올로 달래려고 레드 와인병에 손을 뻗던 치하야는 문득 어떤 것을 깨닫고 "아"라고 목소리를 높였다.

"아까 그 얘기, 좀 이상해. 남겨놓은 정보가 없어지는 게 걱정이었다면, 상대방을 직접 만나서 전하면 되잖아."

"그래, 네 말이 맞아. 그런 방법을 두고 왜 굳이 위벽에 글자를 새겼을지, 지난 몇 시간 동안 생각해 봤어. 그리고 한 가지 답에 도달했지."

"…그 답이 뭔데?"

치하야는 시오리의 얼굴에 어두운 그림자가 드리우는 것을 보고 불안해졌다.

"미노루 씨는 본인이 죽기 전까지 그 정보를 절대 다른 사람에게 알리고 싶지 않았던 거야. 그래서 자기가 죽은 뒤에 해부를 거쳐서야 발견되도록 위벽에 글자를 새겼어."

"죽기 전까지 알리고 싶지 않았다고…?"

치하야는 멍하니 되뇌었다. 시오리는 "그거 말고는 답이 없어" 하며 무겁게 고개를 끄덕였다.

"그, 그렇지만 자기가 죽은 다음에 특정 인물에게 메시지를 전달하고 싶었으면, 믿을 만한 사람에게 편지를 맡겼어도 됐잖아. 왜, 그 노노하라라는 변호사님한테 맡겨놓고 자기가 죽은 뒤에 그 사람에게 전하라고 하면…."

알코올 탓인지, 혼란스러운 탓인지 혀가 꼬였다.

"그렇게 하면 본인이 죽기 전에 변호사가 호기심으로 편지를 읽어볼 수도 있잖아."

"설마…. 그러는 변호사는 거의 없을걸."

"그래, 거의 없겠지. 하지만 미노루 씨는 희박한 가능성도 용납할 수 없어서 결국 그렇게 독한 방법을 택한 거야."

담담하게 설명을 마친 시오리는 위스키가 든 종이컵을 입에 가져갔다. 방에 무거운 침묵이 내려앉았다. 치하야는 바싹 마른 입안을 혀로 훑고 조심스럽게 입을 열었다.

"…그렇게까지 해서 지키려고 한 정보가 대체 뭔데? 아버지는 왜

자기가 살아 있는 동안 그 정보가 드러나지 않기를 바란 거야?"

답이 돌아오지 않으리라는 것을 알고 있었다. 그러나 가슴속에서 감정의 소용돌이가 휘몰아쳐서 도저히 묻지 않을 수 없었다. 예상대로 시오리는 "그것까지는 몰라" 하며 힘없이 고개를 저었다.

"그렇겠지…." 치하야가 고개를 숙였다. "있잖아…, 이제 어떻게 할 거야?"

"네 얘기를 들어봐도, 그 메시지를 받을 사람이 누구인지는 모르겠어. 궤양으로 지워진 부분에 있던 글자를 복원하기도 어려워. 그러니까 다른 방식으로 접근해야지."

"다른 방식?" 치하야가 천천히 얼굴을 들었다.

"응. 암호를 풀 거야."

"암호? 메시지 대부분을 차지하던 그 영문 모를 숫자들?"

치하야가 눈을 끔뻑거리자, 시오리가 "맞아" 하며 고개를 까딱했다.

"미노루 씨는 분명 내시경으로 위벽에 글자를 새긴 사람과 시신을 해부한 우리가 눈치채지 못하도록 특정 인물만 알 수 있는 암호로 메시지를 남겼을 거야. 그러니까 그 암호를 풀면 반대로 미노루 씨가 누구에게 메시지를 전하고 싶어 했는지 알 수 있을지도 몰라."

"그건 그렇지만…."

애매하게 고개를 끄덕이는 치하야의 머릿속에, 해부하다가 목격한 숫자들이 떠올랐다.

"특정 인물만 풀 수 있는 암호인데, 우리가 어떻게 풀어?"

"이것 말고는 미노루 씨의 유지를 확인할 방법이 없어. 그러니까 어떻게든 풀어야 해."

시오리가 종이컵에 조금 남은 위스키를 단숨에 들이켜고 치하야를 바라보았다.

"그러니까 협조해 줘. 미노루 씨의 유지를 받들고 싶어."

치하야는 건성으로 "…그래"라고 대답했다. 아버지의 유지를 받들고 싶은 마음이 없지는 않았다. 하지만 메시지 끝에 새겨진 '딸에게 알리지 마'라는 글자가 마음에 걸렸다.

어차피 메시지를 암호화해놓고 구태여 마지막에 덧붙인 그 한 문장. 어쩌면 아버지는 다른 누구보다 치하야에게 그 메시지를 숨기고 싶었는지도 모른다.

"아버지가 왜 그러셨는지 궁금하지 않아?"

시오리는 한층 더 붉어진 얼굴을 가까이 들이밀었다.

"그야 궁금하지만…."

치하야가 말을 흐리며 시오리의 얼굴을 밀어내자, 그녀는 "아, 그렇지" 하며 합장하듯 손뼉을 쳤다.

"미노루 씨의 시신은 어디에 있어? 집에 찾아와놓고 아직 인사도 안 드렸네."

"됐어. 그런 건 신경 쓰지 마."

"그럴 수는 없지. 병리의로서 시신에…."

"알았어, 알았어. 시신에 경의를 표해야 하지? 진짜 한 고집 한다니까. 그런데 안타깝게도 아버지의 시신은 여기에 없어. 상조 회사 영안실로 옮겨졌어."

"뭐? 원래는 집에 와서 가족들과 하룻밤 보내는 게 관례잖아…? 그래서 네가 여기 있겠거니 하고 찾아온 건데."

"먼저 확실히 말해두겠는데, 내가 거부한 게 아니야. 아버지가 알아서 그렇게 정했어."

"미노루 씨가?"

"그래. 몇 개월 전에 이미 상조 회사하고 협의해서 본인 장례식을 어떻게 진행할지 다 정해 놨대. 내 의견은 들어갈 틈이 없을 만큼 꼼꼼하게. 상조 회사에 시신을 보관하라는 내용도 거기에 있었어."

"왜 그랬을까?" 시오리가 입가에 손가락을 대며 생각에 잠겼다.

"글쎄. 죽은 다음에도 서먹서먹한 나랑 같이 있기 싫어서? 뭐, 꼬지 않고 생각해 보자면, 생필품까지 모조리 정리된 이 집에 와봤자 내가 난처할 게 뻔해서이려나."

"생필품?"

"이 집, 싹 다 정리됐어. 여기서 생활할 수 없을 정도야. 아버지가 이 집에 두 번 다시 돌아오지 못할 걸 알고 입원하기 전에 청소업체를 불러서 물건을 전부 버린 것 같아. 남은 건 이 방에 있는 내 물건이 다야. 그래서 원래는 우리 집으로 돌아갈 생각이었어. 네가 오기 전까지는."

치하야가 짓궂게 어깨를 으쓱하자, 시오리는 심각한 표정으로 입을 다물었다.

"뭐야? 왜 그렇게 무서운 표정을 지어?"

"…그 반대 아니야?"

"응? 뭐라고?"

"생필품이 처분돼서 여기서 지낼 수 없는 게 아니라, 여기서 지내지 못하도록 미노루 씨가 일부러 생필품을 처분한 거야."

"뭐? 그게 무슨 말이야?" 선문답 같은 중얼거림에 치하야는 고개를 갸웃거렸다.

"미노루 씨는 본인이 죽은 뒤에 네가 이 집에서 지내지 않기를 바랐어. 그래서 생활에 필요한 물건들을 버리고, 본인의 시신을 상조 회사에 보관하도록 절차를 밟아 놓은 거야."

"뭐? 왜 그래야 하는데?"

정체 모를 공포가 가슴속에서 부풀어 올랐다.

"미노루 씨가 위벽에 암호를 새긴 이유는 누군가가 정보를 가로채거나 없애버릴 가능성이 있어서였어."

시오리가 독백처럼 내뱉은 말을 듣자, 방 온도가 급격히 낮아지는 듯했다.

"설마, 종이학이 이 집을 찾아올 거라는 말이야?"

"그 메시지가 종이학 살인사건과 관련돼 있는지는 아직 확실치…."

시오리는 거기서 갑자기 말을 끊더니 다급하게 주변을 둘러보았다.

"왜 그래?! 장난치지 마!"

"장난이 아니라…, 뭔가 타는 냄새 안 나?"

"타는 냄새?"

치하야는 후각에 신경을 집중시켰다. 시오리의 말처럼 무언가 타는 듯한 냄새가 코끝을 간질였다. 문득 문 쪽을 바라본 치하야는 눈이 휘둥그레졌다. 문과 문틀 사이 좁은 틈에서 검은 연기가 살며시 스며들 듯 실내로 기어들어 오고 있었다.

"이거… 뭐야…?"

일어선 치하야는 살충등에 꼬이는 하루살이처럼 비틀비틀 문으로 다가갔다. 문손잡이를 쥔 순간, 뒤에서 "열면 안 돼!"라는 목소리가 울려 퍼졌다. 하지만 거나하게 알코올에 취한 뇌는 그 경고에 잽싸게 반응하지 못했다. 치하야는 누군가에게 조종당하듯 문손잡이를 돌려 자기 쪽으로 당겼다. 문이 몸을 밀치는 느낌이 들어 한 발짝 뒷걸음질 쳤다. 다음 순간, 열린 문에서 검은 연기가 잔뜩 밀려들어 왔다.

칠흑의 용처럼 방에 난입한 연기는 천장에 잠시 똬리를 틀었다가 눈 깜짝할 사이에 공간을 잠식해 갔다. 먹물을 쏟은 듯 시야가 검게 물들었다. 눈과 목 안쪽에 찌르는 듯한 통증이 느껴졌다. 걷잡을 수 없이 눈물이 흐르고 기침이 터져 나와 숨쉬기가 힘들었다.

도망쳐야 한다. 하지만 어디로? 30년 가까운 인생에서 처음으로 턱밑까지 다가온 '죽음'의 공포가 쇠사슬처럼 전신을 옭아맸다. 그때 팔이 강하게 아래쪽으로 당겨졌다. 균형을 잃은 치하야는 옆으로 털썩 쓰러졌다.

"뭘 멍하니 있어!"

얼굴이 벌게진 여자가 시야에 가득 들어왔다.

"시, 시오리⋯."

"아까부터 계속 자세 낮추라고 했잖아! 죽고 싶어?!"

"미, 미안. 못 들었어⋯."

"잘 들어. 절대 연기 마시지 마. 일산화탄소 중독으로 기절하면 그걸로 끝이야. 연기는 우선 높은 곳에 모이니까 가능한 한 낮은 자세로 숨을 들이쉬지 말고 이동해."

"이동? 어디로? 복도에는 연기가 가득 찼는데⋯."

"진정해. 호흡이 거칠어져. 저쪽이야."

시오리가 가리킨 쪽을 보자, 연기 속에서 커튼 달린 창문이 희미하게 보였다.

"가자."

포복 전진 하듯 나아가는 시오리를 따라 치하야도 납작 엎드려서 기었다. 바닥에 보일러를 튼 것처럼 카펫이 뜨거웠다. 1층이 지금 어떤 상태일지 상상만 해도 몸이 떨렸다.

재빠르게 방 안쪽으로 이동한 시오리는 몸을 낮춘 채 커튼을 젖히고 창문을 열었다. 좁은 방에 갇혀 있던 칠흑의 용이 열린 창밖으로 거세게 날아갔다.

허둥지둥 창문 옆으로 간 치하야는 조심스럽게 상체를 일으켜 창틀 너머로 밖을 내다보았다. 목구멍 안쪽에서 피리 소리 같은 비명이 새어 나왔다.

창밖으로 보여야 할 뒷마당이 보이지 않았다. 아래쪽에서 솟구쳐 올라오는 검은 연기가 벽이 되어 시야를 가렸다. 눈을 부릅뜨고 살펴보니, 연기 사이로 언뜻언뜻 붉은 불꽃이 고개를 내밀었다.

"뛰어내릴 거야."

"무슨 소리야?! 아래 상황이 어떤지 전혀 모르잖아!"

치하야가 비명을 지르듯 목소리를 높이자, 시오리가 거칠게 옷깃을 움켜쥐고 이마가 닿을 정도로 얼굴을 들이밀었다.

"뛰지 않으면 여기서 죽어."

감정이 느껴지지 않는 단조로운 말투에 치하야의 가슴속에서 소용돌이치던 혼란의 폭풍이 조금 잦아들었다. 그제야 비로소 상황을 이해했다. 얼마나 절체절명의 위기에 처했는지를.

"살려면 뛰어야 해. 알았어?"

"···알았어." 치하야가 침을 삼켰다.

"그럼 가자."

시오리가 치하야의 손을 잡았다. 미세한 떨림이 느껴졌다. 침착해 보이는 이 대학 동기도 사실은 필사적으로 공포를 억누르고 있음을 깨달았다. 치하야는 "그래!"라고 힘차게 대답하며 시오리의 손을 꼭 잡았다.

손을 마주 잡은 두 사람은 연기를 마시지 않도록 숨을 참고 허리를 굽힌 상태로 창틀에 발을 올렸다. 달궈진 철판 위에 올라서는 듯한 착각이 들 정도로 뜨거운 바람이 아래쪽에서 불어왔다.

두 사람은 눈을 맞추고 가볍게 고개를 끄덕인 뒤, 동시에 창틀을 박차고 일어나 검은 연기로 만들어진 벽을 향해 뛰었다.

치하야는 지옥 밑바닥으로 낙하하는 듯한 감각을 느끼며 필사적으로 눈을 크게 떴다. 그때 연기 너머로 희미하게 녹색이 보였다. 다음 순간, 잡초로 뒤덮인 땅이 빠르게 눈앞으로 덮쳐왔다. 치하야는 허겁지겁 자세를 바로잡고 발을 땅에 붙이며 착지했다. 둔기로 얻어맞은 듯한 충격이 발바닥부터 무릎, 허리를 차례로 꿰뚫자, 그 자리에 풀썩 쓰러졌다.

눈을 꼭 감고 하반신을 찌르는 통증을 참으며 숨을 크게 들이마셨다. 차갑고 맑은 공기가 폐에 들어찬 열을 앗아 갔다.

살았나? 치하야가 머뭇거리며 눈꺼풀을 들어보니, 바로 옆에 있는 키 큰 잡초 사이로 쓰러진 시오리의 등이 눈에 들어왔다.

"시오리···, 괜찮아?"

목 안쪽에서 소리를 쥐어짰다. 시오리는 기름칠한 지 오래된 꼭두

각시 인형처럼 몸을 일으켰다.

"괜…찮아…. 너는…?"

"나는…."

치하야는 머뭇거리며 다리에 힘을 줘 봤다. 무겁고 저릿한 통증은 남아 있었지만 끔찍하게 아프지는 않았다. 골절되지는 않은 모양이다.

"괜찮…은 거 같아."

"그럼 얼른 도망치자. 가능한 한 멀리 피해야 해."

시오리는 부자연스럽게 일어나서 몇 미터 앞에 있는 블록 담을 가리켰다. 치하야는 고개를 끄덕이고 시오리의 손을 빌려 일어났다.

두 사람은 서로에게 의지하며 블록 담에 도착했다. 그다지 높지 않은 담이라 만신창이인 상태로도 어찌어찌 넘을 수 있을 것 같았다.

팔을 뻗어 담 윗부분을 잡은 치하야는 등 뒤에서 무언가가 무너지는 소리에 뒤를 돌아보았다.

어두운 밤하늘에 닿을 듯 솟구치는 거대한 홍련 같은 불꽃 속에서 어린 시절 18년 동안 살아온 집이 신기루처럼 흔들렸다.

제2장

되살아난 종이학

제2장
되살아난 종이학

"지역 3조, 코바야시, 시노하라. 관계 1조, 노지마, 사카이."

경시청 수사1과 살인범 수사 제7계의 계장인 야나기다의 굵은 목소리가 울려 퍼졌다. 그때마다 형사 두 명이 일어나서 서로를 확인하고 눈인사한 뒤 의자에 앉았다. 사쿠라이 키미야스는 뒤쪽에 앉아 긴 책상에 양 팔꿈치를 짚은 채 긴장감으로 가득 찬 실내를 둘러보았다.

카츠시카 경찰서 강당, 농구 코트만 한 그 공간에 수십 명이 모여 있었다. 이 카츠시카 경찰서와 인근 경찰서 형사과에서 몰려온 관할서 형사, 기동수사대 대원, 그리고 사쿠라이가 소속된 경시청 수사 1과 살인사건 전담반 제7계 형사들.

강당에 죽 늘어선 긴 책상을 끼고 앉은 그들의 시선 끝에는 긴 책상 여러 개를 이어붙여 만든 단이 있었다. 거기에는 수사1과 과장, 이사관, 관리관, 카츠시카 경찰서 서장 같은 '윗분들'이 험상궂은 표정으로 다른 형사들을 마주 보고 앉아 있었다.

'처음부터 너무 무게 잡으면 금방 지칠 텐데. 이번 사건은 오래 걸릴 테니까.'

사쿠라이는 타고난 곱슬머리를 쓸어올리며 속으로 중얼거렸다.

미즈키 치하야와 대화를 나눈 다음 날, 사쿠라이는 이 특별수사본부 회의에 참석했다.

단 끝에 앉아 이 회의를 진행하는 야나기다 계장의 자기소개를 시작으로 작전 본부 주임이 소개되었고, 이제는 조 편성이 이루어지고 있었다. 수사관들이 한 명 한 명 호명되어 담당할 역할을 부여받았다. 수사관들의 이름이 거의 다 나왔을 즈음, 야나기다의 시선이 사쿠라이 쪽을 향했다.

"특명 4조, 사쿠라이, 미나토."

"예, 예. 아이고."

사쿠라이가 맥없는 소리를 내며 자리에서 일어났고, 조금 떨어진 곳에 앉아 있던 20대 중반 청년이 "네!" 하며 벌떡 일어났다.

사쿠라이와 청년의 시선이 부딪쳤다. 사쿠라이가 가볍게 미소 짓자, 긴장으로 굳어 있던 청년의 표정이 약간 풀어졌다. 두 사람은 서로 눈인사한 뒤 의자에 앉았다.

"조 편성은 이상이다. 그럼 마키모토 과장님, 이어서 부탁드립니다."

야나기다는 카츠시카 경찰서 형사과 과장인 마키모토에게 눈짓했다. 지명받은 마키모토는 굳은 표정으로 일어났다. 특별수사본부 제

1회 수사회의에서 사건 내용을 설명하는 것은 관할서 형사과장의 역할이다. 하지만 관할서에 수사본부가 설치되는 일은 몇 년에 한 번 있을까 말까 해서 형사과장조차 이런 자리가 익숙하지 않을 터였다. 게다가 수사1과 과장을 비롯해 본청 형사과 간부들이 모두 모여 있으니 긴장하는 게 당연했다.

"어…, 그럼 설명하겠습니다. 그게 그러니까, 사건 발생 일시는….."

사쿠라이는 마키모토가 더듬더듬 이어가는 설명을 들으며 단상에 놓인 영정사진으로 눈을 돌렸다. 머리를 밝은 갈색으로 물들인 젊은 여자가 액자 안에 들어 있었다. 이번 사건의 피해자 키타노 사토미였다.

고인의 사진을 가져다 놓아 그 억울함을 풀어주자는 마음을 수사 관들이 잊지 않게 하자. 그런 취지에서 수사본부에는 피해자의 사진 이 놓인다.

사쿠라이는 사진 속에서 해맑게 웃는 피해자의 모습을 바라보며 사건의 흐름을 되짚어 보았다.

사건이 드러난 것은 어제 오후 세 시경이었다. 장소는 카츠시카구 케이세이 타테이시역에서 도보로 15분쯤 떨어진 주택가에 있는 폐가. 방과 후 친구와 숨바꼭질하던 동네 초등학생이 그 폐가에 들어갔다 가 현관에 쓰러진 여자를 발견하고 곧장 집으로 돌아가 엄마에게 그 사실을 알렸다. 엄마는 처음에 아이가 농담하는 줄 알고 흘려들었지 만, 아들이 겁에 질린 것이 이상해 확인하러 갔다가 죽어 있는 여자 를 보고 비명을 지르며 도망쳐 나와서는 경찰에 신고했다.

신고를 받고 가장 가까운 파출소에서 출동한 순경이 여자가 사망 한 것을 확인했다. 그리고 목에 붉은 흔적이 남은 것을 보고 타살일 가능성이 크다는 보고를 올렸다. 그 정보는 곧바로 사쿠라다몬에 있는 경시청 본부 6층 현장자료반으로 전달되었고, 얼마 후에 카츠시카 경찰서 형사과 과장인 마키모토가 현장자료반에 '타살로 추측된다'는 보고를 정식으로 넣었다. 그러자 현장자료반을 직접 관리하는 서무담당 관리관이 즉시 현장으로 가서 여러 정황을 토대로 살인사건이라는 판단을 내린 뒤 수사1과 과장과 이사관에게 연락했다. 그리고 그들이 현장으로 이동함과 동시에 당직이던 살인사건 전담반 제7계에 출동 명령이 떨어졌다.

거기까지는 일반적인 살인사건의 흐름과 똑같았다. 사태가 급변한 것은 수사1과 과장이 등장하고부터였다. 경시청 수사1과의 수장인 1과 과장 자리는 대대로 국가공무원 출신이 아닌 지방공무원 출신으로 오랫동안 수사1과 형사로 일하며 바닥부터 올라온 사람이 맡는다. 현 수사1과 과장 사콘 마사루도 20년 넘게 살인사건 전담반 형사로 경력을 쌓은 베테랑이었다. 그는 부하인 이사관, 서무담당 관리관과 함께 현장을 시찰하다가 감식 요원 한 명이 비닐에 넣어 보관한 증거물을 우연히 발견했다. 그것을 보자마자 이번 사건이 평범한 살인사건이 아니라고 판단한 사콘은 특별수사본부를 설치했다.

사쿠라이의 반이 어제 당직이라 천만다행이었다. 덕분에 또 '그 사건'을 조사할 수 있게 되었다. 사쿠라이는 턱을 당기고 입꼬리를 올리며 앞에 있는 단을 응시했다. 마키모토는 이미 보고를 마친 뒤였고, 이어서 초동수사에 임한 기동수사대 관리관의 보고와 수사1과 과장의 인사가 계속됐다.

형식적인 절차가 대강 끝나자, 살인사건 전담반 제7계 담당 관리관인 아리가가 천천히 일어났다. 이번 수사에서는 그가 실질적인 지휘를 맡을 것이다.

"어제 현장에서 발견된 물건을 감식반이 밤을 새워 확인했다."

아리가는 단 뒤에 있는 화이트보드에 사진 두 개를 붙였다. 하나는 어제 현장에서 찍힌 사진이었고, 다른 하나는 20년 넘게 창고에서 잠자던 사진이었다.

"필적으로 보아 이 두 사진에 보이는 글은 동일인물이 작성했을 가능성이 매우 크다."

실내를 채운 공기가 한차례 요동쳤다.

"그렇다. 28년 전에 일어난 종이학 살인사건. 어린아이 다섯 명이 살해됐지만, 범인을 잡지 못해서 경시청의 오점으로 남은 그 사건과 관련이 있을지도 모른다."

사쿠라이는 우렁찬 외침에 가까운 소란이 퍼져나가는 것을 팔짱 끼고 바라보았다.

어제 현장에서 발견된 것. 그것은 종이학 살인사건 때 범인이 현장에 남기던 것과 완벽하게 똑같은 물건이었다. 28년 전 수사1과 계장으로 수사에 참여한 사콘은 곧바로 그것을 알아보고 이번 사건이 일반적인 살인사건과는 다르다고 판단했다.

"자, 자, 너무 흥분하지 마라."

아리가는 손을 들어 격분한 수사관들을 진정시켰다.

"이번 사건이 종이학의 짓이라고 단언할 수는 없다. 인적 드문 곳에서 여자를 교살한 수법은 비슷하지만, 피해자의 나이대가 다르고, 무엇보다 종이학 살인사건 이후 28년이나 지났다. 그러니 기본적인 수사방침은 다른 사건들과 마찬가지로 지역, 관계, 증거물로 역할을 나눠서 정보를 모으는 것이다."

김빠진 수사관들 사이에서 희미한 불만의 목소리가 터져 나오자, 아리가는 "다만…" 하며 말을 이었다.

"만에 하나 종이학이 범인이라면 이건 절호의 기회다. 28년 전 수사1과에, 아니, 경시청에 남은 오점을 우리 손으로 씻어낼 기회다!"

차갑던 공기가 단숨에 끓어올랐다.

"잘하시네. 역시 아리가 관리관님이야."

앞쪽에 앉은 수사관들의 얼굴이 흥분으로 달아오르는 것을 보며, 사쿠라이는 빈정대듯 중얼거렸다.

총 아홉 명인 수사1과 관리관 중에는 국가공무원 시험을 통과해 경찰이 된 사람도 있지만, 현재 5계부터 8계까지 네 개의 살인사건 전담반을 통솔하는 아리가는 현장에서 잔뼈가 굵은 지방공무원 출신 경찰이다. 현 수사1과 과장 사콘이 살인사건 전담반 계장이던 시절에 주임으로서 그를 도왔다. 그만큼 형사들의 생태를 꿰고 있는 사람이다. 수사관들을 구슬려 사건을 해결하게 만드는 법도 당연히 잘 안다.

'사콘 과장의 후임 자리를 노리는 아리가 관리관에게 이번 사건은 그야말로 넝쿨째 굴러온 호박이겠지. 28년 전 사건의 범인까지 잡으면 차기 수사1과 과장 자리는 따 놓은 당상일 테니까.'

사쿠라이가 어쩐지 서늘한 감정으로 바라보는 가운데, 아리가는 선거 연설을 하는 정치인처럼 열성적으로 말을 이었다.

"종이학이 범인이라면 28년이나 침묵한 이유를 알아내는 게 중요하다. 질병 때문에 움직일 수 없었다든가, 다른 범죄로 수감됐다든가, 어딘가 먼 곳에 있었다든가, 다양한 이유를 생각해볼 수 있을 거다. 종이학 살인사건 때 의심스러웠던 사람들을 철저히 파헤치고 그중에서 방금 나열한 조건에 맞는 사람을 찾아내라. 일반적인 수사를 동시에 진행하면서 그쪽도 소홀히 하지 말 것. 알았나!"

수사관들이 "네!" 하는 소리가 강당의 공기를 흔들었다.

'이렇게 후끈후끈한 분위기는 별론데.' 사쿠라이는 쓴웃음을 지으며 오른손을 번쩍 들었다.

"여러 번 말했지만, 동일범이라면 28년 만에 범행을 재개한 명확한 이유가 있을 거다. 그걸 알아내는 게 범인을 찾는 지름길… 뭔가?"

주먹을 쥐고 열변을 토하던 아리가는 손을 든 사쿠라이를 발견하고 얼굴을 찌푸렸다.

"아, 흐름을 끊어서 죄송합니다." 사쿠라이는 뒤통수를 긁적이며 느직느직 일어났다. "범인이 범행을 재개한 이유 말인데요, 그것과 관련해서 약간 신경 쓰이는 게 있습니다."

"사쿠라이, 지금 관리관님이 말씀하시는 중이잖아. 나중에 해."

야나기다 계장이 못마땅한 표정으로 말했다. 직속 부하이지만 그보다 두 살 많은 사쿠라이는 야나기다에게 눈엣가시 같은 존재였다. 말투에서 분노와 혐오가 묻어났다.

"죄송합니다, 계장님. 그런데 관리관님의 이야기가 끝나면 해산할 거잖아요. 그리고 1과 과장님은 이제 웬만해서는 이 본부에 오지 않으실 테고요. 그러니까 그 전에 할 말이 있습니다."

사쿠라이가 뻔뻔하게 말하자, 야나기다는 크게 혀를 찼다.

"적당히…."

야나기다가 호통치려 하자, 아리가가 한 손을 들어 제지하고 "말해 봐" 하며 턱짓했다.

"어… 그러니까 말이죠, 사실 어제 새벽에 미즈키 미노루 씨가 돌아가셨습니다."

"미노루? 그게 누구야?" 야나기다가 쏘아붙이듯 말했다.

"예전에 수사1과에 있던 호랑이 형사요. 관리관님은 아시죠?"

"…그래, 알지." 아리가가 작게 고개를 끄덕였다. "반은 달랐지만, 같은 시기에 수사1과에 있었으니까. 그렇군, 미노루 씨가 돌아가셨단 말인가. 그런데 그게 이번 사건과 무슨 연관이 있지?"

"28년 전, 미노루 씨는 열심히 종이학을 쫓았습니다. 범인을 잡지 못하고 수사본부가 해체된 이후에도 그분은 전담반에 남아서 그 사건을 계속 수사하고 싶어 했습니다."

"…내가 아는 건 그 사건 이후에 미노루 씨가 경찰은 그만둔 것 정도다."

"경찰을 그만둬서라도 종이학을 잡고 싶었기 때문입니다."

"미노루 씨가 그렇게 말하던가?"

"아니요, 제 추측입니다."

아리가의 뺨 근육이 굳었다. 수사관들 사이에서 실소가 터져 나왔다.

"이봐, 사쿠라이, 적당히 해. 그 미노루라는 사람과 이번 사건이 대체 무슨 연관이 있다는 거야?"

야나기다가 말에 짜증을 담아 쏘아붙였다.

"음…, 경찰을 관두면서까지 종이학을 쫓던 전직 형사가 사망한 날, 28년 만에 범행이 다시 시작됐습니다. 이게 우연이라고 생각하십니까?"

"…아까 말했듯이 이번 범인이 종이학이라고 단정하기는 이르다."

아리가가 지적하자, 사쿠라이는 고개를 저었다.

"아니요. 이건 십중팔구 종이학의 짓입니다. 적어도 단순한 모방범은 아니에요. 이번 범인은 틀림없이 종이학 살인사건과 어떤 식으로든 연관이 있습니다."

"…그 근거는?"

"근거요…?" 사쿠라이는 관자놀이를 긁적였다. "글쎄요. 형사의 감이라고나 할까요?"

아리가의 얇은 입술에 비웃음이 걸렸다.

"네 감을 근거로 수사할 수는 없어. 알았으면 얌전히 앉아있어."

"예, 예. 죄송합니다."

사쿠라이가 어깨를 으쓱이고 의자에 앉았을 때, 조용히 팔짱을 끼고 있던 사콘 수사1과 과장이 "잠깐 기다리게"라고 나직이 말했다. 이 특별수사본부의 최고책임자이자 국내 최대의 범죄수사조직인 경시청 수사1과의 수장이 입을 열자, 이 공간의 공기마저 긴장하는 듯했다.

"반은 달랐지만, 나도 미노루와 같은 시기에 수사1과에 있었네. 그래서 그가 어떤 사람이었는지도 알지."

거기서 말을 끊은 사콘은 칼날처럼 날카로운 눈빛을 사쿠라이에게 던졌다.

"그가 종이학을 계속 추적한 건 확실한가?"

"그랬을 겁니다. 그렇지 않았다면 형사라는 직업을 무엇보다도 자랑스럽게 여기던 미노루 씨가 경찰을 관뒀을 리가 없습니다."

"그래, 미노루가 죽은 그날, 그가 쫓던 범인이 28년 만에 움직였다는 말이로군. 아주 흥미로운 이야기야. 조금은 조사해 볼 가치가 있을지도 모르겠어."

육식동물을 방불케 하는 위험한 미소를 띤 사콘의 말에 아리가와 야나기다의 눈이 휘둥그레졌다.

'환갑이 다 되어 가지만 역시 수사1과 과장답군. 아직 건재하십니다, 과장님.' 사쿠라이는 속으로 중얼거렸다.

"하지만," 사콘은 아랫배에서 울리는 목소리로 말했다. "명백한 근거가 없는 추측에 우리의 유능한 형사들을 쓸 수는 없네. 그건 자네도 알겠지."

"네, 압니다." 사쿠라이가 고개를 끄덕였다.

"그렇다면 이 이야기는 여기서 끝내지. 조용히 아리가의 얘기를 듣게."

"알겠습니다. 죄송합니다."

사쿠라이가 깍듯하게 말하자, 동료 몇 명이 빈정거리는 표정으로 뒤를 돌아보았다. 사쿠라이가 익살스럽게 어깨를 으쓱하는 모습을 보고 김이 샌 그들은 시시하다는 듯 앞쪽으로 눈길을 돌렸다.

"그럼 계속하겠다. 우선은…."

사쿠라이는 구체적인 수사 지시를 내리는 아리가의 목소리를 들으며 등받이에 체중을 싣고 천장을 올려다보았다.

"이상, 해산."

야나기다가 회의 종료를 선언하자, 몇십 개나 되는 의자가 드르륵거리며 강당을 울렸다. 자리에서 일어난 형사들은 파트너와 함께 명령 받은 수사를 하러 떠났다.

사쿠라이의 자리 근처, 긴 책상을 이어 붙여 만든 '섬'에는 지역 조사를 담당할 수사관들이 모여 있었다. 이제 작전 본부 주임이 구역을 나눠 누가 어디를 맡을지 정할 터였다.

수사관들이 분주하게 돌아다니는 가운데, 사쿠라이는 깍지 낀 손을 뒤통수에 대고 조금 전까지 간부들이 앉아 있던 단을 바라보았다.

"저기…."

조심스러운 목소리를 듣고서야 정신을 차린 사쿠라이는 옆을 돌아보았다. 거기에는 정장을 입은 젊은 남자가 서 있었다. 조금 전 팀을 나눌 때 사쿠라이와 파트너가 된 청년이었다.

"아아, 미안. 넋 놓고 있었네. 어, 그러니까…."

"미나토입니다. 미나토 코키라고 합니다. 잘 부탁드립니다."

미나토라고 자신을 소개한 청년은 등을 쭉 폈다가 정수리가 보일 정도로 깊숙이 허리를 굽혔다.

"아, 됐어, 됐어. 그렇게 긴장할 것 없어. 일단 앉아."

사쿠라이가 옆자리를 가리키자, 미나토는 "실례하겠습니다!"라고 패기 넘치는 목소리로 외치며 옆에 앉았다.

"이야, 참 젊다. 지금 몇 살이야? 형사 된 지 얼마나 됐어?"

"스물다섯입니다. 반년 전에 카츠시카 경찰서 형사과로 발령받았습니다."

"그래, 형사 된 지 이제 반년이구나. 그럼 특별수사본부에 참여하는 것도 처음이겠네?"

"네, 처음입니다. 아직 많이 부족한데 많은 지도 편달 부탁드립니다."

"운동부 출신인가 보네. 초반부터 그렇게 힘주면 오래 못 버틴다. 특별수사본부가 설치되는 사건은 상당한 장기전으로 이어지는 사례가 많아. 힘 빼고 자연스럽게 해, 자연스럽게."

사쿠라이가 가볍게 등을 두드리자, 미나토는 김빠진 표정을 지었다.

"네. 그런데 어째선지 우리만 관리관님께 지시를 못 받은 것 같은데요…"

미나토가 말한 대로, 다른 조들은 아리가에게 어떠어떠한 수사를 하라고 구체적인 지시를 받았다. 그러나 사쿠라이와 미나토는 끝까지 지시를 받지 못했다.

"아아, 항상 그러니까 신경 쓰지 마."

"항상 그런다고요?" 미나토가 의아하게 되물었다.

"그래. 나한테는 항상 구체적인 지시가 없어. 지시를 내린들 내가 멋대로 다른 수사를 해버리니까 넌더리가 난 거지. 요즘에는 거의 무시로 일관하는 것 같아. 내키는 대로 수사해도 되니까 운 좋게 유용한 정보를 찾았을 때만 보고하라는 뜻인가 봐."

사쿠라이가 입꼬리를 올리자, 미나토는 "네에…"라고 건성으로 대답했다.

"쉽게 말하면 우리한테는 요만큼도 기대하지 않는다는 거야. 그렇게 생각하니까 긴장도 풀리지? 그러니까 어깨 힘 빼도 돼."

사쿠라이는 또다시 미나토의 등을 두드리고 자리에서 일어났다.

"그럼 우리는 뭘 해야 하죠? 아무런 지시도 없이 어떻게 움직여야…"

"무슨 소리야? 아까 지시받았잖아. 관리관님보다 훨씬 윗분한테."

"관리관님보다 위라면, 이사관님이나…."

미나토는 이제 아무도 없는 단 중앙에 위치한 수사1과 과장의 자리를 돌아보았다.

"그래, 사콘 과장님. 수사1과 과장에게 직접 받은 명령을 말단 형사인 내가 어떻게 거스르겠어? 그러니까 일단 미노루 씨를 조사하자."

"네? 아까 1과 과장님은 근거가 없는 추측에 인력을 할애할 수 없다고…."

사쿠라이는 당황한 미나토의 얼굴 앞에 대고 검지를 좌우로 흔들었다.

"아니지, 아니지. 정확히는 '우리의 유능한 형사들을 쓸 수는 없다'고 하셨지. 반대로 말하면 '우리의 유능하지 않은 형사는 쓸 가치가 있다'는 뜻이야."

미나토가 "아"라고 목소리를 높이자, 사쿠라이는 의기양양하게 콧방귀를 뀌었다.

"자, 유능하지 않은 형사의 저력을 보여주자고."

"저기, 지금 어디 가는 겁니까?"

참을 만큼 참은 미나토가 한 걸음 앞에서 걷는 구부정한 등에 대고 말했다. 스마트폰 화면을 바라보며 걷던 사쿠라이는 걸음을 멈췄다.

"아니, 그게…. 분명히 이 근처인데, 지도 앱이 영 불편해. 나는 역시 종이 지도 같은 아날로그 방식이 맞는단 말이지."

사쿠라이가 관자놀이를 긁적거렸다.

수사본부를 뒤로한 미나토는 사쿠라이와 함께 지하철을 타고 스가모에 도착했다. 역을 빠져나와서 약 15분 동안 스마트폰 지도 앱을 따라 걷는 사쿠라이의 뒤를 쫓았지만, 몇 분 전부터 같은 곳을 빙빙 도는 것 같았다.

"주소 가르쳐주세요."

미나토는 대놓고 한숨을 쉬었다. 사쿠라이가 주머니에서 메모지를 꺼냈다.

"어, 그러니까… 토시마구 스가모…."

미나토는 자신의 스마트폰을 조작해 목적지까지 가는 경로를 확인한 뒤 "찾았습니다. 이쪽이에요" 하며 가까운 골목을 향해 걸었다.

"오, 역시 젊은이는 달라. 문명의 이기를 다루는 데 능숙하구먼."

"…사쿠라이 씨, 이제 여기에 온 이유를 말씀해주세요."

카츠시카 경찰서를 나와서 몇 번이나 같은 질문을 되풀이했지만, 그때마다 사쿠라이는 "도착하면 알아" 하며 얼렁뚱땅 넘어갔다.

"에이, 왜 이렇게 까칠하실까. 당연히 이번 사건의 단서를 찾으러 온 거지."

"단서를 찾으려면 현장에 가야죠."

"그건 지역 조사반이 열심히 하잖아. 모처럼 유격대를 맡아서 자유롭게 움직일 수 있는 권한을 얻었으니 그 장점을 최대한 활용해서 남들과 다른 각도로 수사해야지. 우선은 1과 과장님의 지시대로 미노루 씨를 조사해 보자고."

"그 전직 형사님을 조사하는데 왜 스가모에 왔습니까?"

"곧 알게 돼. 그나저나 도착하려면 멀었어?"

"…저기입니다."

미나토는 골목을 빠져나와서 걸음을 멈췄다. 군데군데 녹이 슨 철제 대문 너머에 작고 오래된 일본식 단층집이 보였다. 문패에는 '이노하라'라고 적혀 있었다.

"아, 맞아, 여기야. 고맙다."

사쿠라이가 대문 옆에 달린 초인종을 눌렀다. 경쾌한 소리가 울렸지만, 반응은 없었다.

"아무도 없는 걸까요?"

사쿠라이는 미나토의 물음에 답하지도 않고 계속해서 초인종을 눌렀다. 이윽고 질린 듯이 "누구야?" 하는 목소리가 들려왔다.

"오랜만입니다, 이노하라 씨. 무코지마 경찰서 형사과에서 신세 진 사쿠라이입니다. 사쿠라이 키미야스요. 기억하십니까?"

"사쿠라이?" 의아해하는 목소리가 돌아왔다. "내가 아는 그 사쿠라이? 대체 무슨 용건인가?"

"여쭤보고 싶은 게 있어서요. 좀 들어가도 되겠습니까?"

"질문은 거기서도 할 수 있잖나."

"아니요, 안 됩니다." 사쿠라이는 목소리를 낮췄다. "누가 들으면 안 되는 질문이거든요."

인터폰 너머에서 망설이는 기척이 전해졌다. 얼마간 침묵이 이어진 끝에 "…기다리게" 하는 목소리가 들려왔다. 잠시 후 현관문이 삐걱거리며 열렸다.

"들어오게. 대단한 환영식은 못 해주네만." 문 너머에 선 백발노인이 턱짓했다.

"그럼 실례하겠습니다."

사쿠라이는 대문을 열고 짧은 돌길을 지나 현관으로 다가갔다. 미나토가 허겁지겁 그 뒤를 쫓았다.

"아이고, 잘 지내셨습니까? 오랜만에 뵙습니다. 이야, 이노하라 씨는 하나도 안 변하셨네요."

사쿠라이가 살갑게 말하자, 이노하라라는 노인은 벌레를 쫓듯 손을 내저었다.

"그 넉살은 여전하군. 뭐가 하나도 안 변했다는 건가? 이 머리를 보게."

미나토는 하얗게 샌 머리를 쓸어올리는 이노하라를 관찰했다. 나이는 일흔이 넘어 보였다. 얼굴에 주름살과 검버섯이 가득했고, 과음한 탓인지 코가 새빨갰다. 허리가 굽었고 한 손에는 지팡이를 쥐고 있었다. 전체적으로 나약한 인상이었지만, 두툼한 눈두덩이 안쪽에 자리한 두 눈동자만큼은 먹이를 노리는 맹금류 같은 예리함을 품고 있었다.

"그래서 이쪽은?" 이노하라가 미나토를 매섭게 노려보았다.

"카츠시카 경찰서 형사과 소속인 미나토입니다. 지금 저하고 같이 수사하고 있습니다."

사쿠라이가 가벼운 말투로 미나토를 소개하자, 이노하라의 눈빛이 훨씬 날카로워졌다.

"본청 1과에 있는 자네가 관할서 형사와 파트너가 됐다는 건 카운터가 설치됐다는 뜻이군."

이노하라가 수사본부를 '카운터'라는 경찰 은어로 부르자, 미나토는 앞에 있는 노인이 경찰관계자임을 확신했다.

"그리고 나를 찾아왔다는 건….'

굽은 이노하라의 허리가 펴졌다. 가냘프던 몸이 배로 커진 것처럼 보였다.

"자, 자, 구체적인 이야기는 안에서 천천히 하시죠. 들어가도 될까요?"

"정말 여전하군. 자, 들어오게."

이노하라가 턱짓하며 복도 안쪽으로 나아갔다. 미나토는 "실례합니다"하며 신발을 벗고 사쿠라이와 함께 이노하라를 따라갔다. 나무 판자가 깔린 복도 구석에 뽀얗게 먼지가 쌓여 있었다.

이노하라가 옆에 있는 장지문을 열었다. 세 평 남짓한 일본식 방이 펼쳐졌다. 구석에 이불이 깔려 있었고, 방 한가운데에 낮은 밥상이 있었다. 그 위에는 찻주전자, 찻잔, 전기 포트와 레토르트 식품 몇 개가 늘어서 있었다.

이노하라는 "앉게"하며 방석을 들이밀더니 방에서 나가 찻잔 두 개를 들고 돌아왔다. 찻주전자에 뜨거운 물을 부어 찻잎을 가볍게 우린 다음, 적당히 찻잔에 담아 미나토와 사쿠라이 앞에 내려놓았다.

"미안하지만 여러 번 재탕한 차라서 싱거울 수도 있네. 손님 맞을 일이 없는 독거노인이니 이해해주게."

"사모님은 어디 가셨습니까?"

사쿠라이가 양손으로 찻잔을 들고 묻자, 이노하라는 자조하듯 코웃음을 쳤다.

"마누라는 오래전에 애들을 데리고 나갔어. 형사의 숙명이니 별수 있나."

"역시 전직 형사님이셨군요."

미나토가 열띤 목소리로 말하자, 이노하라가 뚫어지게 쳐다보았다. 미나토는 그 박력에 저도 모르게 눈을 내리깔았다.

"사쿠라이, 이 애송이는 그런 것도 모르고 따라왔나?"

"아이고, 죄송합니다. 제가 아무 설명도 안 했거든요."

사쿠라이가 뻔뻔스레 말하며 머리를 긁적였다.

"미나토, 이쪽은 이노하라 씨야. 전직 무코지마 경찰서 형사과 형사이자 내 선배. 그리고 종이학 살인사건 전문가이기도 하지."

"전문가…."

"그래. 수사본부가 해체된 후에도 계속 그 사건을 쫓은 전담반에 계셨어."

"이봐." 이노하라가 굵직한 목소리로 말했다. "내 소개는 됐네. 얼른 본론부터 얘기하게."

"아, 죄송합니다. 우선은 이걸 받으시죠."

사쿠라이는 역 앞 화과자 가게에서 사 온 과자 상자를 이노하라에게 내밀었다.

"…나 원 참, 정말 못 말리는 놈이라니까."

마음이 녹았는지 살짝 표정을 누그러뜨리며 과자 상자를 받아 든 이노하라는 거칠게 포장지를 뜯어 안에 든 모나카를 꺼내 먹었다.

"그래서 여기는 왜 왔지? …다섯 번째 주검이라도 나왔나?"

다섯 번째 주검. 28년 전, 유일하게 시신이 발견되지 않은 아기를 가리키는 것이리라. 이노하라의 말투에 엷은 기대감이 배어 있었다.

"아니요, 그건 아닙니다. 진나이 사쿠라코 양의 시신은 아직 발견되지 않았습니다."

사쿠라이가 대답하자, 이노하라는 못내 아쉬운 듯 "그렇군…"하며 고개를 끄덕였다.

"하다못해 시신만이라도 찾아서 편히 눈감게 해주고 싶었는데…. 그런데 잘 생각해보면 당연한 일이군. 오래전에 공소시효가 끝난 사건의 피해자가 발견됐다 한들 카운터가 설치될 리 없지…. 그래서 용건이 뭔가? 나를 찾아온 걸 보면 28년 전 그 사건과 관련 있는 일이겠지."

"종이학이 다시 나타난 것 같습니다."

사쿠라이가 턱을 당기고 나직한 목소리로 중얼거렸다. 미나토는 귀를 의심했다.

이번 사건과 연쇄 여아 살인사건의 범인이 동일인일 가능성이 있다는 것은 기밀이었다. 상대가 아무리 전직 형사라고 해도 말하면 안 되는 사항이다.

미나토가 사쿠라이를 나무라려고 입을 열었지만, 첫마디를 꺼내기도 전에 큰 소리가 벽을 흔들었다.

"정말인가?!" 몸을 앞으로 기울인 이노하라가 사쿠라이의 코트 깃을 움켜쥐었다.

"진정하세요. 아직 가능성이 있는 정도예요. 혈압 올라갑니다."

사쿠라이가 손을 휘휘 젓자, 이노하라가 옷깃을 놓았다. 눈에 핏발이 섰고 숨은 거칠었다.

"왜 동일범이라는 얘기가 나왔지?"

이노하라가 사쿠라이에게 얼굴을 들이밀며 물었다. 사쿠라이는 말없이 입꼬리를 살짝 올렸다.

"…그렇군. 종이접기한 색종이…. 현장에 그게 또 떨어져 있었나 보군."

이노하라가 떠보듯 말하자, 사쿠라이는 가슴 앞에서 양손을 마주 쳤다.

"정답입니다. 어제 살해된 20대 여성 옆에서 그게 발견됐습니다. 감식으로 필적을 조사해 보니 높은 확률로 동일인물이 만든 것이 라는 결론이 나왔습니다."

"잠깐만요, 사쿠라이 씨. 그건…."

미나토가 참지 못하고 끼어들자, "괜찮아, 괜찮아" 하며 사쿠라이가 등을 토닥였다.

"이노하라 씨는 우리 선배라니까. 이런 얘기를 언론에 흘릴 분이 아니야. 그리고 사건이 멈춘 이후에도 공소시효가 끝날 때까지 최선 을 다해 종이학을 쫓으신 분이잖아. 분명히 중요한 정보를 얻을 수 있을 거야."

미나토는 "네…"라고 애매하게 대답했다. 사쿠라이의 말에 수긍할 수는 없었지만, 이미 이노하라에게 정보를 넘겨 버렸다. 이제 와서 불평해봤자 달라질 것은 없었다.

"정보?" 이노하라가 콧방귀를 뀌었다. "전담반이 조사한 내용이라 면 나 같은 늙은이에게 물을 필요도 없이 자료에 전부 쓰여 있잖나. 그걸 봐."

"그 자료는 다른 특명반이 살펴볼 겁니다. 제가 원하는 건 10년 넘게 범인을 쫓은 형사의 살아 있는 목소리입니다. 그게 자료에 적힌 무미건조한 글보다 몇 배는 도움이 되니까요. 그러니까 가르쳐 주십시오, 이노하라 씨. 수사본부가 해체되고 나서 전담반이 어떤 수사를 했고 범인에 대해 얼마나 알아냈는지요."

사쿠라이는 턱을 당기고 치뜬 눈으로 이노하라를 바라보았다. 이노하라는 나른하게 입을 열었다.

"대답하기 전에 물을 게 있네. 수사본부는 이번 사건을 종이학의 범행이라고 생각하나?"

"현재로서는 '그럴 수도 있다'는 정도로 생각합니다. 뭐, 타당한 판단이죠. 지난 사건으로부터 28년이나 지났으니까요."

"그런데도 자네는 종이학이 범인이라고 생각하는군. 그렇지?"

"그렇죠. 그럴 가능성이 아주 크다고 생각합니다."

"그 근거는?" 이노하라가 몸을 앞으로 쭉 내밀었다.

"딱히 없습니다. 굳이 말하자면 제 감이라고 할까요?"

사쿠라이는 찻잔을 내려놓았다.

"다만 한 가지 말씀드리자면, 저는 특별수사본부를 설치한다는 결정이 떨어지자마자 현장에 갔습니다. 피해자의 얼굴을 보고 그 주변을 돌아다니면서 느꼈습니다. 28년 전과 똑같은 '잔향', 범인이 현장에 남기고 간 기운 같은 것을요."

그럴싸하게 바꿔 말했으나 결국 감이라는 이야기였다. 미나토가 속으로 혀를 내두르는데, 뜻밖에도 이노하라가 표정을 풀고 웃었다.

"그래, 자네의 감은 틀리는 법이 없지."

이노하라는 눈이 휘둥그레진 미나토를 보고 입꼬리를 올리며 사쿠라이를 가리켰다.

"이보게, 형씨. 너무 놀랄 것 없어. 이놈이 생긴 건 이래도 형사로서는 일류니까. 지금껏 큰 사건을 몇 개나 해치웠지. 안 그랬으면 윗분들 지시를 무시하고 싸돌아다니는 이놈이 어떻게 본청 수사1과에 남아 있겠나."

미나토가 "네에…"라고 웅얼거리자, 이노하라는 다시 진지한 표정을 지었다.

"자네의 감이 맞다면, 종이학은 28년 만에 움직였다는 뜻이네. 그렇게 긴 시간 동안 어째서 침묵했을까?"

"네, 그게 바로 종이학을 찾아낼 단서입니다. 그 점에 관해서 이노하라 씨의 의견을 듣는 게 제가 여기 온 목적 중 하나입니다. 뭔가 짚이는 데 없으십니까?"

질문을 돌려받은 이노하라는 팔짱을 끼고 몇십 초간 조용히 있다가 이야기를 시작했다.

"전담반이 주목한 건 사건이 끊어진 이유였네. 종이학이 왜 살인을 멈췄을까. 병이나 부상, 다른 죄목으로 체포됐을 가능성 등을 고려해서 조건에 맞는 놈들을 이 잡듯 뒤졌지."

"이번 수사본부에서도 그 조건에 맞는 인물을 다시 추릴 예정입니다."

사쿠라이의 대답을 듣고 미나토가 "저기…" 하며 끼어들었다.

"충분히 많이 죽여서 만족한 것 아니냐는 의견도 있었는데, 그건…."

이노하라에게 차가운 시선을 받자, 목소리가 점점 작아졌다.

"이보게, 형씨. 형사라면서 멍청한 소리 하지 말게. 그 범인에게 만족이란 없어. 종이학이 뭣 때문에 말도 못 하는 어린애들을 죽였다고 생각하나?"

"뭣 때문이냐면…."

미나토가 대답하지 못하고 우물거리자, 이노하라는 크게 혀를 찼다.

"당연히 쾌락 때문이지. 종이학은 어린아이를 목 졸라 죽이면서 최고의 쾌락을 느낀 거야. 그놈에게 살인은 마약 같은 걸세. 아무리 되풀이해도 만족이 안 되지. 만족은커녕 살인을 멈춘 순간부터 금단 현상으로 괴로웠을걸."

이노하라가 억양 없이 말하는 내용이 너무나 생생해서 미나토는 침을 꿀꺽 삼켰다.

"반대로 범행이 멈췄다는 건 종이학이 큰 문제에 직면했다는 뜻이지. 그런데 28년이나 시차를 두고 다시 범행을 저지른 게 사실이라면, 병이나 부상 쪽 가설은 가능성이 적어. 무난하게 생각해 보자면, 다른 살인사건으로 무기징역을 받고 최근에 가석방됐다는 추측이 가장 그럴듯하군."

"맞는 말씀입니다." 사쿠라이가 크게 고개를 끄덕였다. "하지만 '무난한' 것은 다른 수사관들이 조사할 겁니다. 저는 '무난하지 않은' 가능성을 파헤치고 싶습니다."

"무난하지 않은 가능성? 구체적으로 뭘 말하는 건가? 뜸 들이지 말고 얼른 본론을 꺼내게."

"미노루 씨를 기억하십니까? 28년 전에 저와 파트너였던 본청 수사 1과 형사 말입니다."

"아, 그 괴짜 말인가? 기억하네. 수사회의에서 간부들에게 자주 덤 벼들었지."

"어제 새벽에 미노루 씨가 사망했습니다. 암으로요."

"…그렇군. 나하고 동년배였지, 아마. 뭐, 이 나이쯤 되면 그런 일 도 있는 법이네."

"미노루 씨는 종이학 살인사건에 온 힘을 쏟아부었습니다. 수사 본부가 해체될 때 전담반에 들어가고 싶다고 상부에 직접 요청했을 정도입니다."

"그 이야기는 들었네. 전담반에 들어오겠다는 요청을 거부당하자 마자 바로 경찰을 관뒀다고."

"그렇습니다. 미노루 씨는 틀림없이 혼자서 종이학을 추적했을 겁 니다. 그런 미노루 씨가 사망한 당일, 28년 만에 종이학이 다시 움직 였습니다. 제 눈에는 도무지 우연으로 보이지 않습니다."

"우연이 아니면 뭐란 말인가? 진짜 묻고 싶은 걸 빨리 말해."

이노하라가 들고 있던 모나카를 입에 던져넣었다.

"그럼 단도직입적으로 묻겠습니다. 수사본부가 해체되고 나서 미노 루 씨가 전담반에 접촉한 적이 있지 않습니까?"

"그 사람이 전담반에?"

"혼자서나마 종이학을 추적했다면, 전담반이 가진 정보가 절실하 게 필요했을 겁니다. 그러니 당연히 접촉을 시도했겠죠."

이노하라는 씹던 모나카를 삼키고 고개를 가로저었다.

"아니, 접촉은 없었네. 수사본부가 해체된 뒤에는 한 번도 그 사람 을 본 적이 없어."

"다른 전담반 수사관과 접촉했을 가능성은요?"

"없네. 그런 일이 있었다면 내 귀에 들어왔을 거야."

이노하라가 확실히 단언했다. 사쿠라이는 "그렇군요"라고 중얼거린 뒤 고개를 젖혀 찻잔에 남은 차를 들이켜고 일어났다.

"죄송합니다, 이노하라 씨. 너무 오래 있었네요. 슬슬 가보겠습니다. 미나토, 가자."

사쿠라이가 재촉하자, 미나토는 허둥지둥 방석에서 일어났다.

"이봐, 기다려." 이노하라는 연극배우처럼 과장되게 양손을 펼쳤다. "궁금한 걸 다 물었으니 용건 끝났다 이건가? 니한테도 조금은 상황을 설명해줘야지. 미노루가 우리에게 접촉하지 않은 게 뭐가 어쨌다는 건가?"

사쿠라이는 턱을 쓰다듬다가 손가락 두 개를 세웠다.

"두 가지 가능성이 있습니다. 첫 번째, 제 예상과 달리 미노루 씨는 단순히 낙담해서 경시청을 떠났다. 이 경우, 미노루 씨는 종이학을 추적하지 않았을 테니 전담반에 접촉할 이유가 없었죠."

"두 번째는?"

"미노루 씨에게 전담반의 정보가 필요하지 않았을 가능성입니다."

"그게 무슨 뜻인가?" 이노하라의 흰 눈썹이 움찔하며 올라갔다.

"미노루 씨는 처음부터 종이학과 관련된 아주 중요한 정보를 알고 있었던 겁니다. 그래서 전담반의 정보가 필요하지 않았던 거죠."

"그런 정보를 알고 있었으면 어째서 우리에게 정보를 넘기지 않았지?! 어째서 끝까지 종이학을 잡지 못 했냔 말이야!"

미노루가 전담반보다 범인에 대해 더 많이 알았을지 모른다는 이야기가 신경을 건드렸는지 이노하라는 언성을 높였다. 사쿠라이는 "그렇죠. 그게 의문입니다"라고 중얼거리며 눈동자를 이리저리 굴렸다.

"뭔가 중요한 정보를 알고 있었다면, 그걸 전담반에 전해야 범인을 체포할 확률이 높아졌을 텐데, 그러지 않고 공소시효를 넘겼다…. 어쩌면 다른 사람에게 정보를 넘길 수 없는 이유가 있었을지도 모르겠군."

사쿠라이가 이어서 작게 중얼거렸다.

"어쩌면 미노루 씨와 범인은 단순히 쫓는 자와 쫓기는 자의 관계가 아니었을지도 모르지. 훨씬 복잡한 관계였고…, 그래서 미노루 씨가 사망하자마자 범행이 다시 시작되었다…."

사쿠라이는 멍한 눈으로 천장을 바라보았다.

"대체 미노루 씨는 뭘 알아낸 거지? 미노루 씨와 범인은 어떤 관계였지?"

무언가에 홀린 듯 혼잣말하는 사쿠라이에게 이노하라는 질린 표정으로 "이봐!"라고 외쳤다. 사쿠라이의 눈에 초점이 돌아왔다.

"죄송합니다. 잠깐 생각을 하느라…."

사쿠라이가 간살스러운 미소를 지으며 머리를 긁적이자, 이노하라는 혀를 찼다.

"남의 집에 와서 혼자만의 세계에 빠져 있지 말게."

"면목 없군요. 아무튼, 여러모로 도움이 됐습니다. 그럼 이제 정말 가보겠습니다. 밤에 있을 수사 회의에 늦으면 안 돼서요."

사쿠라이가 장지문을 열고 나가려고 하자, 이노하라가 "기다리게"라고 목소리를 높였다.

"마지막으로, 전담반에서 그 사건을 쫓던 내가 조언 하나만 하지.

다섯 번째야. 다섯 번째 사건을 끈질기게 파헤쳐야 해."

"다섯 번째라면, 진나이 사쿠라코 양이 유괴된 사건이죠?"

"그래, 그렇네." 이노하라가 크게 고개를 끄덕였다. "그 전에 일어난 네 가지 사건과 그 사건은 양상이 완전히 달랐어. 그리고 그 사건을 기점으로 범행이 멈췄네. 바로 거기에 종이학에게 접근할 단서가 있을 걸세."

"구체적으로 다섯 번째 사건에서 뭘 조사해야 한다고 생각하십니까?"

이노하라는 한숨을 크게 내쉬고 "시신이야"라고 작게 말했다.

"아직 발견되지 않은 다섯 번째 피해자의 시신. 그것만 찾으면 틀림없이 범인의 정체가 드러날 걸세."

"그 근거는요?"

"형사의 감이야."

이노하라는 주름진 얼굴에 짓궂은 미소를 띠었다.

"그렇군요. 큰 도움이 됐습니다. 그럼 정말 가보겠습니다."

미나토는 공손하게 고개를 숙이는 사쿠라이와 함께 이노하라의 집을 뒤로했다.

"다섯 번째 피해자의 시신이라…." 역을 향해 걷다가 사쿠라이가 툭 말했다. "이노하라 씨 말처럼 그게 발견되면 범인을 훨씬 쉽게 찾을 수 있을 것 같은데…. 대체 어디 있을까."

"시신을 찾기는 어렵지 않겠습니까? 28년 동안이나 못 찾았잖아요."

"그렇긴 하지만, 가능하면 찾아서 애도해주고 싶어. 이대로면 눈도 편히 감지 못할 것 아니야? 겨우 한 살이었으니까."

미나토가 "그렇죠"라고 대답했을 때, 세련된 재즈 음악이 들려왔다. 걸음을 멈춘 사쿠라이는 코트 주머니에서 울려대는 스마트폰을 꺼냈다.

"어럽쇼, 모르는 번호네."

화면을 보며 중얼거리더니 "예, 예, 사쿠라이입니다" 하며 스마트폰을 얼굴 옆에 댔다.

"아, 치하야 씨? 이것 참 반갑네요. 아이고, 일부러 연락 주셨는데 죄송하지만, 제가 급하게 수사에 투입되는 바람에 미노루 씨의 장례식에 가기 힘들…."

사쿠라이는 거기서 말을 끊고 눈을 끔벅거렸다.

"네? 미노루 씨가 즐겨 읽던 책이요? 어…, 왜 그러시죠?"

미나토는 무료하게 서서, 의아한 표정으로 통화하는 사쿠라이를 기다렸다.

깊고 어두운 곳에서 의식이 되돌아왔다. 미즈키 치하야는 "으윽" 하고 작게 신음하면서 눈꺼풀을 천천히 들어 올렸다. 암흑 속, 낯선 천장이 눈에 들어왔다.

"여긴…."

무의식적으로 중얼거린 순간, "내 방이야"라는 대답이 돌아왔다. 놀라서 상반신을 일으킨 치하야는 목소리가 난 쪽을 돌아보았다.

"잘 잤어? 벌써 저녁이지만."

운동복 차림인 시오리가 바닥에 깔린 이불 위에 책상다리를 하고 앉아 스마트폰을 보고 있었다.

"시오리?! 무슨…?"

치하야가 혼란을 느끼며 관자놀이에 손을 대자, 시오리가 일어나서 형광등을 켰다. 새하얀 빛이 방을 밝혔다. 치하야는 부신 눈을 가느스름하게 뜨고 주위를 둘러보았다.

깔끔하게 정돈된 네 평짜리 방. 책상, 낮은 탁자, 카펫, 화장대 같은 가구가 무채색으로 통일되어 차분한 분위기를 자아냈다. 벽 한 면을 빽빽하게 덮은 책꽂이에는 대부분 병리학 전문서적이 자리하고 있었다.

정말 시오리의 방인 것 같다. 그런데 왜 여기에…?

서서히 정신이 돌아오면서 어젯밤에 일어난 일들이 머릿속에서 되살아났다.

어젯밤, 불타는 본가에서 시오리와 함께 간신히 목숨을 부지하고 도망쳐 나온 치하야는 출동한 소방대원들에게 구조되었다. 대원들이 곧바로 물을 뿌리며 불을 끄기 시작했지만, 하늘 높이 치솟은 거대한 화룡이 무시무시한 기운을 내뿜자, 본가는 순식간에 무너져 내렸다.

치하야는 불이 다 꺼지기 전에 시오리와 함께 구급차를 타고 가까운 응급실로 갔다. 다행히 둘 다 화상은 거의 입지 않았고, 2층에서 뛰어내린 충격으로 치하야가 발목을 삔 정도로 끝이 났다. 다만 몇 시간 뒤에야 기도화상 증세가 나타날 수도 있어 아침까지 응급실 침대에서 쉬며 경과를 지켜보기로 했다.

응급실에 도착한 지 몇 시간 후, 소방청에서 화재원인 조사원이 찾아왔다. 그의 말에 따르면 소방대가 도착하고 한 시간쯤 후에 진화되었지만, 본가는 흔적도 없이 불타 없어졌다고 했다.

어릴 때부터 18년 동안 산 집이 사라져 버렸다는 소식에 충격을 받은 치하야에게 조사원은 이렇게 물었다.

"최근에 어떤 문제에 휘말린 적이 있으신가요?"

영문을 몰라 "왜 그러시죠?"라고 되묻자, 조사원은 목소리를 낮췄다.

"아침에 현장 검증을 시작할 예정이라 아직 단정할 수는 없지만, 이번 사건은 방화일 가능성이 큽니다. 집 전체가 그렇게 불길에 휩싸인 걸 보면, 화석연료…, 아마 휘발유 같은 걸 집 주변에 잔뜩 뿌리고 불을 지른 것 같아요. 다시 말해 범인은 치하야 씨의 집을 전부 태우겠다는 강한 악의를 갖고 불을 지른 겁니다."

조사원은 살벌한 추측에 겁을 먹은 치하야에게 몇십 분 동안 잇따라 질문한 뒤 "현장 검증 결과는 나중에 알려드리겠습니다"라는 말을 남기고 떠났다. 그러자 배턴을 넘겨받듯 관할서 경찰이 "이야기를 좀 여쭙겠습니다" 하며 치하야가 있는 침대에 들이닥쳤다. 방금 화재원인 조사원에게 전부 이야기했다고 말했지만, 경찰은 "관할이 달라서 또 이야기해 주셔야 합니다" 하며 버텼다. 결국 경찰의 질문을 다 받아주고 화상 증세가 뒤늦게 나타나지 않는지 검사까지 받느라 한숨도 못 잔 상태로 아침을 맞았다.

이른 아침, 의사에게 귀가해도 된다는 진단을 받은 치하야는 시오리와 함께 병원을 나섰다. 전날 새벽에 아버지가 위중하다는 연락을 받고 일어난 뒤로 거의 쉬지 못해서 몸도 마음도 이미 한계였다. 당장이라도 집으로 돌아가 쉬고 싶었다. 하지만 몇 시간 전에 화재원인 조사원이 말한 '강한 악의를 갖고 불을 질렀다'는 이야기가 머리에서 떠나지 않았다.

방화범은 그저 그 집을 태우려고 한 것일까. 만약 집이 아니라 그 안에 있는 나를 노린 것이라면….

그렇게 생각하자 몸이 뻣뻣하게 굳고 머리가 새하얘졌다. 치하야가 병원 정문을 빠져나와 멈춰 서자, 시오리가 불쑥 "우리 집에 갈래?" 라고 말을 꺼냈다.

그리하여 택시를 타고 시오리의 집으로 향한 치하야는 잠옷을 빌려 입고 기절하듯 침대에 쓰러져 깊은 잠을 잤다.

"저기…, 미안해. 침대를 내가 썼네."

어젯밤 일을 모두 떠올린 치하야가 어깨를 움츠리자, 시오리는 손을 흔들었다.

"괜찮아. 우선 샤워부터 해."

시오리가 욕실 문을 가리켰다. 갑자기 들이닥친 주제에 샤워까지 하기는 미안했다. 하지만 어제부터 목욕을 못 했고, 더구나 불타는 집에서 도망쳐 나오기까지 했으니 땀과 먼지가 온몸에 들러붙어 찝찝했다.

"그럼 감사히…."

침대에서 내려온 치하야는 침대 옆 탁자 위에 놓인 자신의 옷을 그러안고 욕실로 향했다. 옷을 벗고 욕실 안으로 들어간 치하야는 샤워기로 머리부터 물을 끼얹었다. 화상을 입을 듯 뜨거운 물이 전신의 더러움을 씻어 내려가는 느낌이 좋았다. 차갑게 굳었던 마음이 조금씩 녹아내렸다. 치하야는 눈을 감고 고개를 젖혀 떨어지는 물을 얼굴에 맞으면서 어제부터 일어난 일들을 떠올렸다. 아버지가 위중하다는 말을 들은 것이 아주 먼 옛날 일처럼 느껴졌다.

아버지를 떠나보내고 그 시신을 해부하다가 위벽에 적힌 오싹한 메시지를 목격했다. 아버지가 전직 형사였음을 알았고, 누군가가 본가에 불을 질러서 하마터면 목숨을 잃을 뻔했다.

지난 하루하고도 반나절 동안 너무나 충격적인 일이 연달아 일어났다. 그리고 무엇 하나도 해결되지 않았다. 이제 어떻게 해야 할까.

혼란과 피로감으로 잊고 있던 공포와 슬픔이 가슴에 차올랐다. 입에서 흘러나오는 오열을 샤워 소리가 가려 주었다. 치하야는 가슴 속에서 휘몰아치는 어두운 감정의 소용돌이가 잦아들기를 기다렸다가 샤워를 마쳤다. 욕실에서 나와 부드러운 수건으로 몸을 닦고 속옷을 입은 다음 거울을 들여다보았다. 길 잃은 아이 같은 표정을 지은 여자가 보였다.

"…표정이 왜 그래?"

치하야는 양손으로 뺨을 가볍게 때렸다. 찰싹 하는 시원한 소리와 함께 날카로운 아픔이 번졌다.

억지로 얼굴 근육에 힘을 준 치하야는 한 번 더 거울을 확인했다. 눈두덩이가 조금 부었지만, 방금 본 울 것 같은 표정은 사라졌다.

치하야는 작게 "좋아"라고 외치고 문을 열고 욕실에서 나갔다.

"욕실 쓰게 해줘서 고마워. 너도 샤워해."

"나는 자기 전에 씻어서 괜찮아."

시오리는 치하야에게 등을 돌린 채 한 손을 들었다. 아무래도 아직 스마트폰을 보는 듯했다.

"…그래. 저기, 드라이어 써도 돼?"

스마트폰을 낮은 탁자에 내려놓은 시오리는 두리번거리며 방을 둘러보더니 네 발로 기어서 수납장으로 다가갔다. 문을 열고 그 안을 뒤지다가 "아, 찾았다, 찾았어"라고 목소리를 높였다.

"너 평소에 머리를 어떻게 말려?"

치하야가 오래된 드라이어를 받아들며 묻자, 시오리는 의아한 표정으로 고개를 살짝 기울였다.

"머리? 그냥 수건으로 닦는데."

그래서 항상 머리가 부스스했나 보다. 치하야는 황당해하며 머리를 말렸다. 평소에 사용하지 않아서인지 드라이어에서 탄내 나는 온풍이 불어왔다. 치하야는 얼굴을 찡그리며 사고회로를 돌렸다.

방화범이 치하야를 노리고 있다면, 집으로 돌아갈 수는 없다. 하지만 친하지도 않은 동창의 집에 계속 얹혀살 수도 없는 노릇이다. 한 달짜리 월세라도 빌려서 거기에 몸을 숨길까.

몸을 숨긴다? 언제까지? 부친상으로 얻은 휴가가 끝나면 다시 병원으로 돌아가 일해야 한다. 만약 방화범이 치하야의 직장까지 알고 있다면….

생각하면 생각할수록 지금 상황이 얼마나 심각한지 실감이 났다.

이제 어떻게 해야 할까. 몇 분에 걸쳐 머리를 말린 치하야는 고개를 떨군 채 "고마워"라고 말하며 시오리에게 드라이어를 돌려주었다.

"그럼 이제 앞으로 어떻게 할지 논의해보자."

속마음을 꿰뚫어 본 것 같은 시오리의 말에 치하야는 눈을 동그랗게 떴다.

"뭐? 앞으로라니…?"

"이대로 가만히 있을 수는 없잖아. 당분간 우리 집에서 지내는 건 괜찮지만, 이건 근본적인 해결책이 아니야. 만약 어제 일어난 방화의 목적이 단순히 집을 불태우는 게 아니고 너까지 해치는 거였다면, 범인이 잡힐 때까지 안심할 수 없으니까."

치하야의 생각과 똑같은 말을 뱉은 시오리는 오른손 검지를 세웠다.

"그러니까 우리가 어서 범인을 찾아내야 해."

"우리가 범인을?!" 목소리가 뒤집혔다.

"뭘 그리 놀라?"

"당연히 놀라지. 우리가 어떻게 범인을 찾아내?"

"찾아낼 수 있어. 불이 나기 전에 말했잖아. 미즈키 미노루 씨는 본인이 죽은 후에 누군가가 정보를 없애려고 할 걸 예상하고 위벽에 암호를 새기는 방법을 택했어. 게다가 네가 본가에 머물지 않도록 여러모로 손을 써놨고. 다시 말해서 미노루 씨는 집에 불이 날 걸 예상했던 거야. 그렇다면 그 암호가 바로 방화범이 없애려던 정보 겠지. 그러니까 그 암호 같은 부분을 해독하면 범인을 밝혀낼 중요한 단서를 얻을 수 있을 거야."

시오리의 말투가 서서히 열기를 띠었다.

"잠깐. 우리 아버지는 오랫동안 종이학 살인사건을 조사했다고 했잖아. 그럼 어제 불을 지른 것도…."

어린아이를 몇 명이나 살해한 범인이 불을 질렀을지도 모른다. 심지어 그 범인이 자신을 노리는지도 모른다. 치하야는 공포로 혀가 굳어서 뒷말을 이을 수 없었다.

"확신하기는 일러." 시오리가 부드럽게 말했다. "미노루 씨가 종이 학 살인사건을 조사했다는 건 자칭 형사라는 수상한 남자의 주장 일 뿐이고, 실제로 그랬는지는 알 수 없어. 그러니까 우선 우리가

할 일은 암호를 풀어서 그게 누구한테 보내는 메시지인지 알아내는 거야. 그 사람에게 메시지를 보여주면 지금 무슨 일이 일어나는 건지 알 수 있을 거야."

"…그게 마음처럼 잘될까?" 의심이 말에 배어 나왔다. "그보다는 이번 방화사건을 조사하는 경찰에게 그 메시지를 보여주고 상황을 설명하는 게…."

"안 돼!"

시오리가 갑자기 목청을 돋웠다. 치하야는 "갑자기 왜 그래?" 하며 몸을 뒤로 뺐다.

"그 메시지는 미노루 씨가 말 그대로 죽음을 무릅쓰고 남긴 거야. 그분은 특정 인물에게만 전달되도록 위벽에 글자를 새겼어. 나는 병리의로서 그 유지를 받들 의무가 있어. 그러니까 그걸 다른 사람에게 보여줄 수는 없어."

"하지만 방화범이…."

치하야가 말끝을 흐리자, 시오리는 크게 어깨를 으쓱했다.

"그리고 보여줘 봤자 경찰은 진지하게 상대해주지 않을걸. 방화는 중범죄지만, 이번 사건에서는 우리가 가벼운 상처만 입었잖아. 경찰이 열과 성을 다해 수사할 것 같지는 않아. 상황이 이러니 위벽에 새긴 메시지가 범인을 찾아낼 단서라고 주장한들 귓등으로 흘릴 게 뻔해."

어젯밤에 귀찮다는 듯 이야기를 들으러 온 경찰의 태도를 생각해 보면 그럴 가능성이 컸다.

시오리가 말한 대로 둘이서 암호를 풀 수밖에 없다. 하지만….

"하지만 내가 풀어도 될까…?"

치하야가 천장을 올려다보며 흘린 말이 둥실둥실 방 안을 떠다녔다.

"그 메시지 마지막에 '딸에게 알리지 마'라고 쓰여 있었잖아. 아버지는 다른 누구보다도 나한테 그걸 숨기고 싶어 했어. 나는 암호를 풀 자격이 없는 거 아니야?"

치하야는 은은한 갈색빛을 띤 시오리의 눈동자를 들여다보았다. 시오리는 눈을 피하지 않고 시선을 온전히 받아냈다.

"맞아. 미노루 씨는 네가 그 메시지를 보지 않길 바랐어. 그런데 네가 병리해부 조수로 들어오는 바람에 안타깝게도 그 소원을 이룰 수 없었어."

"그럼 암호를 해독하는 과정에서만큼은 내가 빠져야지. 아버지가 숨기고 싶어 했던 건 분명 그 내용일 테니까."

"원래 같았으면 그랬겠지." 시오리가 살짝 고개를 까닥였다. "하지만 지금 상황이 여의치 않아. 그 메시지를 받을 사람의 이름은 궤양 때문에 지워졌고, 미노루 씨의 집은 불탔고, 딸인 너도 범인의 표적일지 몰라."

"그래도…"

치하야가 반박하려 하자, 시오리가 손을 들어 제지했다.

"끝까지 들어. 지금 상황을 정리해보면, 미노루 씨는 본인이 죽고 나서 네가 위험해질 걸 예상한 것 같아. 그리고 그 암호는 네가 위험해지는 걸 막기 위한 장치일 거야."

"네가 그걸 어떻게 알아?"

치하야가 고개를 흔들자, 시오리는 안경 너머로 눈을 가늘게 떴다.

"나는 그동안 시신을 몇백 구나 해부하고 죽을힘을 다해 그 유지를 읽어냈어. 그래서 알아. 미노루 씨가 그런 일을 한 이유는 소중한 사람을 지키기 위해서였다는 걸."

아무런 근거도 없는 설명. 하지만 시오리의 말 속에 담긴 데일 듯이 뜨거운 열의에 압도되어 반박할 수 없었다.

그러나 시오리의 추측이 사실이라 해도, 그 '소중한 사람'은 절대 자신이 아니리라 생각했다. 아버지에게 자신은 '가족'이 아니었으니까. 치하야가 속으로 생각하는데, 시오리가 말을 이었다.

"그러니까 너하고 암호를 푸는 건 미노루 씨의 유지를 거스르는 일이 아니야. 나는 그렇게 믿어."

치하야는 입을 굳게 다물고 한동안 고민하다가 크게 한숨을 쉬었다.

"알았어. 그럼 우선 병원에 가서 그 암호 사진을…."

"그거라면 여기에 있어."

시오리는 낮은 탁자에 올려둔 스마트폰을 들어 보였다. 글자가 새겨진 위 점막이 액정화면에 꽉 차 있었다.

"너, 스마트폰에 사진 데이터를 넣어 놨어?! 우리 본가 주소도 알아내더니, 개인정보를 이렇게 함부로 다루면 안 되지!"

치하야는 저도 모르게 목소리를 높였지만, 시오리는 아랑곳하지 않았다.

"괜찮아. 이 사진만으로는 누구 위인지 알 수 없고, 애초에 이게 위 점막이라는 걸 알아보는 사람도 거의 없을 테니까. 그리고 스마트폰에 잠금 설정을 철저히 해놔서 정보가 유출될 일은 없을 거야."

"아무리 그래도…."

치하야가 중얼거리는데, 시오리는 스마트폰 화면에 안경이 닿을 만큼 얼굴을 바싹 들이댔다.

"몇 시간이나 이 사진을 보면서 고민했지만, 전혀 모르겠어."

조금 전부터 계속 스마트폰을 보던 이유가 암호를 풀기 위해서였나 보다. 치하야는 속으로 어이없어하며 한 손을 내밀었다.

"나도 보여줘. 둘이서 보면 더 좋은 생각이 떠오를 수도 있잖아."

암호를 풀어도 될지 망설이던 마음은 사라졌다. 시오리가 말한 대로 이 오리무중인 상태에서 벗어나려면 암호를 풀어야 한다.

아버지가 왜 위벽에 글자를 새겼는지, 그 이유를 생각하는 것이 겁났다. 암호를 풀면 끔찍한 진실이 드러날지도 모른다는 예감이 들었다. 하지만 지금 상황에서는 마음을 강하게 먹어야 한다.

스마트폰을 받아 든 치하야는 눈을 커다랗게 뜨고 화면을 보았다.

에게 전해라

H31 Ⅲ6 3.2.1 940.1·8 5.15.3

1843.21·15 32.23.7

"우선 제일 앞에 있는 이 글자, 이건 H인가? H31이라면 헤이세이 31년*을 가리키는 걸지도 몰라. 그다음 글자는 한자인가?"

치하야는 앞부분에 있는 세로선 세 개로 이루어진 글자를 가리켰다.

"글쎄…. 어쩌면 로마숫자 'Ⅲ'일 수도 있지."

"이 글자 뒤에는 계속 아라비아숫자가 나오잖아. 뭐 하러 여기에

---

* 일본 연호로 2019년에 해당한다.

만 로마숫자를 썼겠어?"

"그게 암호를 푸는 열쇠일지도 몰라."

시오리는 안경 위치를 고치며 말했다.

"너무 꼬아서 생각하는 거 아니야? 내 눈에는 내 천(川) 자나 '작을
소(小) 자로 보이는데?"

치하야가 스마트폰을 낮은 탁자에 내려놓고 앞부분에 있는 글자를
확대했다. 두 사람은 미간을 찌푸리며 화면에 크게 비친 삐뚤빼뚤한
글자를 뜯어보았다.

몇 분 동안 끙끙거리며 고민하다가 눈 안쪽에 통증을 느낀 치하야
는 고개를 저었다.

"스마트폰이랑 눈싸움해봤자 답은 안 나와. 다음으로 넘어가자. 뒤쪽
에서 단서를 찾으면 앞부분 글자가 무슨 뜻인지 알 수 있을지도 몰라."

치하야가 화면을 쓸어 사진을 옆으로 넘겼다.

"이 뒷부분은 확실히 숫자네."

"응. 확실해." 시오리가 고개를 끄덕였다. "숫자 세 개가 한 세트
같아."

"숫자 세 개가 글자 하나를 나타내는 건가? 이를테면 히라가나
50음도*랑 대조해서…"

"그건 아닐 거야." 시오리가 치하야의 말을 잘랐다. "만약 50음도
였으면 행과 열에 해당하는 숫자 두 개가 글자 하나를 나타냈을
거야. 세 개나 적을 필요가 없어. 그리고 50음도는 열이 열한 개잖아.
그런데 이 암호에는 11보다 큰 숫자가 적혀 있어."

---

* 일본 문자인 히라가나를 전부 나타낸 표. 한글 자음모음표와 비슷한 개념이다.

의견이 가차 없이 묵살되어 언짢았지만, 시오리의 말이 매우 논리적이어서 반박할 수 없었다. 치하야가 입꼬리를 내리고 잠자코 있자, 시오리가 이어서 말했다.

"게다가 이게 히라가나일 가능성은 적어. 숫자 세 개가 글자 하나를 나타내는 거라면, 처음에 나오는 세로선 세 개를 합쳐도 다섯 글자밖에 안 돼. 히라가나 다섯 글자로는 아무런 메시지도 전할 수 없어. 모르긴 몰라도, 숫자 세 개가 나타내는 건 표음문자가 아니라 표의문자일 거야."

시오리는 스마트폰 화면을 검지로 밀었다.

"표의문자라면, 한자라는 말이야?"

"그럴 가능성이 커." 시오리가 고개를 끄덕였다. "한자라면 다섯 글자만으로도 어느 정도 의미 있는 글을 만들 수 있으니까."

"그런데 히라가나나 알파벳은 개수가 정해져 있지만, 한자는 한도 끝도 없이 많잖아."

"그래서 숫자 세 개를 조합해야 했던 거야. 이 숫자 하나하나가 뭘 가리키는지만 알면…."

시오리는 미간에 깊은 주름을 잡고 생각에 잠겼다. 치하야도 작게 고개를 갸웃거리며 팔짱을 꼈다. 무거운 침묵이 방을 가득 메웠다. 벽시계 초침이 시간을 새기는 소리가 답답한 공기를 흔들었다.

십여 분 동안 열심히 머리를 굴리던 치하야는 눈 안쪽에 둔한 통증을 느끼고는 스마트폰에서 눈을 돌렸다.

"저기, 이렇게 암호를 계속 노려본다고 해서 좋은 아이디어가 떠오를 것 같지는 않아. 봐, 너는 몇 시간이나 생각했는데도 돌파구를 못 찾았잖아. 애초에 우리가 풀 수 없는 암호일지도 몰라."

"무슨 뜻이야?" 시오리가 안경 너머로 시선을 보냈다.

"그러니까, 아버지는 특정 인물에게만 정보를 넘기고 싶어 했잖아. 의사가 시신을 해부해서 메시지를 발견하더라도 무슨 내용인지 모르게 하려고 굳이 위벽에 암호를 새긴 거 아니겠어? 그러니까 열심히 생각하면 알아낼 수 있는 암호일 리 없어."

"치환 암호표…."

시오리가 불쑥 중얼거렸다. "응? 뭐?"라고 치하야가 되물었다.

"역사 교과서에서 본 적이 있어. 옛날에 전쟁 같은 걸 할 때 적에게 정보를 들키지 않으려고 치환 암호표를 썼다고 했어. 그 암호는 암호표와 대조하지 않으면 절대 풀 수 없게 되어 있어."

"그럼 역시 우리가 풀 수 없다는 뜻이잖아."

치하야가 어깨를 늘어뜨리자, 시오리는 "아니야" 하며 고개를 가로저었다.

"치환 암호표의 약점은 그 암호표가 적의 손에 들어가면 정보가 전부 들통난다는 거야. 그러니까 '미노루 씨의 암호표'가 뭔지만 알면, 우리도 이 암호를 풀 수 있어."

"그렇지만 아버지 주변에서 암호표 같은 걸 본 적이 없는데…."

"어제도 말했지만, 미노루 씨는 본인이 사망하기 전까지 아무에게도 정보를 흘릴 생각이 없었어. 그러니까 메시지를 받을 상대에게도 미리 암호표를 건네지는 않았을 거야. 무언가를 암호표 대용으로 썼을 가능성이 커."

"예를 들면?"

시오리는 "예를 들어…"라고 중얼거리다가, 합장하듯 가슴 앞에서 두 손을 맞부딪쳤다.

"미노루 씨가 자주 읽던 책이라든가! 미노루 씨가 즐겨 읽던 책 같은 거 없었어?"

"아버지가 즐겨 읽던 책…." 치하야는 몇 초쯤 기억을 더듬다가 고개를 저었다. "가끔 역사 소설을 읽는 건 봤지만, 늘 품에 끼고 읽는 책은 없었어."

치하야는 시오리의 얼굴에 실망감이 번지는 것을 보고 죄책감을 느꼈다.

"미안해. 모처럼 이런저런 아이디어를 내줬는데…. 나는 아버지가 평소에 어떻게 지냈는지 잘 몰라. 내가 아버지와 조금 더 가깝게 지냈다면 단서가 될 만한 정보를 알았을 텐데…."

치하야가 시무룩하게 고개를 떨구자, 시오리가 쭈뼛거리며 손을 뻗어 어깨를 토닥였다.

"괜찮아. 누구든 가족과 이런저런 사정이 있는 법이니까."

말투는 평소처럼 무뚝뚝했지만, 안경 너머로 쏟아지는 눈빛은 부드러우면서도 어딘가 쓸쓸해 보였다.

'너도 가족과 무슨 사정이 있는 거야?' 치하야는 혀끝까지 나온 그 말을 삼켰다. 아직 그런 질문을 할 만큼 가깝지 않다는 생각이 입을 막았다.

"그래도 즐겨 읽던 책으로 접근하는 방식은 꽤 괜찮은 것 같아. 미노루 씨와 친하게 지내던 친구라든가, 동료라든가, 누구 물어볼 만한 사람 없어?"

"아버지의 동료….'

중얼거린 치하야는 순간 숨을 삼키며 청바지 주머니에서 명함한 장을 꺼냈다. 거기에는 '경시청 수사1과 살인범수사계 경위 사쿠라이 키미야스'라고 적혀 있었다.

"그 수상한 남자?" 시오리의 얼굴이 노골적으로 일그러졌다.

"네 말처럼 수상한 면이 있긴 해도, 그 사람이 정말 28년 전에 형사였던 아버지와 파트너였다면, 뭔가 중요한 정보를 알지도 몰라. 참고로 그 사람한테는 아버지가 즐겨 읽던 책이 있었냐는 것만 물어 볼 거야. 이 암호를 가르쳐주지 않는 한, 사쿠라이 씨에게 정보가 넘어갈 우려는 없어."

"그건 그렇지만….'

치하야는 웅얼거리는 시오리를 본체만체하며 스마트폰을 꺼내 명함에 적힌 번호를 눌렀다.

"지금 사쿠라이 씨 말고는 단서가 없어. 그러니까 해야 돼."

치하야는 자기 자신을 타이르듯 힘주어 말하고는 발신 버튼을 눌 렀다. 통화 연결음이 몇 번 울린 끝에 "예, 예, 사쿠라이입니다" 하는 나른한 목소리가 들려왔다. 치하야는 시오리도 들을 수 있도록 스피커폰으로 설정한 뒤 이야기를 시작했다.

"갑자기 죄송해요. 어제 대화 나눈 미즈키 치하야입니다."

"아, 치하야 씨? 이것 참 반갑네요. 아이고, 일부러 연락 주셨는데 죄송하지만, 제가 급하게 수사에 투입되는 바람에 미노루 씨의 장례식에 가기 힘들…."

"죄송해요. 아직 장례식 일정은 정해지지 않았어요. 아버지와 관련해 여쭐 게 있어서 전화 드렸어요. 저기, 좀 이상하게 들릴 수도 있는데, 저희 아버지가 즐겨 읽던 책 같은 게 있었나요?"

"네? 미노루 씨가 즐겨 읽던 책이요? 어…, 왜 그러시죠?"

사쿠라이의 목소리에 의심하는 기색이 어렸다. 치하야는 얼른 변명거리를 생각해냈다.

"아니, 대단한 건 아니고요. 그냥 아버지가 좋아하던 소설 같은 게 있었으면 관에 같이 넣어 드릴까 해서요."

"아, 그렇군요. 그거 좋은 생각이네요."

가벼워진 사쿠라이의 목소리를 듣고 치하야는 작게 안도의 한숨을 내쉬었다.

"그런데 죄송하게도 파트너 시절에 미노루 씨가 소설을 읽는 건 본 적이 없습니다. 소설은 고사하고, 카페에서 쉴 때 제가 스포츠 신문이라도 펼칠라치면 '그런 걸 읽을 시간이 있으면 경무요감이나 한 번 더 봐라!'라고 호통을 치셨죠."

"경무요감이요?"

"네. 경찰이 임무를 수행할 때 필요한 여러 정보를 간결하게 정리해 놓은 책이에요."

단서를 찾았다는 예감이 들어 심장이 몹시 두근거렸다.

"그 경무요감은 시중에 판매되는 건가요?"

"아니요. 외부에 내보낼 만한 내용이 아니거든요. 매년 개정돼서 경찰관에게 지급됩니다."

"그렇군요…."

실망해서 어깨가 축 처졌다. 매년 내용이 바뀐다면 암호표로 쓰기에는 적합하지 않다. 게다가 시판되지 않는 물건이니 구할 수도 없었다.

"그리고 경찰육법 같은 것도 시간 있을 때 읽으라고 여러 번 말씀하셨죠. 경찰이 알아둬야 할 법령을 정리해놓은 책이에요. 그거라면 시중에 판매되는데, 관에 넣기는 좀 그렇겠네요. 크기도 크고요. 그래도 꼭 넣고 싶다면 경찰소(小)육법이 있지만…"

"소육법이요?!"

치하야의 목소리가 높아졌다.

"네. 경찰육법을 작은 사이즈로 만든 겁니다. 그건 공간을 많이 차지하지 않으니까 늘 책상 위에 두고 틈틈이 훑어보라고 여러 번 강조하셨어요. 그런데 왜 그러시죠?"

"아뇨, 아무것도 아니에요. 경찰소육법이라고 하셨죠? 도움이 됐어요. 감사합니다. 갑자기 연락드려서 죄송해요."

"아유, 아닙니다. 또 궁금한 게 있으시면 언제든 연락 주세요. …네, 언제든지요."

사쿠라이가 어쩐지 의미심장하게 중얼거리더니 "이만 실례하겠습니다" 하며 전화를 끊었다. 치하야는 시오리를 돌아보았다. 통화 내내 조용하던 그녀는 어느새 의자에 앉아 책상에 놓인 노트북을 펼쳐보고 있었다.

"경찰소육법, 찾았어. 전자책도 있어."

시오리가 마우스를 움직이며 말했다. 책상으로 다가간 치하야는 화면을 들여다보았다.

"이 경찰소육법이 암호표일지도 모른다는 거지?"

H31 小6

"이 암호가 소(小)와 육(6)이라면 그럴 가능성이 커. H31이 헤이세이 31년이니까 2019년판일거야. 그리고 숫자 세 개는 각각 몇 페이지, 몇 번째 줄, 몇 번째 글자인지를 나타내는 것 같아. 그렇다면 처음에 나오는 숫자 세 개가 나타내는 건…."

시오리는 컴퓨터 옆에 놓인 스마트폰 화면에 떠 있는 암호를 곁눈질하며 컴퓨터 모니터에 표시된 경찰소육법 전자책을 쭉쭉 넘겼다.

"2네. 동그라미로 둘러싸인 숫자 2."

"동그라미 2하고…."

치하야는 책상에 있던 메모지에 '②'라고 적었다.

"그다음 숫자 세 개는… 귀신 신(神). 그다음은…."

치하야는 긴장과 흥분 때문에 체온이 올라가는 것을 느끼면서 시오리가 불러주는 글자를 적어 나갔다.

"마지막은 후. 뒤 후(後)야."

시오리는 그렇게 말하고 노트북을 닫았다. 치하야는 글자가 적힌 메모지를 들어 올렸다.

'②神社犬後(신사견후)'

메모지에 그 다섯 글자가 나란히 적혀 있었다.

"…이게 정보라고?" 치하야의 콧등에 주름이 잡혔다. "이거 맞아?

'신사' 말고는 전혀 말이 안 되잖아."

"그렇게 단정 지을 수는 없어. 적은 글자로 정보를 전해야 해서 최소한의 내용만 적었을지도 몰라. 그 와중에 말이 되는 '신사'라는 단어가 나왔으니까 눈여겨볼 만해."

시오리는 안경테를 손가락으로 누르며 메모지에 이마가 닿을 정도로 얼굴을 가까이 들이댔다.

"신사(神社)… 개(犬)… 뒤(後)…. 어쩌면 신사에 있는 개의 뒤쪽을 살펴보라는 뜻일지도 몰라."

"그게 무슨 말이야? 개는 계속 돌아다니는데 뒤를 어떻게…."

치하야는 거기까지 말하다가 숨을 들이켰다. 돌로 만든, 사자를 닮은 개 석상이 머리를 스쳤다.

"코마이누*! 신사에 있는 개 하면 코마이누지! 석상이니까 움직이지도 않잖아. 코마이누 뒤쪽에 뭔가가 숨겨져 있는 게 분명해!"

치하야가 흥분해서 떠들자, 시오리는 "그래, 그럴 수도 있겠다" 하며 차분하게 고개를 끄덕였다. 미적지근한 반응에 치하야가 입을 삐죽 내밀었을 때, 시오리는 손가락으로 갸름한 턱을 짚었다.

"그럼 이제 어느 신사인지가 문제네. 처음에 나오는 동그라미 2가 그걸 나타내는 것 같은데…."

몇 초간 입을 다물고 있던 시오리는 갑자기 눈을 휘둥그레 뜨더니 다시 노트북을 열어 조작했다.

"미노루 씨는 오랫동안 종이학 살인사건을 추적했어. 그럼 그 사건과 관련이 있을지도 몰라. 예를 들면… 두 번째 사건 현장."

---

* 사자 또는 개를 닮은 상상의 동물. 신사 입구에 코마이누 석상을 놓는 풍습이 있다.

시오리는 키보드를 두드리다가 세차게 엔터키를 쳤다. 화면에 종이
학 살인사건과 관련된 내용을 정리해놓은 홈페이지가 떴다.

"역시…"

시오리가 나지막한 목소리로 중얼거렸다. 거기에는 '두 번째 사건
시신 발견 현장: 카메이도 츄오 신사'라고 적혀 있었다.

"저기, 역시 날 밝고서 오는 게 낫지 않았을까?"

치하야는 손전등을 한 손에 들고 숨을 헐떡이며, 앞서서 계단을
올라가는 시오리에게 말했다.

"무슨 소리야? 미노루 씨가 전하려는 말이 뭔지 한시라도 빨리 알
아내야지."

시오리는 뒤돌아보지도 않고 대답했다. 치하야는 무거운 다리에
억지로 힘을 주어 계단을 올라갔다.

조금 전, 암호가 가리키는 장소를 알아낸 시오리는 수납장에 상반
신을 밀어 넣고 부스럭거리며 안을 뒤지더니 웬 배낭을 꺼내 왔다.
그걸 등에 메고 "지금 가자"하며 다짜고짜 손을 잡아끄는 시오리의
등쌀에 못 이겨 집을 나선 치하야는 얼떨결에 택시를 타고 이 동네에
왔다. 그리고 지금은 시오리와 함께 높직한 언덕 중턱에 있는 신사로
향하는 계단을 오르는 중이었다.

몇 분에 걸쳐 계단을 끝까지 오르자, 나무로 만든 기둥 문 너머로
어슴푸레한 달빛을 받은 신사 정원이 보였다. 예를 갖춰 고개를 숙이
고 기둥 문을 빠져나온 시오리는 손전등으로 주변을 비추면서 수색
을 시작했다. 잠시 숨을 고르다가 따라나선 치하야는 데자뷔를 느끼

고 멈춰 섰다. 뒤를 돌아본 시오리가 "왜 그래?"라고 물었다.

"나 이 신사에 와본 적이 있어."

"와본 적이 있다고? 언제?"

"모르겠어. 아마 어릴 때였을 거야. 아버지가 자주 여기에 데려왔어. …집이랑 가까워서 산책할 겸 들렀나?"

치하야가 신사 정원을 둘러보며 중얼거렸다. 머릿속에서 흑백 기억이 떠올랐다.

"미노루 씨하고 자주 왔다면, 이 신사가 암호에 적힌 장소일 가능성이 커. 얼른 코마이누를 찾자."

시오리가 재촉하자, 치하야는 "으, 응" 하며 고개를 끄덕이고 다시 걸음을 옮겨 신사 정원을 수색하기 시작했다.

"코마이누…, 코마이누…."

코마이누는 보통 신사 입구 좌우에 두 개가 놓이는데, 지금 눈길이 닿는 범위에서는 그 모습을 찾아볼 수 없었다. 치하야는 두리번거리며 주변을 관찰했다. 낡고 작은 신사여도 관리만큼은 철저히 되는 듯했다. 건물에 세월의 흔적은 묻어났지만, 정기적으로 청소한 흔적이 엿보였고 비바람에 삭은 곳도 없었다.

"코마이누가 없는데?"

테니스 코트만 한 정원을 한 바퀴 돈 치하야가 목소리를 높였지만, 어느새 시오리의 모습은 사라지고 없었다. 어두운 신사에 홀로 남겨지자, 갑자기 공포가 엄습했다.

"뭐야, 시오리, 어디 갔어?"

크게 외치자, 신사 건물 너머에서 "여기" 하는 작은 목소리가 들려왔다. 치하야는 얼른 건물 뒤편으로 돌아갔다.

"말없이 사라지지 마. 놀랐잖…."

시오리를 발견하고 투덜거리던 치하야가 숨을 삼켰다. 거기에 자리 잡은 코마이누 석상이 눈에 들어왔다.

"이게 왜 건물 뒤쪽에 있어?"

치하야가 비틀거리며 다가가는 동안, 시오리는 대좌에 앉은 코마이누의 코 주변을 쓰다듬었다.

"표면이 많이 풍화됐어. 이 신사는 전쟁 때 불타서 무너졌다가 나중에 위치를 약간 틀어서 다시 세워졌나 봐."

"…건물은 사라졌지만 불타지 않은 코마이누는 이 자리에 그대로 남았구나. 그래서 정원에서는 보이지 않는 위치에 있는 거고."

치하야가 말을 잇자, 시오리는 "그런 것 같아" 하며 고개를 끄덕이고 등에 멘 배낭을 내리더니 커다란 접이식 삽을 꺼내서 코마이누 뒤쪽으로 갔다.

"너, 어떻게 그런 걸 갖고 있어?"

"예전에 원예를 해보려고 샀어. 결국 귀찮아서 관뒀지만. 코마이누의 뒤면 이쯤이려나? 치하야, 빛 좀 비춰줄래?"

시키는 대로 땅에 손전등을 비추자, 시오리는 삽 끝을 땅에 세게 꽂았다. 지면이 꽤 딱딱한지 체중을 실어 삽을 밟으면서 열심히 땅을 팠다. 10분쯤 지나자, 시오리의 이마에서 구슬땀이 흘러내렸다. 땅을 30센티 정도 팠지만, 아직 아무것도 보이지 않았다. 시오리는 어깨가 들썩거릴 정도로 헐떡이면서도 또다시 삽을 내리꽂았다.

"…교대해."

치하야가 오른손을 내밀었다. 고개를 든 시오리는 의아한 표정으로 눈을 깜빡였다.

"너 혼자서 다 감당하려고 하지 마. 이건 너만의 문제가 아니야. 나도 아버지가 뭘 남기려고 했는지 궁금해. 그러니까 교대로 파자고. 그래야 효율이 나잖아."

시오리는 금세 표정을 풀고 "알았어" 하며 삽을 건넸다. 삽을 받아 든 치하야는 크게 한 번 심호흡한 뒤, 삽을 힘껏 내리꽂았다.

땅파기는 생각보다 훨씬 중노동이었다. 점토질로 이루어진 땅이 딱딱해서 삽을 쥔 손이 아렸다. 판 흙을 밖으로 퍼내는 것도 보통 일이 아니라서 팔 근육이 땅겼다. 치하야와 시오리는 10분 간격으로 교대하면서 땅을 팠다. 어디까지 파야 할까. 피곤해서 의식이 흐릿해질 즈음, 바닥에 꽂은 삽 끝이 땅과는 확연히 다른 무언가에 닿은 느낌이 들었다. 치하야는 눈을 동그랗게 뜨고 바닥에 쭈그리고 앉았다.

"뭐 나왔어?"

바닥을 손전등으로 비추던 시오리가 목소리를 높였다. 치하야는 삽으로 흙을 헤치고 그 아래에 묻힌 물건을 파냈다.

상자였다. 오동나무로 만든, 한 변이 30센티쯤 되어 보이는 정육면체 상자. 오랫동안 땅속에 묻혀 있었는지 표면이 썩어서 당장이라도 으스러질 것 같았다.

치하야는 삽을 옆에 던져 놓고 조심스레 손을 뻗어 상자 덮개를 만졌다. 힘을 거의 주지 않았는데도 상자가 열렸다. 치하야는 안을 들여다보았다. 원통형 백자 항아리가 들어 있었다. 마치 상자 안에만 시간이 멈춘 것처럼, 그 표면이 아름다운 광채를 띠었다. 상자와 항아리 틈에 끼어 있는 물건이 눈에 들어오자, 심장이 크게 요동쳤다.

"종이접기한 색종이…."

갈라진 목소리가 흘러나왔다. 그것은 색종이로 접은 '얏코상*'이었다. 암호가 가리키는 곳에서 나온 상자 안에, 종이접기한 색종이가 들어 있었다. '종이학 살인사건'이라는 단어가 머리를 스쳤다.

"치하야, 항아리 안에는 뭐가 들었는지 알려줘."

치하야는 뒤에서 울리는 시오리의 목소리를 들으며 떨리는 손으로 항아리 뚜껑을 열었다. 하얀 가루가 들어 있었다. 손전등 빛을 받은 그것은 가루눈처럼 아름다웠다.

이게 아버지가 남긴 물건인가? 치하야는 가루를 살짝 만져 보았다. 손가락 첫 번째 마디가 가루 속으로 파고들었을 때, 손끝에 딱딱한 것이 닿았다. 치하야는 그 물체를 잡아 얼굴 앞으로 들어 올렸다. 겨우 3센티 정도 되는 원기둥 모양의 하얀 물체. 길쭉한 찹쌀유과처럼 가벼웠고 자잘한 구멍이 뚫려 있었다.

치하야는 벌레가 뇌 표면을 기어 다니는 듯한 감각을 느끼며 얼굴을 찌푸렸다. 이 물체를 어디선가 본 적이 있는 것 같다. 그런데 언제 어디서 봤는지 떠오르지 않았다.

아마 이것보다 훨씬 큰 것을…. 거기까지 생각한 순간, 전신의 근육이 뻣뻣하게 굳었다. 목구멍에서 소리 없는 비명이 용솟음치고 온몸에 소름이 돋았다.

다리에서 힘이 빠져 그 자리에 주저앉고 말았다. 손에 든 물체를

---

* 일본 에도시대 무가의 하인을 본떠 종이접기한 것. 저고리 종이접기와 비슷하게 생겼다.

반사적으로 내던진 치하야는 엉덩방아를 찧은 채 슬금슬금 뒷걸음질 쳤다.

"그렇게 난폭하게 다루면 안 되지. 소중한 거잖아. …아주아주 소중한 것." 시오리가 말했다.

구덩이로 내려온 시오리는 그 하얀 물체를 주워들고 엄숙하게 손바닥에 올렸다.

"그, 그거…, 서, 설마…." 혀가 굳어서 말이 마음처럼 나오지 않았다.

"그래, 뼈야. 사람의 척추뼈. 모양을 보니까 흉추 같네."

손바닥 위에 놓인 하얀 물체, 사람의 뼈를 바라보면서 시오리는 담담하게 말했다.

시오리의 말처럼 그 물체는 사람의 척추뼈와 모양이 똑같았다. 하지만….

"하지만 너무 작아…." 치하야가 목구멍에서 소리를 쥐어짰다.

"맞아. 이건 어린아이의 뼈야. 영아의 뼈."

"영아…라면…."

숨을 헐떡이는 치하야를 내려다보며 시오리가 미소 지었다. 무척이나 슬픈 미소를.

"28년 전에 유괴당한 뒤로 행방불명된 여자아이, 진나이 사쿠라코 양의 유골일 거야."

"…이상입니다."

지역 담당 형사가 보고를 끝내고 의자에 앉았다. 모든 반이 보고를 마쳤다. 그런데도 카츠시카 경찰서 강당에 설치된 이 특별수사본부에는 형언할 수 없는 긴장감이 가득 차 있었다.

수사관 몇십 명이 정면에 위치한 단 앞에 팔짱을 끼고 앉은 아리가 관리관을 바라보았다. 이 수사를 실질적으로 지휘하는 그는 근엄한 표정으로 눈을 감고 있었다.

눈꺼풀을 들어 올린 아리가가 무게를 잡듯 천천히 일어섰다.

"보고하느라 수고했다. 나도 한 가지 전할 말이 있다."

'배우 하셔도 되겠어.' 파트너 미나토와 함께 맨 뒷자리에 앉은 사쿠라이가 속으로 중얼거렸다. 어느 틈엔가 자신도 몸을 앞으로 기울이고 있었음을 깨닫고 자세를 바로 했다.

아리가가 책상 위에 놓인 사진을 뒤에 있는 화이트보드에 붙였다. 거기에는 덮개가 열린 지저분한 오동나무 상자와 그 안에 든 항아리가 찍혀 있었다. 항아리에 담긴 하얀 물체도 보였다.

"모두 알다시피 그저께 아침, 카메이도에 있는 신사에서 유골로 추정되는 것이 발견됐다."

사쿠라이는 얼어붙은 공기를 흔드는 아리가의 낮은 목소리를 들으며 어제 수사회의에서 나온 보고를 머릿속으로 곱씹었다. 그것이 발견된 장소는 카메이도에 있는 높직한 언덕 중턱에 위치한 오래된 신사였다. 그저께 아침, 여느 때처럼 청소하던 신관이 신사 뒤편에 있는 코마이누 옆에 생긴 구덩이를 발견했다. 동네 꼬마가 장난을 쳤나 하며 안을 들여다본 신관은 구덩이 바닥에서 낡은 오동나무 상자에 담긴 유골함 같은 것을 보고 놀라 경찰에 신고했다.

그뿐이었다면 수사본부로 정보가 올라오지는 않았을 것이다. 사망한 혈육을 화장해놓고 경제적인 이유로 못자리를 구하지 못한 누군가가 하다못해 신사에 매장해줄 심산으로 유골함을 묻었겠거니 했을 것이다. 하지만 28년 전에 종이학 살인사건을 수사한 적이 있는 관할서 형사과장은 그 보고를 듣고 '보통 사건'이 아니라고 판단해 어제 수사본부에 연락했다.

그렇게 판단한 첫 번째 이유는 종이학 살인사건 때 두 번째 피해자의 시신이 나온 신사에서 그 유골이 발견되었기 때문이다. 그리고 두 번째 이유는 오동나무 상자 안에 유골함 말고도 다른 것이 함께 들어 있었기 때문이다. 아리가 관리관은 또 다른 사진을 화이트보드에 거칠게 붙였다. 강당의 공기가 불안하게 흔들렸다.

그 사진에는 색종이로 접은 '얏코상'이 찍혀 있었다. 히나마츠리* 같은 행사 때 접어서 장식하는 물건이었다. 얏코상의 중앙에는 흐릿한 글자로 '울음소리 들리니 가을 서글프도다'라고 적혀 있었다. 백인일수**의 다섯 번째 시 아랫구였다. 그리고 시구 밑에는 해서체로 적힌 '종이학'이라는 글자가 이어졌다.

"보존 상태가 좋지 않아서 감식반이 상당히 고생한 모양이다. 그래도 여기에 적힌 글자가 28년 전에 일어난 종이학 살인사건, 그리고 얼마 전에 일어난 여성 교살사건 현장에서 발견된 글자와 필적이 일치한다는 결과가 나왔다."

수사관들이 몹시 술렁거렸다. 사쿠라이도 무의식적으로 양손을 꽉

---

* 매년 3월 3일에 여자아이가 건강하게 자라기를 기원하는 일본의 행사
** 일본의 고전 시 가운데 뛰어난 시 100개를 모아놓은 것

쥐었다.

색종이로 접은 '얏코상', 그리고 거기에 적힌 백인일수의 시구. 28년 전 사건에서 범인이 현장에 남기고 간 상징과 정확하게 일치했다. 납치 현장에는 윗구가 적힌 얏코상을, 시신 옆에는 아랫구가 적힌 얏코상을 남기는 것. 그것이 종이학의 수법이었다.

28년 전, 수사본부는 범인이 내세운 '종이학'이라는 이름을 일부러 언론에 흘려서 현장에 남아 있던 것이 종이학이었다고 착각하게끔 대중의 오해를 유도했다. 그렇게 하면 자신이 종이학이라고 주장하는 가짜나 모방범을 구분할 수 있기 때문이다.

그저께 신사에서 발견된 얏코상과 유골이 담긴 오동나무 상자. 대체 누가 무슨 목적으로 그것을 파냈을까. 아니, 애초에 그것을 누가 언제 묻었단 말인가. 사쿠라이가 까치집 같은 머리를 긁으며 뒤엉킨 생각을 정리하려 애쓸 때, 아리가 관리관이 단전에서 울리는 목소리로 "조용!"이라고 외쳤다. 소란스러움이 순식간에 잦아들었다.

"이상한 일이 연달아 일어나서 혼란스럽겠지만, 일단은 현시점에서 확인된 정보를 공유하는 게 중요하다. 이 과정을 통해 향후 수사방침까지 바뀔 수도 있다."

아리가는 사진에 담긴 얏코상을 가리켰다.

"감식반에 따르면, 이 얏코상은 잉크와 종이가 바랜 정도로 보아 짧으면 10년, 길면 20년 이상 전에 만들어졌다고 한다. 그리고 그 표면에는 유골함에 묻어 있는 것과 똑같은 성분의 얼룩이 남아 있었다. 따라서 이 얏코상은 유골함과 함께 상자에 든 상태로 오랜 세월 땅속에 묻혀 있었다고 볼 수 있다."

"오랜 세월이라면, 종이학 살인사건 이후의 28년을 말씀하시는 겁니까?"

인내심이 바닥났는지 앞자리에 앉은 건장한 형사가 목소리를 높였다. 사쿠라이의 동료 바바였다. 아리가의 날카로운 시선이 바바를 꿰뚫었다.

"섣불리 단정 짓지 마라. 선입견은 시야를 좁히고 수사를 방해한다."

바바가 불만스러운 표정으로 고개를 끄덕이자, 아리가는 "다만…" 하며 말을 이었다.

"현재 확인된 여러 상황을 고려하면, 28년 전에 묻혔다고 보는 게 자연스럽다."

아리가의 목소리에 힘이 들어가기 시작했다. 그 말에 밴 열기가 수사관들에게 전해졌다.

"얼마 전에 일어난 여성 교살사건과 종이학 살인사건의 범인이 동일인지는 아직 알 수 없다. 하지만 이번에 발견된 유골은 최근에 일어난 사건과 28년 전 사건의 진상을 밝혀낼 중요한 단서다. 그러니 내일부터는 이걸 파낸 인물과, 이 유골을 가져가지 않고 그대로 놔둔 이유를 알아내는 조사에도 힘을 쏟아라. 그 끝에 분명 범인이 있을 거다!"

아리가가 화이트보드를 내리쳤다. 수사관들 사이에서 "네!" 하는 우렁찬 외침이 터져 나왔다.

맨 뒷자리에서 턱을 쓰다듬으며 그 모습을 지켜보던 사쿠라이가 손을 들고 일어났다.

"저어, 죄송합니다."

"이봐, 사쿠라이! 지금 관리관님이 말씀하시잖아. 입 다물고 앉아 있어!"

야나기다 계장이 나무랐지만, 사쿠라이는 아랑곳하지 않고 관자 놀이를 긁적였다.

"아 그게, 모처럼 다들 열정을 불태우시는 와중에 죄송하지만, 꼭 여쭤보고 싶은 게 있어서요. 관리관님, 잠깐 질문 좀 해도 될까요?"

사쿠라이가 어깨를 으쓱하며 묻자, 아리가는 "뭔가?" 하며 얼음 처럼 차가운 시선을 던졌다.

"그게 말이죠, 상자 안에 든 '얏코상'을 종이학이 만들었을 가능성이 크다는 건 알겠습니다. 확실히 그건 중요한 정보죠. 그런데 말입니다, 그 상자 안에는 색종이 따위보다 훨씬 중요한 것이 들어 있잖습니까?"

말을 끊은 사쿠라이는 턱을 당기고 아리가를 쳐다보았다.

"아리가 관리관님, 유골함에 든 유골은 대체 누구 겁니까?"

사쿠라이를 바라보던 수사관들의 시선이 다시 단 앞에 앉은 아리 가에게 쏟아졌다.

"…감식을 맡겼지만, 유골이 완벽하게 불타서 DNA를 채취하기 어 렵다고 했다. 그래서 누구의 유골인지 확답할 수 없다."

미간에 깊은 주름을 새기며 대답한 아리가는 잠깐 말을 끊은 뒤에 다시 음울한 목소리로 말했다.

"다만 타다 남은 뼈를 조사해본 결과, 아마… 한 살 안팎인 어린아 이 같다고 한다."

"한 살 안팎인 어린아이의 뼈. 그리고 같이 들어 있던 상징. 그렇다면…"

사쿠라이가 감정을 억누르며 말하자, 아리가가 고통을 견디는 표정으로 고개를 끄덕였다.

"그렇다. 연쇄 여아 살인사건의 마지막 피해자, 차 안에서 유괴된 이후 행방이 묘연해진 진나이 사쿠라코 양의 유골로 추정된다."

의자를 끄는 소리가 강당에 울려 퍼졌다.

"수고하셨습니다, 사쿠라이 씨."

옆자리에 앉아 있던 미나토가 말을 걸었지만, 사쿠라이는 의자에 그대로 앉아서 "어…"라고 건성으로 대답했다.

수사관들이 하나둘 강당을 빠져나갔다. 카메이도에 있는 신사 뒤편에서 발굴된 유골이 진나이 사쿠라코의 것이라고 말한 아리가는 지역 조사반에게 누가 그 유골을 파냈는지 철저히 조사하라고 구체적으로 지시한 뒤, 수사회의를 끝냈다.

"우리도 내려가죠. 도시락이 준비돼 있을 겁니다."

미나토가 자리에서 일어나며 말했다. 수사본부가 설치된 이후 21일간은 '1기'라고 불리는데, 이때 수사관들은 대부분 경찰서 체력단련장에서 숙박을 해결한다. 거기서 밥을 먹거나 술을 마시면서 각자 얻은 정보를 교환하기 위해서이다.

사쿠라이는 등받이에 체중을 싣고 "흠…"하며 턱을 쓰다듬었다.

"여기 도시락은 나한테 너무 기름져. 어제부터 소화가 안 돼."

"네? 그래요? 저는 괜찮던데."

"너는 아직 젊으니까. 앞으로 10년만 있으면 알 거야. 위가 확 약해진다고."

"그렇습니까?"

"그렇대도. 그러니까 나는 밖에서 소바나 먹고 올게."

자리에서 일어난 사쿠라이는 "그럼 저도 같이 갈게요" 하며 따라나서려는 미나토를 향해 손을 들었다.

"아, 너는 체력단련장에 가. 다들 이런저런 정보를 교환할 테니까 그 틈에 섞여서 대화하면 형사로서 좋은 공부가 될 거야. 그리고 아직 1기인데 여기저기 싸돌아다니면 다른 형사들한테 찍혀."

"하지만 사쿠라이 씨는…."

"괜찮아, 괜찮아. 나는 진작에 찍혔거든. 이제 와서 뭘 하든 찍힌 자국이 사라지지는 않는다고."

사쿠라이가 농담처럼 말하자, 뒤에서 "어이, 사쿠라이" 하는 목소리가 들려왔다. 뒤를 돌아보니, 바바가 우두커니 서 있었다.

"너, 자꾸 뭘 캐고 다니냐?"

바바는 자기보다 나이가 많은 사쿠라이에게 무례하게 말했다.

"캐고 다닌다고? 무슨 얘기야?"

"얼버무릴 생각 마. 네가 또 가당찮은 수사를 한다는 소문이 파다해."

"가당찮다니 섭섭하구먼. 전 진지하게 수사하고 있습니다요."

사쿠라이가 대충 얼버무리자, 바바는 대놓고 혀를 찼다.

"진지하긴 뭐가 진지해? 수사회의 때마다 엉뚱한 소리를 해대면서 회의 분위기를 망치잖아."

"에이, 이렇다 할 수사 권한도 얻지 못하는 슬픈 형사의 잠꼬대니까 그냥 흘려들어."

"그럴 수 있으면 그랬겠지. 높으신 분께서 네가 이상한 짓을 하지 않는지 잘 감시하라고 하시니 별수 있어?"

"높으신 분?" 사쿠라이가 눈을 끔뻑였다. "누굴 말하는 거야?"

자신의 실수를 깨달았는지 바바의 얼굴에 불안이 스쳤다.

"그게 중요해? 아무튼 난 경고했다. 수사 방해하지 마."

바바는 그 말을 남기고 잰걸음으로 달려 사라졌다.

"저 사람은 뭡니까? 기분 나쁘네요."

미나토가 중얼거리자, 사쿠라이는 쓴웃음을 지었다.

"바바는 늘 저래. 고지식한 형사라서 나 같은 한량이 눈엣가시인 거지. 그리고 바바도 예전에 종이학 살인사건 수사본부에 있었거든. 이런저런 생각이 많아서 마음이 조급한 거야."

사쿠라이는 "그럼 나는 소바집에 다녀올게" 하며 미나토의 어깨를 두드리고 걸어 나갔다.

강당을 뒤로한 사쿠라이는 1층까지 계단을 내려가서 뒷문으로 경찰서에서 나왔다. 밤바람이 시끄러운 소리를 내며 지나갔다.

"곧 봄인데도 밤에는 춥네."

사쿠라이는 주름진 코트 깃을 여미고 걸음을 옮겼다. 퇴근하는 직장인들을 스치며 십여 분쯤 걷다 보니 어느새 주변 풍경이 주택가로 변했다.

목적지는 없었다. 그저 혼자 차분하게 머릿속을 정리하고 싶었다.

28년 만에 다시 시작된 사건, 존경하는 전직 형사의 죽음, 그리고 갑작스레 발견된 다섯 번째 피해자의 유골. 그것들이 무엇을 의미하는지 알지 못한 채, 뇌세포가 과열된 것처럼 이마 주변이 뜨거웠다. 문득 앞쪽에서 작은 공원을 발견한 사쿠라이는 거기에 들어가서 정글짐 옆에 놓인 벤치에 앉아 하늘을 올려다보았다. 별이 거의 보이지 않는 밤하늘에 둥근 달이 홀로 두둥실 떠 있었다.

'다섯 번째 피해자의 시신. 그것만 찾으면 틀림없이 범인의 정체가 드러날 걸세.'

무코지마 경찰서에서 근무하던 시절에 만난 선배 형사 이노하라가 얼마 전에 한 말이 귓가를 맴돌았다.

"시신 찾았어요, 이노하라 씨. 이걸로 어떻게 범인을 찾을 수 있죠?"

독백이 어두운 하늘로 올라갔다. 밤바람이 열을 식혀준 덕분인지 사고력이 제법 회복됐다.

"역시 관건은 누가 신사 뒤편을 팠느냐인데…. 거기에 시신이 묻혀 있는 걸 알 만한 사람을 꼽자면 일단 범인이 있겠지만, 종이학은 그런 짓을 할 이유가 없어."

역시 아리가가 지시한 대로 신사 주변을 철저히 조사하고, 유골을 파낸 인물을 밝혀내는 수사가 가장 정석이었다.

"하지만 내가 정석대로 움직이길 바라는 사람은 아무도 없지."

자조하듯 입꼬리를 올린 사쿠라이는 곰곰이 생각했다. 원점으로 돌아가서, 이번 사건의 시작점부터 되짚어 보기로 했다. 그러면 수사본부가 내세운 방침과는 다른 각도로 사건의 전말이 보일지도 모른다.

"미노루 씨…."

28년 전에 함께 활동했던 파트너의 이름이 저도 모르게 입 밖으로 흘러나왔다.

그렇다. 아무리 생각해봐도, 그의 죽음이 이번 사건의 도화선이다. 수사본부는 대수롭지 않게 넘겼지만, 형사 사쿠라이의 감은 자꾸만 그 가설이 옳다고 외쳤다. 그의 죽음을 중심으로 이번 사건을 조감해야 한다.

경찰을 관둔 후 전담반과 접촉하지 않은 것으로 보아, 미노루는 상상 이상으로 종이학에 대해 많은 것을 알아냈을 가능성이 크다. 그런데도 끝까지 범인을 잡지 못했다….

"대체 미노루 씨는 뭘 알고 있었던 거지?"

자문하듯 중얼거린 순간, 사쿠라이는 눈이 휘둥그레져서 벤치에서 일어났다.

"진나이 사쿠라코 양의 시신…."

이노하라가 사건의 열쇠라고 주장한 다섯 번째 피해자의 시신. 어쩌면 미노루는 그와 관련된 어떤 정보를 알고 있었을지도 모른다. 사쿠라이는 자기 뒤통수를 가볍게 쳤다. 아리가의 의견에 휩쓸려, 신사 뒤편에 구덩이를 판 사람이 연쇄살인범이거나 그와 아주 가까운 인물이라고 생각했다. 하지만 그 전제가 완전히 틀렸다면?

범인과는 별개로, 미노루에게 어떤 정보를 전해 들은 사람이 움직였을지도 모른다. 그렇다면 바로 그 사람이 신사 뒤편에 묻혀 있던 다섯 번째 피해자의 유골을 파낸 인물일 것이다.

가설이 유기적으로 연결되어 갔다. 사쿠라이는 머리에 양손을 대고 그 흐름이 끊기지 않도록 생각하고 또 생각했다.

그렇다면 미노루는 대체 누구에게 그 정보를 남겼을까. 거기까지 생각하자, 사쿠라이의 몸이 크게 떨렸다. 숨을 삼킨 사쿠라이는 코트 주머니에서 스마트폰을 꺼냈다.

잠깐 동안 화면을 바라보다가 천천히 입꼬리를 올리며 착신 이력을 불러와 발신 버튼을 눌렀다.

◇◇◇◇◇

침대에 누워 형형히 빛나는 형광등을 바라보았다. 미즈키 치하야
는 밥을 먹거나 종종 화장실에 갈 때를 빼면, 어제부터 계속 그렇게
시간을 보냈다.

아무것도 생각하고 싶지 않았다. 존재감 없이 누워서 그저 시간이
흘러가기만을 기다렸다. 차라리 자는 게 나을 것 같아 여러 번 눈을
감아 보았지만, 그때마다 사흘 전 밤에 본 소름 끼치는 광경, 오동
나무 상자에서 나온 유골함에 아기 유골이 들어 있던 그 광경이 눈
꺼풀 아래로 어른거려서 두려움에 눈을 뜨고 말았다. 그래서 이렇게
천장을 바라보는 것 말고는 할 수 있는 일이 없었다. 이대로 한계가
찾아와서 정신을 잃듯 잠에 빠져들기를 하염없이 기다렸다.

치하야는 눈동자만 움직여 벽시계를 확인했다. 시곗바늘이 오후
아홉 시가 조금 넘은 시각을 가리켰다.

"시오리 얘는 어디서 뭘 하는 거야?"

이 집의 주인인 토야 시오리는 아침에 병원으로 출근한 뒤 아직
돌아오지 않았다. 병리부의 근무 시간은 오후 다섯 시까지라, 원래
같았으면 벌써 두세 시간 전에 돌아왔어야 한다.

"그보다 어떻게 멀쩡히 일할 수 있지?"

28년 전에 유괴된 아기의 유골. 그토록 소름 끼치는 것을 발굴하고
말았는데, 시오리는 어느 모로 보나 평온해 보였다. 치하야의 머릿속
에서 사흘 전 밤에 겪은 일이 되살아났다. 고개를 세차게 흔들어
뇌리에서 재생되는 영상을 떨쳐버리려고 했지만, 잔상은 더욱 또렷

해질 뿐이었다.

자신이 연쇄 여아 살인사건의 마지막 피해자 진나이 사쿠라코의 유골을 파냈음을 깨달은 순간, 머릿속이 새하얘져서 움직일 수 없었다. 그런 치하야의 손을 잡아당겨 구덩이에서 꺼낸 사람이 시오리였다.

"어서 달아나야 해."

치하야는 말뜻을 알아듣지 못하고 "어…?" 하며 입을 반쯤 벌렸다.

"우리의 흔적을 지우고 가능한 한 빨리 여기서 떠나야 한다고."

"무슨 소리야?! 유골을 찾았잖아. 당장 신고해야지."

치하야가 새된 목소리로 말하자, 시오리는 안경이 닿을 정도로 얼굴을 가까이 들이밀었다.

"신고해서, 뭐라고 설명할 건데?"

치하야는 "그야…"라고 말했지만, 곧 말문이 막혔다.

"죽은 아버지의 위벽에 새겨진 암호를 해독해서 유골을 찾았습니다, 하려고? 그럼 틀림없이 경찰에 끌려가서 미노루 씨가 감추려던 걸 전부 털어놔야 할걸."

"상대는 경찰이야. 그렇게 된대도 어쩔 수 없…."

"경찰에 말해도 될 일이었으면 미노루 씨는 애초에 그런 방법으로 암호를 남기지 않았을 거야. 그분의 유지를 존중하려면 우리가 그 유골을 파냈다는 걸 아무도 몰라야 해. 게다가 괜히 신고했다가 우리가 의심받을 수도 있어."

"의심받는다고?"

"그래. 우리가 유골을 묻어서 숨기려고 했다는 의심."

"제대로 조사하면 우리 짓이 아니라는 게 밝혀지겠지!"

치하야의 목소리가 높아졌다.

"자, 이 상자를 좀 봐. 언뜻 봐도 아주 오랫동안 여기에 묻혀 있었던 것 같잖아."

"네 말대로 우리의 결백은 금방 증명될 거야. 근데 미노루 씨를 향한 의심은 어떻게 할 거야?"

"아버지를 향한 의심…?"

멍하니 중얼거린 치하야는 시오리의 말뜻을 이해하고 작은 비명을 흘렸다.

"그래. 우리가 미노루 씨의 위벽에 새겨진 암호를 해독해서 여기에 다다른 걸 알면, 경찰은 틀림없이 미노루 씨가 28년 전 범행과 관련이 있다고 생각할 거야."

"우리 아버지가 종이학이라는 거야?!" 치하야가 분에 못 이겨 시오리의 옷깃을 움켜쥐었다.

"진정해. 경찰은 그렇게 생각할 거라는 말이야. 당연한 흐름이지. 무려 28년 동안 못 찾은 피해자의 시신이 어디 있는지 알고 있었으니까."

"말도 안 돼…."

어린 여자아이가 다섯 명이나 죽은 연쇄살인사건. 아버지가 그 범인일지도 모른다. 그런 끔찍한 상상을 하자, 얼굴에서 핏기가 가셨다. 그럴 리가 없다고 필사적으로 부정하려 애썼지만, 희미한 의심이 마음 한구석에 쿡 박혀서 사라질 줄을 몰랐다.

나는 아버지에 대해 아무것도 모른다. 마지막까지 아버지와 '가족'이 되지 못했다. 그러니 만에 하나 아버지에게 무시무시한 이면이 있었다고 해도, 당연히 눈치채지 못했을 것이다.

호흡이 거칠어졌다. 숨을 쉬기 힘들었다. 헐떡거리며 탐하듯이 산소를 들이마셨지만, 괴로움은 누그러들기는커녕 더 커져만 갔다. 마치 물속에 빠져드는 것 같았다. 이대로 죽을 것 같다는 공포에 휩싸인 치하야는 양손으로 목을 붙들었다.

"괜찮아."

시오리가 갑자기 치하야를 끌어안았다. 셔츠 너머로 부드러운 가슴의 감촉이 얼굴을 감쌌다.

"천천히 심호흡해. 과호흡이 왔을 뿐이야. 숨을 깊이 쉬면 편해질 거야."

과호흡. 심리적인 혼란 때문에 필요 이상으로 호흡해서 혈중 이산화탄소농도가 떨어져 숨 막힘이나 경련이 일어나는 증상.

'아, 그렇구나. 과호흡이 왔구나.' 자기 몸에 일어난 일을 빠르게 이해한 치하야는 숨 쉬는 속도를 늦추었다. 그러자 갑갑한 느낌이 사라졌다.

"좀 진정됐어?"

시오리가 억양 없는 목소리로 묻자, 치하야는 얼른 그녀에게서 몸을 떨어뜨렸다. 그다지 친하지 않은 대학 동기에게 추태를 보여 창피했다.

"숨쉬기 편해졌어. 그런데… 진정은 안 됐어."

아버지가 연쇄살인범이었을지도 모른다. 그런데 어떻게 진정할 수 있을까.

"미노루 씨는 범인이 아닐 거야."

시오리가 불쑥 던진 말에 치하야는 눈을 동그랗게 떴다.

"하지만 아까는 네가…."

"지금 신고하고 상황을 전부 설명하면, 경찰은 그렇게 생각할 거라고 말했을 뿐이야. 나는 그게 옳은 추측이라고 생각하지 않아. 만약 미노루 씨가 범인이었다면, 굳이 위벽에 메시지를 새기지는 않았을 테니까."

"…내내 죄책감에 괴로워하다가 죽기 전에 시신이 있는 곳만이라도 알리려고 했을 가능성도 있잖아."

"그랬다면 특정 인물만 해독할 수 있는 암호를 남기지는 않았을 거야. 그냥 장소를 적었겠지." 시오리가 반론을 제기했다.

"그러면 위내시경으로 메시지를 새긴 사람이 눈치채서 살아생전에 다 들킬 수도 있으니까!"

"너는 한 가지를 간과하고 있어." 시오리가 타이르듯 말했다. "미노루 씨는 누군가가 메시지를 없앨까 봐 두려워했어. 그리고 미노루 씨가 생전에 우려한 대로 그 사람은 너희 본가에 불을 지르면서까지 미노루 씨가 남긴 정보를, 더 나아가 여기에 진나이 사쿠라코 양의 유골이 묻혀 있다는 사실을 감추려고 했어."

치하야는 "아!"라고 목소리를 높였다. 시오리는 고개를 끄덕였다.

"그래. 만약 미노루 씨가 종이학이었다면, 누가 불을 질렀겠어? 이 사건은 연쇄살인범이 죽은 후에 죄를 고백한 단순한 사건이 아니야. 훨씬 복잡한 비밀이 숨어 있어."

치하야는 시오리의 확고한 말투가 무척 든든하게 느껴졌다.

"그럼 그 비밀은…."

"그걸 밝히려면 시간이 필요해. 만약 지금 신고하면 우리는 경찰의 감시 때문에 편하게 움직일 수 없을 거야. 그러니까 우선은 여기서 도망가야 해. 알았지?"

"그, 그래…."

시오리의 박력에 기가 눌린 치하야는 문득 구덩이 바닥에 놓인 유골함을 바라보았다.

"근데 저건 어떻게 해? 다시 묻을까?"

갸름한 턱에 손을 대고 잠시 동안 고민한 시오리는 "묻지 말자"라고 중얼거렸다.

"오랫동안 아무도 모르게 이런 외로운 곳에 혼자 묻혀 있다가 이제야 드러났잖아."

시신에 강한 경의를 표하는 시오리다운 판단이었다. 유골함에 담긴 하얀 유골에 시선을 던진 치하야는 "그래" 하며 고개를 끄덕였다.

"그럼 나는 삽이랑 발자국, 우리하고 연관 있는 증거들을 정리할 테니까 너는 유골함에 묻은 지문을 지워줘."

지시를 받은 치하야는 다시 쭈뼛거리며 구덩이로 들어가 조심스럽게 유골함 뚜껑을 덮고 겉에 묻은 지문을 손수건으로 닦아냈다.

범죄자가 된 기분이었다. 속으로 툴툴거리던 치하야는 상자에 든 얏코상의 중앙에 어떤 글자가 적혀 있는 것을 우연히 발견했다.

"울음소리 들리니 가을 서글프도다…."

치하야는 손전등을 비추며 당장이라도 지워질 듯 흐릿한 글자를 읽었다. 어디서 들어본 적이 있는 시였다.

"…백인일수?"

그렇게 중얼거린 치하야는 시 밑에 적힌 글자 세 개로 눈을 돌렸다. 너무 흐릿해서 금방 알아보기 힘들었다. 치하야는 눈에 힘을 주고 한 글자, 한 글자, 천천히 읽어나갔다.

"종…이…학…"

그 말이 자기 입에서 흘러나온 순간, 머리에 냉수를 뒤집어쓴 것 같았다. 종이학. 28년 전에 어린 여자아이를 다섯 명이나 죽인 살인마. 역시 이 얏코상은 종이학이 남긴 '상징'이었다.

조금 떨어진 곳에서 "뭐 해? 서둘러"라고 말하는 시오리의 목소리가 들려왔다. 퍼뜩 정신을 차린 치하야는 떨리는 손으로 손수건을 겹쳐 쥐어 오동나무 상자 덮개를 덮은 다음 구덩이에서 나왔다.

"그럼 우리 집으로 돌아가자."

얏코상에 글자가 쓰여 있다는 것을 설명할 겨를도 없이, 땅에 찍힌 발자국을 신중하게 지우며 걸음을 옮기는 시오리를 따라 신사를 뒤로했다.

그 이후 되도록 CCTV가 없는 골목을 찾아 몇십 분 동안 걷다가 신사에서 충분히 멀어졌다는 생각이 들었을 때 택시를 잡아타고 집으로 돌아갔다. 그로부터 이틀하고도 반나절이 지났지만, 경찰은 아직 들이닥치지 않았다. 경찰은커녕, 인터넷을 뒤져봐도 그 유골이 발견됐다는 뉴스조차 찾아볼 수 없었다.

아직 아무도 발견하지 못한 것일까. 오래된 신사였으니 그럴 가능성도 있다. 하지만 한편으로는, 이미 수사를 개시한 경찰이 치하야와 시오리가 그 유골을 파냈음을 짐작하고 있을지도 모른다는 생각이 들었다.

아버지는 어떻게 그 유골이 묻힌 장소를 알았을까. 그 유골을 파내서 장례를 치르는 대신 차가운 땅속에 내버려 둔 이유는 무엇일까. 그저께부터 계속 그 의문이 머릿속을 채웠다.

시오리의 말대로, 아버지가 종이학일 리는 없다. 하지만 진나이 사쿠라코의 유골이 어디 있는지 알았다는 점에서, 단순히 전직 형사로서 범인을 쫓았을 뿐이라고 생각할 수도 없었다.

아버지가 그 끔찍한 사건에 어떤 식으로 얽혀 있을지 상상만 해도 배 속이 얼어붙는 듯한 공포가 느껴졌다. 그래서 이렇게 침대에 누워, 되도록 아무 생각도 하지 않으려 애썼다.

눈을 감자, 관에 누운 아버지의 모습이 떠올랐다. 아버지의 장례식은 어제 치하야만 입회한 상태로 진행되었다. 승려가 독경을 마치고 화장을 시작하기 직전, 치하야는 고인 메이크업을 받은 아버지의 얼굴을 들여다보며 귓가에 속삭였다.

"아빠, 대체 뭘 한 거야?"

엷은 미소를 띤 아버지는 질문에 답하지 않았다. 그 이후 아버지는 화장되었고, 담당자의 지시를 따라 아버지의 유골을 젓가락으로 유골함에 담는 동안, 치하야의 머릿속에서는 그날 밤 신사에서 아기의 유골을 발견한 광경이 끊임없이 되살아났다.

본가가 불타 버린 탓에 아버지의 유골은 잠시 상조 회사에 보관되었고, 49일이 지나면 어머니가 잠든 묘에 합장할 예정이었다.

치하야가 장례식 때 기억을 곱씹는데, 문 열리는 소리가 났다. 현관에서 "다녀왔습니다아" 하는 늘어지는 목소리가 들려왔다.

"늦어서 미안해. 밥 아직 안 먹었지? 편의점에서 도시락 사 왔어."

방에 들어온 시오리는 비닐봉지에서 도시락과 녹차 음료를 꺼냈다.

"…고마워."

치하야는 낮은 탁자 옆에 다소곳하게 앉아 백반 도시락을 뜯고 구운 연어를 젓가락으로 조금 떼서 입으로 가져갔다. 먹음직스럽게 살이 오른 연어인데도 모래를 씹는 것처럼 맛이 없었다.

겨우겨우 몇 입 먹은 치하야는 나무젓가락을 내려놓고, 옷을 갈아입는 시오리에게 말했다.

"어제도 그렇고, 왜 이렇게 늦게 와? 원래는 항상 정시에 퇴근했잖아."

"확인할 검체가 많이 밀렸거든. 그래서 오랜만에 초과 근무 했어."

편한 운동복으로 갈아입은 시오리는 치하야 맞은편에 앉아서 도시락을 먹기 시작했다.

"용케도 일할 정신이 있구나. 사흘 전에 그런 걸 파냈는데."

"살인사건 피해자로 보이는 유골을 찾았으니 일을 쉴게요, 라고 할 수는 없잖아. 그리고 너와 달리 나는 지금 상중이 아니야. 만에 하나 경찰이 조사하러 나왔다가 내가 일을 쉬는 걸 알면 의심할걸."

"그건 그렇지만…"

"게다가 병원에 안 가면 단서를 얻을 수 없어."

"단서?" 치하야가 미간을 좁혔다. "단서라니 무슨 말이야?"

시오리가 "그야…"라고 운을 떼려 한 순간, 경쾌한 팝 음악이 방 안 공기를 흔들었다. 치하야는 얼굴을 찌푸리며 침대 옆 탁자 위에 놓인 스마트폰을 집어 들었다.

지금은 누구와도 대화하고 싶지 않았다. 그래서 '거절' 버튼을 누르려고 하다가 손가락을 우뚝 멈췄다. 액정화면에 '사쿠라이 형사님'이라는 이름이 떠 있었다.

"누구야?" 시오리가 몸을 기울이며 물었다.

"…사쿠라이 씨. 예전에 아버지의 파트너였다는 형사."

"아, 그 사람… 안 받는 게 좋을 것 같아."

사쿠라이를 매우 수상히 여기는 시오리는 노골적으로 얼굴을 찡그렸다.

치하야는 스마트폰에 시선을 고정한 채 망설였다. 시오리의 말대로 사쿠라이를 온전히 믿는 것은 위험하다. 하지만 그에게서 얻은 정보 덕분에 아버지가 남긴 암호를 풀 수 있었다. 외동딸인 치하야도 모르는 아버지의 모습을 사쿠라이가 알고 있는 것만은 확실하다. 그렇다면…. 마음을 정한 치하야는 통화 버튼을 누르고 지난번처럼 시오리에게도 통화 내용이 들리도록 스피커폰으로 설정했다.

"아이고, 안녕하셨습니까? 사쿠라이입니다. 밤늦게 정말 죄송합니다."

스마트폰에서 넉살 좋은 목소리가 들려왔다.

"안녕하세요, 사쿠라이 씨. 어쩐 일이세요?" 치하야가 경계하면서 대답했다.

"사흘 전에 드린 말씀이 도움이 됐나 궁금해서요. 아버님 관에 넣을 책은 정하셨습니까?"

"책은 포기했어요. 소설이면 몰라도 경찰소육법은 아버지도 그다지 좋아하지 않을 것 같아서요."

"아무래도 그렇죠. 그런데 치하야 씨, 왜 꼭 책이어야 했죠?"

"네? 무슨 말씀이시죠?"

"아, 사흘 전에 전화 주셨을 때, 조금 신경이 쓰였거든요. 고인이 생전에 애용하던 물건을 관에 넣는 건 흔한 일이죠. 그런데 사흘 전에 치하야 씨는 아버지가 좋아하던 소설이 없었냐고 아주 구체적으로 물어보셨잖아요. 왜죠? 좋아하던 음악도, 좋아하던 음식도, 좋아하던 구단도, 좋아하던 활동도 아니고, 왜 소설에 한정해서 물으셨습니까? 왜 그렇게 '책'에 집착하셨죠?"

정곡을 찔린 치하야는 "그게…"라고 웅얼거리며 열심히 핑곗거리를 찾았다.

"화장할 때 책은 별문제 없이 태울 수 있을 것 같아서요. 그… 상조회사에서 금속이나 플라스틱은 되도록 관에 넣지 말라고 했거든요."

"아, 네. 그렇군요…."

몹시 의미심장한 목소리였다. 사쿠라이가 자신의 해명을 믿지 않는다는 느낌이 들어 입안의 수분이 급속도로 말랐다. 이제 사쿠라이는 어떤 질문을 던질까? 치하야가 마음의 준비를 하는데, "그러고 보니 말이죠" 하고 갑자기 나른해진 목소리가 들려왔다.

"제가 새로운 사건을 맡게 돼서 요즘 엄청 바쁘거든요. 이렇게 늦은 시간에 전화를 드린 것도 방금까지 수사회의에 참여했기 때문입니다."

뜬금없이 자신의 상황을 설명하는 사쿠라이에게 어떻게 반응해야 할지 몰라 치하야는 "네, 그렇군요"라고 건성으로 대답했다.

"특히 오늘 수사회의는 엄청나게 길었어요. 아주 중요한 정보가 들어왔거든요. 안 그랬으면 조금 더 일찍 전화 드릴 수 있었을 텐데, 정말 죄송합니다."

"저기, 이제 본론을 말씀해주실래요? 왜 갑자기 연락하셨죠?"

사쿠라이가 "아, 죄송합니다" 하고는 헛기침했다.

"실은 그저께 아침에 어떤 신사 뒤편에서 유골이 발굴됐습니다. 오동나무 상자에 고이 담긴 유골이요."

치하야는 온몸에 소름이 돋았다. 옆을 보니 시오리도 핏기가 가신 얼굴로 굳어 있었다.

"무슨… 말씀이시죠? 그런 걸 수사관계자도 아닌 저한테 얘기하셔도 되나요?"

치하야는 목소리가 떨리지 않도록 목에 힘을 주며 말했다.

"관계자가 아니라고요? 아뇨, 아니죠. 치하야 씨는 이번 사건의 관계자입니다."

"그게 무슨…." 혀가 굳어서 뒷말을 이을 수 없었다.

"아, 사실은 말이죠, 그 유골이 28년 전에 유괴된 뒤로 행방이 묘연해진 영아 진나이 사쿠라코 양인 것 같습니다. 그리고 치하야 씨의 아버님은 그 사건을 계속 쫓았잖습니까? 그런 의미에서 치하야 씨도 관계자라는 얘기입니다."

"아…, 그런 뜻이군요."

"그리고 그 유골을 파낸 사람도 당신이고요."

날씨 이야기라도 하듯 가벼운 말투였다. 치하야는 심장이 멈춘 것 같았다. 손에서 시작된 떨림이 팔, 몸, 얼굴로 퍼져나갔다.

"어라? 왜 그러시죠? 전화가 끊겼나? 들리세요—?" 사쿠라이가 말했다.

"들…려요." 치하야가 목구멍에서 필사적으로 목소리를 짜냈다.

"제가 유골을 파냈다니…, 그게 무슨 뜻이죠?"

"말 그대로입니다. 치하야 씨가 조금 이상한 질문을 한 다음 날, 그 유골이 발견됐습니다. 단순한 우연일 리가 없어요. 아마 아버님이 남긴 암호인지 뭔지를 찾아서 저한테 들은 정보로 그 유골이 있는 장소를 알아냈겠죠. 제 말이 틀립니까?"

다 들키고 말았다. 치하야는 절망을 느끼면서도 "무슨 말인지 모르겠네요"라고 떨리는 목소리로 대꾸했다. 스마트폰에서 사쿠라이의 큰 한숨 소리가 들려왔다.

"모르는 척해도 소용없어요. 지문이 떡하니 남았단 말입니다. 조사하면 치하야 씨의 지문인 걸 바로 알 수 있습니다. 그렇게 반질반질한 표면에는 지문이 쉽게 남거든요. 다음부터는 기억해두세요."

지문? 그런 것이 남았을 리가 없다. 완벽하게 닦아서 없앴다.

"그 유골함에 남은 지문은 제 지문이 아니에요. 조사하고 싶으면 마음껏 조사하세요."

치하야가 목청을 돋우자, 사쿠라이의 의미심장한 웃음소리가 들렸다. 부아가 치민 치하야는 "뭐가 우스워요?!"라고 더 날카롭게 소리쳤다.

"치하야 씨, 상자 안에 유골함이 들어 있었다는 걸 어떻게 아셨습니까?"

"네? 방금 사쿠라이 씨가…."

"저는 유골이 발견됐다고만 했습니다. 유골함이라는 말은 꺼낸 적이 없어요."

미끼를 물고 말았다. 절망이 온몸을 감쌌다.

이제 어떻게 될까. 유골을 발견했는데도 신고하지 않고 떠난 것은 어떤 죄일까. 치하야는 수갑을 찬 자신의 모습을 상상하며 양어깨를 끌어안았다.

"저는… 어떻게 되는 거죠?"

쉰 목소리로 말하자, 사쿠라이는 "우리 거래 하나 할까요?"라고 말했다.

"거래요?"

"네. 수사본부는 지금 그 유골을 파낸 사람을 열심히 찾고 있습니다. 그 사람이 종이학 살인사건의 중요 참고인이라고 생각하거든요. 하지만 저는 그게 아니라는 걸 압니다. 치하야 씨는 아버님이 남긴 정보로 유골을 찾았을 뿐이죠. 그렇지만 수사본부는 저와 생각이 달라서 치하야 씨를 철저히 조사하고 숨통을 조일 겁니다. 저는 그런 과정이 무의미하다고 생각합니다. 차라리 치하야 씨와 협력해서 28년 전에 무슨 일이 있었는지 밝혀내고 싶습니다."

협력…. 그렇다면 당장은 숨 막히는 경찰 조사를 받지 않아도 된다.

입을 꾹 다물고 생각해봐도 선택의 여지는 없었다. 말투는 공손했지만, 사쿠라이는 선택할 기회를 주는 것이 아니었다. 명백하게 협박을 하고 있었다.

"치하야 씨, 어떻습니까? 괜찮으시면 당장이라도 이야기를 듣고 싶은데요."

패배를 깨달은 치하야가 "알겠습니다"라고 대답하려 한 순간, 시오리가 몸을 앞으로 기울였다.

"그 전에요."

시오리가 딱딱한 목소리로 말하자, 사쿠라이는 의아한 듯 "누구시죠?"라고 물었다.

"준세이의대 병리부에서 일하는 토야 시오리입니다."

"아, 미노루 씨를 해부한 의사 선생님이시군요. 왜 치하야 씨와 같이 계십니까?"

"그건 중요하지 않아요. 그보다 궁금한 게 있습니다."

시오리는 스마트폰을 노려보았다.

"미즈키 미노루 씨가 돌아가셨다는 얘기를 어디서 들으셨습니까? 왜 갑자기 병리부에 찾아와서 미노루 씨의 해부 결과에 이상한 점이 없는지 물으셨죠?"

시오리가 사쿠라이를 강하게 의심하는 계기가 된 사건이었다. 아버지가 어떻게든 정보를 감추고자 한 상대가 바로 사쿠라이일지도 모른다. 치하야는 숨을 죽이고 사쿠라이의 대답을 기다렸다.

"변호사님한테 들었습니다."

사쿠라이가 시원스럽게 대답했다. 시오리는 "변호사요?"라고 낮은 목소리로 되물었다.

"네, 그렇습니다. 생전에 미노루 씨에게 의뢰를 받았다는 노노하라라는 변호사님이요. 그 사람이 갑자기 연락해서는 미노루 씨가 돌아가셨으니 당장 준세이의대 병원으로 가서 병리부 의사 선생님과 이야기를 나누라고 했어요."

치하야와 시오리가 시선을 교환했다.

"솔직히 무슨 말인가 싶었는데, 미노루 씨의 유언이라고 하길래 도저히 가만히 있을 수가 없어서 병원에 찾아간 겁니다."

사쿠라이가 병리부를 찾아온 이유는 아버지의 유언 때문이었다.

그렇다면….

"시오리, 위궤양으로 지워진 부분에 있던 이름이 설마…."

치하야가 재빨리 말하자, 시오리는 굳은 표정으로 몇 초간 입을 다물고 있다가 천천히 고개를 끄덕였다.

"바로 이 사람이었어. 미노루 씨가 암호를 전하려고 한 사람이…."

"암호요? 그게 무슨 말이죠?"

사쿠라이가 의아해하며 묻자 치하야는 스마트폰에 대고 조용히 말했다.

"사쿠라이 씨, 지금 당장 이쪽으로 와주세요. 전해드릴 게 있습니다."

"그렇군요. 말씀은 알겠습니다."

사쿠라이는 무거운 목소리로 말하더니, 한 시간 가까이 입에 대지 않던 커피 잔에 손을 뻗어 식어 버린 블랙커피를 한 모금 마셨다.

미즈키 미노루가 자신의 위벽에 새긴 암호를 전달하려고 한 사람이 바로 사쿠라이였음을 깨달은 치하야는 시오리의 집으로 그를 불러 지금까지 일어난 일을 하나도 빠짐없이 털어놓았다.

"저기, 사쿠라이 씨, 그래서…."

"잠깐 기다려 주시겠어요?" 사쿠라이가 손바닥을 내밀어 치하야의 말을 막았다. "생각보다 훨씬 충격적인 이야기라 아직 머릿속이 복잡해서요."

커피 잔을 받침 접시에 내려놓고 두통을 견디듯 관자놀이를 누르던 사쿠라이는 몇 분간 조용히 있다가 입을 열었다.

"설마 미노루 씨가 위벽에 암호를 새겨서 저한테 유골의 위치를 알려주려고 했을 줄은…."

"그 유골이 종이학 살인사건의 피해자인 건 확실한가요?"

치하야가 머뭇거리며 물었다.

"그럴 겁니다. 과학수사연구소가 조사한 결과, 그 유골은 한 살쯤 된 여자아이의 것으로 판명됐습니다. 그리고 상자 안에 있던 얏코 상과 거기에 적힌 글자도 다른 사건 현장에 남아 있던 것과 동일한 사람의 손을 거쳤다는 감정이 나왔습니다."

잠시 말을 끊은 사쿠라이는 치하야에게 시선을 던졌다.

"물론 그 얏코상이 원래는 상자 안에 있지 않았는데 두 분이 땅에서 파낸 뒤에 넣은 거라면 얘기가 달라지지만요."

"저희가 넣지 않았어요. 처음부터 상자 안에 들어 있었어요."

"그럼 그 유골은 다섯 번째 피해자, 행방불명된 진나이 사쿠라코 양이라고 생각해야겠군요. 유골이 완벽하게 불타서 DNA를 채취하지는 못했지만, 교살당한 영아의 유골이 그리 흔하지는 않으니까요."

"교살이요?" 시오리가 끼어들어 물었다. "유골에 교살당한 흔적이 있었나요?"

"타다 남은 경추에 골절된 흔적이 있었습니다. 교살당할 때 부러진 것 같습니다. 나 참, 말도 못 하는 어린애를 목 졸라 죽이다니…."

사쿠라이는 크게 혀를 차고 다시 커피를 홀짝였다.

역시 그 유골은 28년 전에 유괴된 여자아이의 것이었다. 그렇다면….

심장 박동이 빨라졌다. 치하야는 뻣뻣해진 혀를 필사적으로 움직여 물었다.

"저희 아버지가 어떻게… 진나이 사쿠라코 양의 유골이 묻혀 있는 장소를 알았을까요? 왜 그걸 계속 숨겼을까요?"

사쿠라이는 커피를 끝까지 마신 뒤, 턱을 당기고 치하야를 바라보았다.

"미노루 씨가 바로 종이학이었다. 죽음을 목전에 두고 양심의 가책을 견디지 못해 사후에 유골만이라도 발견되도록 손을 썼다."

사쿠라이가 대본을 읽듯 단조로운 목소리로 말했다. 치하야는 등에 소름이 끼쳤다.

"그런 의심이 드십니까? 그건 걱정하지 마세요."

표정을 푼 사쿠라이가 태도를 확 바꾸며 가볍게 말했다.

"미노루 씨는 그 사건의 범인이 아닙니다. 그건 제가 보증하죠."

"어떻게 그리 단언하시죠?!"

치하야가 몸을 앞으로 기울이자, 사쿠라이가 연극배우 같은 몸짓으로 어깨를 으쓱였다.

"미노루 씨는 알리바이가 있습니다. 그야말로 완벽한 알리바이요. 두 번째 사건 이후부터 사건이 발생할 때마다 저하고 같이 있었거든요."

"사쿠라이 씨와…."

"네. 얼마 전에 설명했듯이 그 사건을 수사할 때 저는 미노루 씨와 파트너였습니다. 다섯 번째 사건, 진나이 사쿠라코 양이 유괴당한 사건 이후로는 따로 움직일 때가 많았지만, 그전까지는 매번 같이 먹고 자고 했어요. 수사본부가 설치된 뒤에 일어난 두 번째 사건부터 다섯 번째 사건까지는 미노루 씨가 범인일 리 없습니다."

치하야는 가슴을 쓸어내렸다. 신사에서 유골을 찾은 뒤로, 아버지가 연쇄살인범일지도 모른다는 생각에 내내 무서웠다. 이제 몸이 가벼워진 것 같았다.

"그럼 미노루 씨는 어떻게 진나이 사쿠라코 양의 유골이 있는 곳을 알았지?"

시오리가 혼잣말처럼 중얼거렸다.

"그건…, 아버지가 경찰을 관두고 나서도 사건을 조사하다가 어찌 어찌 알아냈을 거야."

"그럼 왜 경찰에 알리지 않았을까? 행방불명된 피해자의 유골이잖아. 사건을 해결할 중요한 단서인데. 그런 이유가 아니더라도, 유골을 그렇게 차가운 땅속에 방치했다니 윤리적으로 이상해. 유족들 품으로 돌려보냈어야지."

시오리의 논리적인 지적에 치하야는 말문이 막혔다.

"미노루 씨는 자기가 죽기 전까지 절대로 그 유골이 발견되지 않기를 바랐어. 그래서 위벽에 암호를 새기는 기이한 방법을 택했고."

치하야는 담담하게 자문자답하는 시오리의 태도가 언짢아서 "하고 싶은 말이 뭔데?" 하며 흘겨보았다.

"범인까지는 아니더라도, 미노루 씨는 이 사건에 켕기는 점이 있었다고 봐야 자연스러워."

"켕기는 점이라니?"

"자세한 건 몰라. 그걸 밝혀낼 수 있는 사람은…."

시오리는 눈길을 돌려 사쿠라이를 쳐다보았다.

"저요? 아니, 솔직히 저도 뭐가 뭔지 잘…."

사쿠라이는 까치집 같은 머리를 긁적였다.

"다만 저도 미노루 씨가 종이학 살인사건과 깊이 얽혀 있는 건 분명하다고 생각합니다."

"아버지가 종이학의 공범이라도 된다는 말이에요?!"

치하야가 거칠게 내뱉자, 사쿠라이는 "아뇨, 아뇨" 하며 손을 내저었다.

"그렇지는 않을 겁니다. 공범 관계는 양측이 다 얻어가는 게 있어야 비로소 성립됩니다. 여자아이들이 살해당하는 과정에서 미노루 씨가 무슨 이득을 봤겠습니까? 그리고 미노루 씨는 정말 진심으로 범인을 쫓았습니다. 그건 가장 가까이서 지켜본 제가 확실히 압니다."

안도의 한숨을 내쉰 치하야 옆에서 시오리가 고개를 갸웃거렸다.

"그럼 미노루 씨는 어떻게 진나이 사쿠라코 양의 유골이 묻힌 장소를 알았고, 어째서 그걸 죽기 전까지 아무에게도 말하지 않았을까요?"

"모릅니다. 다만, 미노루 씨와 범인 사이에는 쫓는 자와 쫓기는 자를 뛰어넘는 복잡한 무언가가 있는 것 같습니다. 그래서 범인은 미노루 씨가 세상을 뜨자마자 28년 전과 똑같은 수법으로 여자를 죽인 겁니다."

"네? 그게 무슨 말이죠?!"

치하야의 목소리가 높아졌다. 옆에 있는 시오리도 길쭉한 눈을 동그랗게 떴다.

"두 분도 자기 패를 다 보여주셨으니, 예의상 저도 제가 아는 정보를 어느 정도 가르쳐 드리죠. 두 분과도 관련이 있으니까요."

그렇게 운을 뗀 사쿠라이는 현재 쫓는 사건을 이야기하기 시작했다.

설명을 끝까지 들은 치하야는 떨리는 어깨를 두 손으로 감싸 안았다.

"종이학이… 다시 살인을 시작했다…."

"아직 동일범의 짓이라고 확신할 수는 없습니다. 하지만 저는 동일 범이라고 생각합니다. 28년 동안 발이 묶여 있던 괴물, 종이학이 미노루 씨의 죽음으로 다시 눈을 뜬 것 같습니다."

"미노루 씨는 공범도 아니면서 범인에 관한 정보를 죽을 때까지 지켰고, 범인은 미노루 씨가 죽자마자 다시 움직였다…. 범인과 미노루 씨는 대체 무슨 관계였지?"

시오리가 입가에 손을 댔다.

"그걸 알아내면 범인의 정체를 밝힐 단서가 보일 것 같군요. 위벽에 새긴 암호는 저한테 보내는 메시지였죠. 미노루 씨는 틀림없이 제가 이 수수께끼를 풀기를 바랐을 겁니다. 존경하는 대선배님이 내준 숙제니까 최선을 다해 풀어보겠습니다."

가벼운 말투였지만, 사쿠라이의 눈동자에는 날카로운 빛이 담겨 있었다.

"저기…." 치하야가 쭈뼛거리며 말했다. "이제 저희는 어떻게 되는 거죠?"

"무슨 말씀이시죠?"

"아니, 그…, 체포되나 싶어서…."

"체포요? 그러게요…."

사쿠라이는 복잡한 얼굴로 팔짱을 꼈다.

"정석을 따르자면, 두 분 일을 수사본부에 보고해야 합니다. 그럼 체포까지는 아니어도, 중요 참고인으로 경찰 조사를 받으시겠죠.

경찰이 두 분의 행동을 계속 감시할 테고요."

"그렇…군요."

"하지만 그건 어디까지나 제가 '정석을 따르는 형사'였을 때 얘기입니다."

어깨를 축 늘어뜨리던 치하야가 "네?" 하며 고개를 들었다.

"저번에도 말했지만, 저는 미노루 씨에게 형사의 기초를 배웠습니다. 이번 사건만 봐도 알 수 있듯이 그분은 '정석'과 거리가 먼 형사였어요. 그래서 제자인 저도 '정석'이 아닌 선택을 해볼까 합니다."

사쿠라이는 "수사본부에 두 분 이야기를 하지 않겠습니다" 하며 입꼬리를 올렸다.

"가, 감사합니다."

"감사할 필요 없습니다. 딱히 두 분을 위해서 이러는 게 아니니까요."

사쿠라이의 눈동자에 다시 위험한 빛이 감돌았다.

"저는 미노루 씨가 말 그대로 몸을 갈아서 남긴 단서를 해석할 의무가 있습니다. 그러려면 정보가 필요해요. 미노루 씨의 유일한 가족인 치하야 씨, 그리고 미노루 씨를 해부한 시오리 선생님. 두 분은 아주 중요한 정보원입니다."

"수사본부에 보고하지 않을 테니 그 대신 정보를 넘기라고 협박하시는 건가요?"

시오리의 말에 사쿠라이는 쓴웃음을 지었다.

"협박할 생각은 없습니다. 하지만 저도 위험을 감수하고 있어요. 두 분을 숨겨주다가 들키면 제 자리가 위태로워진단 말입니다. 위험에 합당한 대가가 필요해요."

시오리는 미간을 찌푸리고 몇십 초간 조용히 있다가 차분한 목소리로 말했다.

"가는 게 있으면 오는 게 있어야죠. 우리가 정보를 넘기는 대신, 사쿠라이 씨가 아는 정보도 우리한테 전부 알려주세요. 그렇게 셋이서 사건을 추리하는 게 제일 효율이 나지 않겠어요?"

"수사정보를 일반인인 두 분에게 다 말하라고요? 에이, 제가 아무리 '정석을 따르지 않는 형사'여도 그렇게까지는 못 합니다. 아까 알려드린 정보는 사태가 얼마나 심각한지 아시라고 말씀드렸을 뿐이에요. 그걸로 만족하세요."

"그럼 정보 제공은 못 합니다."

"시오리 선생님, 아무래도 협상에 소질이 없으신 것 같네요. 제 제안을 거절하시면, 안타깝게도 수사본부에 두 분 이야기를 할 수밖에 없습니다."

"안 그러시는 게 좋을걸요."

여유로운 미소를 머금은 시오리를 보고 사쿠라이는 "무슨 뜻이죠?"하며 미간을 찌푸렸다.

"미즈키 미노루 씨가 왜 경찰이 아니라 사쿠라이 씨 개인에게 메시지를 남겼을까요?"

"…설마." 사쿠라이의 표정이 확 굳어졌다. "종이학이 경찰 내부에 있다는 겁니까?"

"적어도 미노루 씨는 그럴 가능성이 있다고 생각하셨겠죠. 그래서 사쿠라이 씨한테만 메시지가 전달되도록 손을 쓴 거예요. 본인이 가르친 사쿠라이 씨라면, 혼자서 수사해줄 거라고 믿었으니까요."

시오리는 가볍게 고개를 까딱였다.

"그렇다면 종이학이 잡히지 않은 것도 설명이 되죠. 경찰이라면 수사가 어떻게 진행되는지 알 수 있고, 때로는 가짜 정보를 흘려서 수사본부를 속일 수도 있으니까요."

"일반 경찰은 그런 짓을 할 수 없습니다. 수사본부의 정보는 거의 밖으로 새나가지 않아요."

"그럼 수사본부 안에 범인이 있었을지도 모르겠네요."

충격적인 가설에 말문이 막힌 사쿠라이를 모른 체하며 시오리가 말을 이었다.

"종이학이 정말 경찰 관계자인지는 알 수 없어요. 하지만 가능성을 부정할 수는 없으니 사쿠라이 씨는 수사본부에 우리 이야기를 하면 안 됩니다. 함부로 보고했다가 우리를 위험에 빠뜨릴 수도 있으니까요."

사쿠라이는 벌레 씹은 표정으로 입을 다물었다. 방 공기가 서서히 얼어붙는 가운데, 치하야는 그저 상황을 지켜볼 수밖에 없었다. 사쿠라이가 큰 한숨을 훅 내쉬었다.

"협상에 소질이 없다는 말은 취소하죠. 어린데도 아주 영리하시네요."

"칭찬해주시니 영광입니다. 그래서 어떻게 하실 거죠?"

"어차피 저한테는 선택권이 없지 않습니까?"

사쿠라이는 쓴웃음을 지으며 낮은 탁자 너머로 손을 내밀었다.

"우리 셋이 협력해서 미노루 씨가 남긴 수수께끼를 풀어봅시다."

치하야는 소파에 앉아서 어색하게 방을 둘러보았다. 네 평쯤 되는 공간에 소파와 낮은 탁자, 책꽂이만 놓인 단출한 응접실. 문득 커다란 창문 밖으로 눈길을 돌렸다. 이 건물의 꼭대기 층인 10층에서 내려다보이는 상점가와 동네 풍경이 꽤 장관이었다.

사쿠라이와 손을 잡은 지 이틀 뒤 오후, 치하야는 스미다구 히가시무코지마 주택가 한쪽 모퉁이에 선 야기누마 건설이라는 건설회사의 본사 빌딩을 방문했다. 이곳이 바로 미즈키 미노루가 생전에 경비원으로 일하던 회사였다.

노크 소리가 나더니, 문이 천천히 열렸다. 치하야는 허둥지둥 자리에서 일어났다.

"기다리게 해서 죄송합니다."

방에 들어온 사람은 키가 큰 여성이었다. 나이는 마흔이 조금 안 되어 보였다. 몸에 딱 붙는 정장을 입어서 날씬한 몸매가 드러났다. 시원스러운 눈매, 오뚝한 콧대, 얇은 입술. 같은 여자가 봐도 순간 시선을 빼앗길 만큼 아름다운 얼굴이었다.

여자는 익숙한 손놀림으로 명함을 내밀었다. 거기에 '(주) 야기누마 건설 부사장 야기누마 와카코'라고 쓰여 있었다.

"감사합니다." 가볍게 인사하며 치하야도 명함을 꺼내 교환했다.

"어머, 의사 선생님이세요?"

"네, 준세이의대 부속병원에서 일해요. 갑자기 연락 드렸는데 이렇게 시간 내주셔서 감사합니다."

어제 아버지에 관해 이야기를 듣고 싶다고 연락하니, 오늘 오후에 방문하면 부사장이 응대해줄 수 있다고 하기에 찾아온 참이었다.

"아닙니다. 미노루 씨는 오랫동안 우리 회사를 위해 일해주신 소중한 경비원이었는걸요. 그리고 제가 직함은 부사장이지만, 명목뿐이라 딱히 하는 일이 없어요."

와카코는 익살스럽게 미소 지었다. 너무 반듯해서 어딘가 차가워 보이던 얼굴이 갑자기 소녀처럼 사랑스러워졌다.

치하야가 "실례하겠습니다" 하며 다시 소파에 앉자, 와카코의 콧등에 주름이 잡혔다.

"아버님 일, 정말 마음이 아파요. 진심으로 고인의 명복을 빕니다. 돌아가신 날 연락 주신 변호사님께 장례식 일정을 여쭤봤는데, 그건 모른다고 하시더라고요⋯. 사실 조문하러 가고 싶었는데⋯."

"마음 써주셔서 감사합니다. 그런데 장례식은 가족끼리 간단하게 치렀어요. 저기, 부사장님은 저희 아버지와 가깝게 지내셨나요?"

감사 인사를 하며 와카코를 슬쩍 떠보았다. 치하야는 미노루의 지인에게 얻을 수 있는 정보, 사쿠라이는 경찰의 수사 정보, 시오리는 구체적인 병리해부 결과로 알 수 있는 정보를 모아서 각자 사건의 단서를 찾아 공유하기로 했다. 이틀 전에 사쿠라이와 치하야, 시오리가 약속한 내용이었다.

"가깝게 지내지는 않았어요. 스쳐 지나가면 가볍게 인사하는 정도였고, 제대로 대화를 나눠본 건 미노루 씨가 경비원 채용 면접을 봤을 때뿐이에요."

"그렇군요⋯."

"많은 대화를 해보진 않았지만, 저는 미노루 씨를 가족으로 생각했어요."

"가족⋯."

'단순히 피가 섞였다고 부녀가 되는 건 아니야.'

아버지를 마지막으로 봤을 때 들은 말이 귓가에 아른거리더니, 날카로운 통증이 가슴에 번졌다.

"네, 미노루 씨뿐만 아니라 우리 직원은 모두 가족이라고 생각해요. 특히 미노루 씨는 이 본사 빌딩이 생긴 이래 계속 근무해 주신 소중한 가족이었어요."

와카코가 그립다는 듯 눈을 가늘게 뜨고 천장 쪽으로 시선을 던졌다. 거기에서 어떤 추억이 보인다는 듯이.

아무리 직원을 소중하게 여긴다 해도, 제대로 대화해 본 적도 없는 경비원을 떠올리며 그런 표정을 짓는 것은 부자연스러워 보였다. 치하야의 가슴속에서 작은 의심이 피어올랐다.

"이 빌딩은 언제쯤 지어졌나요?"

"아마⋯ 9년 전이었을 거예요. 원래는 키타센쥬에 있는 빌딩을 빌려서 썼는데, 많이 낡아서 여기에 자사 빌딩을 세웠어요."

"그럼 아버지는 9년 동안 여기에서 근무하신 거죠?"

"네. 전에는 이 근처에 있는 다른 회사에서 경비원으로 일하셨다는데, 이 빌딩이 문을 열 때 경비원 모집 공고를 올렸더니, 거기에 지원해주셨어요. 저희로서도 전직 형사님이 계시면 든든할 것 같아서 채용했죠."

역시 무언가 이상하다. 치하야의 가슴에 싹튼 의심이 서서히 자라났다.

"아주 또렷하게 기억하시네요. 임원분이 경비원까지 그렇게 신경 쓰기는 힘들지 않나요?"

"말만 임원이지, 저는 그냥 장식이거든요." 와카코의 얼굴에 어두운 그림자가 드리웠다.

"장식이요? 부사장님이시잖아요."

"네, 직함은 그렇죠. 하지만 다른 임원들은 저를 '접대부 출신 후처'로만 봐요."

자조가 담긴 와카코의 말을 듣고 치하야는 상황을 파악했다.

아내와 사별한 전 사장이 룸살롱 같은 곳에서 일하던 와카코에게 첫눈에 반해 후처로 들인 모양이다. 그 이후 남편을 여읜 와카코는 유산으로 회사 주식을 상속받았을 것이다. 그래서 와카코를 함부로 대할 수 없게 된 회사는 이름뿐인 부사장이라는 자리를 내어줬으리라.

"회사 경영은 의붓아들에게 전부 맡겼어요. 제가 하는 일이라곤 거래처 고객과 여기서 대화를 나누며 손님맞이를 하는 것뿐이죠. 접대부로 일할 때와 별반 다르지 않아요."

와카코는 쏠쏠하게 말하다가, "하지만" 하며 살짝 가슴을 폈다.

"저는 다른 임원들과 달리 줄곧 이 회사에 있었어요. 그래서 우리 직원들을 누구보다도 깊이 이해할 수 있어요."

열정 넘치게 이야기하던 와카코는 퍼뜩 정신을 차린 듯했다.

"아, 죄송합니다. 이상한 얘기를 했네요. 아버님 이야기가 궁금하신 거면 동료 경비원들과 대화하는 게 낫겠죠? 미노루 씨의 따님이 오신 다길래 제가 꼭 만나보고 싶어서 여기로 모셔 버렸네요. 경비실에 연락할 테니까 잠깐만 기다려 주세요."

와카코가 일어나서 벽에 달린 내선전화 수화기를 들었다.

회사가 이 정도 규모라면 직원이 몇백 명은 될 것이다. 아무리 가족으로 생각했다 해도, 부사장이 경비원의 딸을 '꼭 만나고 싶어' 하는 것은 부자연스럽다. 역시 와카코는 무언가를 숨기고 있다. 아버지와 관련된 무언가를.

와카코의 가녀린 등에 시선을 쏟고 있자니, 그녀가 뒤를 돌아보았다.

"미노루 씨처럼 이 빌딩이 처음 영업을 시작했을 때부터 근무한 경비원이 마침 있다네요. 그분과 이야기 나눌 수 있도록 준비해뒀으니까 만나러 가보세요. 미노루 씨에 대해 저보다 훨씬 많이 아실 거예요."

가능하면 와카코에게서 어떤 단서를 이끌어내고 싶었다. 하지만 이 여자가 무언가를 숨긴다고 생각하는 근거라고는 자신의 직감뿐이라 더 채근하기가 어려웠다.

치하야는 아쉬움을 억누르고 일어나서 "신경 써주셔서 감사합니다" 하며 고개를 숙였다.

"아닙니다. 또 용건이 생기면 언제든지 찾아오세요."

치하야는 와카코가 내민 왼손을 반사적으로 잡다가 눈이 휘둥그레졌다.

정장 소매 사이로 보이는 와카코의 왼쪽 손목에 오래된 자해 흉터가 바코드처럼 겹겹이 새겨져 있었다.

"아, 아가씨가 미노루 씨 딸이야? 나는 경비원 요네하라야. 이리 와, 이리 와. 여기 앉아."

대머리에 풍채 좋은 남자가 가볍게 말했다. 나이는 예순쯤 됐을까. 지방을 잔뜩 축적한 배가 경비원 제복을 불룩하게 부풀렸다. 와카코와 대화를 마친 치하야는 빌딩 1층에 있는 경비실로 내려왔다.

"불쑥 찾아와서 죄송합니다."

치하야가 철제 의자에 앉자, 요네하라는 찻잔에 차를 따랐다.

"아니야, 아니야. 오후 순찰이 끝나서 이제 대기만 하면 되니까 신경 쓸 것 없어. 그나저나 미노루 씨한테 이렇게 귀여운 따님이 있을 줄은 몰랐네."

치하야는 이 나이에 '귀엽다'는 말을 들어도 되나 생각하며 민망함에 차를 홀짝였다.

"요네하라 씨는 저희 아버지와 친하셨나요?"

"음, 뭐랄까…. 오랫동안 같이 일하기는 했지."

요네하라가 머리카락 없는 머리를 긁적였다. 치하야는 그 태도를 보고 요네하라와 아버지의 관계를 금방 이해했다.

"죄송합니다. 저희 아버지가 무뚝뚝해서 같이 일하기 힘드셨죠?"

"아니…, 뭐, 그냥 좀…. 미노루 씨가 말을 거의 안 했거든. 같이 있으면 조금 숨이 막혔다고 할까…. 몸이 아픈 것도 끝까지 말해주지 않았어."

치하야는 다시 "죄송합니다" 하며 고개를 숙였다.

"그래도 순찰 같은 업무는 제대로 처리해서 불만은 없었어. 같이 있을 때는 좀 불편했지만, 대기실에 거의 없다시피 해서 괜찮았어."

"대기실에 없었다고요? 그럼 아버지는 근무 중에 어디 계셨어요?"

"으음, …뒤뜰에."

"뒤뜰이요? 거기에 뭐가 있는데요?"

"흡연 구역. 아니, 나도 흡연자라서 니코틴이 떨어질 때 짜증 나는 기분은 잘 알지만, 미노루 씨는 대기 시간에 대부분 그쪽 벤치에 앉아 있었단 말이지. 아무리 그래도 근무 중에 몇 시간이나 담배를 피우면 안 되지 않느냐고 약간 문제가 됐어."

"몇 시간이나…."

치하야는 얼굴을 찌푸렸다. 아버지는 확실히 애연가였다. 집에서도 항상 담배를 물고 있어서, 치하야는 집 안을 채운 담배 연기에 질색 하곤 했다. 그런데 직장에서도 내내 담배를 피웠을 줄이야….

"미노루 씨도 한 1년 전부터는 담배를 끊으려고 한 것 같아. 가까 운 병원에서 아는 의사에게 연줄로 받았다는 금연보조제를 몇 개월 이나 썼거든. 그런데 역시 끊기가 어려웠는지 마지막까지 흡연 구역 을 들락날락했어."

1년 전이면 암이 발견되었을 무렵이다. 당연히 주치의가 담배를 끊 으라고 했을 것이다. 그런데도 담배를 계속 피웠다는 말인가. 의지 약한 아버지가 한심하게 느껴졌다.

"근무 태도가 그랬는데도 용케 잘리지 않았네요."

"미노루 씨가 우리 회사의 높으신 분 눈에 들었거든."

이해가 되지 않아 "눈에 들었다고요?"라고 되묻자, 요네하라는 얄궂게 입술을 비틀었다.

"미노루 씨의 근무 태도가 좋지 않아서 위에 보고한 동료가 있었어."

요네하라가 어깨를 으쓱하며 "참고로 난 아니야"라고 덧붙였다.

"그래서 어떻게 됐나요?"

"아무 일도 없었어. 미노루 씨는 순찰만 제대로 하면 충분하다나? 보너스도 깎이지 않고 우리랑 똑같이 받았어. 다시 말해서, 왜인지는 몰라도 미노루 씨만 특별 취급을 받았다는 거야."

"아버지가 전직 형사라, 말썽이 생겼을 때 경찰과 회사 사이에서 징검다리 역할을 할 수 있어서 그런 거 아니었을까요?"

변명처럼 중얼거리자, 퉁퉁한 요네하라의 눈이 휘둥그레졌다.

"형사? 미노루 씨가?"

"모르셨어요?"

"처음 들어. 미노루 씨는 자기 얘기를 거의 안 했으니까. 아니지, 젊을 때부터 계속 경비원이었다고 들은 것 같은데."

아버지는 형사라는 사실을 숨기고 있었다. 그렇다면….

"저기, 요네하라 씨, 종이학 살인사건을 아시나요?"

"응…? 아, 오래전에 터진 그 사건? 그야 아는데…."

요네하라가 어리둥절한 표정을 지었다.

"아버지에게 그 사건과 관련된 이야기를 들은 적 없으세요? 아버지가 형사 시절에 마지막으로 담당한 사건이거든요."

"미노루 씨가 그 사건을? 아니, 아무것도 못 들었어. 말했잖아. 미노루 씨가 형사였다는 것도 지금 알았어."

"…그렇군요."

이곳에 오면 사건의 단서가 있을 줄 알았다. 하지만 아버지는 매일 만나는 동료와도 대화하지 않았다. 헛수고였다…. 실망감이 등을 짓눌렀다.

"미안해, 아가씨. 도움 되는 얘기를 못 해줬네. 내가 뭐 달리 도와줄 건 없을까? 미노루 씨가 소지품을 모조리 처분해서 넘겨줄 유품도 없지만."

본가와 마찬가지로 직장도 생전에 다 정리한 모양이다. 아버지 나름대로 죽음을 준비하는 방식이었나 보다.

요네하라에게서 더 많은 정보를 얻기는 어려울 듯했다. 그렇다면….

치하야는 고개를 들었다.

"아버지가 항상 가던 흡연 구역, 거기에 데려다주실 수 있나요?"

"여기가 뒤뜰이야."

빌딩 뒷문을 지나 밖으로 나오자, 요네하라가 말했다. 잔디가 깔린 농구코트만 한 부지였다. 안쪽에 있는 울타리 너머에는 목재를 가공하는 공장과 주택이 보였다.

"날씨가 좋으면 점심시간에 직원들이 잔디밭에서 배드민턴을 치거나 돗자리를 깔고 앉아서 점심을 먹어. 그리고 저기가 흡연 구역이야."

요네하라가 뒤뜰 구석을 가리켰다. 밝은 햇빛이 비치는 뒤뜰, 한쪽 모퉁이에만 빌딩 그림자가 드리워서 어두웠다. 버스정류장처럼 간소한 지붕 아래에 벤치와 재떨이만 덜렁 놓여 있었다.

치하야는 요네하라와 함께 흡연 구역으로 다가갔다.

"미노루 씨는 항상 이 벤치에 앉아 있었어. 그 사람 전용석이었지."

치하야는 요네하라의 이야기를 들으며 벤치에 앉았다. 아버지는 무슨 생각을 하면서 여기에 앉아 있었을까. 치하야는 벤치에 밴 담배 냄새에 질색하면서도 곰곰이 생각에 잠겼다.

아버지는 종이학을 계속 쫓았을까. 진나이 사쿠라코의 시신이 어디에 있는지 어떻게 알았으며 왜 숨겼을까. …가끔은 내 생각도 했을까.

"그럴 리가 없지." 치하야는 요네하라에게 들리지 않도록 가냘프게 중얼거렸다.

마지막 순간까지 가족으로 인정받지 못한 딸은 아버지의 머릿속에 없었을 것이다. 어쩔 수 없다. 그만큼 유대감이 약했다는 뜻이다. 피가 섞인 타인, 그것이 두 사람의 관계였으리라.

"아가씨, 괜찮아?"

요네하라의 목소리에 정신을 차렸다.

"죄송해요. 잠깐 딴생각을 하느라. 그런데 좀 쓸쓸한 장소네요."

"요즘은 흡연자들의 입지가 좁으니까. 그리고 층마다 흡연실이 있어서 담배 피우는 사람들은 대개 그쪽으로 가거든. 여기는 사람이 거의 안 와."

"사람이 거의 안 온다…."

치하야는 벤치에 홀로 외로이 앉은 아버지의 모습을 상상하며 우뚝 솟은 빌딩을 올려다보았다.

"이거, 꼭 우리가 해야 해요?"

미나토 코키는 스마트폰 지도 앱을 확인하면서, 옆에서 걷는 구부정한 중년 남자에게 말했다.

"무슨 소리야, 미나토? 이건 아주 중요한 일이야. 이런 임무를 맡은 걸 자랑스럽게 여겨야지."

파트너인 사쿠라이가 가볍게 말했다.

"그냥 다들 하기 싫어하는 일을 떠맡은 것 같은데요."

"아, 물론 다들 하기 싫어하지. 피해자가 죽었다는 얘기를 유족에게 해야 하니까. 하지만 다들 하기 싫어하는 일을 하다 보면 사건의 진상을 밝힐 단서가 손에 들어오기도 하거든."

"그런가요?"

아무리 불평해도 벽에 대고 얘기하는 것과 마찬가지라, 미나토는 입을 다물고 어제 참여한 수사회의를 떠올렸다.

범인을 밝혀낼 그럴싸한 정보는 아직 얻지 못했지만, 28년 전에 행방불명된 진나이 사쿠라코로 추정되는 유골이 나오자, 회의 분위기가 뜨겁게 달아올랐다.

28년 전 수법과 똑같은 살인사건이 일어나자마자 진나이 사쿠라코의 유골이 발견되었다. 역시 이번 살인은 종이학 살인사건과 얽혀 있을 가능성이 크다. 누가 유골을 파냈는지만 알아내도, 이번 사건뿐만 아니라 미궁에 빠져 있던 종이학 살인사건의 진상까지 밝혀낼 수 있을지 모른다. 많은 수사관이 그런 기대감으로 열정을 불태우며 회의에 참여했다.

회의가 끝나갈 즈음, 느닷없이 사쿠라이가 손을 들었다. 아리가가 "사쿠라이, 뭔가?"라고 달갑지 않은 말투로 묻자, 사쿠라이는 느릿느릿 자리에서 일어났다.

"아 그게, 유족에게는 연락했는지 궁금해서요."

"유족?" 아리가가 미간을 찌푸렸다.

"네, 진나이 사쿠라코 양의 유족이요. 28년 전에 행방불명된 딸을 지금도 애타게 기다릴지 모르잖아요. 유골만이라도 어서 부모님의 품으로 돌려보내야 하지 않습니까?"

"그건 관할서가…."

"아뇨, 아뇨." 사쿠라이가 손을 휘휘 내저었다. "관할서가 처리하면 안 되죠. 수사본부 형사가 직접 찾아뵈어야 우리가 열심히 수사하는 걸 아실 겁니다. 수사1과 형사가 가야죠."

"…수사1과 형사들은 저마다 담당한 수사가 있다. 유족에게 연락하는 역할을 맡을 여유가 없어. 일부 예외를 제외하면."

아리가가 얇은 입술에 냉소적인 미소를 머금고 고개를 까딱였다.

"사쿠라이, 네가 그 '예외'다. 네가 그렇게 유족을 절절히 생각한다면, 딸의 유골이 발견됐다는 말을 직접 그 부모님께 전하지 그래?"

"아, 제가요? 뭐, 관리관님 지시라면 기꺼이 그렇게 해야지요."

사쿠라이는 희희낙락하며 대답했다.

그리하여 이튿날 오후 세 시경, 미나토는 사쿠라이와 함께 이타바시구 타카시마다이라에 있는 주택가를 걷고 있었다. 오늘 오전에 조사해보니 진나이 사쿠라코의 모친은 사건이 일어나고 약 5년 후에 자살했고, 부친인 진나이 신타로는 이 근처에서 혼자 산다고 했다.

"저 건물이네요." 미나토는 십여 미터 앞에 있는 목조 건물을 가리켰다.

사쿠라이는 "길 안내하느라 수고했어" 하며 미나토의 어깨를 가볍게 두드리고 목조 건물로 다가갔다. 세월의 흔적이 느껴지는 건물이었다. 지은 지 40년은 족히 넘을 듯했다. 외벽은 군데군데 벗겨졌고 2층으로 올라가는 철제 계단은 녹슬어서 당장이라도 무너질 것 같았다. 대부분 빈 명패가 붙어 있는 우편함에는 광고지가 가득 차 있었다. 자세히 보니 창문에 금이 간 방도 적지 않았다.

"폐허 같네요."

"일단 가보자."

사쿠라이가 1층 안쪽에 있는 문으로 가서 초인종을 눌렀다. 하지만 망가졌는지 소리가 나지 않았다.

"신타로 씨, 신타로 씨, 계십니까?"

사쿠라이가 문을 세게 두드렸다. 큰 소리가 울렸지만, 반응은 없었다.

"역시 빈집인 것 아닙니까?"

"아니, 그럴 리가 없어. 오늘 아침 조사한 자료에 진나이 신타로가 생활보호 대상자라고 돼 있었잖아. 그럼 등록된 주소에 살아야 해. 안 그러면 대상 자격을 잃거든. 그냥 지금 집에 없는 거야. 아니면 없는 척하는…."

사쿠라이가 거기까지 말했을 때, 뒤에서 "어이!"라고 소리치는 탁성이 들려왔다. 미나토가 돌아보니 추리닝을 입은 마른 남자가 서 있었다.

"남의 집 앞에서 뭐 하는 거야?"

"아, 죄송합니다. 진나이 신타로 씨 되시죠?"

남자가 "그럼 어쩔 건데?"라고 짜증스럽게 쏘아붙였다. 눈이 부신 듯 가늘게 뜬 두 눈에서 적의를 담은 시선이 쏟아졌다.

이 남자가 진나이 신타로인가? 미나토의 미간에 주름이 잡혔다. 자료에는 54세라고 적혀 있었는데, 지금 이 남자는 아무리 봐도 그보다 훨씬 늙어 보였다. 피부에 새겨진 수많은 주름, 얼룩무늬처럼 얼굴 곳곳에 자리 잡은 검버섯, 고목처럼 비쩍 마른 몸에 굽은 허리. 치아는 대부분 빠지고 없었다. 얼마나 건강하지 않은 삶을 살면 50대 중반이 이토록 늙어 보일 수 있단 말인가.

외동딸을 잃고 아내마저 먼저 떠나보낸 고통이 그를 이렇게 갉아 먹었을까. 미나토가 속으로 동정하는데, 사쿠라이가 주름진 코트에 달린 안주머니에서 경찰 신분증을 꺼내 신타로의 얼굴 앞에 내밀었다.

"경시청 수사1과에서 나온 사쿠라이라고 합니다. 잠깐 대화 좀 할 수 있을까요?"

"형사?!" 신타로의 얼굴에 불안이 스쳤다. "나는 아무 짓도 안 했어. 당신들이 뭔가 착각한 거야."

사쿠라이가 눈을 가늘게 뜨고 몸을 앞으로 기울이며 신타로의 얼굴을 응시했다.

"뭐, 뭐야?"

신타로가 뒷걸음질 쳤다. 사쿠라이는 대답하는 대신 아무렇지 않게 손을 뻗어 신타로의 추리닝 소매를 걷었다. 드러난 팔을 보고 미나토는 "어!"라고 목소리를 높였다. 신타로의 왼쪽 팔꿈치 안쪽이 수많은 주사 자국으로 거뭇하게 변색되어 있었다.

"뽕…인가요?"

사쿠라이가 빈정거리듯 입꼬리를 올렸다. 신타로는 허겁지겁 추리닝 소매를 내렸다.

"아니야! 아니, 틀린 말은 아니지만, 옛날 일이야. 지금은 끊었어! 벌써 몇 년이나 안 맞았다고."

"그랬겠죠. 적은 생활보호비로 각성제를 계속 주사하기는 어려웠을 테니까요. 하지만 뽕의 중독성은 그리 만만치 않습니다. 주사할 만큼 순도가 높은 건 구하기 힘들어도, 코로 흡입하는 정도면 싸고 질 낮은 뽕으로도 충분하잖아요?"

사쿠라이는 신타로의 눈을 가리켰다.

"신타로 씨, 당신 눈 말이에요, 아직 해가 중천이라 밝은데도 동공이 다 열렸습니다. 그러니 눈이 부셔서 게슴츠레 실눈을 뜰 수밖에 없죠. 뽕을 쓰면 그렇게 됩니다. 생활보호비로 산 귀한 뽕을 마시고 기분이 좋아서 파친코를 하러 갔는데 계속 잃으니까 신경질이 나서 집으로 돌아오는 길이었나 보죠?"

미나토는 가볍게 설명하는 사쿠라이를 경악스럽게 쳐다보았다. 겁 먹은 표정으로 뒷걸음질 치는 신타로의 태도를 보니 사쿠라이의 추측이 들어맞은 모양이다.

"나를 체포하려고? 영장은 있어? 있냐고!"

신타로는 침을 튀기며 고함쳤다. 사쿠라이는 꺼림칙한 표정으로 얼굴을 닦았다.

"흥분하지 마세요. 당신을 체포하러 온 게 아닙니다. 잠깐 얘기를 좀 들어주시죠. 그러면 조용히 돌아가겠습니다."

"얘기? 무슨 얘기?"

신타로가 경계심을 드러내며 말했다. 사쿠라이는 신타로와 눈을 맞 추고 조용한 목소리로 고했다.

"무척 안타까운 소식입니다. 얼마 전에 신타로 씨의 따님 진나이 사쿠라코 양으로 추정되는 유골을 찾았습니다."

신타로는 눈을 몇 번 깜빡였다. 반쯤 벌어진 입에서 "뭐?"라고 얼빠 진 목소리가 새어 나왔다. 미나토는 입을 굳게 다물었다. 28년 전에 유 괴당한 외동딸이 시신으로 발견되었다는 이야기를 접하면 어떤 마음 이 들까. 어딘가에 살아 있으리라는 자그마한 희망마저 사라졌다는 절망일까. 아니면 유골만이라도 돌아와 주어 다행이라는 안도감일까.

그러나 신타로의 반응은 미나토의 예상과는 사뭇 달랐다.

"아, 딸? 그래, 예전에 그런 게 있었지."

무미건조하게 중얼거린 신타로는 기름진 머리카락을 긁적거렸다.

"이봐, 그 유골인지 뭔지를 꼭 내가 받아야 해? 귀찮은데."

"귀찮다니요? 당신 딸이라고요!"

미나토가 새된 목소리로 외치자, 신타로가 고개를 저었다.

"말이 좋아 딸이지, 앵앵거리면서 우는 게 전부였던 시기에 누가 후려갔어. 그것도 한참 옛날얘기잖아. 나랑 아무 상관도 없다고. 그쪽에서 대충 처리해 줄 수는 없나?"

"대충 처리하라고? 당신…"

머리에 피가 쏠려 화를 내려는 미나토를 사쿠라이가 손으로 막았다.

"알겠습니다. 그럼 저희가 예를 다해 매장하겠습니다. 나중에 관련 서류를 작성해 주셔야 하는데 양해해 주십시오."

"그래, 그 정도는 해줄게."

사쿠라이는 "잘 부탁드립니다" 하며 깍듯하게 고개를 숙였다.

"얘기 끝났지? 얼른 꺼져."

미나토는 벌레를 쫓듯 손을 휘젓는 신타로에게서 눈을 돌렸다. 더는 그 불쾌한 남자와 같은 공간에 있고 싶지 않았다. 미나토가 걸음을 떼려고 할 때, 사쿠라이가 "잠깐 기다리세요" 하며 의미심장한 미소를 지었다.

"이야기는 아직 끝나지 않았습니다. 아니, 이제부터가 시작이죠."

"시작?" 신타로가 미심쩍은 표정으로 되물었다.

"네, 그렇습니다. 신타로 씨는 아무래도 따님에게 별로 관심이 없으신 것 같군요. 한참 옛날 일이라서 그렇게 된 겁니까? 아니면 사건이 일어난 당시에도 비슷했습니까?"

사쿠라이가 콧잔등에 주름을 잡은 신타로에게 말했다.

"젖먹이를 차 안에 방치하는 건 원래 있을 수 없는 일입니다. 아시지요? 기온이 그다지 높지 않은 날에도 햇볕을 받으면 차 안이 지독하게 뜨거워지잖습니까. 어린아이는 금방 열사병에 걸려서 목숨을 잃죠. 매년 그렇게 참혹한 사건이 일어납니다."

"…쇼핑센터에서 장을 보고 바로 돌아갈 예정이었어."

"아, 그러시군요. 그런데 당시 자료를 보니, 신타로 씨 부부가 쇼핑센터 주차장에 차를 댄 건 오전 열한 시쯤이었고, 아이가 유괴됐다는 신고가 들어온 건 오후 세 시가 넘어서였습니다. 바로 돌아갈 예정이었는데 신고하기까지는 왜 네 시간이나 걸렸습니까?"

"기억 안 나. 까마득한 옛날 일이잖아."

"그렇군요. 그럼 기억이 나도록 제가 좀 도와드리죠. 당신네 부부는 그날 쇼핑센터에 장을 보러 간 게 아닙니다. 그 옆에 있는 파친코 가게에 간 거죠. 그쪽 주차장에 자리가 없어서 옆 건물 주차장에 차를 댄 겁니다. 그리고 네 시간 가까이 파친코를 즐기다가 차로 돌아와서야 딸이 유괴된 걸 알았죠. 파친코 가게 CCTV에 당신네 부부가 찍혀 있었어요."

"…그래서 뭐 어쩌라는 거야?"

"당신은 예전부터 딸에게 관심이 없었습니다. 관심은커녕 딸이 거추장스러웠죠. 차라리 차 안에서 죽기를 바랄 정도로요."

"내가 딸을 죽였다는 소리야?!"

신타로가 언성을 높였다. 하지만 눈동자가 흔들리는 것으로 보아 허세를 부리는 것이 확실했다.

"아뇨, 아뇨. 그렇게 생각하지 않습니다. 다만 신타로 씨에게 따님이 어떤 존재였는지 확인하고 싶었을 뿐입니다."

사쿠라이는 거친 숨을 몰아쉬는 신타로를 향해 깊이 고개를 숙였다.

"시간을 뺏어서 죄송합니다. 이만 가보겠습니다. 따님의 작고에 깊은 조의를 표합니다."

고개를 든 사쿠라이는 미나토에게 "그럼 가자"라고 재촉하며 우두커니 선 신타로 옆을 지나갔다. 어리벙벙하게 서 있던 미나토는 허둥지둥 그 뒤를 쫓았다.

"이대로 가도 괜찮습니까?"

미나토가 건물 부지를 빠져나와서 묻자, 사쿠라이는 "뭐가?" 하며 고개를 갸웃했다.

"뭐냐니요? 저 남자, 뽕을 흡입했잖아요. 체포해야…."

"내 감일 뿐이고 증거가 없잖아. 소지품 검사 정도는 할 수 있겠지만 지금 소지했는지도 알 수 없고, 영장이 없으니까 가택 수색도 못 해."

"그래도…."

"게다가 우리는 저 남자에게 딸이 죽었다는 불행한 현실을 눈앞에 들이밀었어. 그래놓고 뽕을 썼다고 쇠고랑까지 채우면 너무하잖아?"

"하지만 저 남자는 하나뿐인 딸을 성가셔했잖아요. 더 자세히 추궁해야죠."

"아니, 그건 예전부터 알던 사실이야."

사쿠라이는 손을 휘휘 내저었다. 미나토는 "네?" 하며 눈을 끔뻑거렸다.

"그 남자가 딸을 학대한 것 아니냐는 의심은 사건이 처음 발생했을 때부터 있었어. 젖먹이를 차 안에 방치했고, 무엇보다 딸이 유괴됐는데도 별로 걱정하는 기색이 없었거든."

"그럼 혹시 부모가 딸을 살해한 건…"

"그건 아니야. CCTV 영상에서 쇼핑센터 주차장에 들어올 때 뒷좌석에 있는 딸의 모습이 확인됐어. 그리고 그로부터 네 시간 가까이 파친코를 하는 부모의 모습도. 진나이 사쿠라코 양은 유괴된 게 확실해."

사쿠라이는 곁눈질로 미나토에게 시선을 보내더니, "그런데"라고 말을 이었다.

"네 말대로, 처음에는 부모가 유괴에 가담했을지도 모른다고 의심했어. 아는 사람에게 딸을 훔쳐달라고 부탁이라도 했나 싶었지. 하지만 그렇게 귀찮은 짓을 할 이유도 없었고, 무엇보다 다음 날 현장에서 '그게' 발견됐거든."

"색종이로 접은 얏코상이요."

"그래. 그게 발견되면서 진나이 사쿠라코 양 유괴사건의 범인은 종이학이라는 가정하에 수사가 시작됐고, 부모에 대한 의심은 어느샌가 사라졌지."

사쿠라이가 검지를 세우며 설명했다.

"다 알면서 왜 굳이 신타로를 만났습니까?"

"그야 관리관님이 시키니까…"

"핑계 댈 생각 마세요. 신타로를 만나려고 어제 수사회의에서 일부러 관리관님을 유도했잖아요. 뭔가 목적이 있어서 신타로를 만난 거죠?"

미나토는 사쿠라이의 옆얼굴을 쳐다보았다. 같이 지내다 보니, 사쿠라이가 겉보기와 달리 유능한 형사라는 것을 알 수 있었다. 신타로가 각성제 중독임을 간파한 것으로 보아 관찰력도 남다른 것 같다.

"뭐, 아무래도 서류로 보는 것과 실제로 이야기를 듣는 건 와닿는 느낌이 다르니까."

"느낌이요?"

"진나이 사쿠라코의 부모에게 딸을 학대한 혐의가 있는 건 알고 있었어. 하지만 학대도 여러 종류가 있어. 사랑하지만 육아 스트레스 때문에 무심코 손이 나가는 부모, 아무런 애정이 없어서 육아를 귀찮아하는 부모. 가끔은 아이에게 강한 증오를 품는 부모도 있지."

"신타로가 어느 쪽에 속하는지 궁금하셨습니까?"

"맞아. 실제로 보니 그 남자는 조금의 여지도 없이 딸에게 무관심했던 것 같아. 자기 인생에 갑자기 끼어든 훼방꾼으로 여겼을 거야. 그래서 적극적으로 없애려고 애쓰지는 않아도 우연한 사고로 없어지기를 바랐겠지."

"이를테면 차 안에 방치돼서 열사병으로 죽는다거나…."

"그렇지. 그런데 파친코를 마치고 돌아와 보니, 누군가가 딸을 데려간 거야. 혼란에 빠진 부모는 자기들이 직접 손을 썼다는 의심을 받을까 봐 무서워서 경찰에 신고했어."

"네, 그렇군요." 미나토는 애매하게 호응했다. "하지만 진나이 사쿠라코 양을 유괴해서 살해한 사람은 종이학이잖아요. 그럼 진나이 신타로가 어떤 사람이든 딱히 상관없지 않습니까?"

"그렇게 단순한 문제가 아니야." 사쿠라이의 얼굴에 의미심장한 미소가 번졌다. "그래, 이건 연쇄살인마가 그냥 살인을 저지른 단순한 사건이 아니야. 이 사건 뒤에 우리가 모르는 커다란 비밀이 숨어 있어. 그리고 28년 전에 일어난 마지막 사건, 진나이 사쿠라코 양 유괴사건이 바로 그 비밀을 드러낼 돌파구야. 그러니까 관계자들의 생생한 목소리를 들어서 진나이 사쿠라코 양에게 무슨 일이 일어 났는지 밝혀내야 해."

"진나이 사쿠라코 양 유괴사건이 왜 그렇게 중요하죠?"

미나토가 묻자, 사쿠라이는 "형사의 감이야" 하며 입꼬리를 올렸다.

"…그렇군요."

미나토는 작게 고개를 끄덕이다가 깨달았다. 사쿠라이는 어떤 정보를 숨기고 있다. 수사본부에도 보고하지 않은 비밀 정보를. 하지만 캐 묻는다 해도 시치미를 뗄 것이 뻔했다.

사쿠라이는 생긴 것과 달리 예리하고, 생긴 대로 속에 꿍꿍이를 감추고 있는 사람이니까.

사쿠라이가 지금처럼 자유롭게 움직이도록 내버려 둬도 괜찮을까. 그가 어떻게 행동하는지 수사본부에 보고하는 것이 낫지 않을까.

미나토는 입술을 깨물며, 주름진 코트를 걸친 사쿠라이의 등을 바라보았다.

"아하, 미노루 씨는 그 본사 빌딩이 생긴 이후에 계속 경비원으로 일했군요."

사쿠라이가 캔 맥주를 홀짝이며 말했다.

"그런데 그다지 성실하게 일하지는 않았나 봐요. 아까 말했듯이 틈만 나면 흡연 구역에 있었대요."

치하야는 레드와인이 담긴 잔을 들고 술 냄새로 가득한 방을 둘러보았다. 방 주인인 토야 시오리는 옆에서 위스키를 온더록스로 마시며 묵묵히 치즈 안주를 입으로 가져가고 있었다.

"확실히 미노루 씨는 애연가였죠. 같이 수사 차량을 타면 차 안에 연기가 가득해서⋯."

사쿠라이가 옛 생각에 잠겨 말했다.

야기누마 건설 본사 빌딩을 방문한 지 이틀이 지난 밤 열 시경, 치하야는 사쿠라이, 시오리와 정보를 공유하러 모였다.

"아무튼 그 부사장이라는 여자가 뭔가를 아는 눈치였다고요?"

사쿠라이가 캔 맥주를 입으로 가져갔다. 치하야는 잔에 남은 와인을 단숨에 들이켰다.

"그런 것 같은데, 그 사람이 대충 얼버무려서⋯. 죄송해요."

"자책하지 마세요. 원래 이런 일은 단번에 단서가 쏟아져 나올 만큼 호락호락하지 않으니까요."

"그렇지만 사쿠라이 씨는 진나이 사쿠라코 양의 아버지하고 딱 한 번 대화해서 많은 정보를 얻어내셨잖아요."

"그건 경험의 차이죠. 괜히 30년 가까이 형사로 일한 게 아닙니다."

사쿠라이가 으스대듯 가슴을 부풀렸다.

"아무튼 저는 때를 봐서 다시 야기누마 건설에 가려고요. 다른 동료 경비원들한테서도 이야기를 들어보고, 부사장도 또 만나볼 거예요."

"아뇨, 새로운 정보가 나올 때까지 그 회사는 내버려 두고 다른 쪽을 조사하는 게 좋겠습니다. 우선은 넓고 얕게 정보를 모으는 게 수사의 기본이거든요."

"다른 쪽을 조사하고 싶어도 거기 말고는 아버지와 관련된 곳을 몰라서…"

아버지와 얕은 관계만 맺은 것이 이제야 후회되어 목소리가 작아졌다.

"초조해할 필요 없다니까요. 천천히 생각하면서 진행하면 됩니다."

사쿠라이는 손에 든 캔 맥주를 입에 털어 넣고 다음 맥주를 깠다.

"그렇게 많이 마셔도 괜찮으세요? 이따 수사본부가 있는 경찰서로 돌아가신다면서요?"

"괜찮습니다. 지금쯤 다른 형사들도 체력단련장에서 술을 마시고 있을 거예요."

"그렇담 뭐. 그나저나 진나이 사쿠라코 양이 부모에게 학대를 당했 다니…"

치하야는 힘없이 고개를 저었다. 부모에게 사랑받지 못했고, 유괴당했고, 살해되었다. 너무나 짧고도 고통스러웠을 그 인생을 생각하니 가슴이 미어졌다.

"어느 정도로 학대를 당했는지는 모르지만, 적어도 아버지에게는 사랑받지 못한 게 확실합니다."

"진나이 사쿠라코 양이 학대를 당했다는 정보로 뭘 알 수 있죠? 범인을 밝혀낼 힌트가 있나요?"

"글쎄요. 저도 모르겠습니다."

사쿠라이는 시무룩한 치하야를 신경 쓰는 기색도 없이 "다만…"이라고 말을 이었다.

"진나이 사쿠라코 양에게 무슨 일이 있었는지 알아내는 게 이 사건의 진상을 밝힐 지름길이라고 생각합니다. 혼자만 시신이 발견되지 않았고, 그 후에 범행이 멈췄습니다. 그 이유가 뭔지 알아내면, 틀림없이 진실이 보일 겁니다."

"그리고 저희 아버지가 유골의 위치를 어떻게 알았는지도…."

치하야가 덧붙이자, 사쿠라이는 "네, 그것도요" 하며 고개를 끄덕였다.

"그래서 저는 진나이 사쿠라코 양에 관한 정보를 가능한 한 많이 모으려고 합니다. 거기에 두 분이 모아오는 정보를 더하면 조만간 뭔가가 보일 거예요."

"조만간…."

치하야는 사쿠라이의 태평한 말투에 불안을 느끼며 잔에 와인을 따랐다.

"그러고 보니 우리가 유골을 파낸 건 아직 들키지 않았나 보네요."

"그건 괜찮습니다. 수사본부가 열심히 조사하고 있지만, 두 분을 찾아내기까지는 조금 더 시간이 걸릴 겁니다. 그때까지 우리끼리 진범을 찾아내면 돼요."

"그게 가능할까요? 딱히 단서가 모이는 것 같지 않은데…."

"어쩔 수 없죠. 저도 마음 같아서는 미노루 씨가 유골이 숨겨진 장소를 알고 있었다는 걸 보고하고 수사관들을 동원하고 싶습니다. 그런데 시오리 선생님이 경찰 중에 범인이 있을지도 모른다고 하시니 움직일 수가 없잖습니까."

사쿠라이가 원망스러운 눈빛을 보내자, 크래커에 치즈를 얹던 시오리가 "네? 저 때문에요?" 하며 자기를 가리켰다.

"지금 그렇게 태평하게 있을 때야?" 치하야가 한숨을 쉬었다. "정보를 교환하려고 모였는데, 넌 아까부터 먹기만 하잖아. 무슨 정보 없어?"

"나도 뭔가 말하고 싶지만, 다른 업무가 바빠서 아직 미노루 씨의 장기 표본을 자르지 못했어. 잡무를 처리해야 할 네가 없으니까 일손이 부족해."

아픈 곳을 찔리자, 치하야는 "윽" 하며 말문이 막혔다.

"우선은 근무 시간 이후에 표본을 만들고 주말에 병리 진단을 할 예정이니까 그때까지 기다려."

"…응. 미안해."

치하야가 어깨를 움츠리자, 시오리는 "아, 맞다" 하며 손뼉을 쳤다.

"어제 시간이 좀 나서 미노루 씨의 장기를 육안으로 관찰했는데, 신경 쓰이는 부분이 있었어."

"신경 쓰이는 부분이요? 단서입니까?" 사쿠라이가 몸을 앞으로 기울였다.

"단서까지는 아닌데, 복강신경총이 괴사된 상태였어요."

"복강신경총?" 사쿠라이가 미간을 찌푸렸다.

"복강 안에 있는 내장 신경이 모여 있는 곳이에요."

치하야가 설명하면서 시오리를 쳐다보았다.

"종양이 신경총까지 침투했다는 거야?"

"아니. 인공적으로 괴사됐어."

"인공적으로…? 그럼 복강신경총 블록?"

치하야가 중얼거리자, 시오리는 "아마도"라고 답하며 고개를 끄덕였다.

"저기, 너무 전문적인 이야기라 이해가 안 되는데, 설명해 주시겠습니까?"

사쿠라이가 끼어들어 물었다.

"복강신경총 블록은 암이나 이런저런 이유로 생기는 복부 통증을 억제하는 시술이에요. 등 쪽에 주삿바늘을 꽂고 고농도의 알코올로 내장신경을 파괴해서 통증을 없애죠."

"내장신경을 파괴하다니…. 살벌한 시술이네요. 아무튼 미노루 씨가 통증을 없애려고 그 시술을 받았다는 건가요?"

"아니요. 그럴 리가 없어요." 치하야는 고개를 가로저었다. "아버지가 복강신경총 블록을 받았다는 이야기는 들은 적이 없거든요. 그런 시술을 했다면, 반드시 제 귀에 얘기가 들어왔을 거예요."

"맞아. 미노루 씨의 차트를 봐도 복강신경총 블록을 받았다는 기록은 없었어. 그래서 이상해. 혹시 미노루 씨가 우리 병원 말고 다른 의료기관에도 다녔어?"

시오리가 턱에 손가락을 댔다. 치하야는 고개를 저었다.

"아니. 암이 발견돼서 병원을 옮긴 뒤로 계속 우리 병원에서 진찰을 받았어. 동시에 다른 병원에 다니지는…."

거기까지 말한 순간, 그저께 아버지의 동료가 한 말이 머리를 스쳤다.

'아는 의사에게 연줄로 받았다는 금연보조제를 몇 개월이나 썼거든.'

"아니야…. 아버지는 다른 병원에 다녔어…."

시오리가 "무슨 말이야?" 하며 고개를 갸웃했다.

"아버지의 동료에게 들었어. 아버지가 아는 의사에게 받은 금연보조제를 몇 개월이나 썼다고. 그런데 금연보조제는 원래 12주까지만 보험으로 처방받을 수 있어."

"미노루 씨한테는 무리한 요구를 들어줄 의사 지인이 있었다는 뜻이군요. 대학병원 말고 거기서도 시술을 받았고요. …이런저런 시술을."

사쿠라이가 목소리를 낮추며 말했다. 위벽에 새겨진 삐뚤빼뚤한 암호가 치하야의 뇌리에서 되살아났다.

"어쩌면 아버지의 위벽에 암호를 새긴 의사를 찾을 수 있을지도 몰라."

치하야가 그렇게 중얼거렸을 때, 방 안에 가벼운 전자음이 울렸다. 사쿠라이가 "아, 죄송합니다" 하며 바지 주머니에서 스마트폰을 꺼내 얼굴 옆에 댔다.

"어, 미나토. 무슨 일이야? …응. 나? …난 지금 술집에서 잠깐 한잔하고 있지. …응? 당장 돌아오라고? 이런 한밤중에 왜? 무슨 일…."

태평하게 말하던 사쿠라이의 표정이 순식간에 굳었다.

"알았어. 지금 갈게."

사쿠라이는 딱딱한 목소리로 말하고 스마트폰을 주머니에 넣었다.

"죄송합니다. 당장 수사본부로 돌아가야겠습니다."

"네? 무슨 일이에요?"

심각한 분위기에 불안을 느낀 치하야가 묻자, 사쿠라이가 음울한 목소리로 대답했다.

"새로운 피해자가 나왔습니다."

제3장

28년의 침묵

제3장
28년의 침묵

　"피해자는 아다치구 아야세에 사는 직장인 여성 스미타니 나오, 27
세. 본가에 사는데, 사흘 전 밤, 회사 회식을 마치고 집에 돌아가는
길에 행방불명돼서 실종신고가 들어왔다. 어제 새벽, 타이토구 센조
쿠에서 동네 주민이 개를 산책시키다가 개가 마구 짖으면서 잡목림
으로 들어가길래 쫓아가 보니 시신이 있었다고 한다. 근처에 떨어져
있던 가방에서 운전면허증을 확인해 피해자의 신원을 파악했다."

　카츠시카 경찰서 형사과장인 마키모토가 자료를 훑으며 사건 개요
를 설명했다.

　"감식반이 현장을 조사하다가 피해자가 입고 있던 치마 주머니에

서 색종이로 접은 얏코상을 발견했고, 수법도 지난 사건과 비슷해서 동일범이 저지른 연쇄살인일 가능성이 짙다고 판단해 수사본부에 연락했다. 그리고…."

더듬더듬 말하는 마키모토의 이마에서 땀방울이 반짝였다. 자료를 든 손은 살짝 떨렸다.

'뭐, 그럴 수밖에.' 뒤쪽 자리에 앉은 사쿠라이는 속으로 중얼거리며 수사관들을 관찰했다. 모두 살기를 품은 듯 날카로운 눈빛으로 정면을 바라보았다.

치하야, 시오리와 정보를 교환한 이튿날 오후, 사쿠라이는 카츠시카 경찰서 강당에서 열린 수사회의에 참석했다. 원래는 그날 수사해서 얻은 정보를 서로 보고하고 향후 수사방침을 정하는 회의였지만, 오늘은 분위기가 사뭇 달랐다.

사쿠라이는 정면에 앉은 간부들 앞에 마련된 단으로 시선을 던졌다. 어제까지 거기에는 첫 사건의 피해자인 키타노 사토미의 사진뿐이었다. 하지만 오늘은 그 옆에 길쭉한 얼굴에 약간 갈색빛이 도는 머리를 길게 늘어뜨린 여성의 사진이 놓였다. 어제 시신으로 발견된 스미타니 나오의 사진이었다. 사쿠라이는 해맑게 웃는 그 얼굴에서 눈을 돌렸다.

새로운 피해자가 나왔다. 자신들의 무능함 때문에 저 여성이 목숨을 잃고 말았다. 이 자리에 있는 수사관들은 모두 그런 생각을 품고 있을 것이다. 범인을 향한 분노로 강당이 가득 차서 공기가 뜨거울 지경이었다.

마키모토가 사건을 끝까지 설명하자, 팔짱을 낀 채 눈을 감고 있던 아리가 관리관이 일어났다.

"피해자를 죽인 건 우리다."

아리가의 목소리는 크지 않았지만, 호통이 떨어진 것처럼 수사관들의 몸이 굳었다.

"우리가 범인을 잡았다면, 스미타니 나오는 목숨을 잃지 않았을 것이다. 나를 비롯해 이 자리에 있는 모두가 그 사실을 가슴에 새겨야 한다."

아리가는 말없이 수사관들을 둘러보았다. 납덩이처럼 무거운 침묵이 강당에 내려앉았다.

아리가는 약 3분에 걸쳐 수사관 한 명 한 명과 시선을 맞춘 뒤 침묵을 깼다.

"우리는 무엇을 해야 하는가." 아리가가 가슴 앞에 주먹을 들어 올렸다. "우리 때문에 목숨을 잃은 피해자에게 형사로서 해줄 수 있는 일이 무엇인가? 무릎을 꿇고 사죄하는 것? 아니면 명복을 비는 것? 아니다. 범인을 잡는 것이다. 이 여성의 목숨을 앗아간 악마에게 쇠고랑을 채우고 죗값을 치르게 하는 것이다. 그것만이 우리가 할 수 있는 유일한 애도다. 알았나?"

수사관들 사이에서 "네!" 하는 우렁찬 외침이 터져 나왔다.

"이건 정말 가슴을 울리네."

사쿠라이가 코끝을 만지며 혼잣말했다. 아리가가 첫 수사회의에서 형사들의 사기를 북돋웠을 때는 속으로 비웃던 사쿠라이도 이번 연설에는 피가 끓어올랐다. 수사관들을 고무하기 위해 계산된 연기가 아니라 진심에서 우러나온 외침이었기 때문이다.

28년 전 사건이 터졌을 때 아리가도 수사에 참여했다. 범인을 체포하지 못한 채, 말도 못 하는 어린아이들이 잇따라 죽어 가는 것을 지켜보던 무력감. 그것에 시달리던 경험이 떠올랐기에, 마냥 이성적이고 침착하던 아리가가 이렇게까지 열의를 불태우는 것이리라.

"그럼 지금까지 확인된 정보를 전달한다."

아리가는 태도를 싹 바꿔 평소처럼 차분한 어조로 말했다.

"현장에서 발견된 얏코상을 과학수사연구소에서 검사하고 있는데, 지금까지 일어난 사건들과 마찬가지로 동일인물이 만들었을 가능성이 크다는 귀띔을 받았다."

아리가가 화이트보드에 붙은 사진을 가리켰다. 거기에는 색종이로 종이접기한 얏코상이 담겨 있었고, 그 복부에 '내 고향 산에 뜨던 그때 그 달이라네'라는 글이 적혀 있었다.

"이건 백인일수 일곱 번째 시의 아랫구다. 납치 장소가 밝혀지기 전이라 윗구가 적힌 얏코상은 아직 찾지 못했다. 어쨌든 키타노 사토미를 죽인 범인이 저지른 연쇄살인인 것은 확실하다. 그런데 검시해 본 결과, 지난 사건과 다른 점이 하나 드러났다."

아리가가 손에 든 사진을 화이트보드에 거칠게 붙였다. 피해자의 목을 확대한 사진이었다. 무언가에 긁혀서 부어오른 듯한 붉은 선이 하얀 피부에 여러 개 남아 있었다.

"얼마 전에 일어난 사건, 그리고 28년 전 사건에서는 목을 조른 흔적이 하나뿐이었다. 그런데 이번 피해자의 시신에는 목을 조른 흔적이 여러 개 남아 있었다."

"피해자가 거세게 저항했다는 뜻입니까?"

앞쪽에 앉은 사쿠라이의 동료 바바가 목소리를 높였다.

"아니, 검시관의 견해로는 고문을 당한 것 같다고 한다."

'고문'이라는 불길한 단어에 강당이 소란스러워졌다.

"범인은 피해자가 목이 졸려 실신하자, 힘을 빼고 의식이 돌아오기를 기다렸다가 다시 목을 조르는 행위를 여러 번 반복한 것 같다."

"피해자에게서 정보를 캐내려고 한 겁니까? 아니면 강한 원한 때문에 피해자를 고통스럽게 하려고 한 겁니까?"

바바가 또다시 묻자, 아리가의 눈빛이 날카로워졌다.

"그럴 가능성도 있지만, 내 의견은 다르다. 범인의 목적은 아마… 쾌락이었을 거다."

"쾌락…." 바바는 말문이 막혔다.

"그렇다. 현재로서 두 피해자를 잇는 연결고리는 찾지 못했다. 28년 전처럼 범인은 납치하기 쉬운 표적을 노린 것 같다. 분노나 원한으로 인한 범행이 아니야. 오로지 쾌락을 위한 살인이다."

단조롭던 아리가의 말투에서 억누를 수 없는 분노가 배어 나왔다.

"이번 사건은 변태 성욕자가 저지른 연쇄살인이다. 범인은 여자의 목을 조르면서 강한 쾌감을 느낀다. 그리고 단순히 교살하는 것만으로는 만족하지 못하고 여러 번 피해자의 목을 졸라 기절시키며 반복해서 쾌감을 얻게 됐다."

끔찍한 이야기에 수사관들이 입을 열지 못하는 가운데, 아리가는 "다만…" 하며 말을 이었다.

"이건 기회이기도 하다. 28년 전 사건에서도 이번 사건에서도 그동안 범인은 물증을 거의 남기지 않았다. 빈틈없는 계획을 토대로 수법을 바꾸지 않고 이성적이고 침착하게 범행을 저질렀다. 그런데 이제 와서 수법을 바꿨다는 건 범인이 점점 무너지고 있다는 뜻이다."

"무너진다고요?" 바바가 물었다.

"이번 사건을 연쇄 여아 살인사건의 범인이 저질렀다고 가정하면, 범인은 어떤 이유에서든 오랫동안 범행을 쉬었다는 의미다. 28년 만에 다시 살인을 저질렀으니, 그동안 쌓인 욕구에 불이 붙었을 거다. 지금 범인은 자신을 제어할 수 없는 상태다. 들끓는 욕구 때문에 자제력을 잃고 있다. 피해자를 고문했을 뿐만 아니라, 지난 사건을 일으킨 지 얼마 되지 않아 바로 다음 살인을 저지른 것만 봐도 폭주 중임을 알 수 있다. 틀림없이 허점이 드러날 거다."

힘차게 고개를 끄덕이는 수사관들을 둘러보며 말을 잇는 아리가의 목소리가 다시 열기를 띠었다.

"하지만 이것이 기회임과 동시에 위기임을 잊지 마라. 범인은 욕망을 제어하지 못해서 당장이라도 다음 표적을 노릴 수 있다. 지금부터는 시간 싸움이다. 이제 단 한 명의 피해자도 만들지 마라!"

수사관들 사이에서 다시 "네!" 하는 목소리가 터져 나왔다.

"그럼 내일부터 진행될 수사방침을 설명하겠다. 우선은⋯."

구체적인 지시를 내리는 아리가를 바라보며 사쿠라이는 수염이 덥수룩한 턱을 쓸었다.

아리가의 예상이 맞을 것이다. 범인은 제 욕구에 잡아먹히기 시작했다. 이르든 늦든 머지않아 이 사건은 해결될 것이다.

"문제는 그때까지 피해자가 몇 명 나오느냐지⋯." 사쿠라이가 혼잣말을 중얼거렸다.

한시라도 빨리 범인의 정체를 밝혀내야 한다. 진나이 사쿠라코의 유골을 파낸 사람이 치하야와 시오리임을 알려야 할까. 두 사람과 맺은 약속을 어기게 되겠지만, 그것이 사람의 목숨보다 중할 수는 없다. 그 정보를 들으면, 수사본부도 미즈키 미노루의 죽음이 28년 만에 일어난 범행의 계기였음을 인정하고 옳은 방향으로 수사를 진행할 것이다. 하지만….

사쿠라이는 진지한 표정으로 아리가의 지시를 듣는 수사관들을 둘러보았다. 얼마 전 토야 시오리는 수사본부 안에 범인이 있을지도 모른다고 말했다. 그 말이 마음에 걸렸다.

이 수사본부에 있는 이들 중 28년 전에 종이학 살인사건을 수사한 사람은….

사쿠라이의 눈길이 앞에 있는 단으로 향했다. 수사1과 과장 사콘, 관리관 아리가. 조금 전에 발언한 바바도 당시 관할서 형사로서 수사에 임했다. 28년 전, 수많은 수사관이 동원되었으니, 어쩌면 그 외에도 당시 수사에 참여한 사람이 있을지 모른다.

이 안에 범인이 있을까? 그럴 리가 없다고 몇 번이나 자신을 타일렀지만, 껌처럼 두개골 안쪽에 딱 달라붙은 의심을 도저히 떼어낼 수 없었다.

"시오리 선생님의 말은 묘하게 설득력이 있단 말이지."

사쿠라이는 입속말로 중얼거리며 앞으로 어떻게 할지 머릿속으로 시뮬레이션을 돌렸다.

만약 유골을 파낸 사람이 누구인지 보고한다면, 수사는 크게 진전될 것이다. 범인을 더 일찍 체포할 수 있을 테고, 새로운 피해자가 나올 위험도 줄어든다. 한편 범인이 수사관계자라면, 이쪽의 수를 읽히고 만다. 범인이 경계를 강화해서 정체를 알아낼 수 없게 될지도 모른다. 그리고 그 두 의사와 맺은 신뢰 관계가 무너져 정보를 얻지 못하게 될 것이다.

어떻게 해야 할까. 지금 나아가야 할 최선의 길은 어디일까. 팔짱을 끼고 고민하는 사이에, 아리가가 수사방침을 끝까지 설명했다.

"이상이다. 추가로 할 말 있는 사람 있나?"

강당을 둘러보는 아리가와 눈이 마주쳤다. 저도 모르게 오른손이 올라갈 뻔했지만, 사쿠라이는 팔짱 낀 팔에 힘을 주어 참았다.

"그럼 해산."

아리가가 호령하자마자 일제히 의자 끌리는 소리가 나며 수사관 수십 명이 일어났다. 사쿠라이는 입을 굳게 다물고 가만히 앉아 있었다.

아직이다. 아직은 그 두 사람과 협력관계를 유지해야 한다. 사쿠라이는 뜨거운 이마에 손을 얹었다. 범인과 미즈키 미노루의 관계. 그것이 이 사건의 진상을 밝혀낼 가장 큰 단서가 분명하다. 미즈키 치하야는 딸로서, 그리고 토야 시오리는 의사로서, 미즈키 미노루가 안고 있던 비밀에 접근하고 있다. 그 정보를 얻을 때까지 그 두 사람에 관한 보고는 미뤄둬야 한다.

이용할 만큼 이용한 다음 배신하려 하는 자기 자신을 마주하고 희미한 죄책감을 느끼며 자리에서 일어났다.

"두 사람에게는 미안하지만, 수사를 위해서라면 수단과 방법을 가리지 않는 게 형사니까."

사쿠라이가 중얼거리자, 옆에 앉은 미나토가 "뭐라고 하셨어요?" 하며 올려다보았다.

"아니, 혼잣말이야."

사쿠라이가 의자 등받이에 걸쳐둔 코트를 집어 기세 좋게 걸쳤다.

◇◇◇◇◇

"네, 안녕하세요. 미즈키 치하야 씨죠? 담당의 호리입니다. 저희 의원은 처음이시군요. 어디가 안 좋아서 오셨죠?"

머리가 희끗희끗한 초로의 의사가 전자 차트를 보며 말했다.

"며칠 전부터 위장 있는 데가 묵직해요." 치하야가 스웨터 위로 명치를 짚었다.

"네, 며칠 전부터 위가 묵직했군요. 그럼 진찰할 테니 이쪽 침대에 똑바로 누워주십시오."

치하야는 시키는 대로 누웠다.

"잠시 실례하겠습니다. 다리를 구부리고 배에 힘을 빼세요."

치하야의 스웨터를 걷어 복부를 드러낸 호리는 청진, 타진, 촉진을 차례로 해나갔다.

"네, 옷 내리고 일어나셔도 됩니다. 압통도 없는 것 같고 청진으로도 이상이 없었습니다. 위염 같군요. 위 점막 보호제와 제산제를 처방해드 릴 테니 챙겨 드세요. 그리고 기름진 음식이나 매운 음식은 피해서…."

진찰을 마친 호리는 진찰 내용을 기록하며 말했다. 침대에서 일어 난 치하야는 호리에게 다가가 귓가에 속삭였다.

"저는 미즈키 미노루의 딸이에요."

키보드를 두드리던 호리의 손이 멈췄다. 경추에 녹이 슨 것처럼 뻣뻣하게 고개를 돌린 호리의 얼굴이 공포로 일그러졌다.

"미노루의… 딸?"

"네, 맞아요. 다시 인사드립니다, 호리 선생님. 저희 아버지가 신세를 많이 졌습니다."

드디어 찾았다! 치하야는 미소를 머금고 인사하면서 속으로 쾌재를 불렀다.

미노루가 복강신경총 블록을 받았다는 이야기를 시오리에게 듣자마자, 치하야는 아버지가 몰래 진찰받던 의사를 찾기 시작했다. 그 사람이 아버지의 위벽에 암호를 새긴 범인이라고 확신했기 때문이다.

복강신경총 블록은 엑스레이를 보면서 시행하는 복잡한 시술이다. 그와 더불어 내시경으로 위벽에 글자를 새길 수 있는 시설이 갖춰져 있고 금연보조제를 처방할 수 있으며, 대학병원처럼 의사가 많은 의료기관이 아니라 개인이 운영하는 의원. 그 조건에 부합하는 곳을 인터넷으로 검색해보니, 도쿄에 있는 곳 몇 군데가 검색되었다. 치하야는 사흘 전부터, 아버지의 직장이던 야기누마 건설 본사에서 가까운 순으로 조건에 맞는 의료기관을 찾아가 진찰을 받고 의사에게 미즈키 미노루의 딸이라고 말했다. 지금까지 들른 두 곳에서는 그 말을 들은 의사가 "무슨 말씀이시죠?"라고 되물을 뿐이었다. 그리고 세 번째로 찾아온 곳이 이 호리 의원이었다.

"무슨 용건인가!"

"진정하세요. 선생님과 잠깐 이야기를 나누고 싶을 뿐입니다."

"시끄러워! 나는 할 얘기 없어!"

"선생님, 저는 환자예요. 그렇게 말씀하시면 안 되죠."

"진찰은 끝났어. 처방도 끝났고. 그러니까 어서 돌아가."

"이렇게 내쫓아도 괜찮으시겠어요? 제가 당장 경찰서에 갈지도 모르잖아요."

"경찰서…." 호리의 목소리가 갈라졌다.

"네, 경찰서요. 선생님은 저희 아버지의 위벽에 글자를 새기셨잖아요. 그건 의료 행위를 한참 벗어난 일입니다. 상해죄에 해당하고, 의료법에도 반하는 행위죠."

"그건 미노루가 나를 협박해서 억지로…."

"무슨 일이 있었든, 당신이 우리 아버지의 몸에 해를 입힌 건 분명해요. 이대로 저를 내쫓는다면 저는 당신을 고소할 겁니다. 유죄를 선고받으면 의사면허가 정지될 수도 있어요. 그러지 않더라도 말기암 환자의 위벽에 글자를 새긴 역겨운 사건을 언론이 가만히 내버려둘 리가 없어요. 당신이 한 짓이 전국 뉴스에서 흘러나오겠죠."

점점 핏기가 가시는 호리의 얼굴을 바라보며 치하야는 눈을 가늘게 떴다.

"어떻게 하실래요? 이대로 진찰을 끝내실 건가요?"

"…뭘 얘기하면 되지?" 떨리는 호리의 입술 사이로 가냘픈 목소리가 새어 나왔다.

"시간이 걸릴 테니 지금은 여기까지만 할게요. 다음 환자분을 기다리게 할 수는 없으니까요. 진찰이 끝난 다음에 다시 만나시죠."

"…오후 여섯 시에 진찰이 끝나니까 일곱 시에 뒷문으로 오게."

"알겠습니다. 그럼 호리 선생님, 이따 뵙죠."

치하야는 양손에 얼굴을 묻은 호리를 본체만체하며 입구로 향했다.

"거기 앉게."

호리가 권하자, 치하야는 가죽 소파에 앉았다. 시키는 대로 오후 일곱 시에 뒷문으로 와 보니, 기다리고 있던 호리가 의원 안으로 안내했다. 두 사람은 불 꺼진 복도를 걷다가 계단을 올라가서 2층에 있는 원장실로 향했다.

치하야는 손님맞이용 소파와 탁자, 책상, 책꽂이가 놓인 세 평짜리 방을 둘러보았다. 그리 넓지는 않았지만, 가구들이 고급스러운 분위기를 자아냈다.

"미안하지만, 직원들이 벌써 퇴근해서 차는 못 내주네."

낮은 탁자를 끼고 맞은편에 앉은 호리가 딱딱한 목소리로 말했다.

"괜찮습니다. 필요한 이야기만 듣고 바로 나갈 거예요."

"여기 온 목적이 뭔가?"

호리가 핏발 선 눈으로 노려보았다. 치하야는 그 위압적인 눈빛에 공포를 느꼈다.

"제가 여기에 있다는 사실을 친구에게 말해 뒀어요. 만약 저에게 위해를 가하면 당신 짓인 게 금방 들통날 겁니다. 아무쪼록 저를 해치겠다는 멍청한 생각은 하지 마세요."

재빨리 말하자, 호리는 크게 혀를 찼다.

"꼭 제 아버지처럼 나를 협박하는군."

"역시 아버지에게 약점을 잡히셨군요. 그래서 위벽에 글자를 새기셨죠?"

실언을 깨달은 호리의 표정이 일그러졌다.

"…무슨 소리인지 모르겠군. 자네가 착각한 거야. 내가 그런 짓을 했다는 증거도 없잖나."

치하야는 무릎 위에 놓인 가방에서 스마트폰을 꺼내 만지작거렸다.

'선생님은 저희 아버지의 위벽에 글자를 새기셨잖아요. 그건 의료 행위를 한참…'

'그건 미노루가 나를 협박해서 억지로…'

몇 시간 전 외래에서 나눈 대화가 재생되었다. 호리의 입이 쩍 벌어졌다.

"음성 녹음기로 아까 그 대화를 녹음했습니다. 이것만으로도 증거가 될 거예요. 적어도 경찰이 이 병원을 조사하기에는 충분한 증거죠."

호리의 표정이 서서히 풀어졌다. "…궁금한 게 뭔가?"라는 목소리가 반쯤 벌어진 입에서 새어 나왔다.

"글쎄요, 우선은 선생님이 저희 아버지에게 어떤 약점을 잡히셨는지부터 가르쳐주세요."

"그건… 제발 넘어가 주게…"

치하야는 몸을 앞으로 기울여 낮은 탁자에 양손을 짚고, 우물거리는 호리에게 얼굴을 들이밀었다.

"호리 선생님, 아는 걸 전부 말씀해주시면 고소하지 않을게요. 하지만 조금이라도 감추는 게 있다는 느낌이 들면 오늘 밤에라도 당장 경찰서에 가서 신고하겠습니다."

치하야가 과장되게 양팔을 벌렸다.

"선생님, 이 훌륭한 의원을 보세요. CT실과 작은 수술실이 딸려 있고, 근무하는 의사도 여러 명이죠. 개인이 이렇게 큰 의료시설을 세우기까지 얼마나 많은 고난이 있었겠어요? 이렇게 소중한 의원과 직원들의 삶을 지키기 위해서라도 솔직하게 말씀해주세요."

얼굴이 시뻘게진 호리의 몸이 가늘게 떨렸다. 조금 심했나 하는 생

각이 들었다. 나이가 많기는 하지만 상대는 남자였다. 호리가 이판사
판으로 달려든다면 몸을 지킬 수 있을지 확실치 않았다. 치하야가 소
파에서 엉거주춤 일어나려고 한 순간, 호리가 크게 한숨을 뱉었다.

"얼굴은 별로 닮지 않았는데, 확실히 미노루의 딸이 맞군. 협박하
는 말까지 똑 닮았어. 내 가장 약한 부분을 찌르는군그래. 비열하기
짝이 없어."

호리는 머리카락을 헝클이며 원망스러운 눈빛을 보냈다.

"그럼 대답해주세요. 저희 아버지에게 어떤 약점을 잡히셨죠?"

"…내가 미노루를 처음 만난 건 삼십몇 년 전이었네. 대학생 때였
지. 그때 내가 사고를 좀 쳐서 당시 관할서 형사였던 미노루에게 체포
됐네."

"구체적으로 뭘 하셨길래요?"

호리는 거북한 듯 어깨를 움츠렸다.

"같이 한잔하던 여자의 술에 수면제를 타서 재운 뒤에 집으로
데려가서…."

"…한마디로 여자에게 약을 먹인 다음 강간했다는 거군요."

혐오감에 찬 목소리로 말하자, 호리는 고개를 저었다.

"모르는 여자에게 약을 먹인 게 아니야. 원래 서로 호감이 있었는
데, 좀처럼 관계가 더 깊어지지 않아서 뭐에 씌었는지 나도 모르게
그만…."

치하야가 "씌긴 뭐가 씌어요?"라고 얼음처럼 차가운 목소리로
쏘아붙였다. 협박에 대한 죄책감은 완전히 사라지고, 그 대신 혐오감
이 가슴을 채웠다.

"그런데 강간으로 체포된 범죄자가 어떻게 의사가 됐죠? 그런 큰 죄를 지으면 의사국가시험을 볼 자격을 잃을 텐데요."

"합의해서 불기소됐기 때문이야…. 그런데 몇 년 전, 미노루가 갑자기 나타나서 느닷없이 이것저것 필요한 약을 내놓으라고 했네. 작년에는 금연보조제를 보험 적용 기간을 넘겨서까지 처방해달라고 하질 않나…. 거절하면 내가 옛날에 한 짓을 주간지에 폭로하겠다고 협박해서…."

"자업자득이네요. 그래서 아버지에게 복강신경총 블록을 하고, 심지어는 내시경으로 위벽에 글자를 새겼군요."

"나는 안 한다고 했어!" 호리가 고개를 번쩍 들었다. "내시경으로 글자를 새기는 건 너무 위험하다고, 조금이라도 잘못되면 위벽이 찢어져서 긴급 수술을 하게 될 거라고 말렸어. 그런데 그놈은 '지금의 삶을 지키고 싶으면 죽을 각오로 성공시키라'고 고집을 부렸단 말일세."

"아버지가 그 글자에 대해 뭐라고 하셨죠? 아는 걸 전부 말해요."

치하야가 경멸 어린 시선을 던지며 물었다. 호리와 같은 공간에 있기도 역겨웠지만, 그는 아버지와 종이학 살인사건을 잇는 가장 큰 단서였다. 그에게서 정보를 얻지 못하면, 조사는 막다른 골목에 접어들고 말 것이다.

"아무것도 몰라. 그게 무슨 뜻이냐고 몇 번이나 물었지만, '너하고는 상관없다'는 대답만 들었어."

실망감이 마음을 검게 물들였다. 치하야는 두 손으로 낮은 탁자를 내리쳤다. 호리의 몸이 크게 떨렸다.

"생각해내요. 아주 사소한 거라도 좋으니까, 아버지가 무슨 말을 했는지 죽을힘을 다해 생각해내라고요. 지금의 삶을 지키고 싶다면!"

호리는 겁먹은 표정으로 작게 고개를 끄덕이더니 팔짱을 끼고 끙끙거렸다. 치하야는 입을 굳게 다물고 호리를 쳐다보았다. 몹시도 숨 막히는 시간이 흘러갔다. 몇 분의 침묵 끝에 호리의 눈이 커졌다.

"뭔가 생각났나요?!"

"대단한 건 아니지만, 내시경을 입에 넣기 직전에 내가 미노루에게 물었네. '왜 이런 짓을 하냐'고."

"아버지가 뭐라고 대답했죠?!"

"'사랑하는 가족을 위해서. 내 유일한 가족을 지키기 위해서'라고 했네."

치하야는 "유일한 가족…"이라고 중얼거렸다. 그것이 자신을 가리키는 말이 아님을 알고 있었다. 아버지와 자신은 결국 '부녀'가 되지 못했다. 그런 자신을 '사랑하는 가족'이라고 표현했을 리가 없다. 그렇다면…. 다정하게 미소 짓는 여자의 모습이 뇌리를 스친 순간, 치하야의 눈이 휘둥그레졌다.

"…엄마?"

지금은 돌아가신 어머니와의 추억이 주마등처럼 머릿속을 스쳤다.

아버지는 과묵했지만, 어머니를 소중하게 여긴다는 것은 태도로 알 수 있었다. 12년 전, 어머니가 돌아가셨을 때, 치하야는 태어나서 처음으로 아버지가 우는 모습을 보았다.

아버지에게 '유일한 가족'은 분명 어머니였을 것이다. 그런데 어머니를 지키기 위해서라니, 대체 무슨 뜻일까…. 거기까지 생각한 순간, 치하야의 등골에 소름이 끼쳤다. 얼굴에서 핏기가 가시는 소리가 들렸다.

얼마 전, 아버지가 연쇄살인범이라서 진나이 사쿠라코의 유골을 숨겼을지도 모른다고 말했을 때, 사쿠라이는 자신과 함께 있었으니 알리바이가 확실하다며 치하야의 말을 곧바로 부정했다.

"그런데… 엄마는 알리바이가 없어…" 떨리는 입술 사이로 쉰 목소리가 새어 나왔다.

어머니는 출산하기 전까지 시간제로 일했지만, 치하야가 태어난 뒤로는 육아에 전념했다. 그러니 알리바이가 있을 리 없다.

어머니가 종이학일지도 모른다.

고개를 세차게 흔들어 머릿속에서 떠오른 무시무시한 상상을 떨쳐내려고 했지만, 그 생각은 오히려 수면에 떨어진 잉크처럼 뇌 전체를 물들여 갔다.

만약 어머니가 종이학이었고, 아버지가 그 사실을 알았다면 어떻게 행동했을까. 치하야는 천장을 바라보며 머릿속으로 상상해보았다. 아버지는 틀림없이 어떻게 해서든 어머니를 지키려고 했을 것이다. 곧바로 그런 확신이 들 만큼, 딸인 자신이 보기에도 무척 사이좋은 부부였다. 숨이 가빠졌다.

사쿠라이는 진나이 사쿠라코 유괴사건이 일어난 이후에 아버지의 상태가 이상해졌다고 말했다. 혹시 그때 아버지가 집에서 영아의 시신을 발견한 것이 아닐까. 어머니가 연쇄살인범임을 안 아버지가 그녀를 지키기 위해 영아의 시신을 화장하고 신사에 묻었다. 그리고 어머니에게 두 번 다시 범행을 일으키지 않겠다는 맹세를 받아낸 다음, 형사로서 해선 안 될 일을 한 대가로 경찰을 그만두었다.

그 사건이 잠잠해지고 16년 후 어머니가 세상을 떠났지만, 아버지는 아내의 명예를 지키려고 사건의 진상을 밝히지 않았다. 다만 자신이 암에 걸려 남은 시간이 얼마 남지 않았음을 알았을 때, 아무도 모르게 신사 뒤편 땅속에 묻은 진나이 사쿠라코를 그대로 내버려 두면 안 된다는 생각이 들었다. 그래서 가장 신뢰하는 사쿠라이에게 유골이 있는 위치를 알리고 그 아이를 추모해달라고 부탁했다.

화학 반응처럼 머릿속에서 이야기가 전개되었다. 그럴 리가 없다고 어떻게든 부정하고 싶었지만, 그 가설이 너무 논리정연해서 반박할 수 없었다.

치하야는 천천히 일어나서 좌우로 휘청거리며 문으로 향했다. 호리가 "뭐야? 어디 가나?"라고 물었지만, 대답할 정신도 없었다.

원장실을 나선 치하야는 불안한 걸음걸이로 1층에 내려왔다.

어두침침한 계단이 마치 지옥 밑바닥으로 이어지는 것 같았다.

계단을 내려갔다. 잠시 후 검게 빛나는 문이 모습을 드러냈다. 문을 힘주어 밀자, 문틈으로 짙은 시가 냄새가 새어 나왔다. 치하야는 가볍게 기침하면서 가게 안으로 들어갔다.

희끄무레한 간접조명 빛이 바 카운터를 밝혔다. 잔을 닦던 바텐더가 "한 분이신가요?"라고 차분한 목소리로 물었다.

"아니요. 일행이 있어요."

치하야는 가게 안을 둘러보았다. 호리를 만나고 이틀 후 밤, 치하야는 긴자에 있는 시가 바를 찾아왔다.

"치하야, 여기다."

안쪽 카운터석에 앉은 정장 차림의 중년 남자가 손을 들었다.

"오랜만이에요, 삼촌."

치하야가 다가가자, 외삼촌 야마지 아키라가 미소를 지었다.

"누님 장례식 이후로 처음이니까 12년 만인가? 많이 컸구나."

"키는 12년 전하고 똑같아요. 옆으로 컸다는 뜻인가요?"

농담조로 말하며 아키라 옆에 앉은 치하야는 바텐더에게 "김렛 주세요"라고 말했다. 오늘은 센 술을 마시고 싶었다. 우울한 기분을 진으로 마비시킬 생각이었다.

"체격을 말하는 게 아니라, 잘 자랐다고. 이제 완전히 어른이야."

"그렇죠. 벌써 서른이 코앞이니까요." 치하야는 입꼬리를 올렸다.

"요즘은 뭐 하면서 지내니? 전에는 의사가 되고 싶어 했지?"

"준세이의대 부속병원에서 외과의로 일하고 있어요."

"그래, 꿈을 이뤘구나. 누님이 자랑스러워하겠어."

가볍게 미소 지은 아키라는 재떨이에 놓인 시가를 들어 맛있게 피우다가 "너는?" 하며 담배를 권했다.

"저는 피우지 않아서요."

"그럼 여기로 부르지 말걸 그랬구나. 내 단골 가게라 불렀는데."

"괜찮아요. 제가 만나 달라고 했잖아요."

"갑자기 연락이 와서 좀 놀랐다. 처음에는 신종 사기인 줄 알았어."

아키라는 작게 웃으며 위스키 온더록스를 머금었다.

호리 의원에서 이야기를 듣고 어머니가 연쇄 여아 살인범일지도 모른다고 의심하게 된 치하야는 그 의혹을 풀고자 자세한 정보를 모으기로 했다. 그때 떠오른 사람이, 몇 번 만나보지 못한 외삼촌이었다. 어머니가 입원했을 당시 혹시 연락할 일이 있을까 싶어서 저장해 둔 번호로 어제 전화해 봤더니 연락이 닿아 오늘 밤에 만나기로 한 것이다.

바텐더가 칵테일 잔을 치하야 앞에 내려놓았다.

"일단 건배하자."

치하야는 아키라가 들어 올린 잔에 자기 잔을 부딪치고 김렛을 한 모금 마셨다. 목구멍을 태울 듯한 알코올의 자극이 상쾌한 뒷맛을 남기며 식도를 넘어갔다.

"그럼 이제 본론으로 들어가 볼까? 왜 갑자기 나를 불렀니?"

아키라가 잔을 돌렸다. 동그란 얼음이 잔에 부딪치는 맑은 소리가 고막을 간질였다.

"엄마 이야기를 듣고 싶어서요."

아키라는 "누님 이야기?" 하며 눈을 끔뻑거렸다.

"네. 딸인 제가 아닌 다른 사람이 본 엄마는 어땠을지 궁금해요."

"왜 갑자기?"

치하야는 입을 꾹 다물었다. 어머니가 연쇄살인범일까 봐 묻는다고 대답할 수는 없었다. 치하야의 태도를 보고 무언가를 짐작했는지 아키라는 천장을 보며 연기를 내뿜었다.

"물론 추억 이야기야 얼마든지 할 수 있지. 그런데 누님과 나는 나이 차이가 열 살 정도 나서 그다지 친하게 지내지 못했어. 누님에 대해 자세한 이야기를 듣고 싶으면 네 아버지에게 물어보는 게 제일 좋을 거다. 30년 가까이 붙어 다니던 부부니까."

"…아빠가 얼마 전에 돌아가셨어요."

치하야가 목소리를 짜내자, 아키라가 눈을 커다랗게 떴다.

"아니…, 그랬구나. 매형이…."

동요하며 위스키를 끝까지 들이켠 아키라는 크게 한숨을 쉬었다.

"상심이 크겠구나. 진심으로 고인의 명복을 빈다."

치하야는 "감사합니다" 하며 억지로 미소를 지어 보였다.

"그럼 예전 누님의 모습을 자세히 아는 사람은 이제 나뿐이구나."

"네. 그래서 삼촌께 여쭤보고 싶었어요. 아빠는 지난 12년 동안 엄마 이야기를 거의 해주지 않았거든요."

"떠올리기 괴로워서 그랬을 거다. 그거 아니? 누님과 매형은 소꿉친구였단다. 어릴 때부터 항상 붙어 다녔어. 그야말로 인생을 함께한 파트너였지."

역시 아버지에게 자신은 둘만의 세계에 불쑥 나타난 불청객이었으리라. 그래서 마지막까지 진짜 '부녀'가 되지 못한 것이다…. 치하야는 침울해졌다.

"그래서 엄마는 어떤 사람이었나요? 저한테는 무척 다정했고, 어떤 면에서는 과보호다 싶을 정도였는데, 다른 사람한테는 어땠어요?"

"누구에게나 다정한 사람이었어." 아키라의 표정이 부드러워졌다. "내게도 늘 마음을 써줬지. 하지만 남자는 어느 정도 나이를 먹으면, 어머니나 누나와 가깝게 지내기가 쑥스러워진단다. 그래서 자연스럽게 누님을 피하게 됐어. 미련한 일이었지."

"제가 어렸을 때, 엄마에게 뭔가… 고민거리가 있어 보이지는 않았나요?"

치하야는 열심히 말을 고르며 떠보았다. 종이학 살인사건이 일어난 것은 치하야가 제대로 걷지도 못하던 때였다. 어머니가 육아에 시달리다가 정신 착란을 일으켜 끔찍한 범죄를 저지른 것은 아닐까. 치하야는 지난 이틀간 그런 상상에 사로잡혀 지냈다.

"고민이라…. 굳이 말하자면 네가 태어나기 전이 훨씬 힘들어 보였어."

"왜요?" 단서가 보이는 듯해 치하야의 목소리가 커졌다.

"결혼해서 10년 넘게 누님과 매형 사이에 아이가 생기지 않았거든. 누님이 체질적으로 임신하기 어려웠던 모양이야. 그래서 누님이 매형에게 미안하다면서 힘들어했어."

아키라가 치하야를 곁눈질했다.

"그래서 너를 임신했을 때 누님이 얼마나 기뻐했는지 모른다. 거의 왕래가 없던 나한테까지 연락할 정도였어. 어떻게 보면 네 덕분에 우리가 다시 남매 사이로 돌아갈 수 있었던 거지."

"그렇게나 기뻐했구나…."

지난 이틀 동안 어둡고 탁하던 기분이 조금 밝아졌다.

"아까 누님이 과보호했다고 했지? 어쩔 수 없는 일이었어. 그토록 바라마지 않던 딸이었으니까. 게다가 네가 어릴 때 자주 아팠다고 들었다."

"저도 그런 얘기를 들었어요."

귀에 딱지가 앉을 정도로 "너는 어릴 때 몸이 아주 약했어"라는 말을 어머니에게 들은 기억이 떠올랐다.

"그래서 고등학생 때까지 운동부에 들어가지 못했어요. 다칠 수도 있다고 엄마가 반대했거든요. 전 운동이 좋았는데."

그 반작용으로 대학생 때 격투기 동아리에 들어가서 매일 훈련으로 밤을 지새우곤 했다.

"네가 이해하렴. 10년 넘게 기다려서 얻은 딸에게 나쁜 일이 생기면 어쩌나 걱정이 이만저만이 아니었을 거야. 그만큼 누님은 너를 사랑했어."

"그럼 제가 태어나고 나서 엄마의 상태가 이상했다거나, 그런 적은 없는 거죠?"

치하야는 애걸하듯 물었다. 아키라의 개인적인 의견을 듣는다고 해서 어머니에 대한 의혹이 완전히 해소되지는 않을 것이다. 하지만 지금은 불확실하더라도 마음이 편해질 이야기를 듣고 싶었다.

"아, 그러고 보니…." 아키라가 천장 쪽을 바라보며 중얼거렸다. "네가 어릴 때 누님을 만나러 갔는데, 그때 상태가 조금 이상했어."

"이상했다고요? 어떤 식으로요?"

"글쎄…, 계속 멍해 보였달까? 무슨 얘기를 해도 듣는 둥 마는 둥 했어. 내가 그 집에 있는 동안 계속 너를 안고 있었지. 내가 안아보겠다고 하니까 한 번도 본 적 없는 사나운 얼굴로 '만지지 마!'라고 소리를 질렀어."

아키라는 관자놀이를 긁적이더니 "한 잔 더"하며 바텐더에게 잔을 내밀고 새 위스키를 받았다. 짙은 호박색 액체가 얼음 표면을 따라 흐르며 잔을 채웠다.

"그게… 정확히 언제쯤이에요?"

"언제쯤이냐고? 글쎄…. 내가 이직했을 때쯤이니까…."

아키라가 시가를 깊이 빨아들이며 손을 꼽아 수를 셌다. 치하야는 그 모습을 보며 가슴에 손을 얹었다. 심장이 아플 정도로 빨리 뛰었다.

"28년 전이구나."

아키라의 말을 들은 순간, 심장이 내려앉는 듯한 느낌이 손바닥에 전해졌다.

28년 전. 종이학 살인사건이 온 나라를 뒤흔든 시기.

역시 어머니가…. 치하야는 현기증이 일어 얼른 양손으로 카운터를 짚었다.

"치하야, 왜 그러니? 얼굴이 새파랗다."

치하야의 귀에는 아키라의 목소리가 무척이나 멀리서 들려오는 것 같았다.

치하야는 무미건조한 형광등 빛이 드리운 바깥 복도를 느릿느릿 걸었다. 긴자에 있는 시가 바를 뒤로하고 요즘 얹혀 지내는 시오리의 아파트로 돌아왔다.

어머니가 연쇄살인범일지도 모른다는 의심을 잠재우려고 아키라를 만났다. 그러나 의혹을 더 짙게 만드는 정보밖에 얻지 못했다. 가슴속에서 크게 자라난 불안과 공포를 모른 척하기 위해 아키라가 말릴 때까지 센 칵테일을 연달아 몇 잔이나 들이켰다.

검은 감정은 알코올로 얼마쯤 희석되었지만, 그 대신 강한 메스꺼움이 명치에 똬리를 틀었다. 택시를 타고 돌아오면서도 긴장을 늦추면 토할 것 같아서 창문을 열고 계속 바깥 공기를 들이마셨다. 족쇄가 채워진 것처럼 다리가 무거웠다. 목적한 문 앞에 어찌어찌 도착한 치하야는 여벌 열쇠로 문을 열고 쓰러지듯 실내에 들어갔다.

구두를 벗고 가방을 내던지며 현관 벽에 등을 기대고 주저앉았다. 차라리 이대로 의식을 잃었으면 좋겠다. 그러면 머릿속을 가득 채운 무시무시한 상상을, 견디기 힘든 현실을 잊을 수 있을 테니까.

"뭐 해?"

목소리가 들려 천천히 고개를 들었다. 위아래로 운동복을 입은 시오리가 안경 너머로 의아한 시선을 보냈다.

"보면 알잖아. 앉아 있어. 이대로 자려고."

"이런 데서 자면 감기 걸려. 옷 갈아입고 침실에서 제대로 자."

평소처럼 억양 없는 시오리의 말투가 오늘은 괜히 거슬렸다.

"나도 알아! 그냥 내버려 둬! 너랑 상관없잖아."

"못 내버려 둬. 네가 감기에 걸리면 조사가 밀리니까 미노루 씨의 유지를 확인하는 데 지장이 생기잖아. 더구나 현관에서 자면 민폐야."

"나를 위해서가 아니라 어디까지나 병리의로서 호기심을 해결하기 위해서네?"

비꼬듯 말하자, 시오리가 갑자기 무릎을 꿇고 치하야의 눈을 똑바로 들여다보았다.

"호기심이 아니라 사명이야. 시신을 해부한 사람으로서 짊어질 최소한의 책임."

말투는 담담했지만, 시오리의 눈동자 안에는 강한 빛이 잠들어 있었다. 치하야는 눈을 돌려 버렸다.

"알았어. 침실에서 자면 되잖아."

벌떡 일어났다. 알코올로 마비된 반고리관은 그 속도에 맞춰 반응하지 못했다. 눈앞이 빙빙 돌아서 몸이 휘청거렸다.

쓰러진다. 그렇게 생각했을 때, 기울어지던 몸이 멈췄다.

"괜찮아?" 양손으로 치하야를 끌어안은 시오리가 물었다.

"아…, 괜찮아. …고마워."

창피해서 몸을 떼려 하다가 또 비틀거렸다.

"괜찮으니까 잡고 있어."

시오리가 어깨를 빌려주었다. 치하야는 작게 고개를 끄덕이고 얌전히 시오리에게 의지하며 복도를 나아갔다.

"얼마나 마신 거야? 무슨 일 있었어?"

"…너랑은 상관없다니까."

치하야가 모깃소리로 중얼거렸다. 가슴속에 꽉 들어찬 이 감정을 다 쏟아내고 싶었다. 하지만 어머니가 종이학일지도 모른다고 말할 수는 없었다.

"사건 관련해서 뭐 알아냈어? 그럼 정보 공유하기로 약속했잖아."

치하야는 고개를 숙인 채 못 들은 척했다. 시오리는 들으란 듯이 크게 한숨을 쉬고 거실 문을 열었다. 가구가 얼마 없는 살풍경한 거실 한가운데 자리한 낮은 탁자에 먹다 만 편의점 도시락이 놓여 있었다.

"너 저녁을 이제 먹어?"

치하야가 소파에 앉으며 말했다.

"집에 온 지 얼마 안 됐어."

"밥도 안 먹고 이 시간까지 뭐 했어?"

"미노루 씨의 장기를 프레파라트로 만드는 작업이 거의 끝나서 조직 상태를 확인했어."

"뭐? 이 늦은 시간까지 현미경을 들여다봤다고?"

"응. 혼자 조용히 작업하고 싶어서 근무시간 끝나고 다들 퇴근한 뒤에 했어. 이번 건은 다른 병리해부 때보다 더 자세히 살펴봐야 하니까."

"밥 먹는 것도 잊고 계속 단서를 찾은 거야? 엄청 열심이네. 딸인 나보다 훨씬 열정적이야."

비아냥거릴 의도였건만, 시오리는 무표정했다.

"내가 너보다 열정적인지는 모르겠어. 하지만 나는 어떻게든 미노루 씨의 유지를 밝혀내고 싶어. 조직을 관찰해서 알 수 있는 정보만으로는 부족해. 그러니까 뭔가를 알아냈다면 가르쳐줘."

전부 털어놓고 싶다는 충동이 울컥 올라왔다. 이렇게 계속 혼자 비밀을 품고 있다가는 흉강 안에 든 장기가 다 썩어 버릴 것만 같았다.

"엄마가…." 저도 모르게 말이 새어 나온 순간, 치하야는 잽싸게 양손으로 입을 막았다.

알코올로 머리가 둔해진 탓이다. 얼른 자야겠다. 잠이 들면 멍청한 소리를 입 밖에 꺼낼 일도 없다. 일어나려고 하는 치하야의 어깨를 시오리가 지그시 눌렀다. 다시 소파에 주저앉은 치하야는 시오리를 쏘아보았다.

"잘 거니까 방해하지 마."

"역시 뭔가를 알아냈구나. 뭔지 말해."

"우리 가족 일을 왜 너한테 말해야 되는데?"

"네가 힘드니까."

"힘들어? 내가?"

"응." 시오리가 크게 고개를 끄덕였다. "지난 이틀 동안 괴로워 보였어. 누군가가 살려주기를 바라면서 발버둥 치는 것 같았어. 오늘은 유난히 더 길 잃은 아이 같아."

시오리가 치하야의 이마에 살짝 손을 얹었다. 이마에 고여 있던 열기가 차가운 손바닥으로 빨려 들어갔다.

"그러니까 말해줘. 혼자 끌어안고 고민할 때보다 편해질 거야."

평소 보여주던 무표정은 어디로 갔는지 자애로운 미소를 띤 시오리의 얼굴이 오래된 기억 속에 있는 어머니의 미소와 겹쳐 보였다. 치하야는 눈앞이 부예지는 것을 느끼고 허겁지겁 눈가를 문질렀다.

"…그럼 네 얘기도 해줘."

치하야가 작게 말하자, 시오리는 "내 얘기?"라고 되물었다.

"요전에 왜 그렇게 해부에 집착하는지 물었을 때, 뭔가 무거운 얘기를 하려고 했잖아. 그 얘기 해줘. 나만 비밀을 털어놓는 건 불공평하니까."

시오리의 개인사에 관심이 있어서는 아니었다. 감정이 격앙된 상태에서 말하면 중간에 울어버릴 것 같아 잠깐 마음을 가라앉힐 시간이 필요했다.

"재미없는 얘기야. 게다가 길어."

"상관없어. 밤은 길고, 술 깨기도 딱 좋을 것 같네."

시오리는 "알았어" 하며 카펫에 앉아서 담담하게 이야기를 시작했다.

"전에도 말했지만, 나는 중학생 때부터 등교를 거부했어. 어두운 성격 때문에 친구가 없어서 반에서 괴롭힘을 당했거든."

어둡다기보다는 별난 성격 때문이었으리라. 치하야는 속으로 생각했다. 사람에게는 자신과 다른 존재를 배척하려는 본능이 있다. 성인이 되면 이성으로 그 본능을 억누를 수 있지만, 아이가 어른이 되는 과도기에는 그 본능이 모질고 잔인한 형태로 드러나기 쉽다.

"아버지와 선생님들은 집에 틀어박혀 지내는 나를 혼내서 억지로 등교시키려고 했어. 그런 나를 지켜준 사람이 엄마였어. 엄마는 내가 학교에서 계속 괴롭힘당하다가는 무너질 거라고 아버지를 설득했고 학교에 찾아가서 항의했어. 그 덕분에 나를 억지로 등교시키려는 사람이 없어졌어. 학교에 가지 않았지만 공부에서 뒤처지지 않은 이유도 엄마가 집에서 공부를 봐 줬기 때문이야."

행복한 얼굴로 어머니와의 추억을 이야기하던 시오리의 표정에 어두운 그림자가 드리웠다.

"그런데 엄마는 내가 열다섯 살 때 돌아가셨어."

"…아프셨어?"

"응. 심근경색. 점심때 부엌에 가보니까 엄마가 의식을 잃고 쓰러져 있었어. 곧장 구급차를 불러서 병원으로 데려갔지만, 의식은 돌아오지 않았고 이틀 후에 돌아가셨어."

"그랬구나. …힘들었겠다."

치하야는 유방암으로 돌아가신 어머니를 간호하던 때가 떠올랐다. 하루가 다르게 약해지는 어머니를 보면 심장이 찢어질 듯 괴로웠다. 하지만 치하야에게는 마음의 준비를 할 시간이 있었다. 아무런 전조도 없이 사랑하는 어머니를 잃은 시오리가 받은 충격은 아마 훨씬 컸을 것이다.

"엄마가 숨을 거둔 뒤에 주치의 선생님이 말했어. 30대 여성이 심근경색을 앓는 사례는 드무니까 병리해부를 해서 사인을 명확히 알아내는 게 좋겠다고."

일찍이 대학병원에서는 최대한 병리해부를 시행하는 방침을 내세웠다. 아마 그 주치의도 병원의 방침 때문에 그런 제안을 했을 것이다.

"충격으로 멍해진 아버지는 거절하지 못하고 병리해부에 동의했어. 나는 부검을 담당한 병리의가 설명하러 와서야 엄마가 해부된다는 걸 알고 패닉에 빠졌어. 엄마의 몸을 자르겠다니, 끔찍한 짓 하지 말라고 했어."

"자연스러운 반응이지."

의사인 치하야마저 혈육이 해부되는 것에 강한 반발을 느꼈다. 당시 시오리는 열다섯 살짜리 소녀였으니 패닉에 빠질 만도 하다.

"나는 해부를 못 하게 해달라고 아버지에게 울며불며 매달렸어. 하지만 아버지는 혼이 빠져나간 사람처럼 아무 말도 하지 않았어. 그때 병리의가 나한테 말을 걸었어."

시오리의 표정이 부드러워졌다.

"'최대한 경의를 담아서 소중한 어머님의 몸을 해부하겠습니다. 그리고 온 힘을 다해 어머님의 유지를 읽어내서 가족분들께 전하겠습니다'라고."

"네가 나한테 한 말이네."

치하야가 콕 집어 말하자, 시오리는 약간 민망해했다.

"그 말 덕분에 해부에 대한 거부감이 약해졌어. 나와 엄마는 작별 인사도 못 했잖아. 그래서 해부로 엄마의 마음을 알 수 있다면 알고 싶었어."

"결국 어머니를 해부하기로 했구나. 그래서 알아냈어? 어머니의 유지라는 거."

"응." 시오리는 천천히 고개를 끄덕였다. "병리해부를 해보니까, 엄마의 심장 관동맥에서 협착 부위가 여럿 발견됐어. 게다가 전신 동맥에 콜레스테롤이 두드러지게 침착돼 있었어."

"응? 30대에 동맥경화가 그렇게 심했다니 이상한데."

"맞아. 이상했어. 그래서 자세히 알아봤더니 우리 외할아버지도 30대에 심장 발작으로 돌아가셨더라고."

"부녀가 똑같이 젊은 나이에 심장발작으로 사망…."

거기까지 조건이 갖춰지자, 머리가 알코올에 취해 둔해졌는데도 어떤 질환의 이름이 떠올랐다.

"가족성 고콜레스테롤 혈증."

치하야가 작게 중얼거리자, 시오리가 살짝 고개를 까닥였다.

가족성 고콜레스테롤 혈증. 저밀도 콜레스테롤이라고 불리는 LDL 콜레스테롤이 비정상적으로 증가하는 유전성 질환. 이 질환이 있는 사람은 적절한 치료를 받지 않으면 젊은 나이에 협심증이나 심근경색을 앓기 쉽다.

"그걸 알고 바로 검사해봤더니 나도 콜레스테롤 수치가 비정상적으로 높았어. 그래서 그 이후로 스타틴계 고지혈증 치료제를 먹으면서 콜레스테롤을 조절하고 있어."

"그럼 만약 어머니가 병리해부를 받지 않았다면…."

"아마 나도 젊은 나이에 관동맥 질환으로 죽었겠지."

시오리는 가슴께에 손을 얹었다.

"'너희 어머니는 네가 오래오래 행복하기를 바라셨던 거야.' 담당 병리의 선생님이 그렇게 말씀하셨어. 그 말을 듣는 순간, 엄마가 '행복하렴' 하고 말을 건넨 것 같았어."

"멋진 선생님이 담당해주셨구나."

"응. 마츠모토 선생님께 정말 감사해."

"뭐? 마츠모토 선생님? 병리부 부장이신 분?!"

"맞아. 나는 마츠모토 부장님처럼 돌아가신 분이 남긴 목소리를 듣는 의사가 되고 싶어서 죽기 살기로 공부한 끝에 준세이의대에 합격해서 병리부에 들어왔어."

어쩐지 마츠모토가 시오리를 유독 높게 평가한다 싶더니, 직접 가르친 제자라서 그랬나 보다. 치하야는 상황을 이해하고 시오리에게 물었다.

"그래서, 존경하는 마츠모토 부장님을 따라잡았어?"

놀리듯 말하자, 시오리는 진지한 얼굴로 고개를 저었다.

"한참 멀었어. 하지만 노력하고 있어. 부장님을 조금이라도 따라잡을 수 있도록, 지금은 미노루 씨가 남긴 목소리를 이끌어내는 데 전력을 다할 거야. 그러니까 가르쳐줘, 네가 뭘 알아냈는지."

시오리가 몸을 앞으로 기울이며 치하야의 손을 감싸듯 붙잡았다. 치하야는 그 손을 가볍게 떨쳐 냈다.

"너무 가까이 오지 마. 난 그쪽 취향이 아니야."

"그쪽 취향?"

"못 알아들었으면 됐어. 다 얘기해줄 테니까 진정하라는 말이야."

온몸의 세포를 뒤덮던 검은 감정이 어느새 옅어졌다. 지금 눈앞에 있는 병리의는 믿을 만하다. 시오리에게는 다 말해도 괜찮다. 왠지 그런 마음이 들었다.

"어디서부터 말해야 하나. 우선 얼마 전에 아버지의 위벽에 암호를 적은 의사를 찾아내서 그 사람한테 얘기를 들었어…."

치하야가 지난 며칠 동안 겪은 일을 설명했다. 말을 할수록 몸이 조금씩 가벼워졌다. 시오리는 눈도 깜빡이지 않고 말없이 치하야의 이야기에 귀를 기울였다.

"…그렇게 된 거야."

몇십 분에 걸쳐 이야기를 마친 치하야는 크게 한숨을 뱉었다. 오래 이야기하느라 피곤했다. 하지만 그 피로감이 한편으로 상쾌하게 느껴졌다. 소파에서 일어난 치하야는 방구석에 있는 소형 냉장고를 열어 진저에일 병을 꺼내더니 뚜껑을 따서 옅은 갈색 액체를 입안에 쏟아부었다. 따끔한 탄산의 자극이 입을 지나 위장으로 내려갔다.

"그래서 시오리 선생님의 의견은 어떠신가요? 역시 우리 엄마가 수상한가?"

치하야가 병을 흔들자, 시오리는 입가에 한 손을 댔다.

"미노루 씨에게 사모님하고 너 말고 다른 가족은 없었어?"

"내가 아는 한 없었어. 부모님은 일찍 돌아가셨고, 형제는 없다고 했어. 적어도 '사랑하는'이나 '유일한' 가족이라고 할 만한 사람은 엄마뿐이야."

"너를 가리켰을 가능성은?"

"없어." 치하야는 자조하듯 코웃음 쳤다. "마지막으로 만난 날, 아버지가 나한테 뭐라고 했는지 알아? 단순히 피가 섞였다고 부녀가 되는 건 아니야. 그렇게 말했어."

"그냥 쑥스러우셨던 거 아니야?"

"…아니야."

아버지와 마지막으로 대화를 나누던 광경이 머릿속에서 되살아나자, 가슴이 미어졌다.

"그때 아버지는 더없이 진심이었어. 나하고는 부녀가 아니라고, 나를 완전히 밀어냈어. 그 사람에게 나는 부부 사이에 끼어든 훼방꾼이었던 거야. 아버지에게 '가족'은 엄마뿐이었어."

"어머니가 종이학이라서 미노루 씨가 필사적으로 비밀을 지켰다고 생각하는구나?"

"그렇게 생각하면 아버지의 이상한 행동도 설명이 되잖아. 아버지는 범인을 숨겨준 자신에게 경찰 자격이 없다고 생각해서 사건 이후에 형사를 관둔 거야. 형사보다 집에 오래 있을 수 있는 일을 구해서 엄마가 또 사건을 일으키지 않도록 감시할 생각이었을지도 모르지. 경찰을 그만둔 뒤에 사건을 조사하지 않은 것도 당연해. 범인이 누구인지 이미 아니까."

치하야는 술병을 얼굴 앞으로 가져왔다. 자잘한 탄산 거품이 튀면서 톡톡 소리가 났다.

"아직 확실하지 않잖아. 너는 충격적인 가설을 생각해내고 거기에 사로잡혔을 뿐이야."

시오리의 눈에 동정의 빛이 어렸다. 치하야는 고개를 가로저었다.

"그게 아니면 어떻게 해석할 수 있는데? 병리해부로 아버지가 남긴 목소리를 듣는다며? 아버지가 뭐라고 해?"

"검체를 전부 프레파라트로 만드는 데 시간이 걸려서 조직을 조금밖에 관찰하지 못했어. 그래서 아직 미노루 씨의 목소리 못 들었어."

"그럴 줄 알았어. 해부로 그 사람의 마음을 알 수 있다니, 무슨 심령술사도 아니고. 애초에 기대하지도 않았어."

골이 나서 말이 모질어졌다.

"미안해. 내 미숙함 때문에 미노루 씨의 목소리를 잘 이끌어내지 못해서."

시오리가 애처롭게 눈을 내리는 모습을 보자, 치하야는 정신이 들었다.

"…나야말로 미안해. 너 열심히 하는데 못되게 말해서. 지금 취해서 머리가 잘 안 돌아가. 그리고 엄마 일로 혼란스러워서…"

재빨리 변명했지만, 시오리의 표정은 변하지 않았다.

"저, 저기, 진척이 없는 게 아니고 그래도 조직을 조금 관찰했다며? 사건하고 관련 없는 거라도 뭐 알아낸 거 있어?"

"오늘은 폐 조직을 관찰했어." 시오리는 천천히 고개를 들었다.

"특이한 점은 없었어?"

"폐 공기증이 꽤 진행돼 있었어."

"아, 폐 공기증…. 아버지가 애연가였거든."

치하야가 얼굴을 찌푸렸다. 폐 공기증은 폐가 계속해서 염증에 노출되어 조직이 변하면서 말초를 중심으로 폐포가 풍선처럼 부푸는 질환으로, 대개 오랜 흡연이 원인이다.

"마지막으로 입원하기 직전까지 직장에서 일을 농땡이 치면서 흡연 구역에 있었대. 암 판정이 나오고 나서 금연하라고 입이 닳도록 말했는데, 몰래 피운 모양이야."

한숨 섞인 목소리로 말하자, 시오리는 "응?" 하며 눈을 깜빡였다.

"미노루 씨는 담배를 피우지 않았어. 적어도 1년 정도는."

"그걸 어떻게 알아?"

"아까 말했듯이, 미노루 씨의 폐에는 오랜 흡연으로 인한 폐 공기증이 있었어. 하지만 폐포가 담배 그을음으로 지저분한 상태는 아니었어. 담배를 끊고 폐포가 깨끗해질 때까지는 어느 정도 시간이 걸려. 그러니까 돌아가시기 한 달 전까지 담배를 피웠다는 건 말이 안 돼."

"하지만 동료 경비원 말로는 아버지가 항상 흡연 구역에 있었다고 했는데…."

당황하는 치하야를 보며 시오리가 낮은 목소리로 말했다.

"그렇다면 그 동료가 거짓말을 했거나, 담배를 피우는 것 말고 흡연 구역에 갈 다른 이유가 있었던 거야."

"여기까지 안내했으니까 됐죠?"

젊은 경비원이 귀찮다는 듯 말했다. 그의 가슴에는 '하기모토'라는 명찰이 붙어 있었다.

이튿날, 치하야는 다시 야기누마 건설 본사를 방문했다. 경비실에 얼굴을 비추자, 지난번에 안내해 준 요네하라는 없었지만, 머리를 갈색으로 물들인 이 하기모토라는 경비원이 손님맞이를 해주었다.

미즈키 미노루의 딸임을 밝히고 흡연 구역을 한 번만 더 보고 싶다고 부탁하자, 하기모토는 처음에 난색을 표했다. 그러나 경비실 안쪽에 있던 중년 경비원이 "너 미노루 씨한테 빚진 게 있잖아. 이렇게라

도 은혜를 갚아야지"라고 나무랐고, 하기모토는 마지못해 길을 안내
해 주었다.

"잠시만요. 여쭤보고 싶은 게 있는데요."

걸음을 돌리려는 하기모토에게 말하자, 그는 "뭔데요?"하며 짜증
스럽게 갈색 머리를 긁적였다.

"하기모토 씨는 여기서 오래 일하셨나요?"

"아니요. 고등학교 졸업하고 아르바이트로 들어왔으니까 3년 정도
됐죠."

"여기는 경비원을 아르바이트로도 뽑는군요."

"저희 아버지가 여기 경비원이었어요. 연줄로 뽑아 주셨어요. 작년
에 뇌졸중으로 돌아가셨지만."

하기모토의 얼굴에 한순간 어두운 그림자가 드리웠다. 치하야는
"상심이 크셨겠어요"라고 말하며 앞에 있는 남자에게 던질 질문거리
를 머릿속으로 정리했다.

"저희 아버지와는 친하셨나요?"

"딱히요. 미노루 씨는 말을 거의 안 했거든요. 몸집은 작은데 왠지
모르게 위압감이 넘쳐서 다가가기 어려웠어요. 그분하고 친하게 지낸
사람은 아무도 없을걸요."

"하지만 아까 빚을 지셨다고…."

"아, 여기서 아르바이트를 처음 시작했을 때 일하는 법을 조금 배웠
어요. 근데 굳이 따지자면 미노루 씨가 저한테 진 빚이 더 많을걸요.
미노루 씨는 매일 여기서 농땡이 쳤으니까."

아버지가 항상 흡연 구역에 있었다는 말은 사실인 듯하다. 바싹

마른 입술을 핥은 치하야는 가장 궁금하던 질문을 꺼냈다.

"저희 아버지가 이 흡연 구역에서 뭘 했는지 아시나요?"

"네? 흡연 구역이니까 담배를 피웠겠죠." 하기모토가 어이없다는 듯 말했다.

"아니요, 저희 아버지는 지난 1년 정도 담배를 피우지 않았어요. 그런데 왜 흡연 구역에 있었는지 알고 싶어요."

"담배를 피우지 않는데 흡연 구역에 있었다고요? 무슨 소린지 모르겠네. 만약 그게 진짜면 그냥 농땡이 쳤다는 거잖아요. 그런 게 왜 궁금해요?"

"아뇨, 아무것도 아닙니다. 죄송해요. 잊어 주세요."

치하야는 옅은 실망감을 느끼며 얼버무렸다.

"이제 됐죠? 저도 한가하지 않거든요."

하기모토는 대답을 듣지도 않고 걸음을 돌려 떠났다. 아직 묻고 싶은 것이 있었지만, 억지로 붙잡을 수는 없었다.

치하야는 저번에 왔을 때처럼 흡연 구역에 놓인 벤치에 앉았다. 아버지는 여기서 무엇을 했을까. 치하야는 무릎에 양쪽 팔꿈치를 대고 손에 턱을 괸 채 생각에 잠겼다.

정면에 있는 울타리 너머로 하교하는 초등학생과, 장을 보고 돌아가는 주부가 보였다. 목재공장에서는 재료를 자르는 소리가 리듬감 있게 울려 퍼졌다.

초여름 냄새를 머금은 바람이 얼굴을 스칠 때, 치하야가 조용히 중얼거렸다.

"…감시."

그렇다. 감시. 아버지는 여기서 무언가를 감시했다. 그래서 여기에 오랫동안 머물러야 했던 것 아닐까. 여기서 보이는 건…. 치하야는 분주하게 눈을 움직였다.

정면에 있는 공장, 줄지어 늘어선 낮은 주택들, 끊임없이 손님이 드나드는 편의점, 조금 떨어진 곳에 선 고층 아파트. 이 중에 감시 대상이 있었을까. 문득 눈을 든 치하야는 숨을 삼켰다.

시야를 가로막듯 우뚝 솟은 야기누마 건설 본사 빌딩. 10층짜리 철근 콘크리트 건물 안에서 수많은 시선이 치하야에게 쏟아졌다. 평소에 직원들이 거의 이용하지 않는 흡연 구역에 낯선 사람이 앉아 있어서일까.

치하야는 심장이 마구 요동치는 가슴에 손을 올렸다. 그렇다. 감시 대상이 꼭 외부에 있다고 단정할 수는 없다.

아버지는 이 회사 사람을 감시했을까? 그렇다면 누구였을까? 여기서 어느 층을 봤을까? 아래층부터 순서대로 올려다보던 치하야의 시선이 꼭대기 층에서 멈췄다. 통유리 창 앞에 한 여자가 서서 치하야를 내려다보고 있었다. 낯익은 인물이었다. 야기누마 건설의 부사장 야기누마 와카코.

치하야는 갑자기 기온이 뚝 떨어진 느낌이 들어 재빨리 어깨를 감싸 안았다. 치하야를 내려다보는 와카코의 시선은 멀리서 봐도 알 수 있을 만큼 차가웠다.

얼마 전 와카코를 만났을 때 일이 머릿속에서 되살아나자, 치하야는 "아"라고 목소리를 흘렸다. 헤어질 때 언뜻 본 자해 흉터에 충격을 받아서 그때는 알아차리지 못했지만, 돌이켜보니 와카코에게는 이상한 점이 있었다.

전직 형사인 아버지가 경비원이라서 든든했다고, 와카코는 그렇게 말했다. 하지만 아버지는 예전에 형사였다는 사실을 동료에게도, 심지어 딸인 치하야에게도 숨겼다. 아무리 일하던 회사의 임원이었어도, 아버지가 남에게 그 이야기를 했을 리가 없다.

그렇다면 와카코는 아버지가 형사였음을 어떻게 알았을까. 떠오르는 이유는 하나였다. 형사 시절의 아버지를 만난 적이 있는 것이다. 아마도 어떤 사건을 매개로.

무슨 사건이었을까. 치하야는 건조한 입술을 핥았다.

처음 만났을 때 직감했듯이 와카코는 무언가를 숨기고 있다. 아버지가 여기서 와카코를 감시했을 가능성이 크다. 그렇다면….

치하야는 가방에서 스마트폰을 꺼내 주소록에서 와카코의 전화번호를 찾았다. 지난번에 받은 명함에 적혀 있던 번호를 저장해 놓았다.

잠시 망설이다가 발신 버튼을 눌렀다. 통화 연결음이 울리자, 창가에 선 와카코가 정장 주머니에서 스마트폰을 꺼내는 모습이 보였다.

"네, 야기누마 와카코입니다."

기계음처럼 감정 없는 목소리가 들려왔다.

"저번에 뵌 미즈키 치하야입니다. 오늘 야기누마 건설에 다시 왔습니다."

"네, 지금 보고 있습니다. 시간 괜찮으면 제 방에 오시겠어요? 전화보다는 직접 얼굴을 보고 얘기하는 게 편하잖아요."

치하야는 와카코의 입술에 요염한 웃음이 번지는 것을 멀리서 지켜보며 마른침을 삼켰다.

"드세요. 설탕하고 우유 넣으실래요?"

와카코가 낮은 탁자에 커피 잔을 내려놓았다.

"블랙으로 마실게요. 감사합니다."

치하야는 잔을 손에 들고 입으로 가져가서 한 모금 마시는 척하고는 곧장 받침 접시에 내려놓았다. 와카코가 내어준 음식을 먹기가 무서웠다.

치하야가 와카코의 안내를 받아 방문한 곳은 부사장실이었다. 지난번에 만났을 때 이용한 응접실보다 훨씬 컸고, 손님용 소파 뒤쪽에 고풍스러운 책상이 놓여 있었다.

맞은편 소파에 앉은 와카코는 자기 커피 잔에 설탕과 우유를 넣었다.

"커피는 단 게 좋아요. 그런데 이렇게 막 넣으면 살찌겠죠?"

와카코는 익살스럽게 말하면서 단정한 얼굴에 살가운 미소를 지었다. 하지만 치하야는 그 눈이 전혀 웃고 있지 않음을 알아차렸다.

"그래서 오늘은 무슨 용건으로 오셨나요?"

어디서부터 얘기해야 할까. 어떻게 하면 와카코의 얼굴에 딱 달라붙은 가식적인 미소를 벗겨낼 수 있을까. 치하야는 필사적으로 머리를 굴렸다.

와카코는 틀림없이 무언가를 숨기고 있다. 그게 무엇인지 알아내면, 28년 전과 현재, 시대를 뛰어넘어 일어나고 있는 연쇄살인사건의 비밀을 밝혀낼 수 있을 것이다. 그런 예감이 들었다.

신중하게 움직여야 한다. 어떻게 이 여자의 입을 열지 전략을 세워야 한다. 치하야는 상대방의 다음 수를 예상하며 신중하게 체스 말을 움직이는 기분으로 천천히 입을 열었다.

"저희 아버지가 전직 형사인 걸 알고 계셨죠?"

"네. 그게 왜요?"

"아버지가 그런 말을 했다는 게 이상해서요. 동료 경비원들한테도, 딸인 저한테도 전직 형사라는 걸 숨기셨거든요."

"고용주에게는 알려야 한다고 생각하셨나 보죠."

그럴 리가 없다고 말하고 싶었지만, 강하게 반박할 근거는 없었다.

"그럼 아버지를 해고하지 않은 이유는 뭐죠?"

"그게 무슨 말이에요?"

"모르는 척하지 마세요. 아버지가 전직 형사이긴 했지만, 몸집도 작았고 체력도 좋은 편이 아니었어요. 게다가 성실하게 일하지도 않았고요."

"어머, 9년 동안 한 번도 지각이나 무단결근을 하신 적이 없는걸요?"

"하지만 매일 농땡이를 쳤죠. 아버지는 근무시간에 걸핏하면 뒤뜰에 가 있었어요."

치하야는 일어나서 통유리창으로 다가갔다.

"여기서는 뒤뜰이 잘 보이네요. 아버지가 농땡이 치는 모습을 여러 번 보셨을 텐데요."

와카코는 미소 띤 얼굴로 일어나서 말없이 치하야에게 다가갔다. 압박감을 느낀 치하야는 한 걸음 물러나 거리를 벌렸다.

"동료 경비원분들한테 들었어요. 이 회사 임원 중에 아버지를 특별 취급 하는 사람이 있다고요."

"그게 저라고 생각하세요?" 와카코가 눈을 살짝 가늘게 떴다.

"아마도요."

"제가 왜요?"

"왜냐하면… 아버지에게 협박을 당했으니까요."

"협박?" 와카코가 고개를 갸우뚱했다.

"네. 당신은 어떤 사건으로 형사 시절의 아버지를 만났고 약점을 잡혔어요. 이런 큰 회사의 부사장으로서는 도저히 간과할 수 없는 약점을요."

"미노루 씨가 그걸 밝히겠다고 협박한 덕에 우리 회사에서 잘리지 않았다고요? 치하야 씨의 아버지가 그렇게 비겁한 사람이었어요?"

와카코가 도발하듯 말하자, 치하야는 살짝 몸이 굳었다. 치하야의 아버지는 실제로 호리를 협박해서 위벽에 글자를 새겼다. 필요하면 어떤 방법이든 썼을 것이다.

"미노루 씨가 안됐네요. 친딸이 이렇게 믿어주지 않는다니…."

와카코는 손으로 입가를 가리고 소리 죽여 웃었다.

"만약 제가 협박을 당한 게 사실이라면, 저한테는 어떤 비밀이 있었을까요?"

치하야는 말문이 막혔다. 아버지가 와카코를 협박했다는 확신은 있었지만, 그 내용까지는 알 수 없었다.

어떻게 해야 할까. 뭐라고 해야 와카코를 궁지로 내몰아 그녀의 비밀을 알아낼 수 있을까.

치하야는 긴장 탓에 건조해진 입안을 혀로 훑고 숨죽여 말했다.

"종이학 살인사건을 아시나요?"

"…뭐라고요?"

와카코가 연신 눈을 깜빡거렸다. 치하야는 그 표정에 희미한 동요가 스치는 것을 놓치지 않았다. 역시 와카코는 종이학 살인사건과 관련이 있다.

"28년 전, 이 지역을 중심으로 여자아이 다섯 명이 유괴돼 살해당한 사건이요."

"아, 그 사건이요? 기억나요, 기억나." 와카코가 두 손을 모았다.

"온 나라가 엄청 떠들썩했거든요. 저도 막 중학생이 됐을 때라 무서웠어요. 몇 개월 동안 아이들이 삼삼오오 모여서 등교했고, 부모님들은 밖에 나가지 말라고 성화였죠. 그런데 그게 왜요?"

"저희 아버지가 그 사건을 수사하셨어요."

"미노루 씨가요?"

"네. 형사로서 연쇄 여아 살인사건을 수사하셨어요. 그리고 그 사건이 미궁에 빠진 걸 계기로 형사를 그만두셨고요."

"음, 그랬군요. 그런데 그 사건을 왜 저한테 묻죠?"

"당신이 관련돼 있으니까요."

와카코가 능청스럽게 "제가요?" 하며 자기 얼굴을 가리켰다.

"네. 당신은 어떤 식으로든 28년 전 연쇄살인사건과 얽혀 있어서 아버지에게 약점을 잡혔어요. 아버지는 당신을 협박해 이 회사에서 일하면서 흡연 구역에서 당신을 감시했죠."

"아주 재미있는 얘기를 하는군요. 상상력이 정말 풍부하네요, 치하야 씨."

"제 말이 틀렸나요?"

"네, 틀렸어요. 아니면 제가 그 살인사건의 관계자라는 증거라도 있나요?"

허점을 찔리자, 치하야는 입술을 깨물었다. 이대로 어물쩍 넘어가게 둘 수는 없다. 어떻게 하면 와카코를 초조하게 만들 수 있을까.

치하야는 잠깐 동안 머리를 굴린 끝에 몸을 돌려 입구로 향했다.

"어머, 가시려고요?"

와카코가 의아한 목소리로 말했다. 치하야는 문 앞에 서서 고개만 돌려 뒤돌아보았다.

"네. 실례했습니다. 이제 경찰서에 가려고요."

"경찰서?!"

"네. 대중에 공개되지는 않았지만, 지금 종이학 살인사건의 범인이 저지른 것으로 추측되는 살인사건이 일어나고 있어요."

정보를 흘리지 않겠다고 사쿠라이와 약속했지만, 지금은 그런 것을 신경 쓸 여유가 없었다. 와카코에게서 정보를 얻지 못하면, 힘들게 찾은 단서의 끈이 끊기고 만다.

"아버지가 돌아가시자마자 28년 만에 사건이 일어나서 수사본부의 관심이 쏠리고 있어요. 아버지가 사건의 비밀을 알고 있던 게 아니냐는 추측도 나왔어요. 그래서 아까 그 얘기를 수사본부에 전하려고요. 부사장님이 말씀하신 대로 아무런 증거도 없지만, 그래도 세심하게 조사해주겠죠. 어쩌면 이 회사를 수색할 수도 있겠네요."

치하야는 긴장해서 목소리가 떨리지 않도록 목에 힘을 주었다. 경찰서에 가겠다는 말은 완전히 허세였다. 아버지의 죽음과 이번 사건이 연관되어 있다고 추측하는 수사관은 사쿠라이 혼자라고 들었다. 사쿠라이에게 와카코가 의심스럽다는 이야기를 해봤자, 치하야의 직감이 유일한 근거인 한, 이 회사를 수색해줄 리는 없었다.

치하야는 제발 붙잡으라고 속으로 빌면서 "실례할게요"하며 문손잡이로 손을 뻗었다. 와카코가 동요하는 기척이 등으로 느껴졌다. 하지만 와카코는 치하야를 불러 세우지 않았다.

문을 열고 등줄기에 흐르는 땀을 느끼며 부사장실 밖으로 나갔다. 붉은 카펫이 깔린 복도로 나온 치하야는 천천히 문을 닫았다. 문틈으로 와카코의 목소리가 흘러나오기를 기다리면서.

끝내 와카코의 목소리는 들리지 않았다. 그 대신 문이 닫히는 무거운 소리만 복도에 울려 퍼졌다.

치하야는 입술을 깨물며 천장을 올려다보았다. 허세가 먹히지 않았다. 도박에 실패했다. 필사적으로 찾아낸 가느다란 단서의 끈이 결국 끊기고 말았다. 이제 와카코가 감춘 비밀을 밝혀내기는 어렵다. 손을 뻗으면 닿을 듯 코앞에 있던 사건의 핵심이 단숨에 멀어졌다.

이제 어떻게 해야 할까. 치하야는 힘없이 어깨를 늘어뜨리며 무거운 발걸음으로 복도를 나아갔다. 엘리베이터 버튼을 눌렀을 때, 뒤에서 문 열리는 소리가 들렸다.

뒤돌아본 치하야의 눈이 휘둥그레졌다. 몹시 심각한 표정을 지은 와카코가 잰걸음으로 다가왔다.

"잠깐만요!" 와카코가 숨을 헐떡이며 치하야의 손을 잡았다.

걸려들었다! 치하야는 속으로 쾌재를 불렀다.

"경찰서는 안 돼요. 회사에 피해가 갈 거예요. 저 때문에 수색을 당했다가는 쫓겨날지도 몰라요."

와카코는 애원하듯 말했다. 그 태도에서는 여유를 조금도 찾아볼 수 없었다.

처음으로 와카코보다 우위에 선 치하야는 입꼬리를 올렸다.

"여기는 좀 그러니까 방에서 얘기하시죠."

"그래서 무슨 얘기를 하면 되죠?"

와카코가 사나운 눈빛을 던졌다. 치하야와 와카코는 부사장실로 돌아와 다시 대치했다.

치하야는 거만한 태도로 입을 다물고 미소 지었다. 치하야의 눈에는 와카코의 몸이 배로 작아진 것처럼 보였다.

"당신이 궁금한 게 있다고 해서 다시 들어온 거잖아요."

와카코의 목소리가 날카로워졌다. 그녀가 혼란스러워하는 바로 지금, 단숨에 몰아붙여야 한다. 치하야는 몸을 앞으로 기울였다.

"부사장님은 거짓말을 했습니다. 당신은 28년 전 종이학 살인사건의 관계자라서 그 사건을 수사하던 아버지를 만난 적이 있어요. 그렇죠?"

치하야가 날카롭게 말하자, 와카코는 크게 한숨을 쉬었다.

"반만 맞아요."

"반? 무슨 뜻이죠? 솔직하게 말하지 않으면 당장이라도 경찰서에 갈 거예요."

"알았어요. 얘기할게요. 그 전에 먼저 말해두겠는데, 저는 종이학 살인사건의 관계자가 아니에요. 당신이 완전히 착각한 거예요."

"그럴 리가 없어요. 아까 사건 이야기를 꺼냈을 때, 당신은 동요했어요. 그 사건과 관련이 있는 게 분명해요."

"네, 맞아요. 동요했어요." 와카코가 작게 고개를 끄덕였다. "온몸에서 식은땀이 흐르고 저도 모르게 비명을 지를 뻔했어요."

치하야가 "그럼…" 하며 말을 이으려 하는데, 와카코가 손을 들어 막았다.

"하지만 제가 종이학 살인사건과 관련돼 있어서는 아니에요. 다른 사건의 기억이 되살아나서 그랬어요. 30년 가까이 저를 괴롭혀온 기억이…."

"다른 사건이요?"

치하야가 고개를 갸우뚱했다. 와카코는 마음을 진정시키려는 듯 식은 커피를 한 모금 마셨다. 치하야는 잔을 든 그 손이 미세하게 떨리는 것을 눈치챘다.

"저희 본가는 자영업을 했어요."

와카코가 감정을 억누른 목소리로 이야기를 시작했다.

"그런데 거품 경제가 붕괴되면서 사업이 아주 힘들어졌어요. 자금줄이 막혀서 생활이 어려웠고 부모님도 사이가 나빠져서 막 중학생이 된 저는 밤늦게까지 밖으로 나돌았어요. 쉽게 말하면 엇나가기 시작한 거죠."

와카코는 자조하듯 입술 끝을 올렸다.

"자연스럽게 불량한 친구들과 어울리게 됐어요. 경범죄로 경찰서에 잡혀가기도 했죠."

"경범죄라면 도둑질 같은 거였나요?"

"뭐, 그런 거였죠. 엉망으로 살았어요. 그런데 기껏해야 중학생인 여자애가 한밤중에 돌아다니면 위험하잖아요. 지금 생각하면 당연한 일인데, 그때는 그런 것도 모를 정도로 어렸어요."

치하야는 깊은 한숨을 쉬는 와카코에게 "그래서 무슨 일이 있었죠?"하며 채근했다. 와카코는 나른하게 이야기를 시작했다.

"어느 날 밤, 번화가에서 집으로 돌아가는 길이었어요. 가족들이다 잠들어서 얼굴을 보지 않아도 되는 시간대였죠. 집에서 몇백 미터쯤 떨어진 공원 앞을 지나는데, 갑자기 뒤통수에 충격이 느껴졌어요. 뒤에서 가격을 당한 거예요. 저는 의식을 잃고 쓰러졌고, 저를 공격한남자는 공원에 있는 공중화장실 뒤편으로 저를 끌고 갔어요."

상상을 뛰어넘는 끔찍한 이야기에 치하야는 "그래서 어떻게 됐어요?"라고 목소리를 떨며 물었다. 와카코의 얼굴에 한없이 슬픈 미소가 번졌다.

"치하야 씨가 상상하는 대로예요. 범인은 양손으로 목을 조르면서제 몸을 장난감처럼 가지고 놀았어요."

"맙소사…."

"하지만 저는 운이 좋은 편이었어요. 머리를 맞아서 거의 저항할수 없었거든요. 만약 저항했다면…."

"저항했다면… 어떻게 됐을 거라고 생각하는데요?"

"그 일이 있기 두 달 전부터 도쿄에서 여중생을 노린 비슷한 폭행사건이 연달아 일어났어요. 피해자는 저를 포함해서 다섯 명이었는데, 한 명은 격렬하게 저항하다가… 그대로 살해당했어요."

치하야는 말문이 막혔다.

"그 남자가 만족하고 돌아간 뒤에 저는 혼이 빠져나간 것처럼그 자리에 쓰러져 있었어요. 아침이 돼서야 산책하러 나온 동네 주민이 저를 발견해서 신고했고, 저는 병원으로 옮겨졌어요. 대강 치료를 받고 입원했지만, 충격이 커서 멍하니 천장을 보는 것 말고는 아무것도 할 수 없었죠. 부모님이 면회를 와서 무슨 말을 해도 거의 반응하지 못했어요. 몸은 살아 있는데 마음은 죽어 버린 느낌이었어요."

그때 일이 떠올랐는지 와카코는 천장 쪽으로 눈을 들었다.

"다음날, 병실에 젊은 형사가 찾아와서 범인의 인상착의와 특징은 물론이고 제가 어떤 짓을 당했는지까지 상세히 캐묻더군요. 아무것도 기억나지 않는다, 이야기하고 싶지 않다고 말했지만, 그 형사는 그럴 리가 없지 않냐고, 다른 아이들이 피해를 봐도 괜찮냐고 하면서 저를 몰아붙였어요. 꼭 용의자를 신문하는 것처럼요."

"어쩜 그렇게 잔인하게…."

"네, 잔인한 일이었죠. 이렇게 무섭고 괴롭고 비참하게 사느니 차라리 죽어 버리고 싶다…. 진심으로 그런 생각이 들었어요. 괴로워서 머리를 감싸 안고 우는데, 병실에 다른 중년 형사가 들어왔어요. 저는 또 얼마나 잔인한 신문을 당할까 하고 절망했어요. 몸집이 작은 형사님이었지만, 인상이 세고 표정이 무시무시했거든요. 그런데…."

굳어 있던 와카코의 표정이 약간 부드러워졌다.

"그 형사님은 제가 아니라 젊은 형사에게 호통을 쳤어요. '뭐 하는 거야! 당장 나가!'라고요."

"설마 그 형사가…."

"네, 미노루 씨예요. 병실에 둘만 남았을 때, 제가 중학생이었는데도 미노루 씨는 깊숙이 허리를 굽히면서 사과하셨어요. 그리고 지금은 힘들 테니까 진정될 때까지 말하지 않아도 괜찮다면서 웃어주시고 약속하셨어요."

"약속이요?"

"'범인은 내가 꼭 잡을 테니까, 지금은 되도록 사건을 떠올리지 말고 천천히 몸과 마음을 회복하렴' 그렇게 말하고는 제 머리를 쓰다 듬어 주셨어요."

와카코는 그 감촉을 떠올리듯 이마에 손을 얹었다.

"그 순간, 딱딱하게 얼어붙은 마음이 녹아내렸어요. 자꾸 눈물이 흘러넘쳐서 미노루 씨의 정장 옷깃을 붙잡고 그분의 가슴에 얼굴을 묻은 채로 오열했어요. 그러는 동안 그분은 제 등을 따뜻하게 토닥여 주셨죠."

"아버지가 그런 행동을…."

치하야가 멍하니 중얼거렸다. 아버지의 웃는 얼굴을 금방 떠올리기가 힘들었다. 아버지가 머리를 쓰다듬어 준 기억도 거의 없다.

딸인 나에게도 보여준 적 없는 행동을 이 사람에게는 보여줬다. 강한 질투심이 솟아올랐다. 하지만 한편으로는 몰랐던 아버지의 새로운 면모를 엿볼 수 있어 기쁘기도 했다.

"그리고 얼마 후에 여경에게 조사를 받았어요. 물론 사건에 관해 이야기하는 건 괴로웠지만 그래도 남자에게 털어놓는 것보다는 훨씬 나았어요. 퇴원하고 나서는 밖에 나가는 게 무서워서 계속 집에만 있었어요. 외출하면 또 그 범인을 맞닥뜨릴 것 같은 공포에 사로잡혀 지냈거든요. 그런데 그런 저를 구해준 사람도 미노루 씨였어요."

"그때는 아버지가 어떻게 했는데요?"

"범인을 잡아 주셨어요. 사건이 있은 지 한 달쯤 후에 범인이 체포됐어요. 같은 동네에 사는 전직 조폭에 백수인 남자였어요. 미노루 씨가 그 사실을 알려주러 일부러 저희 집까지 찾아오셨죠. 제가 증언한 남자의 문신을 단서로 미노루 씨가 직접 범인을 잡았다고 가르쳐 주셨어요. 그리고 또다시 제 머리를 쓰다듬으면서 이렇게 말씀하셨어요. '네 덕에 범인을 잡았다. 네가 범인을 이긴 거야'라고요.'

치하야는 심장 박동을 확인하듯 가슴에 양손을 얹었다.

"그 말을 들은 순간, 그동안 제 몸과 마음을 옥죄던 공포가 눈 녹듯 사라졌어요. 이 사람이 그렇게 말한다면, 나는 이제 정말 안전한 거구나, 그런 확신이 들어서 다시 밖으로 나올 수 있었어요. 물론 완전히 회복하기까지는 시간이 꽤 걸렸지만요."

와카코가 갑자기 정장 소매를 걷었다. 드러난 왼쪽 손목에 바코드처럼 새겨진 자해 흉터를 보자, 치하야는 몸이 뻣뻣해졌다.

"범인이 무기징역 판결을 받고 교도소에 들어가면서 사건은 해결됐어요. 하지만 저의 정신적인 상처는 완전히 치유되지 않았고, 저는 여러 번 손목을 그었죠. 특히 종이학 살인사건이 일어났을 때 정말 괴로웠어요…. 어린 여자아이가 유괴되고 살해당했잖아요. 제가 휘말린 사건과 공통점이 많아서 그날 밤의 광경이 계속 머릿속에서 되살아났어요. 저 자신을 해치지 않고는 견딜 수가 없었어요. 썩어 문드러져 가는 자아를 고통으로 겨우겨우 유지했어요."

와카코는 "이상한 걸 보여드려서 죄송해요"하며 소매를 내렸다. 조금 전 종이학 살인사건을 언급했을 때 와카코가 왜 민감하게 반응했는지 이해하자, 치하야의 가슴에 죄책감이 밀려들었다.

"아무튼 미노루 씨가 구해주지 않았다면, 저는 틀림없이 스스로 목숨을 끊었을 거예요. 미노루 씨는 제게 생명의 은인이에요."

와카코는 입을 굳게 다문 치하야에게 살며시 손을 뻗었다. 그 손이 치하야의 뺨에 닿았다. 부드러운 감촉이 기분 좋게 퍼졌다.

"미노루 씨는 분명히 범죄자에게 아주 엄격했을 거예요. 하지만 저처럼 상처받은 사람에게는 무척 다정한 분이었어요. 악인을 막아서는 강인함과 약한 자를 품어주는 다정함을 가진, 아주아주 멋진 분이었어요."

"가, 감사합니다…."

목소리가 떨리고 눈앞이 뿌예졌다. 치하야는 다급히 눈가를 비볐다.

가슴속이 뜨거워졌다. 이렇게나 아버지를 그리워하는 사람이 있었다는 사실에 감동했다.

와카코가 "여기요" 하며 휴지를 건넸다. 그것을 받아든 치하야는 코를 풀고 여러 번 심호흡하면서 크게 물결치는 감정을 정돈했다.

"갑자기 울어서 죄송해요."

치하야가 사과하자, 와카코는 "아니에요, 괜찮습니다"라고 부드럽게 말했다. 그 모습이 기억 속 어머니의 모습과 겹쳐 보여 또다시 눈물이 쏟아질 뻔했다.

"저희 아버지는 와카코 씨가 부사장님이라는 걸 알고 이 회사에서 일하신 건가요?"

"아니요, 아마 모르셨을 거예요. 거의 20년 만에 만난 데다 저는 성씨도 바뀌었으니까요."

"그럼 아버지가 이 회사에 들어온 건 우연이었나요?"

"네. 미노루 씨가 면접장에 들어왔을 때, 숨이 멎을 뻔했어요. 미노루 씨는 몸집도 작고 이력서에 전직 형사라는 것도 쓰여 있지 않아서, 다른 임원들은 그분을 떨어뜨리고 싶어 했어요. 그런데 제가 이 사람은 틀림없이 도움이 될 거라고 설득해서 채용했답니다."

"그랬군요. 그럼 아버지가 계속 흡연 구역에 있었는데도 지적받지 않은 건…."

"그것도 제가 미노루 씨를 특별 취급했기 때문이에요. 그건 부사장으로서 공평하지 못했어요. 조금 반성했습니다."

와카코는 농담처럼 말하고는 일어나서 창가로 갔다.

"아무런 권한도 없는 부사장이라는 자리는 생각보다 스트레스예요. 그런데 여기서 흡연 구역에 있는 미노루 씨의 모습을 보면 안심이 됐어요. 그래서 오늘도 습관처럼 흡연 구역을 보고 말았네요. 그분은 이제 여기에 없는데…."

이 얘기를 믿어도 될까. 전부 거짓말일 가능성은 없을까. 잠시 고민한 끝에 치하야는 결론을 내렸다. 와카코는 진실을 말하고 있다. 약 30년 전, 와카코가 정말로 사건에 휘말렸는지 아닌지는 자세히 조사해보면 금방 알 수 있다. 그렇게 얄팍한 거짓말을 할 것 같지는 않았다. 게다가….

치하야는 일어나 창가에 가서 와카코의 옆얼굴을 바라보았다.

조금 전, 사건에 관해 말할 때 보이던 와카코의 진지한 태도는 도무지 연기 같지 않았다.

아버지는 와카코를 감시한 것이 아니다. 반대로 와카코가 아버지를 보고 있었다. 그렇다면 아버지는 흡연 구역에서 대체 무엇을 했을까.

"아까는 여러모로 실례가 많았어요. 죄송합니다. 마지막으로 하나만 더 여쭙고 싶은데, 아버지가 저 흡연 구역에서 뭘 했는지 아시나요?"

치하야가 묻자, 와카코는 이상하다는 듯 눈썹을 찌푸렸다.

"담배를 피운 것 같은데요."

"아, 그렇죠…."

손에 잡힌 줄 알았던 단서가 손가락 사이로 빠져나가는 느낌을
받으며, 치하야는 입술을 깨물었다.

"아까 감사했습니다."

치하야는 경비실에 달린 작은 창문을 들여다보았다. 경비실 구석에
서 잡지를 읽던 하기모토가 고개를 들었다.

"아, 가시려고요?"

하기모토는 변함없이 나른한 목소리로 대답하며 잡지를 옆에 내려
놓았다.

"네. 용건이 끝나서요."

와카코와 대화를 마친 치하야는 부사장실을 나와서 엘리베이터를
타고 1층으로 내려왔다.

치하야가 인사하고 밖으로 나가려고 하자, 하기모토가 "아, 잠깐만
요"라고 말을 걸었다.

"저기, 아까 미노루 씨가 흡연 구역에서 뭘 했냐고 물으셨죠?"

"네? 네, 맞아요."

"뭐 하나 생각난 게 있어서요."

"뭔데요?!"

"너무 기대하지 마세요. 정말 별것 아니니까."

"아주 사소한 거라도 괜찮아요. 가르쳐 주세요."

좁은 창틀에 손을 얹고 말하자, 하기모토는 목덜미를 긁적였다.

"아 그게, 미노루 씨 때문에 종종 클레임이 들어왔어요. 흡연 구역에서 계속 지켜봐서 불쾌하다고, 꼭 감시당하는 것 같다고요."

"감시요?!" 목소리가 뒤집혔다.

설마 그 단어가 하기모토의 입에서 나올 줄은 몰랐다.

"누구죠? 이 회사에 있는 누가 아버지에게 감시를 당했죠?!"

치하야가 초조하게 다그쳤다. 하기모토는 얼굴 앞에다 손을 내저었다.

"아뇨, 이 회사 사람이 아니에요. 클레임을 건 건…."

하기모토가 설명하자, 치하야는 창틀을 꽉 잡고 귀를 기울였다.

"…그렇게 된 거예요. 좀 참고가 됐나요?"

하기모토가 설명을 마치자마자, 치하야는 몸을 돌려 뛰쳐나갔다. 뒤에서 "어? 왜 그래요?" 하는 하기모토의 목소리가 희미하게 들려왔다.

야기누마 건설 본사 빌딩에서 정문을 빠져나온 치하야는 구두를 또각거리며 회사 뒤쪽으로 달렸다. 울타리 너머로 흡연 구역이 있는 뒤뜰이 보였다. 가쁜 숨을 몰아쉬며 걸음을 멈춘 치하야는 좌우를 둘러보면서 차가 오지 않는 것을 확인한 다음 가드레일을 뛰어넘고 편도 2차선 도로를 가로질러 맞은편 보도로 건너갔다.

거친 호흡을 가다듬으면서 고개를 들었다. 학교 체육관 같은 건물. 그 앞에 높이가 10미터는 족히 되어 보이는 거대한 출입문이 열려 있었다. 안쪽에는 목재가 잔뜩 줄을 이었고, 스무 명쯤 되는 직원이 그 목재들을 옮기거나 거대한 장치로 절단하고 있었다. 치하야는 출입문 옆에 걸린 간판으로 눈을 돌렸다. 거기에는 '(주) 타치바나 목재'라고 쓰여 있었다.

아버지에게 감시당하는 것 같아서 불쾌하다는 클레임이 이 공장에서 여러 번 나왔다. 하기모토가 그렇게 말했다.

치하야는 뒤를 돌아보았다. 울타리 너머로 야기누마 건설에 설치된 흡연 구역 벤치가 보였다.

벤치에 앉아서 정면을 바라보면, 자연스럽게 이 공장이 눈에 들어온다. 아버지는 의도치 않게 이 공장을 보다가 클레임을 받은 것일까, 아니면⋯.

"⋯이곳을 감시하려고 일부러 흡연 구역에 있었나?"

치하야는 혼잣말을 중얼거리며 주변을 둘러보았다. 가능하면 공장 관계자와 대화해보고 싶었으나, 접수대가 보이지 않았다. 결심을 굳힌 치하야는 긴장감을 억누르며 부지 안으로 들어갔다. 몇 미터쯤 걸어서 공장 안으로 들어가던 치하야는 짙은 나무 냄새와 소음에 압도되어 그 자리에 멈춰 섰다. 작업복을 입고 안전모를 쓴 작업자들은 대부분 나이가 지긋한 남자였다. 이마에 구슬땀을 흘리며 묵묵히 목재를 가공해 나갔다.

말을 걸 타이밍을 잡지 못하고 쭈뼛거리는데, 투박한 장치로 목재를 절단하던 작업자가 치하야를 발견하고 험상궂은 표정으로 다가왔다.

"어이, 들어오면 안 돼. 여기는 출입 금지야."

남자는 목에 걸린 수건으로 얼굴에 맺힌 땀을 닦으며 걸걸하게 말했다. 나이는 예순쯤 되어 보였다. 이끼처럼 턱을 뒤덮은 덥수룩한 수염이 희끗희끗했다.

"죄송합니다. 저어, 여기 책임자님과 잠깐 이야기를 나누고 싶은데요."

"책임자? 책임자는 나야. 공장장 세키라고 하는데, 나한테 무슨 용건이야?"

세키는 소리치듯 말했다. 그 태도에 주눅이 들 것 같았지만, 치하야 도 목소리를 높였다.

"이 공장은 언제부터 여기에 있었나요?"

"뭐? 언제부터? 한 40년 전부터 있었는데, 그건 왜 물으쇼?"

40년 전이라면 종이학 살인사건이 일어났을 때도 있었다는 뜻이 다. 치하야는 어렴풋한 희망을 느끼며 이어서 질문했다.

"30년 넘게 일한 직원도 있나요?"

"오래된 공장인 데다 능숙해지는 데 시간이 오래 걸리는 작업이라 당연히 있지. 아니, 여기 반 정도가 30년 넘게 일했을걸."

사건 당시부터 일한 직원이 여러 명 있다. 아버지가 이 공장을 감 시했을 가능성이 서서히 커지자 들뜬 표정으로 공장을 둘러보다가 문득 머리부터 냉수를 뒤집어쓴 기분을 느꼈다. 직원들이 작업하던 손을 멈추고 치하야에게 시선을 쏟고 있었다.

아버지가 이 공장을 감시한 것이 사실이라면, 여기에 종이학 살인 사건과 관련된 사람이 있을지도 모른다. 어쩌면 종이학이…. 발에서부 터 떨림이 스멀스멀 올라왔다.

어머니의 혐의를 벗기는 데 혈안이 되어 누군가가 본가에 불을 질렀다는 것을 까맣게 잊고 있었다. 치하야 자신도 범인의 표적일지 모르는데….

몸이 뻣뻣해졌다. 지금 당장 이곳을 벗어나고 싶은 충동이 온몸을 덮쳤다.

치하야가 걸음을 돌리려는 순간, "이봐"라고 세키가 말을 걸었다.

"그런 걸 왜 물어? 당신 누군데?"

퍼뜩 정신을 차린 치하야는 뻣뻣한 혀를 필사적으로 움직여 말했다.

"저기…, 저는 야기누마 건설에서 이야기를 듣고…."

"뭐야, 야기누마 쪽 사람이야? 그럼 그렇다고 진작 말을 하지."

치하야의 설명을 자른 세키는 "잠깐 기다리쇼"라는 말을 남기고 공장 밖으로 사라졌다.

치하야는 어리둥절하게 그 자리에 서 있었다. 단서를 얻을 수 있을지도 모른다는 생각이 당장이라도 달아나고 싶어 안달하는 다리를 움직이지 못하게 막았다.

직원들과 눈을 마주치지 않으려고 고개를 숙이는데, "여기 데려왔수다" 하는 목소리가 들렸다. 돌아보니 세키가 작업복을 입은 남자와 함께 서 있었다.

"이쪽이 우리 사장이니까, 이제 이 녀석이랑 얘기하쇼."

세키는 그 말을 남기고 제자리로 돌아갔다. 그것을 신호 삼아 직원들도 일제히 작업을 재개했다.

"타치바나 요시키 사장입니다. 야기누마 건설에서 오셨다고요? 항상 신세가 많습니다."

요시키는 번듯한 얼굴에 웃음을 띠고 공손하게 명함을 내밀었다.

"아뇨, 저는…."

명함을 받으면서도 오해를 풀어야 한다는 생각에 엉거주춤하는 치하야에게 요시키는 "여기는 시끄러우니까 사무실에서 얘기하시죠" 하며 길을 안내했다. 치하야는 어깨를 움츠린 채 요시키와 함께 공장을 나가 옆에 있는 작은 조립식 건물로 향했다.

요시키는 "앉으세요" 하며 냉장고에서 녹차 음료를 꺼냈다. 치하야가 쭈뼛거리며 철제 의자에 앉자, 요시키는 긴 탁자에 녹차가 담긴 페트병을 내려놓고 맞은편 자리에 앉았다.

"사무실이 지저분해서 죄송합니다. 그런데 어떤 용건으로 오셨나요? 야기누마 건설과의 미팅은 예정에 없었는데요."

"죄송합니다." 치하야가 일어나서 고개를 숙였다. "저는 야기누마 건설 직원이 아닙니다. 야기누마 건설의 경비원님께 이야기를 듣고 여쭤볼 게 있어서 왔을 뿐이에요."

요시키는 어리둥절한 표정을 짓다가 가볍게 소리 내어 웃었다.

"아, 그랬군요. 저야말로 죄송합니다. 저희 직원이 오해했나 보네요."

"불쑥 찾아와서 죄송합니다."

"아닙니다. 안 그래도 온종일 서류에 파묻혀 지내는 데 질리던 참이었거든요. 잠깐 정도는 시간을 낼 수 있습니다. 그래서, 뭐 하시는 분인가요?"

"아, 죄송합니다. 소개가 늦었습니다."

치하야는 봄 재킷 주머니에서 명함 케이스를 꺼냈다. 요시키는 일어나서 "감사합니다" 하며 명함을 받았다.

"의사 선생님…이시군요." 요시키가 명함을 보면서 중얼거렸다.

"실은 저희 아버지가 이 공장에 폐를 끼쳤다는 얘기를 들어서 사과드리러 왔습니다."

요시키와 동시에 의자에 앉은 치하야는 신중하게 말을 골랐다.

"아버님이요?"

"네. 성함이 미즈키 미노루였습니다. 야기누마 건설의 경비원이었고 흡연 구역 벤치에 자주 앉아 계셨어요."

"아, 그분이요…." 요시키는 약간 떨떠름한 표정을 지었다.

"불쾌하게 해드려서 죄송합니다."

치하야가 다시 고개를 숙이자, 요시키는 가슴 앞에다 손을 내저었다.

"아닙니다, 아닙니다. 저는 그다지 불편할 일이 없었어요. 보통 여기서 일하거나 거래처에 회의를 하러 가거든요. 그런데 공장 작업자들 사이에서는 누가 계속 쳐다보니까 감시당하는 것 같다는 얘기가 나와서…."

"그래서 야기누마 건설에 항의하셨군요."

"항의까지는 아니고요…." 요시키는 자조하듯 입꼬리를 올렸다. "저희 회사는 야기누마 건설에 진 빚이 많습니다. 그래서 우리 공장 쪽을 자주 지켜보는 경비원님이 있는데 신경 쓰이는 점이 있어서 그러시는 거냐고 에둘러서 물은 게 전부예요. 저희는 신경 쓰지 말라는 답변만 받았습니다."

부사장인 와카코에게 특별 취급을 받던 아버지는 야기누마 건설 내부에서도 상당한 애물단지였으리라. 치하야는 머릿속으로 상황을 정리했다.

"여기 직원분 중에 아버지의 지인이 있지는 않았나요? 이를테면 아버지와 종종 대화를 나눴다든지요."

아버지는 공장을 감시했을 뿐만 아니라 직원들과 접촉했을지도 모른다. 만약 이곳 직원 중에 종이학이 있다고 추측했다면 그렇게 했을 것이다. 하지만 요시키는 고개를 가로저었다.

"아니요. 제가 아는 한, 그런 사람은 없었습니다."

"그럼 아버지에게 직접 항의한 분은요?"

"맹세코 없었습니다. 야기누마 건설 덕분에 이 공장이 지금까지 유지됐다는 사실을 저희 직원들이 저보다 더 잘 아니까요."

"그게 무슨 뜻이죠?"

요시키는 잠시 망설이는 듯하다가 입을 열었다.

"이곳은 저희 아버지 타치바나 코이치로가 40년쯤 전에 세운 회사예요. 그런데 한 30년 전에 경영위기가 와서 도산할 뻔했죠. 은행에서도 돈을 빌려주지 않아서 불법 사채까지 쓴 상태였습니다."

"30년 전…."

혹시 종이학 살인사건이 일어난 시기가 아니었을까. 치하야는 신경을 곤두세우고 요시키의 설명을 들었다.

"더 떨어질 곳도 없을 때, 원래 거래처였던 야기누마 건설이 손을 내밀어 줬습니다. 저희에게 충분한 돈을 빌려주고 일도 맡겨줬어요. 덕분에 저희는 어찌어찌 도산을 막을 수 있었습니다. 뭐, 그 대가로 많은 걸 내어드렸지만요."

요시키의 얼굴에 순간 어두운 그림자가 드리웠다. 옆에 큰 본사 빌딩이 선 것을 보면 토지를 담보로 잡혔을지도 모른다.

"그런 사정 때문에 직원들이 개인적으로 항의할 수 없어서 제가 대표로 야기누마 건설과 얘기한 겁니다. 그런데 아까도 말씀드렸다시피 저도 그다지 강하게 말하지 못하고 얼렁뚱땅 넘어가 버렸죠. 그래서 회사에서 제 입지가 더 좁아졌어요."

"입지가 좁아졌다뇨…? 사장님이시잖아요."

"3년 전 아버지가 갑자기 돌아가셨을 때, 제가 초등학교 교사 일을 관두고 가업을 이어서 사장이 됐습니다. 그런데 저는 목재 절단 같은 건 하나도 못합니다. 경력이 오래된 직원들은 저 같은 햇병아리를 사장으로 인정하기 힘든 모양이에요."

듣고 보니 조금 전에 공장장 세키도 요시키에게 예의를 차리지 않았다.

치하야가 야기누마 건설의 직원이 아님을 알았는데도 요시키가 계속 대화를 이어간 이유를 알 것 같았다. 요시키는 지금의 처지가 괴로워서 그것을 털어놓을 상대가 필요했던 것이다. 그리고 생판 남인 치하야는 적절한 청자였다.

아버지는 이 공장을 감시하기 위해 흡연 구역에 있었을 가능성이 크다. 요시키에게서 얻어낼 정보가 아직 더 있을 것 같다.

치하야가 머릿속으로 질문거리를 정리하는데, 요시키가 손목시계로 시선을 떨어뜨렸다.

"아, 죄송합니다. 곧 거래처와 미팅이 있어서 출발해야겠어요. 저는 이만 가볼 테니 천천히 마저 드시고 일어나세요."

요시키는 재빨리 말하고 자리에서 일어났다. 치하야는 문으로 다가가는 요시키에게 다급하게 "잠깐만요"라고 말했다. 요시키가 문손잡이를 잡은 채 "네?" 하며 돌아보았다.

던질 수 있는 질문은 한 가지뿐이다. 무엇을 물어봐야 할까. 지금 가장 필요한 정보는 뭘까. 초조해서 머리가 잘 돌아가지 않았다.

"요시키 씨의 아버님, 그러니까 선대 사장님은 어떤 분이셨죠?"

치하야는 당장이라도 떠날 것 같은 요시키에게 재빨리 말했다.

훨씬 중요한 것을 물어보고 싶었는데…. 후회로 뺨이 경직됐지만, 주사위는 이미 던져진 뒤였다.

"다정한 분이었어요. 아이를 아주 좋아하셨죠."

요시키는 슬픔 어린 말투로 대답했다.

"예전에는 이 부지에서 아이들을 대상으로 주판이나 만들기 교실을 열기도 했어요. 동네 아이들이 잔뜩 몰려왔죠. 특히 여자아이가 많았어요. 초등학생이나 유치원생쯤 되는 여자아이들이요."

두 눈에 콘택트렌즈를 낀 토야 시오리는 앞에 있는 거울을 들여다보았다. 몸에 꼭 맞는 정장을 입은 장신의 여성과 눈이 마주쳤다. 시오리는 평소 거의 사용하지 않는 화장품 파우치를 열어 립스틱을 꺼냈다.

짙은 붉은색 립스틱을 입술에 바른 시오리는 "좋아"라고 작게 중얼거렸다.

일요일 아침, 티셔츠와 청바지 차림으로 출근한 시오리는 탈의실에서 정장으로 갈아입고 안경을 렌즈로 바꿔 낀 다음 정성 들여 화장했다.

탈의실을 뒤로한 시오리는 구두를 또각거리면서 복도를 나아갔다. 스쳐 지나가는 의사와 간호사 들이 뒤돌아보는 것을 등으로 느끼며,

자신의 직장인 조직검사실에 도착했다.

문 옆에 있는 스위치를 켜자, 형광등 빛이 아무도 없는 방을 환하게 밝혔다. 병리부는 원래 주말에 쉰다. 하지만 시오리는 혼자 차분하게 작업에 집중하고 싶어서 주말 출근을 감행했다.

자리에 앉아 현미경 광원을 켠 시오리는 잠긴 책상 서랍을 열고 프레파라트를 꺼냈다. 그것을 클립으로 재물대에 고정하고 눈을 감더니, 여러 번 심호흡한 뒤에 예를 다해 고개를 숙였다.

천천히 눈꺼풀을 든 시오리는 접안렌즈에 두 눈을 대고 오른손으로 나사를 돌리며 수백 배나 확대된 조직을 살펴보았다. 몇 분에 걸쳐 천천히 관찰을 마친 후에 얼른 프레파라트를 갈고 다시 렌즈를 들여다보았다. 온 신경을 시각에 집중한 채 차례차례 프레파라트를 바꾸면서 나사를 돌렸다.

현미경을 들여다본 지 두 시간이 지났을 즈음, 갑자기 문 열리는 소리가 났다. 고개를 들어 보니, 병리부 부장 마츠모토가 서 있었다.

"어, 시오리 선생." 시오리를 본 마츠모토가 가볍게 손을 들었다. "웬일로 정장을 차려입었나? 오늘 병리해부 의뢰가 들어왔다는 얘기는 못 들었는데."

"저번에 해부한 환자분의 조직을 관찰하고 있어요. 그런데 아직 그분이 남긴 목소리를 제대로 알아들을 수가 없어서…"

"그래서 옷을 갖춰 입고 정신을 집중해서 관찰하는 거로군."

시오리는 "네" 하며 고개를 끄덕였다.

"어휴, 내일 교수회에서 쓸 자료를 깜빡해서 가지러 왔는데, 자네가 무시무시한 표정으로 현미경을 들여다보고 있어서 깜짝 놀랐지 뭔가."

마츠모토가 익살스럽게 말했다. 시오리는 "죄송합니다" 하며 등을 구부렸다.

"사과할 필요는 없네. 병리해부를 대하는 자네의 태도는 정말 훌륭해. 나도 항상 보고 배워야겠다고 생각한다니까."

"아닙니다. 저는…."

조금이라도 마츠모토를 닮는 것이 시오리의 목표였다. 자신은 아직 존경하는 그의 발끝에도 미치지 못한다. 그런 마음을 전하고 싶었지만, 말주변이 없는 시오리는 말문이 막혀 버렸다.

마츠모토는 그런 시오리를 부드러운 눈빛으로 바라보다가 옆자리에 앉았다.

"저번에 해부한 환자면 치하야 선생의 아버님이겠군. 자네가 이렇게까지 열심인 걸 보면 뭔가 이상한 점이 있었나 보지? 내가 도와줄 일은 없나?"

마츠모토와 눈이 마주쳤다. 시오리는 그가 마음속까지 꿰뚫어 볼 것 같아서 눈을 피하고 말았다.

마츠모토를 믿는다. 하지만 미즈키 미노루는 자신의 위벽에 암호를 새겼다는 사실을 사쿠라이를 제외한 타인에게 되도록 알리고 싶지 않았을 것이다.

고인의 유지를 존중해야 한다. 하지만 마츠모토라면….

시오리가 망설이며 입을 다물자, 마츠모토가 어깨를 가볍게 두드렸다.

"아무래도 퍼뜨려서 좋을 게 없는 정보인가 보군. 자네가 그렇게 판단했다면, 나한테 말할 필요는 없지. 방금 한 이야기는 잊어 주게나."

마츠모토는 의자에서 일어나 자기 책상 서랍에서 자료 다발을 꺼낸 다음 "그럼 열심히 하게"라고 말하고 입구로 향했다.

"잠깐만요!"

시오리가 문을 연 마츠모토의 등을 향해 외쳤다. 마츠모토는 문손잡이에서 손을 떼고 돌아보았다.

"왜 그러나?"

"선생님 말씀대로, 미즈키 미노루 씨를 해부해서 알아낸 정보는 말할 수 없어요. 딸인 치하야도…, 치하야 선생도 말하지 않기를 바랐어요."

"환자 본인과 유족이 바란다면 그렇게 해야지."

"하지만 저 혼자서는 미즈키 미노루 씨의 유지를 읽어낼 수가 없어요. 그분은 분명히 무언가를 남기셨을 거예요. 무언가를 전하고 싶었을 거예요. 그런데 아무리 기를 써도 그분의 마음을 읽어낼 수가 없어요."

복강신경총 블록을 받은 흔적을 토대로 위벽에 암호를 새긴 의사를 찾아냈다. 폐 조직을 관찰해서 최근에 흡연하지 않은 사실을 밝혀냈고, 치하야는 그걸로 무언가를 알아차린 것 같다.

하지만 미즈키 미노루가 정말로 전하고자 한 것, 그 본질에는 아직 닿지 못했다. 그는 죽음을 목전에 두고 자신의 위벽에 암호를 새겼다. 그런 기이한 행동을 하게끔 그를 몰아붙인 비밀의 정체를 파악하지 못했다.

"시오리 선생, 너무 마음만 앞선 건 아닌가?" 마츠모토가 천천히 다가왔다.

"마음만 앞선다고요?"

"그래. 자네는 해부한 환자의 유지를 읽어내야 한다는 책임감이 매우 강하네. 훌륭한 일이야. 하지만 반대로 말하면 독단적인 길로 빠질 위험도 크지."

시오리는 조용히 마츠모토의 말에 귀 기울였다.

"최대한 경의를 담아서 시신을 해부하고, 그 조직까지 꼼꼼히 살펴보면서 고인의 유지를 헤아릴 것. 내가 가르친 내용이지."

"네, 맞습니다. 현미경으로 조직을 하나하나 관찰하고 아무리 작은 이상이라도 놓치지 않도록 유념하고 있습니다."

"자네는 그걸 혼자서 하려고 하잖나. 그래서는 한계가 있어."

시오리는 말뜻을 이해하지 못하고 "네?"라는 목소리를 흘렸다.

"병리해부는 협동 작업이네."

"해부를 거드는 조수와의 협동 작업이라는 말씀인가요?"

"아닐세, 그게 아니야." 마츠모토가 고개를 가로저었다. "시신과의 협동 작업이지."

"시신과의 협동 작업…." 시오리는 멍하니 그 말을 되풀이했다.

"그래. 강한 감정을 남기고 사망한 시신은 그걸 필사적으로 전하려고 한다네. 병리의는 해부와 조직 관찰이라는 수단으로 그들의 희미한 목소리에 귀를 기울여야 해. 시신이 말하고 우리가 그걸 듣는 거지. 그래서 협동 작업이라는 거야."

"저는 그러지 못한다는 말씀인가요?"

"못하는 게 아니야. 다만 지금 자네는 시야가 좀 좁아진 것 같군. 열심히 하는 건 좋지만, 자신을 너무 몰아붙이지 말고, 시신과 대화를 나눠 봐도 좋지 않겠나?"

"시신과 대화를…"

마츠모토의 조언은 무척이나 추상적이라 선문답을 하는 기분이었다. 하지만 메마른 모래가 물을 빨아들이듯, 시오리의 세포에 그 말이 스며들었다.

"그래. 나는 그 방법으로 자네 어머님의 마음을 감지했어. 자네를 향한 한없이 깊은 사랑을 느꼈지."

"…엄마." 시오리는 감정이 복받칠 것 같아서 입가에 힘을 주었다.

"시오리 선생, 자네는 유능한 병리의일세. 어깨 힘을 좀 빼면 분명히 이번 시신의 목소리도 들을 수 있을 거야."

마츠모토는 재킷 주머니에서 꺼낸 손수건을 시오리에게 건네더니 "그럼 열심히 하게나"라는 말을 남기고 방에서 나갔다.

손수건으로 눈에 맺힌 눈물을 닦고 코를 푼 시오리는 가슴에 한 손을 올렸다. 마츠모토의 말처럼, 그동안 독단적으로 움직였는지도 모른다. 병리의로서 자신의 능력을 펼치고 시신의 이상을 모조리 찾아내는 데 눈이 먼 것이다.

시신에게 캐묻는 것이 아니라, 시신이 직접 전하는 말을 듣는 것. 그 마음을 언제부턴가 잊고 있었다.

"…미노루 씨, 무슨 말을 하고 싶으셨어요?"

시오리는 조용히 말하며 다시 현미경을 들여다보았다. 헤마톡실린-에오신 염색으로 물들인 조직이 전보다 선명하게 보였다.

시오리는 마음속으로 미노루에게 말을 건네면서 다양한 조직을 관찰해 나갔다.

"어…?"

부갑상샘. 갑상샘 뒤쪽에 있는 쌀알만 한 장기 조직을 관찰하던 시오리는 목소리를 높였다. 거기에 명백한 이상이 보였다.

"이게 왜 이렇지?"

나사를 돌리면서 중얼거린 시오리는 옆에 있는 전자 차트에 소견을 입력하고 몇 초 생각하다가 현미경 재물대에서 프레파라트를 치웠다.

그리 드문 이상은 아니었다. 다음 표본으로 넘어갔다.

매끄럽고 차가운 유리 프레파라트의 표면에 손가락이 닿은 순간, 시오리는 뒤를 돌아보았다. 어디선가 목소리가 들린 것 같았다. 하지만 방 안에는 아무도 없었다.

기분 탓인가? 그렇게 생각했을 때, 가슴속에서 어수선한 감각이 느껴져 얼른 프레파라트에서 손을 뗐다.

방금 그건 뭐였을까. 가슴이 두근거렸다. 시오리는 머뭇거리며 접안 렌즈에 두 눈을 대고 다시 부갑상샘 조직을 관찰하기 시작했다.

무의식적으로 무언가를 깨달았다. 중요한 무언가를. 그런 예감이 들었다.

부갑상샘에 이상이 있는 것은 확실하다. 그런데 과연 이 이상이 미즈키 미노루가 품고 있던 비밀과 연관돼 있을까. 부갑상샘에 이상을 일으키는 질환으로는….

"설마…"

작게 중얼거리며 고개를 든 시오리는 마우스를 움직여 전자 차트에 미노루의 엑스레이 사진을 띄웠다.

"…역시."

주의 깊게 관찰하지 않으면 모를 정도로 아주 작은 이상이 엿보였다.

미노루는 그 질병을 앓고 있었다. 그런데 이 사실이 사건과 무슨 관련이 있을까.

시오리가 팔짱을 끼자, 다시 희미한 목소리가 들려오는 것 같았다. 시오리는 눈을 휘둥그레 뜨고 헉하고 숨을 삼켰다. 머릿속에서 불꽃이 튀었다. 그 불씨는 뇌 세포망에 차례로 불을 붙여 뇌 전체가 타오를 정도로 빠르게 번졌다. 거기서 생겨난 빛이 줄곧 어두운 밑바닥에 가라앉아 있던 수수께끼의 윤곽을 어스름하게 비추었다.

"이게 미노루 씨가 품고 있던 비밀…. 그렇다면…"

쉰 목소리로 중얼거린 시오리는 몸을 부르르 떨었다. 이 추측이 사실이라면, 미노루가 이상한 행동을 한 이유도 설명이 된다.

"이걸 누군가가 알아주길 바란 거예요?"

시오리는 천장을 올려다보았다. 혹시 방금 그 목소리가 미노루였을까.

"그럴 리가 없지."

시오리는 피식 웃음을 터뜨렸다. 지금까지 모은 정보가 작은 계기를 거쳐 연쇄적으로 이어졌을 뿐이리라.

하지만 이 현상이 마츠모토가 말한 '시신의 목소리를 듣는다'는 것일지도 모른다.

시오리는 이마에 손을 올리고 앞으로 어떻게 할지 생각했다.

우선은 이 가설이 옳은지 검증해야 한다. 그때까지 다른 사람에게 발설해서는 안 된다. 특히 치하야에게는.

당장 검사를 해야 한다. 그 검사는 시간이 꽤 걸린다. 일어나서 입구로 향하던 시오리는 문득 마음을 바꿔 책상에 놓인 스마트폰을 들고 누군가에게 전화를 걸었다. 이 가설이 옳음을 증명하려면 우선

쉽게 확인할 수 있는 정보부터 모으는 게 좋을 듯했다.

통화 연결음이 몇 번 울린 뒤에 전화가 연결되었다.

"네, 여보세요. 사쿠라이입니다."

스마트폰에서 중년 형사가 귀찮다는 듯 답하는 소리가 들려왔다.

◇◇◇◇◇

"수사하러 가야 하는 거 아닙니까?"

미나토가 말을 걸었다. 긴 책상에 한쪽 팔꿈치를 짚은 사쿠라이는
자료 넘기던 손을 멈추었다.

"무슨 소리야? 이것도 엄연한 수사라고."

"그건 그렇지만 온종일 여기에 있는 건 문제 아닙니까?"

사쿠라이와 미나토는 아침부터 카츠시카 경찰서 자료보관실에 처
박혀 경시청에서 가져온 종이학 살인사건 자료를 닥치는 대로 읽었다.

"형사는 신발이 닳도록 뛰어다니며 탐문하는 게 다가 아니야. 이렇
게 과거 자료를 되짚다 보면 사건을 해결할 단서가 보이기도 한다고."

"애당초 뭘 찾아야 하는데요? 이 양을 좀 보세요. 이걸 다 읽으려
면 몇 달은 걸릴걸요."

미나토는 선반에 쌓인 수많은 상자를 가리켰다.

"아까부터 계속 말했잖아. 마지막 사건, 진나이 사쿠라코 양 유괴
사건과 관련된 정보를 찾는 거야. 바로 거기에 일련의 사건을 해결할
열쇠가 묻혀 있어."

"그걸 어떻게 아세요?"

"형사의 감이야."

미나토는 얼버무리는 사쿠라이에게 의심스러운 눈빛을 던졌다.

"정말 감입니까? 사쿠라이 씨, 저한테 숨기는 거 있죠?"

내심 동요했지만, 사쿠라이는 아무런 내색도 하지 않고 양손을 쫙 펼쳤다.

"아니, 미나토. 무슨 소리야? 내가 파트너에게 정보를 숨기는 놈으로 보여?"

"네."

미나토가 곧장 답하자, 사쿠라이는 "신뢰도가 이렇게 낮나?" 하며 씁쓸하게 웃었다.

"사쿠라이 씨는 수사회의가 끝나면 혼자 훌쩍 사라지잖아요. 그때 비공식적인 루트로 정보를 모으는 거 아닙니까? 저를 정말 파트너로 여기신다면 솔직하게 말씀해주세요."

'오, 눈치가 제법이네.' 사쿠라이는 속으로 감탄하다가, 미나토의 눈을 똑바로 들여다보며 낮게 깐 목소리로 말했다.

"수사회의가 끝나고 나서 내가 뭘 하는지 정말 그렇게 궁금해? 꼭 알아야겠다면 얘기해주겠지만, 듣고 후회하지 않겠어?"

"후회 안 합니다. 가르쳐 주세요."

미나토는 긴장된 표정으로 고개를 끄덕였다. 사쿠라이는 환하게 웃으며 뒤통수를 긁었다.

"아, 실은 단골 룸살롱에서 일하는 접대부가 조금만 더 꼬시면 넘어올 것 같거든. 그래서 수사 중에 잠깐이나마 얼굴을 비춰서 점수를 따고 있어."

미나토의 얼굴이 점점 벌게졌다. "됐습니다!"라고 목청을 돋운 미나토는 성난 손놀림으로 다시 자료를 넘기기 시작했다. 아직 강단이 부족한 것 같다. 사쿠라이는 옆에 놓인 상자에서 새 책자를 꺼내 훑어보았다.

미즈키 미노루는 진나이 사쿠라코의 유골이 묻힌 장소를 알면서도 죽을 때까지 숨겼다. 수사본부에 보고하지 않은 그 정보를 어떻게 하면 가장 효과적으로 사용할 수 있을지 고민하던 사쿠라이는 진나이 사쿠라코 유괴사건을 하나부터 열까지 꼼꼼히 파헤치기로 했다.

미즈키 미노루와 종이학 사이에는 특별한 관계가 있었다. 아마 일종의 협력관계가.

그렇게 된 계기는 틀림없이 다섯 번째 사건인 진나이 사쿠라코 유괴일 것이다. 다섯 번째 사건이 일어나기 전까지 미노루가 필사적으로 범인을 쫓았다는 것은 파트너이던 사쿠라이가 누구보다도 잘 안다.

사쿠라이는 입술을 핥으며 먼지 쌓인 기억을 끄집어 올렸다.

진나이 사쿠라코가 실종된 그 날부터 미노루의 태도는 확연히 달라졌다. 눈에 띄게 초조해하면서 사쿠라이를 내버려 두고 단독으로 움직일 때가 많아졌다. 당시에는 젖먹이가 살해된 것에 책임감을 느껴서 그러는 줄 알았으나, 그때 범인과 어떤 식으로든 접촉했을 가능성이 크다.

'미노루 씨, 대체 뭘 한 겁니까? 당신과 범인은 어떤 관계였죠?'

사쿠라이가 입을 굳게 다물고 있자니, 미나토가 "저기…"라고 말을 걸었다.

"이번 사건, 정말 종이학의 짓일까요?"

예상치 못한 질문에 사쿠라이는 눈을 끔뻑였다.

"갑자기 왜? 자료 보기가 지겨워?"

"그것도 그렇지만, 계속 신경 쓰였습니다. 언제부턴가 수사본부에서도 종이학의 범행이 맞다는 쪽으로 분위기가 굳어졌잖아요. 그렇게 확신해도 될지…."

미나토가 말한 대로, 사건이 막 발생했을 때는 동일범이라는 가설에 회의적이던 아리가 지금은 종이학의 범행이 확실한 것처럼 전제를 깔고 수사방침을 세우고 있다. 진나이 사쿠라코로 추정되는 유골이 발견된 영향이 컸다. 똑같은 수법의 살인사건이 일어남과 동시에 무려 28년 동안 행방불명이던 피해자의 유골이 발견되었다. 이런 정황을 보면 모방범이 아니라 동일범의 범행이라고 생각하는 것이 자연스럽다. 하지만….

사쿠라이는 턱을 쓰다듬었다. 수사본부는 유골을 파낸 사람이 범인이라고 생각하는 듯하지만, 실제로는 그렇지 않다. 수사본부가 동일범이라고 확신할 근거는 사실 빈약하다.

"왠지 모르게 아리가 관리관님은 이번에 특히 의지를 불태우시는 것 같습니다. 제 착각일지도 모르지만요."

"아니, 착각이 아니야."

사쿠라이는 아리가의 마음에 사무치게 공감했다. 종이학 살인사건은 경시청 수사1과 역사상 가장 큰 오점이라고 해도 과언이 아니었다. 범인을 잡지 못한 채 피해자가 늘어나는 것을 지켜보던 뼈아픈 무력감, 수사본부가 해체되었을 때 느낀 절망이 어제 일처럼 생생하게 떠올랐다. 다섯 명이나 되는 어린아이를 해친 쓰레기를 체포하고 싶다.

가능하면 내 손으로. 그런 바람을, 수사에 임하던 경찰 모두가 똑같이 품었을 것이다. 물론 아리가도.

종이학을 체포하고자 하는 강한 열망이 아리가의 시야를 서서히 좁혀 가다 어느새 냉정함을 앗아갔다. 수사를 지휘하는 관리관의 열의는 당연히 수사관들에게도 전염된다.

아리가뿐만 아니라 사쿠라이도 냉정함을 잃고 있었는지 모른다. 사쿠라이는 목덜미를 긁적였다.

이번 사건이 일어나자마자 종이학의 범행이라고 확신했다. 형사의 감이 그렇게 외친다고 생각했다. 하지만 사실은 종이학의 범행이기를 바라는 소망이 감을 마비시켰는지도 모른다.

"어쩌면 사고가 유연한 젊은이자 중립적인 눈으로 전체를 조망할 수 있는 네가 사건의 본질과 가장 가까울지도 모르겠다."

"네? 그게 무슨 말입니까?"

"혼잣말이야. 그래서 너는 이번 사건을 어떻게 보는데? 모방범의 짓 같아?"

"아니요. 현장에서 나온 얏코상에 적힌 글자가 28년 전에 발견된 필적과 일치하니까 단순한 모방범은 아닐 것 같습니다. 그렇다고 꼭 동일범이라고 단정할 수는 없지 않나 싶어서…."

미나토가 자신 없이 말했다. 사쿠라이는 "계속해 봐" 하며 뒷말을 재촉했다.

"제일 마음에 걸리는 점은 피해자가 아이에서 성인 여성으로 바뀌었다는 겁니다. 28년 전 사건도 그렇고, 이번 사건도 그렇고, 쾌락 살인자의 범행일 가능성이 큽니다. 그런데 그런 놈들은 원래 똑같은 유형의 피해자만 노리잖아요."

"28년 동안 취향이 바뀌었나 보지."

"그래요, 28년. 28년이나 가만히 있었으면서 갑자기 연달아 두 명을 죽인 것도 이상해요. 뭐, 다른 죄로 교도소에 들어갔다 온 거라면 얘기가 달라지지만요."

"교도소라…." 사쿠라이가 코끝을 문질렀다. "28년이나 콩밥을 먹었다면 무기징역이었을 거야."

"네. 그래서 처음에는 28년 전에 무기징역을 받고 최근에 풀려난 놈이 유력하다고 생각했습니다."

"아리가 관리관님도 처음에는 그렇게 생각했지. 진나이 사쿠라코 양의 유골이 나온 뒤로는 그쪽에 그다지 힘을 쏟지 않는 것 같지만. 그럼 너는 지금이라도 최근에 풀려난 무기징역수 명단을 살펴보는 게 좋을 것 같아?"

"아니요. 그렇지는 않습니다. 역시 피해자의 유형이 바뀐 게 가장 마음에 걸려요. 반대였으면 몰라도."

"반대?" 사쿠라이가 고개를 갸웃했다.

"네. 피해자가 성인 여성에서 어린아이로 바뀌었다면 말이 되죠. 생각해 보세요. 28년 전에 범인이 서른 살이었다고 가정하면 지금은 환갑에 가까운 나이일 겁니다. 젊었을 때보다 체력이 많이 떨어지겠죠. 그런데 어린아이보다 훨씬 납치하기 어려운 성인 여성을 노렸다는 게 조금 이상합니다."

"…듣고 보니 그렇군."

"성인 여성을 납치하려면 상대를 기절시킬 만한 도구와 자동차가 필요합니다. 게다가 이번 범인은 피해자를 고문했어요. 그렇다면 아무에게도 들키지 않을 감금 장소도 필요합니다. 30년 가까이 징역을 살던 놈이라면 그런 것들을 준비할 수 없었을 겁니다."

맞는 말이었다. 역시 종이학을 체포해 28년 전의 굴욕을 씻어내겠다는 열망이 사쿠라이의 눈을 어둡게 만든 것 같다. 사쿠라이는 팔짱을 끼고 신음했다.

"동일범도 아니고 모방범도 아니라면, 너는 어떤 놈이 범인일 것 같아?"

"28년 전 사건과 이번 사건에서 범인은 뭐랄까…, 세대가 교체된 것 같습니다."

"세대교체?"

"네. 연쇄 여아 살인사건의 범인과 이번 범인은 스승과 제자 같은 관계 아닐까요?"

"연쇄살인범 밑에 제자로 들어간 놈이 있다고?" 사쿠라이가 미간을 찌푸렸다.

"진짜 사제지간은 아니었을 것 같습니다. 28년 전 범행을 가까이서 지켜본 누군가가 똑같은 수법으로 여자를 죽이기 시작한 게 아닐까 싶어요."

"가까이서 지켜본…. 그럼 혈연관계였겠지. 아마… 부자지간."

"네, 그럴 가능성이 가장 크다고 생각합니다. 그때의 아버지와 똑같은 나이대가 돼서 어떤 계기로 살인에 손을 대기 시작한 거죠. 그리고 아버지가 남긴 얏코상을 현장에 둠으로써 자신의 범행을 어필함과 동시에 수사에 혼란을 준 겁니다."

"어떤 계기라…."

"그냥 추측이지만, 아버지가 사망한 것 아닐까요? 선대의 죽음을 보고 자신이 그 뒤를 이어야겠다고 마음먹었다…. 그런 가설은 어떻습니까?"

"뭐, 조금 억지스럽지만, 말은 되네."

사쿠라이는 대충 대답하면서 머리를 굴렸다. 이번 범행의 계기가 미즈키 미노루의 죽음임은 확실하다. 한편 범인이 세대교체 되었다는 미나토의 가설에도 일리가 있었다. 그가 말했듯 종이학은 이미 사망 했을지도 모른다.

그렇게 가정한다면, 미노루와 종이학의 관계는 무엇이었을까. 지나 이 사쿠라코의 유골이 묻힌 장소를 알고 있던 것으로 보아 미노루가 사건의 진상에 매우 가까웠던 것은 분명하다. 어쩌면 범인이 누구인 지 알았을지도 모른다.

그런데 어린아이 다섯 명을 살해한 범인의 정체를 알면서 신고하지 않았다는 말인가. 정말 그랬다면….

"미노루 씨가 범인에게 약점을 잡혔나…?"

사쿠라이가 무심코 중얼거리자, 미나토가 "뭐라고 하셨어요?" 하며 얼굴을 가까이 들이댔다.

"아니, 아무것도 아니야." 당황한 사쿠라이가 얼버무리며 이마를 짚 었다.

범인과 미노루는 서로 상대의 비밀을 알고 있었다. 그렇게 생각 하면 전부 말이 된다. 미노루가 항상 야기누마 건설의 흡연 구역에 있던 이유는 거기서 범인을 지켜보기 위해서가 아니었을까. 만약 또 범행을 저지르면 자신의 비밀이 밝혀지더라도 신고하겠다고, 너와 함께 지옥에 떨어지겠다고 넌지시 경고하는 행동이 아니었을까.

거기까지 추측했을 즈음, 생각이 막다른 골목에 부딪혔다. 어린아이 다섯 명을 살해한 죄. 그것과 맞먹는 비밀이 과연 존재할 수 있을까.

"사쿠라이 씨." 미나토가 말을 걸었다. "그래서 이제 어떻게 할까요?"

"응? 어떻게 하냐니?"

"만약 제가 말한 것처럼 범인이 세대교체 된 거라면, 앞으로 어떤 수사를 해야 하냐고요."

"어떤 수사를 하냐고? 그야 진나이 사쿠라코 양 유괴사건을 정리한 자료를 계속 살펴봐야지."

"하지만 동일범이 아닐지도 모르잖습니까." 미나토가 불만스럽게 말했다.

"동일범이든 후계자든 수사방침은 달라지지 않아. 지금은 다들 아리가 관리관님의 지시를 따라서 수사하고 있다고. 우리가 할 수 있는 건 진나이 사쿠라코 양 유괴사건을 철저히 파헤치는 거야. 네 가설이 맞다면 선대가 범행을 멈춘 계기가 된 사건이기도 하지. 분명 어딘가에 단서가 숨어 있을 거야."

그렇다. 그 사건이 모든 진실을 잇는 열쇠이다. 미노루가 정말 약점을 잡혔다면, 그 시기였을 것이다. 사쿠라이가 속으로 중얼거리는데, 미나토가 부루퉁한 얼굴로 "알겠습니다"라고 답하며 다시 자료로 시선을 떨구었다. 사쿠라이는 미나토의 어깨를 가볍게 토닥이고 책자를 넘기기 시작했다.

진나이 사쿠라코 유괴사건만 살펴봐도 자료의 양이 어마어마했다.

거기서 막연하게 단서를 찾는 행위는 잔디밭에서 바늘 찾기나 다름 없었다. 사쿠라이는 자료를 죽 훑으면서 페이지를 넘겼다. 시간이 순식간에 지나갔다.

자그마한 글자들을 계속 쫓은 탓에 눈 안쪽에 무거운 통증이 느껴질 즈음, 사쿠라이의 손이 멈칫했다. 콧잔등에 주름이 잡혔다. 그것은 별다를 것 없는 일지였다. 사건 관계자에게서 모은 정보를 적어둔 것. 기록된 정보도 대단히 중요한 내용이 아니었다. 문제는 서명란이었다. 거기에 개성 강한 글씨로 '사쿠라이'라고 적혀 있었다.

내 서명? 혼란에 빠진 사쿠라이는 얼굴을 책상에 들이댔다.

28년 전 수사본부에는 그 말고 사쿠라이라는 성을 가진 사람이 없었다. 다시 말해 이 자료는 사쿠라이가 작성한 것이다. 하지만 거기에 적힌 글씨는 절대 사쿠라이의 필체가 아니었다.

누군가가 자료를 위조했다. 누가? 뻔하다. 미노루다.

사쿠라이는 몰려오는 흥분을 필사적으로 억누르며 머리를 회전시켰다.

미노루는 사쿠라이가 쓴 일지를 파기하고 가짜 내용으로 바꿔 썼다. 알려지면 안 되는 것이 적혀 있었기 때문이다. 일지에 적힌 날짜를 본 사쿠라이의 입에서 "어?"라는 목소리가 새어 나왔다. 그날은 진나이 사쿠라코가 유괴당한 날이었다.

미노루는 그날 일어난 일을 감추고 싶어 했다. 그날 우리가 어디서 뭘 했지? 기억해내, 기억해내라고. 빛바랜 기억을 필사적으로 끄집어내던 사쿠라이는 뺨에 쏟아지는 시선을 느끼고 옆을 돌아보았다. 미나토가 빤히 쳐다보고 있었다.

"뭔가를 알아내셨군요."

뜨끔했지만 사쿠라이는 표정을 유지하며 "뭐가?"라고 시치미를 뗐다.

"대충 넘어갈 생각 마세요. 그동안 같이 다니면서 봐서 압니다. 사쿠라이 씨가 사건의 핵심을 찌르는 뭔가를 숨긴다는 걸요. 파트너인 저를 계속 속일 작정입니까? 제가 그렇게 못 미더우세요?"

원망 가득한 호소에 마음이 흔들렸다. 하지만 사쿠라이의 얼굴 근육은 움직이지 않았다.

"내가 뭘? 정말로 아직 오리무중이야."

실망스러운 표정을 지은 미나토가 더 파고들려고 입을 달싹일 때, 뒤에서 발소리가 들렸다. 뒤돌아본 미나토의 몸이 경직되었다.

"아리가 관리관님, 수고 많으십니다!"

벌떡 일어난 미나토는 구두 소리를 울리며 다가오는 아리가에게 직립 부동자세로 경례했다.

"미나토, 형사는 경례하지 않아. 제복 경찰 때 버릇이 아직 남았나 보네."

사쿠라이가 말하자, 미나토는 당황한 표정으로 손을 내리고 그 대신 허리를 굽혔다. 사쿠라이도 일어나서 "관리관님, 안녕하세요"라고 인사했다.

"이런 데서 뭘 하나?" 아리가가 단조로운 목소리로 말했다.

"수사하고 있죠. 28년 전 자료를 다시 살펴봤습니다. 관리관님이야말로 여기 어쩐 일이세요?"

"나도 자료를 찾으러 왔다. 수사상황을 보고하느라 필요한 게 있거든."

아리가는 망설임 없이 선반에 쌓인 상자 하나를 당겨 그 안에서 두꺼운 책자를 꺼냈다.

"뭐 좀 찾았나?"

상자를 제자리에 돌려놓은 아리가가 날카로운 시선을 던졌다.

"아뇨, 못 찾았습니다. 찬찬히 하려고요."

사쿠라이가 머리를 긁적였다. 옆에 선 미나토는 무언가를 말하고 싶은 표정이었지만, 입을 열지는 않았다.

"…우리가 같이 일한 지 얼마나 됐지?" 아리가가 사쿠라이 앞에 섰다.

"같이 일한 지요? 아리가 관리관님이 취임해서부터니까 3년 정도 됐네요."

"그래. 그동안 나는 네게 구체적인 지시를 내리지 않고 자유롭게 움직이도록 내버려 뒀다. 왜인지 아나?"

"제가 무능한 형사라 못 미더워서 아닙니까?"

사쿠라이가 대답하자, 아리가는 "모른 체하기는" 하며 혀를 찼다.

"사콘 수사1과 과장님께서 그렇게 지시하셨기 때문이다. 너는 자유롭게 내버려 둘 때 더 도움이 된다고 하셨다."

"사콘 과장님이 그렇게 말씀하셨습니까? 과찬이지만 그래도 기쁘네요."

"아니, 너는 실제로도 여러 번 정석이 아닌 방법으로 사건을 해결할 정보를 찾아왔다. 사콘 과장님의 말씀대로 너는 유능한 형사일지도 몰라. 하지만 그렇게 튀는 행동거지는 내가 부하들에게 추구하는 모습이 아니다."

"압니다."

아리가는 은근히 건방지게 대답하는 사쿠라이를 노려보았다.

"너를 자유롭게 내버려 뒀지만, 감시도 했다. 넌 둔한 외모와 달리 칼 같은 놈이야. 잘 이용하면 유익하지만, 잘못 사용했다간 되레 위험해지지."

"저는 제가 한직으로 밀려난 꼴통 형사인 줄 알았는데요…. 이번 수사에서도 아무런 도움도 못 되고 이렇게 옛날 자료만 들여다보잖습니까."

"나를 얕잡아 보지 마라, 사쿠라이." 아리가가 얼굴을 불쑥 들이밀었다. "너는 어떤 정보를 알아. 사건을 해결할 중요한 정보를. 하지만 그걸 보고하지 않고 단독으로 수사를 이어나가고 있지."

사쿠라이가 미소를 띤 채 잠자코 있자, 아리가가 그의 셔츠 옷깃을 틀어쥐었다.

"수사본부는 전체가 한 몸이다. 정보를 공유하고 사건 해결이라는 목표를 향해서 나아가야 한다. 너처럼 정보를 숨기고 다른 방향을 바라보는 놈은 암세포 같은 존재야. 가만히 두면 온몸에 독이 퍼져서 수사본부 전체가 죽어 버리겠지. 그래서 바바를 시켜서 네가 허튼짓을 하지 않는지 감시한 거다."

"아, 바바에게 지시를 내렸다는 '높으신 분'이 관리관님이었군요."

"그런 건 중요하지 않아. 당장 네가 아는 걸 보고해."

"아리가 관리관님, 외람되지만 저는 암세포가 아닙니다. 다른 수사관들과 똑같은 방향을 보고 있어요. 무슨 수를 써서라도 범인을 잡아서 피해자의 억울함을 풀어주자는 방향이요."

사쿠라이는 얼굴에서 미소를 지우고 낮은 목소리로 말했다. 코앞에서 충돌한 두 사람의 시선이 불꽃을 튀겼다. 손대면 베일 듯 날카로운 공기가 밀려들었다. 몇십 초간 침묵한 끝에 아리가는 사쿠라이의 옷깃을 놓고 걸음을 돌렸다. 미나토가 안도의 한숨을 내쉬는 소리가 들렸다.

"정보를 밝힐 수 없는 이유가 있나 보군."

아리가가 등을 돌린 채 억양 없는 목소리로 말했다.

"정보를 공유하면 범인을 잡을 가능성이 작아지니 보고할 수 없다는 뜻인가."

역시 관리관이다. 예리하다. 사쿠라이는 감탄하면서 "상상에 맡기겠습니다"라고 대답했다. 아리가는 입구 쪽으로 걸음을 옮겼다.

"이번만큼은 수단과 방법을 가리지 마라. 너는 너 나름의 방법으로 죽을힘을 다해 범인을 쫓아. 일곱 명을 해친 쓰레기의 정체를 어떻게든 밝혀내서 그 손으로 쇠고랑을 채워라."

"알겠습니다."

사쿠라이가 대답하자, 아리가는 방에서 나갔다. 동시에 미나토가 쓰러지듯 의자에 주저앉았다.

"어이, 미나토, 다리 힘이 풀렸어?"

"그야 당연하죠. 수사1과 관리관이면 하늘 같은 분이라고요. 그런 사람하고 언쟁을 벌이다니…."

"그냥 대화 좀 한 거지, 뭐."

"사쿠라이 씨, 이래도 됩니까? 숨기는 정보가 있다는 걸 관리관님이 눈치채셨잖아요. 새로운 단서가 나오면 괜찮겠지만, 그러지 않으면 징계를 받을지도 몰라요."

"숨기는 거 없다니까 그러네. 다들 왜 나를 안 믿어주는 거야?"

사쿠라이가 도통 모르겠다는 듯 양팔을 넓게 벌렸다.

"그보다 미나토, 네 가설을 얘기했어야 하는 것 아니야? 관리관님은 이번 사건을 연쇄 여아 살인사건의 범인이 일으켰다고 생각하시잖아."

"그런 걸 말할 분위기가 아니었잖아요."

미나토가 퉁명스럽게 말했을 때, 재즈 음악이 울려 퍼졌다. 철제 의자 등받이에 걸쳐놓은 코트에서 스마트폰을 꺼낸 사쿠라이는 액정 화면에 표시된 '토야 시오리'라는 글자를 보고 눈을 끔뻑거렸다.

"사쿠라이 씨, 어디 가십니까? 누구 전화예요?"

사쿠라이가 문으로 향하자, 미나토가 물었다. 사쿠라이는 울려대는 스마트폰을 들어 올렸다.

"아까 말한 그 접대부의 영업 전화."

얼굴을 찌푸리는 미나토를 내버려 두고 방을 나온 사쿠라이는 통화 버튼을 눌렀다.

"네, 여보세요. 사쿠라이입니다."

"토야 시오리예요. 시간 괜찮으세요?"

시오리의 목소리에서 심각한 낌새를 감지한 사쿠라이는 자세를 고쳤다.

"뭐 그럴듯한 정보라도 들어왔습니까?"

스마트폰에서 "네"라는 가냘픈 대답이 돌아왔다.

"뭐죠? 뭘 알아낸 겁니까?!"

"아직 말할 수 없어요."

"뭐라고요?"

"확실한 결과가 나올 때까지 시간이 걸려요. 그러니까 기다려주세요. 아주 중요하고 믿기 힘든 이야기니까 추측만으로 떠벌릴 수는 없어요."

사쿠라이는 목구멍까지 올라온 불평을 겨우겨우 삼켰다. 자신도 아리가에게 똑같은 짓을 했다. 시오리를 비난할 자격이 없었다.

"그럼 왜 연락하셨어요?"

"묻고 싶은 게 있어서요. 진나이 사쿠라코 양이 유괴된 날, 미노루 씨가 어디서 연락을 받지 않았나요? 그리고 미노루 씨가 통화를 하러 혼자 어디로 가거나 그러지 않았어요?"

"…진나이 사쿠라코 양이 유괴된 날?"

사쿠라이가 숨죽여 중얼거렸다. 미노루가 자료를 위조해서 무엇을 했는지 감추려고 한 날. 그날 일을 왜 시오리가 궁금해할까. 사건의 핵심에 다가섰다는 직감이 들어 몸이 뜨거워졌다.

"네, 그날 일을 떠올려보세요. 가능한 한 자세히."

"잠, 잠깐만 기다려 봐요."

사쿠라이는 이마에 손을 대고 곰곰이 생각했다. 방금까지는 떠오르지 않았다. 그런데 시오리가 던진 아주 구체적인 질문이 뇌 속 깊숙이 잠들어 있던 기억을 자극했다.

사쿠라이는 눈을 크게 뜨고 양손으로 스마트폰을 꽉 쥐었다.

"생각났습니다! 맞아요. 그날 삐삐가 울려서 미노루 씨가 혼자 공중전화를 찾으러 갔습니다."

"미노루 씨의 태도가 이상해진 건 그 이후 아닌가요?"

"맞아요! 그랬습니다! 그날 미노루 씨가 통화를 마치고 돌아왔을 때, 얼굴이 새파랗게 질려서는 갑자기 혼자 조사하고 싶은 게 있으니까 따로 수사하자고 했습니다."

사쿠라이는 기억이 점점 선명해지는 것을 느끼며 흥분해서 부산을 떨었다.

"어떻게 알았습니까?! 대체 뭘 알아낸 거예요?!"

"확증이 생길 때까지는 말할 수 없다니까요."

단호한 거부에 사쿠라이는 입술을 깨물었다.

"하나만 더 떠올려보세요. 미노루 씨의 삐삐에 연락이 왔을 때, 두 분은 뭘 하고 계셨죠?"

"그게…, 어떤 공장에 탐문을 하러 갔습니다. 거기 직원 중에 여자 아이한테 장난질을 친 전과자가 있었거든요."

"무슨 공장이요?"

"그건… 잠시만요."

사쿠라이는 눈을 꼭 감고 생각했다. 암흑 속에서 28년 전 광경이 뿌옇게 되살아났다. 체육관 같은 공장과 그 출입문 옆에 걸린 간판. 사쿠라이는 눈을 번쩍 떴다.

"타치바나예요. 타치바나 목재라는 공장이었습니다."

제4장

죽은 자의 메시지

제4장
죽은 자의 메시지

흰 가운을 걸치고 탈의실을 빠져나온 미즈키 치하야는 복도를 나아갔다. 2주 정도 쉬었을 뿐인데 병원에 오는 것이 무척 오랜만인 것 같았다. 부친상 휴가가 끝난 치하야는 오늘부로 다시 직장으로 복귀한다.

"어, 치하야."

뒤에서 들려온 목소리에 돌아보자, 외과 선배인 무카이가 한 손을 들었다.

"이제 다시 일하는 거야?"

"오늘부로 복귀했습니다. 걱정 끼쳐서 죄송해요."

다가온 무카이는 주변을 둘러보다가 목소리를 낮추었다.

"아버지 일은 해결됐어?"

"네, 거의 해결됐어요. 문제없습니다." 치하야는 억지로 미소를 지어 보였다.

"그래? 그럼 그 암호 같은 건…."

무카이는 거기까지 말하다가 아차 싶은 표정으로 입을 틀어막았다.

"너무 깊이 파고들면 안 되겠지. 아무튼 문제없다니 다행이다."

"신경 써주셔서 고맙습니다."

치하야가 인사하자, 무카이가 빤히 쳐다보았다.

"치하야, 너 정말 괜찮아? 다른 외과 사람들도 다들 널 걱정해. 뭐든 도와줄게."

"감사합니다. 근데 정말 괜찮아요."

외과는 상하 관계가 엄격해서 자주 '군대'라고 놀림 받지만, 지금은 그 굳은 결속력이 고맙게 느껴졌다. 그러나 아버지가 연쇄살인사건에 깊이 연관되어 있다는 말은 도저히 할 수 없었다.

"그럼 다행이고. 다음에 같이 술이나 마시자. 내가 쏠게."

무카이는 치하야의 등을 가볍게 두드리고 떠났다. "기대할게요" 하며 작게 손을 흔든 치하야는 제 뺨을 가볍게 찰싹이며 사기를 북돋우고 걸음을 옮겼다.

"안녕하세요."

조직검사실로 들어가 보니, 근무시간까지 아직 30분쯤 남았는데도 병리부 부장 마츠모토가 일하고 있었다. 치하야가 가장 안쪽에 있는 마츠모토의 자리로 다가갔다.

"오래 쉬어서 죄송합니다. 오늘부로 복귀하겠습니다."

"아, 치하야 선생." 현미경에서 눈을 돌린 마츠모토가 미소를 지었다. "고생했네. 잘 마무리됐나?"

"네. 아직 할 일이 조금 남았지만 일단락됐습니다."

그렇다. 아직 할 일이 남아 있다. 치하야는 마음속으로 중얼거렸다. 아버지가 타치바나 목재공장을 감사했다는 사실까지는 알아냈다. 그 공장에 다니는 직원 중에 종이학 살인사건과 깊이 연관된 인물이 있다. 그런 확신이 들었다. 이제 그 사람이 누구인지, 어떤 식으로 그 끔찍한 사건과 관련되어 있는지 밝혀내기만 하면 된다.

공장 직원 중에 연쇄살인범이 있기를 바랐다. 정말 그렇다면 어머니가 아이들을 죽였을지 모른다는 의심에서 벗어날 수 있을 테니까.

"그럼 오늘부터 다시 잘 부탁하네."

치하야는 "저야말로 잘 부탁드립니다"라고 대답한 뒤, 자기 자리에 앉아서 옆자리로 눈을 돌렸다. 지도의인 시오리는 아직 출근하지 않았다. 오늘 아침, 오랜만에 하는 출근이라 일찍 일어나서 아침밥을 먹던 치하야가 "같이 갈래?"라고 물었지만, 시오리는 딴 데 정신이 팔린 얼굴로 "나는 좀 나중에 갈게"라고 대답했다.

뭐, 괜찮다. 안 그래도 일하기 전에 잠깐 차분하게 마음을 가라앉힐 시간이 필요했다. 치하야는 천천히 일할 준비를 하면서 일련의 사건을 머릿속으로 곱씹었다.

이제 어떻게 해야 할까. 물론 타치바나 목재의 직원들을 조사해야겠지만, 구체적으로 어떻게 해야 할지 가늠이 되지 않았다. 그리고 정말 거기에 종이학이 있다면, 계속해서 그 공장에 모습을 드러내기는 위험하다. 종이학이 아버지와 어떤 관계였는지는 몰라도 우호적인 관계는 절대 아니었을 것이다. 치하야가 미즈키 미노루의 딸임을 알면 위해를 가할지도 모른다.

"아니, 이미 위험한 상태인가…"

치하야는 입속말로 중얼거렸다. 누군가가 본가에 불을 질렀다. 종이학의 짓이라는 확증은 없지만, 치하야가 표적이었을 가능성이 있다.

사쿠라이에게 타치바나 목재를 조사해달라고 부탁하면서 정보를 제공하는 것이 가장 안전한 방법이리라. 하지만 그에게 모든 것을 말하기가 거북했다. 사쿠라이는 겉보기와 달리 유능한 형사이다. 모든 정보를 가르쳐주면 그는 아마 사건 뒤에 감춰진 진실을 들춰낼 것이다. 그것이 설령 끔찍한 진실이라 할지라도.

몸이 떨렸다. 타치바나 목재의 직원 중에 종이학이 있을 것이라고 자신을 아무리 타일러도, 어머니가 살인마였을지도 모른다는 의심이 욕실에 슨 곰팡이처럼 머리에 박혀서 떠나지 않았다. 혼자서만 진실에 닿고 싶다는 이기적인 마음 때문에 사쿠라이에게 연락하기가 망설여졌다.

이윽고 병리의들이 하나둘 방으로 들어와 자기 자리에 앉았다. 하지만 근무시간이 지나도록 치하야의 옆자리는 여전히 비어 있었다.

"죄송합니다. 늦었습니다." 문이 벌컥 열리더니, 시오리가 숨을 헐떡이며 모습을 드러냈다.

"아, 시오리 선생. 신경 쓰지 말게. 이 정도는 지각도 아니야. 그런데 자네가 늦다니 별일이군."

마츠모토가 가볍게 말했다. 시오리는 어깨를 움츠리고 다시 "죄송합니다"라고 사과하며 자기 자리에 앉았다.

"네가 지각이라니 웬일이야? 무슨 일 있어?"

작게 소곤거리자, 시오리의 눈동자가 흔들렸다.

"그냥… 생각 없이 있다가."

"생각 없이…."

수상한 낌새를 풍기는 시오리를 보자니 당황스러웠지만, 근무시간에 계속 수다를 떨 수는 없었다. 치하야는 손에 든 프레파라트를 현미경에 고정했다.

"그럼 수고하게나."

마츠모토가 떠나자, 조직검사실에는 치하야와 시오리만 남았다. 손목시계를 보니 오후 다섯 시 반이었다.

"대체 무슨 일이야?"

치하야가 말을 걸자, 현미경을 들여다보던 시오리가 "뭐가?" 하며 고개를 들었다.

"뭘 물어? 너 지금 일에 집중을 못 하잖아."

근무시간 내에 담당 검체를 다 관찰하지 못해서 잔업을 하던 시오리는 "몸이 안 좋아서…" 하며 말끝을 흐렸다.

"요즘 왠지 넋이 나가 보여. 혹시 뭐 감추는 거 있어?"

치하야는 시오리의 표정이 굳는 것을 보고 몸을 앞으로 기울였다.

"역시 있구나! 뭘 감추는 거야? 무슨 단서라도 나왔어?"

"…아직 말 못 해."

"왜 말을 못 해? 이건 나한테 아주 중요한 문제야."

"중요하니까 말 못 해. 아직 가설일 뿐이니까. 확증이 생기면, 그때 너한테 다 말할게. …그 진실이 아무리 잔인해도."

시오리의 비장한 태도에 화가 누그러들었다. 치하야가 침을 꿀꺽 삼켰다.

"그 확증은 언제 생기는데?"

"최대한 빨리 살펴봐 달라고 얘기해 놨으니까 아마 오늘이나 내일쯤. 그러니까 그때까지 기다려."

치하야는 몇 초간 입을 굳게 다물고 있다가 "알았어" 하며 고개를 끄덕였다. "그거면 충분해. 나는 나대로 이것저것 조사할 테니까."

"조사하다니, 뭘?"

"아버지가 항상 흡연 구역에 있던 이유를 알았어. 타치바나 목재라는 회사의 공장을 감시한 거야. 거기를 내 나름대로 조사할 생각이야."

"타치바나 목재…"

시오리의 눈이 휘둥그레졌다. 그 반응에 치하야는 몸을 앞으로 기울였다.

"타치바나 목재를 알아?! 네 '가설'도 타치바나 목재하고 관련이 있어?"

"아직 말할 수 없다니까."

"말하지 않아도 네 태도를 보면 알아. 역시 그 공장이 관련돼 있구나."

치하야의 감은 틀리지 않았다. 역시 타치바나 목재를 조사해야 한다. 지금 당장이라도 그곳에 가서 정보를 모아야 한다. 흥분이 등을 떠밀어 치하야가 일어나자, 시오리가 흰 가운 소매를 붙잡았다.

"타치바나 목재에 가면 안 돼."

"왜? 사건과 관련이 있는 곳이잖아."

"그래서 너는 가면 안 된다고!"

시오리의 불호령에 치하야는 눈을 동그랗게 떴다. 항상 차분하던 동거인이 이렇게까지 감정을 드러내는 모습은 본 적이 없다.

"왜 내가 가면 안 되는데?"

시오리는 적당한 말을 찾는 듯 눈동자를 굴렸다.

"…위험하니까."

"타치바나 목재에 종이학이 있다고 생각하는구나? 그래서 가까이 가지 말라고 경고하는 거야. 그렇지?"

시오리는 입을 다물었다. 그 침묵은 긍정이나 다름없었다.

"공장에 들어가겠다는 게 아니야. 그 주변 사람들한테 이야기만 들을 거야."

"아니, 그래도 위험해. …내 가설이 맞다면, 범인은 너를 노릴 가능성이 커."

"나를? 왜? 아버지의 딸이라서?"

"그건 아직 말할 수 없어."

힘없이 고개 젓는 시오리를 보자, 치하야는 몸이 달았다. 타치바나 목재의 직원이 종이학이라면, 어머니가 아이들을 죽였을지도 모른다는 의혹에서 벗어날 수 있다. 한시라도 빨리 어머니의 무죄를 확인하고 싶었다.

"제발 앞으로 이틀…, 아니, 하루만 기다려 줘. 늦어도 내일까지는 미노루 씨의 검사 결과가 나올 거야."

"검사 결과? 도대체 뭘 조사한 거야?"

시오리는 답하지 않고 입을 꾹 다물었다. 치하야는 큰 한숨을 내쉬었다.

"너, 아까부터 계속 숨기기만 하잖아. 그런데 그냥 수긍하라고?"

"응. 미노루 씨를 위해서."

"아버지를 위해서?"

치하야가 미간을 좁히자, 시오리가 크게 고개를 끄덕였다.

"검사 결과만 나오면 미노루 씨의 메시지를 들을 수 있어. 그 마음을 헤아려서 정확하게 너에게 전해줄 수 있어. 그러니까 조금만 기다려. 부탁이야."

애원하듯 말하는 시오리의 기세에 밀려 치하야는 저도 모르게 뒤로 물러났다.

"알았어, 알았다고. 오늘은 곧장 집에 갈게. 그러면 되지?"

툭 내뱉듯 말하자, 시오리의 얼굴에 안도감이 번졌다.

"그 대신 내일은 '아버지의 메시지'가 뭔지 꼭 들을 거야."

"알았어. 약속할게."

시오리는 느슨하던 표정을 경직시키며 진지하게 고개를 끄덕였다. 치하야는 자신을 바라보는 시오리의 눈동자에서 깊은 연민의 감정을 감지하고 불안해졌다. 시오리는 대체 어떤 진실을 알아냈을까. 나는 내일 어떤 끔찍한 진실을 마주하게 될까.

치하야는 소매를 붙든 시오리의 손을 반사적으로 뿌리쳤다.

"저, 저기, 나는 일이 끝나서 먼저 가볼게."

"그래, 수고했어."

평소처럼 담담한 말투로 돌아온 시오리를 남겨두고 치하야는 문으로 향했다.

"너도 너무 늦게까지 하지 마."

문을 열면서 돌아보자, 시오리는 현미경에 시선을 고정한 채 가볍게 손을 들었다.

"아직도 안 오네."

치하야는 소파에 드러누워서 벽시계를 확인했다. 밤 열 시가 넘었다. 일을 마치고 병원을 뒤로한 치하야는 약속대로 곧장 시오리의 집에 왔다. 즉석 카레를 데워 저녁을 먹었지만, 시오리에게 들은 말이 신경 쓰여서 아무 맛도 느끼지 못했다.

혼자 있자니, 아픔을 눌러 참는 표정으로 바라보던 시오리의 얼굴이 자꾸만 머릿속에 떠올랐다. 시오리는 대체 무엇을 알아냈을까. 너무 궁금해서 가만히 있을 수가 없었다. 시오리가 돌아오면 조금이라도 이야기를 들어보려고 기다렸건만, 이 시간이 됐는데도 돌아올 기미가 없다.

아직 일이 덜 끝났나. 아니면 무슨 문제가….

갑자기 불안해진 치하야가 전화를 걸려고 할 때, 벨소리가 방 안의 공기를 흔들었다.

낮은 탁자에 놓아둔 스마트폰 화면을 확인한 치하야는 표시된 이름을 보고 고개를 갸우뚱했다. 이 사람이 왜? 치하야는 통화 버튼을 누르고 스마트폰을 얼굴 옆으로 가져갔다.

"안녕하세요, 미즈키 치하야 씨."

"네, 안녕하세요. 이 시간에 어쩐 일이세요?"

"치하야 씨 아버님과 관련해서 생각난 게 있어서 연락드렸습니다."

"저희 아버지요? 무슨 일이죠?"

"사실 예전에 아버님이 저한테 맡기신 게 있거든요."

"뭘 맡기셨다고요?! 그게 뭐죠?" 치하야의 목소리가 커졌다.

"USB 메모리예요. 혹시 본인한테 무슨 일이 생기면 딸에게 전해달라고 하셨어요."

USB 메모리. 아버지가 그런 것을 남겼다고?

그 안에 결정적인 단서가 있을지도 모른다. 그것만 있으면 28년 전부터 이어져 온 사건의 진상을 밝힐 수 있을 것이다. 스마트폰을 잡은 손에 힘이 들어갔다.

"주세요. 어디로 가면 되죠?"

"지금 마침 운전하는 중이니까 제가 치하야 씨네 집 앞으로 가져가겠습니다. 그게 빠를 것 같아서요. 어디로 가면 될까요?"

물건을 전해주러 여기까지 온다고? 그렇게까지 해달라고 하기는 미안했다. 게다가 집 주소를 알려주면 위험해질 수도 있다.

"저기, 제가 가면 안 될까요?"

"지금 출장을 가는 길이라 운전해서 오다와라 쪽으로 가야 해요. 일주일 후면 돌아오니까 혹시 그때도 괜찮으시면…."

"아뇨, 지금 받을게요. 그럼 죄송하지만, 여기로 와주시겠어요? 주소는…."

치하야는 재빨리 아파트 주소를 말했다. 일주일이나 기다릴 수는 없다. 1초라도 빨리 이 끔찍한 사건의 진상을 알고 싶다.

"그쪽이면 가까우니까 금방 도착합니다. 공동 현관에서 기다려주세요."

전화가 끊겼다. 치하야는 스마트폰을 한 손에 들고 서둘러 현관으로 향했다.

통화를 마치고 10분쯤 지났을 때, 아파트 앞에 왜건 한 대가 섰다.

운전자가 "치하야 씨" 하며 웃는 얼굴로 손을 흔들었다. 치하야는 잰걸음으로 차에 다가갔다.

"바쁘신데 여기까지 와주셔서 감사합니다. USB 메모리는 어디 있죠?"

"뒷좌석에 둔 짐 안에 있어요. 잠깐만 기다리세요."

운전자는 차에서 내려 뒷좌석 문을 열었다. 차 안이 어두워서 잘 보이지 않았다.

"저기…, 짐이 안 보이는데요."

차 안을 들여다보며 중얼거린 순간, 목덜미에 강렬한 충격이 느껴졌다. 전신의 근육이 뻣뻣해지고 눈앞이 새하얘졌다.

"네가 그 짐이거든."

의식이 어둠에 빠지기 직전, 그런 목소리가 멀찍이 들려왔다.

◇◇◇◇◇

"드디어 끝났다."

병리조직 소견을 다 기록한 시오리가 큰 한숨을 내쉬며 전자 차트를 닫았다. 벽시계를 확인하니 오후 일곱 시가 지난 시각이었다. 기본 업무에 이렇게 긴 시간을 쓴 적은 처음이다. 오늘은 도무지 집중이 되지 않아서 자꾸만 일이 밀렸다.

원인은 이미 안다. 사흘 전에 지인에게 부탁한 검사 결과가 곧 나오기 때문이다. 그 검사 결과가 자신의 가설이 옳음을 증명해준다면, 28년 전부터 이어져 온 끔찍한 사건은 해결에 성큼 다가설 것이다. 하지만 동시에 치하야에게 잔인한 진실을 들이미는 셈이었다.

이래도 될까. 자신에게 그럴 자격이 있을까. 지난 며칠간 몇 번이나 자문했다. 시오리는 문득 책상 옆 서랍을 열고 미즈키 미노루의 조직 표본을 꺼냈다. 죽 늘어선 프레파라트 중 하나를 현미경에 고정한 시오리는 접안렌즈에 눈을 가까이 댔다.

나사를 돌려 초점을 맞추자, 부갑상샘 조직이 보였다.

이것을 관찰했을 때, 목소리가 들려오는 것 같았다.

"미노루 씨의 목소리…." 시오리는 천장을 올려다보며 나직이 중얼거렸다.

병리의는 환자가 남긴 마음을 헤아려서 그 내용을 유족에게 전해야 한다. 그러니 시오리도 그 사명을 다해야 한다. 그것이 아무리 괴로운 진실이라 해도.

결심을 굳혔을 때, 전자음이 울렸다. 순간 몸을 떤 시오리는 흰 가운 주머니에서 업무용 휴대전화를 꺼냈다. 병리의의 업무용 휴대전화는 울릴 일이 많지 않다. 그렇다면….

시오리는 머뭇머뭇 휴대전화를 귀에 댔다.

"어, 시오리. 법의학교실의 사와이인데, 지금 통화 괜찮아?"

시오리는 갈라진 목소리로 "괜찮아"라고 대답했다.

"아까 스마트폰으로 걸었는데 안 받길래 이쪽으로 연락했어. 이 시간까지 일했어? 웬일이래?"

"일이 좀 밀려서…."

"그래? 몸 생각하며 해. 그나저나 얼마 전에 부탁한 유전자검사 결과가 나왔어. 엄청 급하다길래 힘 좀 썼어."

시오리는 얼마 전, 의학부 시절 동기이자 법의학교실에 있는 준교수 사와이에게 어떤 검사를 부탁했다.

"저, 저기, 그래서…, 결과는…."

혀가 굳어서 말이 마음처럼 나오지 않았다. 심장 소리가 고막까지 울렸다.

"네가 예상한 대로야. X염색체에서 이상이 확인됐어."

벼락을 맞은 것 같은 충격이 온몸에 번졌다. 휴대전화가 손에서 미끄러질 것 같았다.

"여보세요? 뭐지? 들려? 괜찮아, 시오리?"

"…응. 정말 고마워."

시오리는 인사한 뒤 전화를 끊고 눈을 감았다. 지난 며칠 동안 자신의 가설이 틀렸기를 빌고 또 빌었다. 하지만 그 바람은 이루어지지 않았다.

아니, 반대로 생각하자. 이 결과 덕에 사건의 전말이 드러났다. 머지않아 종이학을 체포할 수 있을 것이다. 시오리는 고통스러우리만치 빠르게 뛰는 심장 박동이 잦아들기를 기다렸다가, 기억해둔 번호를 휴대전화에 눌렀다. 지금부터 어떻게 할지는 이미 여러 번 시뮬레이션을 돌렸다.

통화 연결음이 두 번 정도 울리자, 전화가 연결되었다.

"네, 사쿠라이입니다. 누구시죠?" 중년 형사의 맥없는 목소리가 들려왔다.

"토야 시오리입니다. 사쿠라이 씨에게 드릴 말씀이 있어요."

"…시오리 선생님이세요? 무슨 일이시죠?"

사쿠라이의 말투가 확 바뀌어 날붙이처럼 예리해졌다.

"사건의 진상을 알았어요. 미노루 씨가 연쇄살인사건과 어떻게 얽혀 있는지요."

"그럼 그 가설이 뭔지 구체적으로 말씀해주시겠습니까?"

"전화로 할 이야기가 아니에요. 저희 집 근처에 24시 카페가 있으니까 거기서 만나시죠."

"알겠습니다. 저하고 시오리 선생님, 그리고 치하야 씨 셋이서 만나는 거죠?"

"치하야는 데려가지 않을 거예요. 우선 사쿠라이 씨와 둘이서만 이야기하고 싶어요."

"왜죠?" 사쿠라이가 이유를 가늠하듯 말했다.

"치하야에게 아주 잔인한 진실을 알았거든요. 그걸 어떻게 전해야 할지, 사쿠라이 씨가 함께 고민해주셨으면 좋겠어요."

시오리는 기도하는 심정으로 대답을 기다렸다. 수화기 너머에서 작게 한숨 쉬는 소리가 들려왔다.

"알겠습니다. 그럼 한 시간 후에 카페에서 뵙죠."

"감사합니다."

카페 위치를 전달하고 전화를 끊은 시오리는 현미경에 고정된 프레파라트를 살며시 만졌다. 매끄럽고 차가운 유리의 감촉을 느끼며 눈을 가늘게 뜬 시오리가 입을 열었다.

"당신의 마음, 치하야에게 확실히 전할게요, 미노루 씨."

"아이고, 안녕하십니까. 벌써 와 계셨군요."

코트를 입은 구부정한 남자가 한 손을 들며 다가왔다. 시오리 맞은 편 자리에 앉은 사쿠라이는 종업원에게 "블렌딩 커피요"라고 주문한 뒤 테이블에 팔꿈치를 대고 양손 깍지를 꼈다.

"오늘 온종일 수사하느라 뛰어다녀서 마음 같아선 맥주를 마시고 싶지만 참아보겠습니다."

사쿠라이는 실없이 웃었지만, 그의 눈만큼은 날카로운 빛을 발했다. 시오리는 마른침을 삼켰다.

"수사에 진전이 있나요?"

"뭐, 조금이지만 그럭저럭요. 이번 사건에서는 피해자가 성인 여성이라 범인은 차를 이용했을 겁니다. 아마도 밴 같은 대형차를요. 그래서 사건이 일어나기 전후에 시신 유기현장 근처를 지나간 차들을 죄다 찾아내고 있습니다. 그리고 진나이 사쿠라코 양의 유골이 발견되기 전날 밤, 그 부근에 있던 수상한 인물이 누구인지도 조사하고 있죠."

사쿠라이가 눈을 가늘게 떴다.

"이거 협박인가요? 정보를 넘기지 않으면 누가 유골을 파냈는지 알리겠다는 뜻이에요?"

"설마요. 소중한 조력자를 팔아넘겨서 되겠습니까?"

사쿠라이가 연극배우 같은 몸짓으로 양손을 흔드는데, 종업원이 커피를 가지고 왔다.

"사쿠라이 씨도 범인이 이용한 차량을 수사하시나요?"

커피에 설탕과 우유를 잔뜩 넣는 사쿠라이를 보며 시오리가 물었다.

"아뇨, 아뇨. 감사하게도 윗분들이 제 마음 가는 대로 수사할 수 있게 해주시거든요. CCTV 영상을 온종일 들여다보는 고된 일은 하지 않습니다. 오늘은 야기누마 건설과 그 옆에 있는 타치바나 목재 공장을 조사했습니다."

"거기를 왜요?!"

시오리가 눈을 휘둥그레 뜨자, 사쿠라이는 커피를 한 모금 홀짝였다.

"당연하잖습니까. 얼마 전에 통화했을 때 시오리 선생님이 타치바나 목재를 미심쩍게 생각했으니까요. 아무 말도 하지 않으셨지만, 그 정도는 압니다. 게다가 저는 제 나름대로 타치바나 목재를 의심하기에 충분한 단서를 찾았거든요."

"무슨 단서요?"

"28년 전 기록이요. 미노루 씨는 진나이 사쿠라코 양이 유괴된 당일의 기록을 위조했습니다. 본인이 그날 타치바나 목재에 탐문하러 갔다는 사실을 숨기려고 한 거죠."

"역시⋯."

무의식적으로 말을 흘린 순간, 사쿠라이의 얼굴에서 웃음기가 사라졌다.

"역시라고요? 무슨 뜻이죠? 시오리 선생님, 이제 가르쳐 주시죠. 대체 뭘 알아내신 겁니까?"

커피 잔을 받침 접시에 내려놓은 사쿠라이의 몸이 앞으로 기울었다.

"⋯알았어요."

시오리는 각오를 다지며 조용히 이야기를 시작했다.

"미즈키 미노루 씨가 사쿠라이 씨에게 뭘 전하려고 했는지 말씀드릴게요."

"이상입니다."

모든 설명을 마친 시오리는 빨대로 아이스티를 한 모금 마셨다. 바싹 마른 입안이 차가운 홍차로 촉촉해지는 것을 느끼며, 맞은편 자리에서 굳어 있는 사쿠라이에게 시선을 던졌다.

"전문적인 내용도 많았는데, 이해가 되셨나요?"

사쿠라이는 그제야 정신이 든 표정을 지었다.

"아, 네. 이해는 됐는데…. 그게 확실합니까?"

"확실해요."

시오리가 단언하자, 사쿠라이는 커피 잔으로 떨리는 손을 뻗었다. 마음을 가라앉히려는 듯 차게 식은 커피를 단숨에 들이켠 사쿠라이는 멍한 눈을 천장으로 돌렸다.

"그게 사실이라면 많은 게 달라집니다. 28년 전에 범인을 잡지 못한 게 당연해요."

"네, 맞아요. 하지만 이제 이 사실을 알았으니 범인을 금방 잡을 수 있을 거예요."

"그건 그렇지만…."

사쿠라이는 눈을 감고 양쪽 눈머리를 지그시 눌렀다. 몇 초의 침묵 끝에 사쿠라이는 천천히 눈꺼풀을 들었다.

"아무튼 이렇게 늦은 시간에는 수사본부에 보고할 수 없습니다. 게다가 이 사실을 함부로 밝혀도 될지…."

"그건 사쿠라이 씨가 판단하셔야 해요. 미노루 씨는 사쿠라이 씨에게 전하려고 위벽에 정보를 새겼어요. 사쿠라이 씨라면 올바른 판단을 내릴 거라고 믿었으니까요."

"그렇죠. …네, 그 말이 맞습니다."

사쿠라이는 사나운 표정으로 고개를 숙이고 팔짱을 꼈다. 몇 분 동안 신음하며 고민하다가 고개를 들었다.

"수사본부에 보고하죠. 범인은 지금 비뚤어진 욕망에 지배돼서 폭주하고 있어요. 언제 다음 범행을 저질러도 이상하지 않은 상태입니다. 더는 피해자를 만들지 않는 게 최우선이에요."

"알겠습니다. 하지만 그 전에 해야 할 일이 있어요."

"네, 치하야 씨에게 진실을 전해야죠. …이 잔인한 진실을."

사쿠라이의 미간에 깊은 주름이 패었다.

"이 얘기를 어떻게 전해야 치하야가 충격받지 않을 수 있을까요?"

시오리가 머뭇거리며 묻자, 사쿠라이는 고개를 가로저었다.

"그건 불가능합니다. 아무리 에둘러 말해도 치하야 씨는 엄청난 충격을 받을 거예요."

"치하야… 괜찮을까요?"

"괜찮을지 안 괜찮을지는 시오리 선생님한테 달려 있습니다."

"저한테요?"

"미노루 씨가 남긴 정보는 실로 충격적입니다. 하지만 시오리 선생님은 해부한 시신에서 정보만 읽어내는 게 아니잖아요. 그 인물이 숨겨둔 마음을 건져 올려서 유족에게 전하는 것 아니었습니까?"

사쿠라이가 부드럽게 미소 지었다.

"미노루 씨가 어떤 마음으로 그 암호를 위벽에 새겼는지, 거기에 귀를 기울여 보세요. 그러면 틀림없이 치하야 씨에게 어떤 식으로 이야기를 전하는 게 최선일지 답이 보일 겁니다."

시오리는 눈이 열린 느낌이 들어 몸을 떨었다. 시신에서 최대한 많은 정보를 읽어내는 것. 그 기술을 줄곧 추구해 왔다. 하지만 그 기술만으로는 시신의 마음을 건져 올릴 수 없다.

'너희 어머니는 네가 오래오래 행복하기를 바라셨던 거야.'

예전에 마츠모토에게 들은 말이 귓가에 울렸다. 가슴속이 서서히 뜨거워졌다.

그렇다. 잔인한 진실을 알아낸 것만으로는 아직 부족하다. 미노루가 왜, 그리고 어떤 마음으로 그 정보를 위벽에 새겼는지, 그것을 치하야에게 전해야 비로소 자신이 꿈꾸던 병리의의 모습에 한 걸음 다가설 수 있다.

시오리는 눈을 감았다. 그동안 보고 들은 정보가 머릿속에서 마구 뒤섞였다. 시오리는 의식을 집중해 그 안에서 눈에 띄는 미즈키 미노루의 유지를 필사적으로 찾았다.

'단순히 피가 섞였다고 부녀가 되는 건 아니야. 아버지가 나한테 그렇게 말했어.'

애처롭게 중얼거리는 치하야의 모습이 뇌리를 스쳤다. 그 순간, 시오리는 눈을 번쩍 떴다.

"뭔가를 깨달았나 보군요."

살짝 눈웃음 지은 사쿠라이가 말을 걸었다. 시오리는 크게 고개를 끄덕이고 벌떡 일어났다.

"네, 이제 됐어요. 치하야에게 말하러 가시죠."

"치하야 씨가 아직도 안 받습니까?"

옆에서 걷는 사쿠라이가 물었다. 시오리는 통화 연결음을 울리는 스마트폰을 귀에서 떼고 종료 버튼을 눌렀다.

"안 받아요. 어쩌면 자고 있을지도 몰라요."

"많은 일을 겪었으니 피곤할 법도 하죠. 벌써 열 시 반도 넘었고요."

사쿠라이가 손목시계를 확인했다. 카페를 뒤로한 시오리는 사쿠라이와 함께 아파트로 향했다. 이동하면서 몇 번이나 전화를 걸었지만, 치하야는 받지 않았다.

가능하면 미리 연락해서 마음의 준비를 할 시간을 주고 싶었건만, 어쩔 수 없다. 스마트폰을 가방에 넣은 시오리는 서둘러 밤길을 나아갔다.

몇 분쯤 걸어서 집 앞에 도착한 시오리는 열쇠를 꺼내 자동 잠금 장치가 달린 공동현관문을 열려고 했다.

"아, 시오리 선생님. 잠시만요."

"왜요?"

"전화를 한 번 더 해보는 게 좋겠어요. 제가 같이 집에 들어간다는 말을 해두지 않으면, 치하야 씨가 너무 놀라서 차분히 이야기를 나누기 힘들 것 같습니다."

좌우지간 진실을 들으면 치하야는 놀랄 테니 이제 와서 무슨 소용인가 싶었지만, 곰곰이 생각해보니 치하야는 집에서 아주 편안한 차림으로 있을 때가 많았다. 사쿠라이를 데리고 간다는 말이라도 해두는 것이 좋을 듯했다. 시오리는 다시 스마트폰을 꺼내 치하야에게 전화를 걸었다. 다음 순간 등 뒤에서 팝 음악이 울려, 시오리와 사쿠라이는 동시에 뒤를 돌아보았다. 그 소리는 아파트 앞 화단에서 들려왔다. 얼른 화단으로 달려간 사쿠라이가 무성한 잎사귀 속에 팔을 집어넣어 벨소리가 나는 스마트폰을 끄집어냈다.

"이거, 치하야 씨 스마트폰인가요?"

"맞아요. 왜 그런 곳에…." 시오리가 쉰 목소리로 말했다.

"그냥 떨어뜨린 거면 괜찮겠지만…."

사쿠라이는 양손으로 가지를 헤치며 화단 안쪽을 들여다보았다. 시오리도 허둥지둥 화단을 살폈다.

무성한 잎사귀에 가로등 빛이 가려 아무것도 보이지 않았다. 시오리는 스마트폰 손전등을 켜서 화단 안쪽을 비추며 눈을 부릅떴다. 다음 순간, 시오리는 헉하고 비명에 가까운 소리를 흘렸다. 얼음으로 조각한 손이 심장을 덥석 움켜쥔 것 같았다. 사쿠라이가 "왜 그러세요?!"라고 말을 걸었다.

"저, 저거…."

떨리는 손가락으로 화단 안쪽을 가리켰다. 그쪽으로 시선을 돌린 사쿠라이가 입을 쩍 벌렸다.

색종이를 접어 만든 얏코상이 낙엽을 침대 삼아 그곳에 누워 있었다.

"그럼 잘 부탁드립니다."

사쿠라이가 전화를 끊자, 시오리가 기다렸다는 듯 "어떻게 됐어요?!"라고 목소리를 높였다.

"저희 반장님께 연락했습니다. 곧바로 기동수사대와 감식반이 올

겁니다."

"치하야를 구할 수 있는 거죠? 이 일대를 검문하거나 뭐 그래서 범인을 잡을 수 있는 거죠?"

재빨리 말하며 닦아세우자, 사쿠라이의 미간에 주름이 패었다.

"그건 어렵습니다. 아직 치하야 씨가 납치됐다는 확실한 증거가 없어요. 우선은 이 주변을 봉쇄하고 감식반이 조사할 겁니다. 그리고…."

"그렇게 뭉그적거릴 시간이 없다고요!"

"시오리 선생님, 여기는 도쿄 한복판입니다. 도로가 수도 없이 많아요. 범인이 어디로 갔는지도 알 수 없고, 치하야 씨가 언제 납치됐는지도 모릅니다. 검문소를 설치한들 의미가 없어요."

"그럼 어떻게 해요?"

"저 얏코상이 연쇄살인범이 남긴 것이라고 판명되면, 이 아파트 주변에 있는 CCTV를 확인해서 치하야 씨가 납치됐을 무렵에 어떤 차량이 이 도로를 지나갔는지 확인할 수 있을 겁니다. 그리고 주요 도로를 지나는 차량 번호를 인식해서 기록하는 차량번호 자동판독기로 범인의 목적지를 대강 추려낼 수 있을 겁니다."

"그럼 시간이 얼마나 걸리는데요?"

시오리가 애원하듯 묻자, 사쿠라이의 미간에 팬 주름이 더 깊어졌다.

"아무리 서둘러도 하루 이상 걸립니다. 지금은 한밤중이니 사흘은 잡아야 할 겁니다. …그리고 이전 사건들을 돌이켜보면, 범인은 납치한 지 반나절 이내에 피해자를 살해했습니다."

"그럼 늦잖아요!"

"네, 늦죠. 다만 이건 공식 수사를 했을 때의 얘기입니다."

사쿠라이가 가만히 눈을 들여다보았다.

"시오리 선생님이 아까 설명해주신 덕분에 우리는 범인에 대해 꽤 많이 알아냈습니다. 잘하면 당장이라도 범인의 위치를 알아낼 수 있을 겁니다."

시오리가 "그러면," 하며 몸을 앞으로 기울이자, 사쿠라이가 불쑥 손을 내밀었다.

"끝까지 들어주세요. 아까 말했듯이 이건 공식 수사가 아닙니다. 원래 거쳐야 할 절차를 몇 단계나 건너뛰었어요. 우리가 처벌받을 가능성도 있습니다."

"처벌…."

"네. 자세히는 모르지만, 의사가 형사 사건으로 기소되면 한동안 의사면허가 정지되거나 최악의 경우 면허가 취소되지 않습니까?"

사쿠라이가 말한 대로였다.

"저는 지금부터 '비공식 수사'를 할 겁니다. 운이 나쁘면 경찰에서 징계 해고를 당할 수도 있지만, 상관없습니다. 미노루 씨를 위해서라도 꼭 치하야 씨를 구하고 싶습니다. 하지만 시오리 선생님께 같이 가자고 하지는 않겠습니다. 원하시면 여기서 헤어지죠."

의사면허가 취소될지도 모른다. 어머니를 여의고 죽을힘을 다해 노력해서 얻어낸 병리의라는 이름으로 일할 수 없게 된다. 그런 공포가 말문을 막았다.

"망설일 시간이 없으니 저는 가보겠습니다."

시오리는 돌아선 사쿠라이의 코트 자락을 재빨리 붙잡았다. 사쿠라이는 고개만 돌려 뒤돌아보았다.

"갈 거예요?"

시오리는 고개를 끄덕이고 싶었다. 하지만 목이 움직이지 않았다. 강한 자기혐오에 휩싸여 눈을 꼭 감았다. 눈꺼풀 뒤쪽에 다정하게 웃는 여성의 모습이 비쳤다. 지금까지 시오리를 지탱해준 어머니의 모습.

시오리는 눈을 크게 떴다. 그렇다. 병리의가 되는 것은 진짜 목표가 아니었다. 시오리는 목숨을 잃어 침묵할 수밖에 없는 사람들의 마음에 귀를 기울이고 그들이 사랑한 사람들에게 그 마음을 전해주고 싶었을 뿐이다. 마츠모토 선생님이 어머니의 마음을 전해주었듯이.

지금 시오리가 해야 할 일. 그것은 미노루가 남긴 소중한 마음을 치하야에게 전하는 것이었다.

"갈게요!"

시오리는 단전에서 목소리를 끌어올렸다. "괜찮겠어요?"라고 묻는 사쿠라이를 향해 크게 고개를 끄덕였다.

"물론이죠. 치하야는 제 친구니까요. …처음으로 사귄 제 친구요."

깊은 어둠 밑바닥에서 의식이 돌아왔다. 치하야는 천천히 눈을 떴다. 눈이 부셔 현기증이 일었다. 실눈을 뜨니 서서히 빛에 익숙해져 주변이 보이기 시작했다.

초등학교 체육관처럼 천장이 높고 휑한 공간. 치하야는 거기 놓인 의자에 앉아 있었다. 벽 쪽에는 다양한 종류의 목재가 높이 쌓였고, 안쪽에는 지게차 한 대가 서 있었다.

"여기는…."

입에서 새어 나온 목소리가 스스로 듣기에도 이상할 만큼 쉬어 있었다. 치하야는 돌덩이가 들어찬 것처럼 무거운 머리를 흔들었다. 머릿속에 안개가 끼어 상황을 제대로 파악할 수 없었다.

일단 주변을 둘러보려고 몸을 일으킨 순간, 손목과 어깨에 통증이 번졌다. 작게 비명을 지른 치하야는 고개만 돌려 주변을 확인했다. 양쪽 손목이 의자 등받이에 밧줄로 묶여 있었다. 의자 자체도 콘크리트 바닥에 볼트로 고정되어 있었다.

경악한 치하야는 거세게 몸을 비틀었다. 하지만 단단히 묶인 밧줄이 손목을 파고들 뿐, 풀어질 낌새는 없었다.

밧줄이 줄칼처럼 피부를 긁자, 피가 배어 나왔다. 치하야는 얼굴을 찌푸리며 몸부림을 멈췄다.

통증 덕에 머리가 약간 맑아졌다. 가쁜 숨을 내쉬며 머릿속으로 상황을 정리했다. 아무래도 누군가에게 납치 감금 된 모양이다. 대체 누가 이런 짓을 했을까.

치하야는 열심히 기억을 더듬었다. 요즘 얹혀사는 시오리네 아파트로 돌아갔고, 스마트폰에 전화가 와서… . 거기까지 되짚다가 눈을 부릅떴다. 그렇다. 그 사람이다. 그 사람이 중요한 정보가 생각났다고 해서, 아파트를 나와 왜건에… .

"그 사람이 왜…?"

멍하니 중얼거림과 동시에 문 열리는 소리가 났다. 몸이 경직된 치하야는 천천히 소리가 난 쪽으로 시선을 돌렸다. 의식을 잃기 직전에 만난 사람이 거기에 있었다.

"드디어 깨어났네. 그대로 죽는 줄 알고 걱정했잖아."

그 사람은 재킷 주머니에서 검고 투박하게 생긴 기계를 꺼냈다.

"전기 충격기…."

"그냥 전기 충격기가 아니야. 특별히 개조해서 전압을 올렸거든. 덩치 큰 남자도 이거 한 방이면 바로 실신한다고."

그 사람은 의기양양하게 전기 충격기를 과시하면서 "뭐, 심장이 멈출 위험도 있지만" 하며 가벼운 걸음걸이로 다가왔다.

"가까이 오지 마! 그걸로 뭘 하려고!"

"이거?" 그 사람은 씨익 입꼬리를 올리더니 전기 충격기를 아무렇게나 던져 버렸다. "이런 건 이제 필요 없어. 너를 여기에 데려오려고 썼을 뿐이야."

"…나를 왜?"

"너하고 이야기를 나누고 싶었거든. 여기서만 할 수 있는 비밀이야기를."

"…어떤 얘기인데?"

"음, 예를 들면…."

그 얼굴에 천진난만한 미소가 피어올랐다. 곤충 다리를 하나하나 떼어내는 아이처럼 천진난만하고 한없이 잔인한 미소.

"내가 종이학이라는 얘기."

치하야의 목구멍에서 가느다란 비명 같은 소리가 새어 나왔다. 공포로 내장이 얼어붙는 듯했다.

"그, 그럴 리가 없어. 당신이 종이학이라니."

치하야가 몸을 앞으로 기울이며 갈라진 목소리를 쥐어짜자, 그 사람은 이마가 닿을 정도로 얼굴을 가까이 들이댔다. 치하야는 유리 구슬처럼 공허한 두 눈에 비친 자신의 모습을 보고 등골에 소름이 끼쳤다.

"내가 종이학이 아니라고 어떻게 확신해?"

"그야… 28년 전이면 당신은…."

혀가 굳어서 말이 똑바로 나오지 않았다. 그 사람은 끅끅거리며 소리 죽여 웃었다.

"잘 생각해 봐. 상대는 쪼그만 애새끼들이었잖아. 간단해. 오히려 나 같은 인간이 더 쉽게 처리할 수 있다고."

"그럼 정말 당신이…. 왜 그런 짓을…."

"너, 첫 희생자의 아빠가 어떤 놈이었는지 알아?"

희롱하듯 웃던 그 사람, 종이학의 얼굴이 험악해졌다.

"아마 고리대금업자였다고…."

"맞아. 우리 집이 그놈한테 돈을 꽤 많이 빌렸거든. 내가 지옥 같은 삶을 산 것도 전부 그놈 때문이었어!"

종이학은 화가 치미는 듯 바닥을 찼다.

"그래서 그 딸을 죽였어?"

"그날 나는 집 주변을 어슬렁거리며 돌아다녔어. 왜였는지 알아? 쓰레기 같은 내 인생에 종지부를 찍을 생각이었거든. 그런데 그때 우리 집에 돈을 빌려준 그놈이 보이길래 몰래 숨었어. 여러 번 돈을 받으러 쳐들어와서 얼굴을 알고 있었거든. 돈을 뜯어낼 때는 소리소리 지르면서 집에 있는 물건을 죄다 부숴버리던 그놈이 딸 앞에서는 헤실거리면서 간살맞게 놀아주지 뭐야? 그 꼴을 보니까 창자가 뒤틀리더라. 남의 인생을 망쳐놓고 자기는 가족들과 행복하게 지내다니, 그러면 안 되잖아. 그래서 그놈이 집에 들어가고 딸이 혼자 남은 걸 본 순간, 몸이 멋대로 움직였어."

종이학이 가늘게 뜬 눈으로 허공을 바라보며 이야기를 이어갔다. 28년 동안 누군가에게 자신의 범행을 이야기하고 싶었으리라. 참회하기 위해서가 아니라 자신의 영광을 자랑하기 위해서. 그 말투에 숨길 수 없는 환희가 배어 있었다.

"주머니에 들어 있던 얏코상 두 개를 보여주니까 그 꼬맹이가 눈을 반짝이면서 받더라. 그래서 내가 더 좋은 걸 보여주겠다고 했지. 그 멍청한 애새끼, 아무 의심도 없이 나를 따라왔어."

"얏코상…."

치하야가 중얼거리자, 종이학은 "그래, 맞아" 하며 입꼬리를 올렸다.

"우리 집은 말이지, 뒤뜰에 있는 작은 조립식 건물을 개방해서 주판을 가르치거나 장난감을 갖다 놓고 어린이회관처럼 동네 꼬맹이들이 놀러 오게 했어. 나도 그걸 도와야 했지. 행사용으로 백인일수가 적힌 얏코상을 만든 적이 있거든. 뭐, 한 쌍만 만들고 귀찮아서 주머니에 쑤셔 넣은 게 다지만."

종이학은 말을 끊고 빈정대듯 어깨를 으쓱했다.

그래서 납치 현장과 시신에서 종이접기 한 얏코상이 발견된 것인가. 종이학은 조용히 이야기를 듣는 치하야 앞에서 말을 이었다.

"조금 걸어가다가 보니까 딱 좋은 폐가가 있더라고. 그 꼬맹이를 거기로 데려가서, 내 목을 매려고 준비했던 끈으로 목 졸라 죽였어."

종이학은 사건을 재현하듯 얼굴 앞에 주먹을 꽉 쥐고 좌우로 세게 당기는 시늉을 했다.

"그럼 그 이후에도 아이들을 계속 죽인 이유는 의심받지 않기 위해서였어? 묻지 마 살인인 척, 원한에 의한 범행이 아닌 척 속이려고?"

"그런 효과를 기대한 것도 사실이지만, 그게 가장 큰 이유는 아니었어."

종이학은 말을 끊고 손등으로 입가를 훔쳤다.

"최고였거든…. 처음으로 사람을 죽였을 때, 태어나서 한 번도 맛본 적 없는 쾌감에 전율했어. 섹스로 절정에 달했을 때보다 몇 배나 강한 쾌감이었어. 지금도 눈을 감으면 어제 일처럼 생생하게 떠올라. 두 손에 전해지는 저항. 공포와 절망에 물들어서 당장이라도 눈알과 혀가 튀어나올 것 같은 얼굴. 고막을 흔드는 실낱같은 비명. 아, 나는 이 순간을 위해서 살아왔구나. 그런 확신이 들 정도로 최고의 경험이었어."

종이학은 초점 없는 눈동자로 천장 쪽을 바라보며 중얼거렸다. 뺨은 상기되었고 짜릿한 기억을 음미하는 그 표정은 황홀경에 이른 듯했다. 너무나 역겨운 광경에 치하야는 고개를 돌렸다.

"그런데 실수가 있었어. 그 애새끼가 얏코상 하나를 떨어뜨린 거야."

종이학은 부아가 치미는 듯 표정을 구겼다.

"그렇게 소중하게 받아놓고서는. 납치 현장에 얏코상이 떨어져 있었다는 걸 다음 날 신문에서 보고 심장이 멎는 줄 알았어. 하지만 나는 그걸 역으로 이용하는 방법을 생각해냈어. 그 얏코상을 내 명함으로 사용하기로 했어. 명함에는 이름이 들어가야 하잖아. 그래서 '종이학'이라는 서명을 넣었어. 꽤 멋진 이름이지 않아?"

"그래서 여자아이를 다섯 명이나…."

치하야가 경악하자, 종이학은 눈을 크게 깜빡이다가 끅끅거리며 웃음을 흘렸다. 조롱하는 듯한 그 웃음소리에 치하야는 "뭐가 우스워?!"라고 쏘아붙였다.

"너 아무것도 모르는구나. 정말 아무것도 몰라."

불길한 예감이 들어 "무슨 소리야?"라고 묻자, 종이학은 두 팔을 넓게 벌렸다.

"너도 경찰도 근본적으로 착각하는 게 있어. 28년 전에 내가 죽인 아이는 다섯 명이 아니야. 네 명이야."

"무슨 소리야? 종이학 살인사건의 피해자는 다섯 명이잖아."

"다들 그런 줄 알지. 하지만 차 안에 있던 아기를 유괴해서 죽인 건 내가 아니야."

"거짓말!"

치하야가 소리쳤다. 가슴속에서 세포 분열하듯 재빠르게 증식해 가는 무시무시한 상상을 모른 체하기 위해서.

"거짓말이야! 네가 아니면 누가 진나이 사쿠라코 양을 죽였겠어!"

종이학은 눈웃음을 지으며 약 올리듯 천천히 입을 열었다.

"바로 네 엄마야."

눈앞이 핑핑 돌았다. 반고리관이 반란을 일으켜서 마치 세탁기 안에 내던져진 것 같았다. 평형감각을 잃은 몸이 옆으로 기울어졌지만, 뒷짐을 진 상태로 의자에 묶여 있어서 쓰러지지는 않았다. 밧줄이 손목을 파고들어 날카로운 통증이 번지자, 옅어진 현실감이 조금 돌아왔다.

"그럴 리가 없어! 우리 엄마는 사람을 죽이지 않았어!"

치하야가 몸을 꼿꼿이 세우려고 애쓰며 소리쳤다. 아직 현기증이
가시지 않았다.

"아쉽게도 사실이야. 아, 덕분에 살았지. 체포되지 않고 끝났으니까."

"…무슨 말이야?"

치하야가 목소리를 쥐어짜자, 종이학이 실실거리며 얼굴을 가까이
들이댔다.

"신중하게 죽인다고 죽였는데, 아무래도 애를 네 명이나 죽여 놓으
니까 경찰의 수사망이 코앞까지 좁혀지더라고. 사실 우리 공장을
눈여겨보던 형사가 있었어. 네 아빠 말이야."

"아빠가…."

"그래. 그날 저녁, 네 아빠는 우리 공장을 탐문하러 왔어. 그 상황
을 몰래 지켜보는데 초조하더라. 당장이라도 체포될 것 같았지. 그런
데 그때 하늘이 나를 돕더군."

종이학이 신나서 이야기를 이어나갔다.

"네 아빠는 삐삐에 연락이 온 걸 보고 우리 공장 옆에 있는 공중전
화 부스로 들어갔어. 나는 그놈에게 들키지 않게 공장 뒤편으로 돌
아가서 엿들었지. 그놈이 혼란에 빠진 덕분에 블록 담 너머에서도 소
리가 충분히 들렸어. '아이를 유괴했다고?', '죽었다니 대체 무슨 말이
야?!'라고 소리치는 목소리가."

반쯤 벌어진 치하야의 입에서 "말도 안 돼…"라는 가냘픈 목소리
가 흘러나왔다.

"나는 그게 기회라는 걸 본능적으로 깨달았어. 그래서 그놈의 뒤를 밟았지. 형사라는 놈이 내가 미행하는 것도 모르고 새파랗게 질린 얼굴로 오시아게에 있는 집으로 가더군."

"우리 본가…."

"그래. 사실은 안을 들여다보고 싶었지만, 아무래도 그건 위험하니까 그날은 집에 돌아갔어. 하지만 문제는 없었어. 다음날 동네에 소문이 돌았거든. 어제 점심때쯤 쇼핑센터 주차장에서 아기가 유괴됐다고 말이야. 그런 상업 지역에서는 소문이 금방 퍼지거든."

종이학은 웃음소리를 흘렸다.

"그야말로 지옥에 동아줄이 내려온 셈이었지. 아기가 유괴당한 시간에 나는 완벽한 알리바이가 있었어. 그래서 곧바로 유괴 현장으로 가서 수색하는 경찰들의 눈을 피해 백인일수가 적힌 얏코상을 두고 왔어."

"그래서 진나이 사쿠라코 양 유괴사건이 종이학의 범행으로 둔갑했다…."

"맞아. 하지만 그것만으로는 부족했어. 누구보다도 내 근처에서 포위망을 좁혀오는 형사, 네 아빠만은 그 유괴사건이 일련의 사건과 상관없다는 걸 알았으니까. 그놈의 입을 막아야 했어."

"…아버지에게 얏코상을 보냈구나."

치하야가 말하자, 종이학은 유쾌하게 "정답"하며 손가락을 튕겨 딱 소리를 냈다.

"너희 본가 우편함에 얏코상을 넣었어. 참 명확한 메시지였지. '너희가 무슨 짓을 했는지 안다. 내가 조용히 있기를 원한다면 너도 조용히 있어라'라고 썼어. 그놈은 내 말대로 움직였어. 하긴 배우자가 아기를 유괴해서 죽였으니 당연하지. 그런데 문제가 딱 하나 있었어."

즐겁게 이야기하던 종이학의 얼굴이 증오로 일그러졌다.

"그놈도 알아차린 거야. 내가 공장 부지 안에서 그 전화를 엿들었다는 걸. 내가 공장의 관계자라는 걸. 그놈은 그날 이후로 공장 주변에 자주 나타났어. 어찌나 철두철미한지, 경찰을 관둔 뒤에는 공장을 감시할 수 있는 곳에서 일자리를 구하더군. 그놈이 무슨 속셈인지 금방 알았어. '만약 네가 또 범죄를 저지르면, 모든 걸 버리고 신고한다.' 그놈은 그렇게 경고하고 있었어."

아, 그렇구나. 치하야는 흐리멍덩한 머리로 생각했다. 아버지가 그 공장을 감시한 이유는 그곳에 종이학이 있다는 것을 알지만, 그게 누구인지는 알아내지 못해서였다.

"그놈과 나는 서로를 옭아맸어. 28년 동안 계속."

아버지는 목숨이 다할 때까지 그 공장을 감시하며 끝없이 경고했다. 새로운 피해자가 나오지 않도록. 치하야는 입술을 꽉 깨물었다.

"하지만 그런 답답한 상황도 드디어 끝났어. 그놈이 암으로 죽었으니까."

종이학의 목소리에는 환희의 빛이 어려 있었다. 입술을 깨문 치하야의 이에 힘이 들어갔다. 송곳니가 입술을 얕게 파고들었다. 날카로운 통증이 머릿속에 낀 안개를 걷어주었다.

"그래서 우리 본가에 불을 질렀어?"

"맞아. 그놈이 나와 관련된 정보를 남겼을지도 모르니까."

"그런데 너는 불을 지르기 전에 어떤 여자를 목 졸라 죽였어."

치하야가 집어내자, 종이학의 얼굴에서 썰물이 지듯 표정이 사라졌다.

"…참을 수가 없었어. …그걸 어떻게 참겠어?"

속삭이듯 중얼거리는 목소리에 소름이 끼쳐 몸이 굳었다.

"그놈 때문에 무려 28년을 참았어. 술을 마시고 약을 해도 이 갈증은 메워지지 않았어. 그래서 그놈이 죽은 걸 안 순간, 도저히 죽이지 않을 수 없었어."

종이학은 무언가에 홀린 듯 이야기를 이어갔다.

"28년 동안 상상 속에서 몇 번이고 여자를 목 졸라 죽였어. 범행에 가장 적합한 장소도 찾아났고, 언제든 실행할 수 있도록 준비도 해놨지. 그래서 곧바로 움직일 수 있었어."

"그, 그런데 왜 하필 성인 여자를 노렸어?"

치하야가 목소리를 높였다. 그러지 않으면 공포에 잠식당할 것 같았다.

"너 때문이야."

종이학이 뺨을 쓰다듬었다. 치하야는 새된 비명을 흘리며 몸을 뒤로 빼려고 했지만, 의자에 묶인 상태라 움직일 수 없었다.

"28년 전에는 그 고리대금업자가 누구보다 미웠어. 그래서 그놈의 딸을 죽였지. 그런데 내가 가장 미워하는 사람이 바뀌었어."

"…우리 아빠."

"그래. 나는 네 아빠 때문에 가슴속에서 미칠 듯이 날뛰는 충동을 계속 참아야 했어. 그게 얼마나 고통스러운지 너는 모를 거야. 정말 미쳐 버릴 것 같았어."

종이학이 입술을 핥았다. 마치 거대한 뱀이 혀를 날름거리는 것 같았다.

"그래서 그놈의 딸인 너를 죽이고 싶었어. 상상 속에서 몇 번이고 몇 번이고 거듭 네 목을 조르고, 부드러운 살결을 밧줄로 짓이겼어. 그게 내게는 유일한 위안이었어."

종이학의 손이 움직여 치하야의 목을 어루만졌다. 치하야는 필사적으로 몸을 비틀었다.

"사실은 처음부터 너를 죽이러 가고 싶었어. 그런데 난 그놈에게 딸이 있다는 것만 알고, 어디에 있는지는 몰랐어. 게다가 아빠가 죽자마자 딸이 죽으면, 경찰들이 아무리 멍청해도 그놈의 죽음을 계기로 내가 다시 움직였다는 걸 눈치챌 거 아니야? 그래서 어쩔 수 없이 너와 비슷한 또래의 여자를 노렸지. 원래는 앞으로 몇 명 더 죽인 다음에 내 진짜 목표인 너를 죽일 작정이었어. 그런데 예상치 못한 문제가 생겨서 계획이 어그러졌어."

치하야는 척추를 부러뜨릴 듯 내리누르는 공포를 필사적으로 견디며 "…예상치 못한 문제?"라고 되물었다.

"그래, 맞아." 종이학이 크게 고개를 끄덕였다. "우선 네가 스스로 내 앞에 나타났어. 한 명을 죽여서 겨우 잠재운 욕망이 너를 본 순간 폭발했어. 그래서 곧바로 다음 목표물을 덮쳐야 했지."

자신이 이 사람에게 접근한 탓에 새로운 피해자가 나왔다. 종이학은 죄책감에 말을 잃은 치하야를 흘겨보며 계속 이야기했다.

"너무 충동적으로 움직이는 바람에 이성적으로 해치우지 못했어. 단서를 여러 개 남겨 버렸고, 그래서인지 오늘 공장에 꾀죄죄한 코트를 입은 형사가 찾아왔더라고."

사쿠라이. 사쿠라이가 사건의 진상에 접근했다. 치하야가 사라진 것을 알아차린 시오리는 틀림없이 사쿠라이에게 연락할 것이다. 두 사람은 이곳을 찾아낼 수 있을지도 모른다. 그때까지 시간을 벌어야 한다.

"그 형사님과 나는 연락을 주고받는 사이야. 내가 납치된 걸 알면 분명히 여기를 찾아내서 너를 체포할 거야. 그러니까 어서 이거 풀어."

치하야가 필사적으로 몰아붙이자, 종이학은 "그러거나 말거나" 하며 코웃음을 쳤다.

"그러거나 말거나?" 치하야는 귀를 의심했다.

"그래. 마음대로 하라고 해. 어차피 경찰은 언젠가 나를 찾아낼 거야. 난 여섯 명을 죽였으니 체포되면 당연히 사형선고를 받겠지. 당장 뒈지는 건 괜찮지만, 사형이 집행될 때까지 몇 년이나 기다리는 건 사양이야. 또다시 그 충동을 견디며 살 수는 없어. 그러니까 마지막으로 최고의 쾌락을 맛보고 그 여운이 남아 있을 때 삶을 끝낼 거야."

"자살할 셈이야?!"

치하야가 새된 목소리로 소리치자, 종이학은 주머니에서 둥글게 만 밧줄을 꺼냈다.

"이딴 인생에 미련 없어. 아, 28년이나 기다리지 말고 처음부터 이럴걸 그랬어."

종이학은 황홀한 표정을 짓더니, 꼭 껴안듯 들고 있던 밧줄을 치하야의 목에 감았다.

"잠깐만! 부탁이야, 잠깐만! 살려줘!"

애원하는 치하야의 목소리를 흐뭇하게 듣던 종이학은 아무렇지 않게 양손을 좌우로 당겼다. 밧줄이 목을 휘감으며 조여 왔다. 치하야는 달아나려고 버둥거렸지만, 몸이 묶인 상태로는 도저히 도망칠 수 없었다.

기도가 짓눌려 숨을 쉴 수 없었다. 경동맥 혈류가 끊기자, 의식이 흐려졌다.

치하야의 시야에 위에서부터 흰 막이 내려왔다.

"여기예요?"

택시에서 내린 시오리는 앞에 있는 일본식 가옥을 바라보았다. 사쿠라이는 대답하지 않고 문 옆에 달린 초인종을 마구 눌렀다.

치하야가 납치된 것을 깨달은 시오리와 사쿠라이는 택시를 타고 스가모에 왔다. 사쿠라이는 여기에 사는 전직 형사라면 치하야를 납치한 인물을 알 것이라고 말했다.

"누구야, 이런 한밤중에!" 인터폰에서 성난 목소리가 들려왔다.

"이노하라 씨, 사쿠라이입니다."

"사쿠라이? 무슨 용건인가?"

"급하게 여쭤볼 게 있습니다. 문 좀 열어주십시오."

사쿠라이가 초조함이 짙게 밴 목소리로 채근했다. 몇 초의 침묵 끝에 "기다리게"라는 대답이 돌아왔다. 곧 현관문이 열리고 단출한 실내복을 입은 노인이 모습을 드러냈다.

"무슨 일인가, 사쿠라이? 뭐가 그리 급해?"

"미노루 씨의 딸이 납치됐습니다. 현장에는 종이접기한 얏코상이 남아 있었습니다."

노인의 두툼한 눈이 휘둥그레졌다.

"백인일수가 적힌 얏코상?!"

"맞습니다, 이노하라 씨."

사쿠라이가 대답하자, 이노하라라고 불린 노인은 "들어오게" 하며 손짓했다. 시오리와 사쿠라이는 신발을 벗고 실내로 들어가서 이노하라를 따라 복도를 걸었다.

"어떻게 된 건가? 미노루의 딸이 왜 납치됐지? 범인은 종이학인가?"

이노하라는 돌아보지도 않고 재빨리 물었다.

"죄송합니다, 이노하라 씨. 설명할 건 산더미 같지만, 시간이 없습니다."

"갑자기 들이닥쳐서 정보만 빼 가겠다는 건가? 뻔뻔스럽군."

사쿠라이가 "죄송합니다"라고 사과하자, 이노하라는 복도 끝에 있는 문을 열었다. 안을 들여다본 시오리는 눈이 동그래졌다. 두 평 남짓한 서재에 사면의 벽을 따라 천장 높이만 한 책꽂이가 서 있었고, 거기에 수많은 노트와 서류철, 종이학 살인사건 관련 서적이 빽빽이 들어차 있었다.

"내가 28년 동안 독자적으로 정리한 종이학 살인사건 관련 자료가 여기에 다 모여 있네. 궁금한 걸 물어보면 뭐든 바로 대답해주지. 그 대신…."

뒤돌아본 이노하라가 턱을 당기고 사쿠라이를 노려보았다.

"반드시 종이학을 잡아서 살해당한 아이들의 원한을 풀어줘야 하네. 알겠나?"

"알겠습니다. 약속드리죠."

사쿠라이가 재깍 답하자, 이노하라의 표정이 한결 부드러워졌다.

"큰 기대는 안 하지만 기다려보지. 그래서 뭐가 궁금한가?"

"타치바나 목재라는 회사를 아십니까?"

이노하라의 얼굴이 다시 경직되었다.

"그래, 알다마다. 사건이 일어난 당시, 재정 상태가 나빠서 첫 피해자의 아버지에게 거액의 빚을 진 곳일세. 회사뿐만 아니라 개인적으로 빚을 낸 직원도 있었고, 사장은 공장 뒤편에 동네 아이들이 모여서 놀 수 있는 시설을 만들어 놨어. 당연히 의심했지."

"범인으로 추정되는 인물이 있었습니까?"

"아니, 없었네." 이노하라는 고개를 저었다. "조금이라도 수상한 놈은 모조리 조사했어. 특히 사장을 비롯해서 직접 돈을 빌린 놈들은 더 꼼꼼하게. 하지만 모두 다섯 건의 사건 중 적어도 한 사건에는 알리바이가 있었어. 그 회사 관계자 중에는 범인이 없네."

"그럼 이노하라 씨," 사쿠라이가 얼굴을 불쑥 들이밀었다. "수상한 인물 중에 다섯 번째 사건, 진나이 사쿠라코 양 유괴사건에만 알리바이가 있는 놈은 없었습니까?"

"…왜 그런 걸 묻나?"

"진나이 사쿠라코 양 유괴사건만 범인이 다를 가능성이 크기 때문입니다."

"무슨 소리인가? 종이접기 한 얏코상이 납치 현장에 떨어져 있었어. 다른 네 건의 사건 현장에 있던 얏코상과 마찬가지로 한사람이 만든 물건이었네."

"그건 수사에 혼란을 주려고 종이학이 나중에 가져다 놓은 겁니다."

"그랬다가 유괴범이 잡히면 어차피 알리바이를 위조했다는 걸 들키지 않나. 긁어 부스럼이 될 짓을 왜 했겠나?"

"진나이 사쿠라코 양 유괴사건의 범인이 잡히지 않을 거라고 확신했기 때문입니다."

"그게 무슨 말인가? 애초에 아이를 유괴해서 죽이는 놈이 같은 시기, 같은 지역에 둘이나 나타나는 우연은 있을 수 없어."

"이노하라 씨." 사쿠라이가 낮은 목소리로 말했다. "지금은 설명할 여유가 없습니다. 부디 저를 믿고, 아무것도 묻지 말고 질문에 답해주십시오."

이노하라는 굳은 표정으로 입을 다물고 책꽂이에서 두꺼운 파일을 꺼내 책상 위에 펼쳤다.

"이게 타치바나 목재 관계자들을 정리한 파일일세."

"이 중에 진나이 사쿠라코 양 유괴사건에서만 알리바이가 확인된 용의자가 있었습니까?"

"…있었어." 이노하라가 무겁게 고개를 끄덕였다. "내가 가장 의심하던 사람이지. 행실이 나빠서 폭행으로 여러 번 문제를 일으키기도 했고."

"누굽니까! 그게 누구죠?!"

사쿠라이가 조급하게 묻자, 이노하라가 조용히 대답했다.

"그 당시 중학생이던 사장의 자식일세."

빰에 충격이 번지며 타는 듯한 아픔이 느껴졌다. 치하야는 느릿느릿 고개를 들었다.

"어? 살아 있었어? 죽은 줄 알고 걱정했네."

눈앞에 선 인물이 즐거운 듯 말했다.

살아 있다고? 이 상태를 살아 있다고 할 수 있을까. 치하야는 무거운 머리로 생각했다.

벌써 네 번이나 밧줄로 목을 졸려 실신한 뒤 맞아서 깨어나기를 반복했다. 처음 의식을 되찾았을 때는 아직 살아 있음에 안도했다. 하지만 두 번, 세 번 목을 졸리며 자신이 그저 농락당하기 위해 살아 있다는 것을 깨달은 뒤로는 절망 이외의 감정이 모두 사라져 버렸다.

"뭐야? 가만히 있지 말고 무슨 말이든 해 봐."

종이학은 가학적인 미소를 지으며 치하야의 머리를 툭툭 쳤다. 하지만 치하야는 이제 말할 기력조차 없었다. 종이학은 크게 혀를 찼다.

"인형 같은 년을 괴롭히는 건 재미없잖아. 야, 비명을 지르든 목숨을 구걸하든 뭐라도 좀 해보라고."

그렇게 해봤자 종이학이 희열을 느낄 뿐이다. 치하야는 눈을 내리깔고 입을 굳게 다물었다.

"서로 마지막 시간인데, 이래서는 흥이 안 나잖아. 좀 더 즐기자고."

종이학은 얼굴을 들이대고 치하야의 뺨을 핥았다. 치하야는 피부 위에서 민달팽이가 기는 듯한 감촉에 소름이 돋아 몸을 비틀었다.

"그래, 그래. 그런 반응이야. 아, 그렇지. 마지막이니까 재미 좀 보게 해줄까?"

종이학은 청바지로 덮인 치하야의 무릎을 쓰다듬었다. 그 손이 슬금슬금 허벅지를 따라 사타구니로 기어 올라왔다. 얼굴이 굳어진 치하야는 이를 악물고 몸을 뒤로 젖혔다가 있는 힘껏 종이학의 옆머리를 이마로 들이받았다. 기습을 당한 종이학은 균형을 잃고 비틀거리더니 험악한 얼굴로 주먹을 휘둘렀다. 뺨에 묵직한 주먹이 날아들자 시야가 일그러졌다. 입안에서 비릿한 쇠 맛이 퍼졌다. 욕지기를 느낀 치하야는 입안에 있는 것을 옆으로 뱉어냈다. 검붉은 혈액이 콘크리트 바닥을 때렸다.

"어디서 장난질이야? 죽여 버린다!"

치하야는 호통치는 종이학을 노려보았다.

"죽여! 어차피 죽일 거잖아. 그냥 지금 죽이라고!"

두 시선이 공중에서 불꽃을 튀겼다. 서로 노려보던 몇 초가 지나자, 종이학은 갑자기 표정을 풀었다.

"그 수법에는 안 넘어가. 힘들게 얻은 기회니까 질릴 때까지 즐겨야지. 너는 나랑 좀 더 오래 놀 거야. 네가 제발 죽여 달라고 애원할 때까지."

절망이 더 깊어졌다. 눈물이 고여 시야가 부옇게 번졌다.

"아이고, 딱하기도 하지." 종이학이 희롱하듯 말했다. "원망하려면 네 아빠를 원망해. 그 쓰레기의 딸로 태어난 게 너의 가장 큰 불행이었으니까."

"우리 아빠는 쓰레기가 아니야!"

무의식적으로 뱉은 말에 치하야 자신도 놀랐다. 그토록 서먹하게만 느껴지던 아버지인데, 종이학이 그를 조롱하는 순간 격렬한 분노가 솟구쳤다.

종이학은 "뭐야?" 하며 얼굴을 들이밀었다.

"너, 아빠를 싫어하는 거 아니었어? 그놈은 나랑 똑같은 괴물이야."

"아버지는 훌륭한 형사였어. 무슨 생각을 하는지 알 수 없는 과묵한 사람이었지만 책임감이 강하고… 다정한 사람이었어. 가족을, … 나를 사랑했어."

치하야는 하염없이 눈물을 흘리며 더듬더듬 말했다.

그동안 아버지가 어떤 사람이었는지 보지 못했다. 보려고 하지도 않았다. 하지만 사건의 진상을 쫓다 보니, 몰랐던 아버지의 모습이 조금씩 드러나기 시작했다.

아버지는 유능한 형사였다. 시민을 위해 낮이고 밤이고 흉악범을 쫓았다. 무뚝뚝하면서도 다정한 사람이었다. 이제껏 부녀 관계에서 벽을 만든 사람이 아버지인 줄 알았다. 그런데 실제로 벽을 만든 사람은 치하야 자신이었다. 조금 더 일찍 그 사실을 알았더라면, 아버지와 '가족'이 될 수 있었을지도 모른다. 강한 후회가 가슴을 태웠다.

"책임감이 강해? 다정해? 무슨 헛소리를 지껄이는 거야? 그놈은 아기를 죽인 아내의 죄를 덮으려고 경찰 수사에 혼란을 줬어."

"아니야! 우리 엄마는 진나이 사쿠라코 양을 죽이지 않았어. 그리고 아버지는 책임감을 느껴서 너를 끝까지 감시했어. 네가 또 사람을 죽이지 못하도록!"

자신의 말이 지리멸렬한 것을 안다. 하지만 부모님을 향한 마음이 가슴속에서 마구 소용돌이쳐서 소리치지 않고는 배길 수 없었다.

"진짜 멍청한 년이네." 종이학이 머리를 긁적였다. "나는 그놈 덕분에 공소시효가 끝날 때까지 체포되지 않았어. 말하자면 공범이지.

미즈키 미노루는 나하고 죄가 같다고."

"아니, 우리 아버지는 너처럼 비겁하지 않아!"

"비겁?" 종이학의 단정한 얼굴이 일그러졌다. "…비겁하다고? 내가 어떤 지옥에서 버텼는지 네가 알아? 나는 그냥 사회에 복수하는 것뿐이야. 이건 정당한 권리라고."

"아니. 너는 비뚤어진 성적 충동을 이기지 못하고 사람을 죽이는 변태일 뿐이야. 그리고 우리 아버지는 그런 너의 범행을 평생을 바쳐서 막았어. 너랑은 격이 달라!"

치하야가 목이 쉬도록 소리치자, 종이학의 얼굴이 순식간에 벌겋게 달아올랐다.

"…그 말 취소해. 지금 한 말 취소해!"

종이학이 땅속에서 솟구쳐 올라오는 듯한 목소리로 말했다.

"왜, 안 그러면 죽이려고? 해. 이제 목숨을 구걸하면서 너를 즐겁게 해주는 짓은 안 해. 네 손에 죽더라도 나는 절대 너한테 굴복하지 않아."

치하야는 크게 숨을 들이마시고 단전에서 소리를 끌어올렸다.

"나는 아빠의, 미즈키 미노루의 하나뿐인 딸이니까!"

종이학은 잇몸이 보일 정도로 입술을 비틀더니, 치하야의 목에 밧줄을 감고 팔을 좌우로 힘껏 당겼다. 밧줄이 이전과는 비교도 안 될 만큼 강하게 피부를 파고들었다. 목뿔뼈가 삐걱대는 소리가 목구멍에서 들려왔다.

치하야는 분노의 불꽃이 이글대는 두 눈에 고통으로 일그러지는 자신의 얼굴이 비치는 것을 보며 죽음을 각오했다. 의식이 희미해졌다. 서서히 고통이 사라졌다. 하얗게 물들어가는 눈앞에 아버지의 모습이 비치는 듯했다. 생전에는 한 번도 본 적 없을 정도로 다정하게 웃는 아버지의 모습이.

'…아빠, 미안해.' 치하야가 속으로 중얼거린 순간, 무거운 무언가가 쓰러지는 소리가 나더니 이어서 성난 목소리가 공기를 흔들었다. 뼈를 부러뜨릴 듯 목을 조이던 밧줄의 압력이 사라졌다. 치하야는 숨을 크게 들이마시며 격렬하게 기침을 토했다.

부옇게 물든 시야 속에서 뒤엉킨 두 사람의 형체가 흐릿하게 보였다. 하지만 산소 결핍으로 의식을 잃기 직전이던 뇌세포로는 무슨 일이 일어났는지 이해할 수 없었다.

"…치하야."

귓가에서 자신을 부르는 목소리가 들리자, 치하야는 눈을 크게 떴다. 목이 아파 이를 악물고 뒤를 돌아보니, 눈물을 흘리는 친구의 얼굴이 이제 막 초점이 맞아 가는 망막에 비쳤다.

"시오리?!"

방금까지 목구멍을 짓눌리던 치하야가 쉰 목소리를 뱉은 순간, 시오리가 그녀를 와락 끌어안았다. 긴 머리칼이 뺨을 쓸고 희미한 울음소리가 고막을 간질였다.

"다행이다…. 늦지 않아서 정말 다행이야."

"네가 왜 여기 있어? 얼른 도망가지 않으면 그놈이…."

목에서 올라오는 통증을 참으며 말하자, 시오리가 몸을 떼고 "괜찮아" 하며 정면을 가리켰다. 그쪽을 본 치하야의 입이 떡 벌어졌다. 구부정한 중년 형사가 조금 전까지 치하야를 폭행하던 사람의 팔을 틀어잡고 콘크리트 바닥에 누르고 있었다. 종이학은 "이거 놔! 놓으라고!"하며 빠져나오려 애썼지만, 형사가 팔과 어깨 관절을 단단히 붙든 데다 무릎에 체중을 실어 견갑골 사이를 누르는 탓에 거의 움직이지 못했다.

"쓸데없이 힘 빼지 마."

종이학을 제압한 사쿠라이는 평소처럼 어딘가 맥없는 어조로 말했다.

"타치바나 와카코, 너를 살인미수 현행범으로 체포한다."

야기누마 건설의 부사장 야기누마 와카코는 증오가 들끓는 눈동자로 사쿠라이를 노려보았다.

"'타치바나' 와카코라고요…?"

와카코가 타치바나 목재와 관련이 있으리라고는 예상하지 못했던 치하야가 멍하니 중얼거렸다.

"아아, 죄송. 이제 타치바나가 아니라 야기누마 와카코 씨였죠?"

어깨를 으쓱하는 사쿠라이를 보고 치하야가 "어? 설마…"하며 못 믿겠다는 듯 미간을 찌푸렸다.

"네. 이 여자는 원래 타치바나 목재 사장의 딸이었어요. 학창시절에는 폭력 사건 같은 문제를 여러 번 일으켰고, 고등학교를 졸업한 뒤에는 밤거리에서 일했습니다. 그런데 평소 교류가 있던 야기누마 건설의 사장을 타고난 미모로 유혹해 후처가 됐고, 그러면서 남편의 성을 따라 타치바나에서 야기누마로 성이 바뀐 거죠. 그리고 남편이 죽고 난 뒤에는 부사장 자리까지 차지했습니다." 사쿠라이가 설명했다.

치하야는 타치바나 목재의 현 사장이 야기누마 건설에서 지원을 받은 대신 많은 걸 내어줬다고 한 것을 떠올렸다. 토지라도 빼앗겼나

싫었는데, 누나가 후처로 들어갔다는 뜻이었나 보다.

"…아주 전문가 납셨네." 저항하기를 포기한 와카코가 불쾌하다는 듯 중얼거렸다.

"종이학 살인사건 수사에 평생을 바친 전직 형사님께 들었습니다. 그분이 수상한 인물들을 자세히 조사해놓으셨더군요. 당신의 성장 배경과 타치바나 목재가 목재를 보관하는 이 창고의 주소까지요. 와카코 씨, 경찰의 집념을 우습게 봤나 봅니다."

"집념 같은 소리 하네. 결국 공소시효가 지나도록 나를 체포하지 못했잖아."

"어쩔 수 없었습니다. 당신에게는 완벽한 알리바이가 있었으니까요. 다섯 번째 사건, 진나이 사쿠라코 양 유괴사건이 일어난 시간에 당신은 중학교에서 수업을 듣고 있었습니다. 선생님과 같은 반 학생들이 증언해줬죠. 아무리 의심스러워도 당신을 체포할 수는 없었습니다."

"그럼 나는 범인이 아니잖아. 알았으면 이거 봐!"

"이런 마당에 아직도 그런 주장을 합니까? 깨끗이 체념하는 법도 배워야죠. 무엇보다 당신은 28년 전 사건으로 체포되는 게 아닙니다. 살인미수 현행범으로 체포되는 거예요."

와카코는 입을 다물고 콧잔등에 주름을 잡았다.

"어쨌든 종이학 살인사건에서 다섯 번째 사건만 범인이 다르다는 걸 몰랐으면, 당신이 치하야 씨를 납치했다고 확신하고 여기로 오지는 못했을 겁니다. 전부 저기 있는 시오리 선생님 덕분이에요."

치하야는 고개를 돌려, 손목에 묶인 밧줄을 풀려고 애쓰는 시오리를 바라보았다.

"어떻게 된 거야? 너, 뭘 알아낸 거야?"

"나중에 천천히 설명할게. 중요한 얘기니까."

시오리는 고개를 들지도 않고 단조로운 목소리로 대답했다. 밧줄이 풀렸다. 손목을 옭아매던 압력에서 벗어난 치하야는 양손을 얼굴 앞으로 가져왔다. 어깨에 묵직한 통증이 느껴졌다. 밧줄이 손목을 파고들어 피부를 찢은 탓에 피가 배어 나와서 붉은 수갑을 찬 것처럼 보였다.

치하야는 고통에 얼굴을 찌푸리며 일어나 사쿠라이가 제압한 와카코에게 다가갔다.

"아까 한 얘기, 거짓말이라고 말해."

"아까 한 얘기? 무슨 얘기 말이야?"

내려다보는 치하야의 시선을 받으며 와카코가 뻔뻔한 미소를 지었다.

"…우리 부모님 얘기."

치하야가 어렵게 말을 뱉었다. 말할 때마다 와카코가 조르던 목이 욱신거렸다.

"아, 네 엄마가 아기를 유괴해서 죽이는 바람에 네 아빠가 그걸 숨기려고 수사에 혼란을 줘서 내 알리바이를 만들어 줬다는 얘기?"

치하야는 당황해서 사쿠라이를 쳐다보았다. 하지만 그의 얼굴에서는 놀란 기색이 보이지 않았다.

사쿠라이는 알고 있다. 다섯 번째 사건에서 무슨 일이 일어났는지. 그리고 그것을 밝혀낸 사람은….

치하야는 뒤를 돌아, 딱딱한 표정을 짓고 있는 시오리에게 시선을 던졌다.

시오리는 아버지의 유지를 읽어내는 데 성공한 것이다. 그리고 사건의 진상을 알아냈다. 딸인 자신보다 훨씬 깊숙이 아버지의 마음에 가 닿았다.

치하야는 질투에 가까운 감정이 피어오르는 것을 느끼며 다시 와카코를 노려보았다.

"그래. 우리 엄마가 진나이 사쿠라코 양을 죽였을 리도 없고, 형사였던 아빠가 그걸 감춰서 너를 도왔을 리도 없어. 전부 나를 절망에 빠뜨리기 위한 거짓말이었지?"

치하야는 목의 통증을 참으며 속사포처럼 말했다. 와카코는 치뜬 눈으로 치하야를 올려다보았다.

"그래, 거짓말이야." 와카코가 말했다.

치하야가 눈을 동그랗게 뜨고 와카코에게 한 걸음 다가갔다.

"역시 거짓말이었구나! 우리 엄마는 아기를 죽이지 않았어!"

"그거 말고 다른 게 거짓말이라고." 와카코는 비아냥거리듯 입술 끝을 올렸다. "네 아빠가 폭행당한 나를 위로해줬다는 얘기, 그게 거짓말이었어. 내가 폭행을 당하긴 했지. 하지만 경찰은 아무도 나를 위로하지 않았어. 중학생이 불량하게 한밤중에 싸돌아다녔으니 자업자득이라는 반응이었어. 내 얘기를 듣고 네 아빠가 좋은 사람이라도 되는 줄 알았어? 이거 미안해서 어쩌나. 아까 말했듯이 미즈키 미노루는 쓰레기야. 불쌍한 것. 엄마는 갓난아이를 죽인 살인자에, 아빠는 연쇄 여아 살인범의 공범이네. 이 믿기 싫은 현실을 어쩌면 좋니?"

와카코의 입에서 갑자기 기괴한 소리가 터져 나왔다. 작은 짐승의 단말마 같은 새된 소리. 그것이 웃음소리임을 깨닫기까지는 시간이 걸렸다.

"믿기 싫어도 그게 진실이야! 네 부모는 살인자야. 너는 그런 피를 타고 태어났다고."

와카코는 중간중간 웃음을 흘리며 외쳤다.

"너를 죽이지 못해서 아쉽지만, 이건 이것대로 재미있네. 너는 이 제 부모가 지은 죄를 평생토록 짊어지고 살겠지. 한순간에 질식사하는 것보다 훨씬 고통스러울 거야. 미즈키 미노루 때문에 네가 걸어갈 비참한 인생을 상상하면서 사형당하기 전까지 즐거운 시간을 천천히 음미할게."

와카코의 웃음소리가 창고 벽에 부딪혀 사방에서 울려 퍼졌다. 치하야는 양손으로 귀를 틀어막고 정신을 갉아먹는 그 목소리를 차단하려 애썼다. 그때, 어깨에 누군가의 손이 닿았다. 돌아보니 어느새 시오리가 옆에 서 있었다. 평소에는 무표정하던 그 얼굴에 애정 어린 미소가 담겨 있었다. 귀를 막던 치하야의 손이 내려갔다.

"너희 어머니는 아무도 죽이지 않았어."

속삭이듯 자그마한 목소리. 하지만 그 말이 치하야의 전신 세포를 뒤흔들었다.

"뭐라고? 우리 엄마가 진나이 사쿠라코 양을 죽이지 않았다는 거야?!"

치하야가 양손으로 시오리의 어깨를 붙잡으며 물었다. 시오리는 크게 고개를 끄덕였다.

"응. 너희 어머니는 살인자가 아니야."

"입 닥쳐!"

귀청을 찢는 절규가 메아리쳤다. 와카코의 얼굴에서 웃음이 사라지고 귀신처럼 일그러진 표정이 그 자리를 대신했다.

"어디서 말장난이야! 28년 전에 내가 이 귀로 똑똑히 들었어. 공중
전화 부스에 들어간 미즈키 미노루가 '아이를 유괴했다고?!'라고 소리
쳤단 말이다!"

"그래, 치하야의 어머니는 진나이 사쿠라코 양을 유괴했어. 하지만
죽이지는 않았어."

"정말이야?! 그럼 신사에서 발견된 유골은?! 제발 알려줘. 28년 전
에 무슨 일이 있었던 거야?"

시오리는 가느다란 희망에 매달리는 치하야의 눈을 똑바로 바라보
았다.

"정말 지금 듣고 싶어?"

"…무슨 뜻이야?"

"네가 마음의 준비가 됐을 때 천천히 설명할 생각이었어. 내가 병리
해부로 알아낸 진실은 틀림없이 너에게 무척이나 충격적일 테니까."

시오리의 무거운 말투에, 치하야는 아픈 목으로 마른침을 삼켰다.

"그래도 지금 듣고 싶어?" 시오리는 얼음처럼 차가운 시선을 와카
코에게 던졌다. "이 여자가 다 들어도 괜찮겠어?"

치하야는 망설였다. 28년 전에 일어난 사건 뒤에 숨겨진 진실. 그것
이 얼마나 무시무시할지 시오리의 태도만 보아도 알 수 있다. 하지만….

"말해 줘." 치하야는 주먹을 꽉 쥐었다. "지금 듣지 않으면 이 살인
마는 나를, …우리 아빠를 이겼다고 착각할 거야. 자기 목숨으로 죄
를 갚는 그 순간까지, 내가 계속 괴로워할 거라고 믿으면서 그걸 위안
삼아 살아가겠지. 절대 그렇게 두지 않을 거야. 아무 죄 없이 살해당
한 피해자들을 위해서라도."

시오리는 "알았어" 하며 고개를 끄덕이고 크게 한숨을 뱉은 뒤 이야기를 시작했다.

"단서는 미노루 씨의 부갑상샘 조직에 있었어."

"부갑상샘?" 치하야가 미간을 찡그렸다.

"그래. 갑상샘 뒤쪽에 두 쌍이 달려서 호르몬을 생산하는 쌀알만 한 장기. 부갑상샘 호르몬이 어떤 역할을 하는지 기억나?"

"어…, 부갑상샘 호르몬…."

치하야는 난데없는 질문에 당황하면서도 의사 국가시험을 치를 때 외운 오래된 기억을 끄집어냈다.

"그게 아마, 혈중 칼슘 농도를 높여서 인 농도를 낮추는 거였나?"

"정답이야. 미노루 씨의 부갑상샘 조직에서 명백한 과다 형성*이 확인됐어. 미노루 씨는 부갑상샘 기능 항진증을 앓은 것 같아. 상황으로 짐작하건대 다른 질환 때문에 부갑상샘 기능이 강해지는 2차성 부갑상샘 기능 항진증이었을 거야."

"2차성 부갑상샘 기능 항진증…. 그거 신부전 같은 것 때문에 생기는 증상이지? 근데 아버지는 신부전이 아니었어. 입원 중에 몇 번이나 채혈했는데 신장 기능은 정상이었어."

"2차성 부갑상샘 기능 항진증을 일으키는 질환에 신부전만 있는 건 아니야. 저인산혈증성 구루병을 치료받느라 생기기도 해."

"저인산혈증성 구루병…."

치하야는 의대생 시절 교과서에서 언뜻 본 것이 전부인 질환명을 되뇌었다.

---

* 세포가 과하게 증식하여 어떤 조직이 비정상적으로 커지는 것

"인이 소변으로 배출돼서 혈중 인 농도가 낮아지는 병이야. 인은 뼈 형성에 필요한 물질이라 뼈 성장 장애가 일어나서 키가 작은 게 특징이야."

"그래, 우리 아버지는 몸집이 작았어. 하지만 병적으로 작지는…."

"저인산혈증성 구루병이 있어도 증상이 가볍고 성장 장애가 두드러지지 않아서 성인이 될 때까지 질환이 있는 걸 모르는 사람도 있어. 그런데 뼈가 충분히 석회화되지 못해서 통증이 생기거나 쉽게 골절되는 골연화증이 나타나는 경우가 많아."

치하야는 숨을 삼켰다. 그러고 보니 아버지는 젊었을 때 여러 번 뼈가 부러졌다고 했다. 허리 통증을 자주 호소한 것도 사실이었다.

"나는 저인산혈증성 구루병일지도 모른다는 생각에 미노루 씨의 엑스레이 사진을 다시 살펴봤어. 희미한 척주 만곡이 있었고 뼈 자체도 불분명한 걸 확인했어. 미노루 씨는 치료를 받고 있었을 테니 특별히 신경 쓰지 않으면 눈치채지 못할 정도의 변화였지만."

"치료…."

호리 의원을 찾아갔을 때 들은 이야기가 떠올랐다. 호리의 말에 따르면, 미노루는 다양한 약을 처방해달라고 요구했다. 그중에 저인산혈증성 구루병 약이 있었을지도 모른다.

"저인산혈증성 구루병은 인과 활성형 비타민D를 구강으로 투약해서 치료해. 그런데 인의 양이 너무 많아지면 오히려 고인혈증이 생겨서, 그 반작용으로 부갑상샘 호르몬이 대량으로 분비되는 2차성 부갑상샘 기능 항진증이 생기기도 해."

거기까지 설명을 들은 치하야는 문득 어떤 것을 깨닫고 눈을 크게 떴다.

"잠, 잠깐만. 저인산혈증성 구루병은 유전성 질환 아니야?"

"그래, 유전과 관계없이 발생하는 사례도 있지만, 대부분 성염색체인 X염색체 때문에 생기는 유전성 질환이야. 그래서 법의학교실에 있는 지인에게 미노루 씨의 유전자를 검사해달라고 부탁했어. 결과는 예상대로 X염색체에 이상이 있었어."

"말도 안 돼…"

경악하는 치하야 앞에서 시오리는 담담하게 설명했다.

"아이의 성별은 아버지에게 X나 Y 중 어느 염색체를 받느냐에 따라 달라지잖아. 남자아이면 Y를, 여자아이면 X를 받았다는 뜻이지. 그러니까…"

"나는 아버지의 X염색체를 받은 거고…. 그럼 나도 저인산혈증성 구루병이라는 거지."

치하야가 멍하니 중얼거리자, 시오리는 살짝 고개를 끄덕였다.

"원래는 그래야 말이 돼. 그런데 너는 여자 평균보다 키가 크고, 대학생 때는 격투기 동아리에 들어가서 밤을 새워 가며 과격한 훈련을 받았어. 골 형성 부전이 있는 것 같지는 않아."

"그, 그럼 어떻게 된 거야? 나는 왜 증상이 없어?"

"논리적으로 말이 되는 답은 하나뿐이야."

시오리는 얼굴 앞에 세운 검지로 치하야를 가리켰다.

"너는 미즈키 미노루 씨의 딸이 아니야."

발밑이 무너지며 공중에 내던져진 듯한 착각에 휩싸였다.

"무, 무슨 소리야? 내가 아빠의 딸이 아니라니…. 그, 그럼 나는 대체… 누구야?"

치하야가 숨이 끊어질 듯 묻자, 시오리는 한없이 슬픈 미소를 지으며 천천히 입을 열었다.

"너는 진나이 사쿠라코야. 28년 전 차에서 유괴된 아기."

◇◇◇◇◇

"내가… 진나이 사쿠라코…?"

치하야가 쉰 목소리로 중얼거렸다. 귀에 들어온 말의 의미가 뇌에 제대로 흡수되지 않았다. 치하야는 도움을 구하듯 주변을 둘러보았다. 제압당한 채 바닥에 엎드린 와카코는 눈이 휘둥그레졌지만, 사쿠라이의 얼굴에는 놀란 기색이 없었다.

"그럼 신사에 묻힌 유골은…."

"아마 미즈키 치하야 양의 유골일 거야."

"내 유골…?"

"아니, 네가 아니야. 미즈키 미노루 씨의 친딸, 진짜 미즈키 치하야 양의 유골이야."

"무슨 소리야…? 그게 무슨…."

누군가가 맨손으로 머릿골을 휘저은 것처럼 머리가 뒤죽박죽이라 말이 나오지 않았다.

"여기서부터는 어디까지나 내 추측이야. 하지만 꽤 진실에 가까운 추측일 거야."

그렇게 운을 뗀 시오리는 담담하게 이야기를 시작했다.

"28년 전 네가 차에서 유괴된 날, 갓난아이였던 미즈키 치하야 양은 목숨을 잃었어."

"목숨을 잃다니 왜?! 누가 죽인 거야?"

"아니. 아마 사고로 죽었을 거야."

"그, 그렇지만 신사에서 발견된 유골에는 살해된 흔적이 있었잖아."

"유골에서 확인된 건 경추가 골절됐다는 것뿐이었어. 그것만으로는 사건인지 사고인지 판별할 수 없어. 교살되면서 생긴 골절이라는 추측이 나온 이유는 그 유골이 종이학에게 유괴된 피해자의 것으로 추정됐기 때문이야."

"그럼 정말 사고로…."

"사건 당시에 미즈키 치하야 양은 한 살 전후였어. 아기들이 막 걷기 시작할 즈음이지. 치하야 양은 아마 넘어지면서 경추가 골절돼 사망했을 거야."

"말도 안 돼…. 아무리 어린애여도 넘어졌다고 목뼈가 부러져서 죽지는 않아."

"보통은 그렇지. 하지만 치하야 양은 보통 상태가 아니었어."

치하야는 그 말뜻을 이해하고 숨을 삼켰다.

"저인산혈증성 구루병…."

"그래. 아까 말했듯이 아버지의 X염색체 변이가 원인인 저인산혈증성 구루병은 100퍼센트 확률로 딸에게 유전돼. 하지만 증상의 정도는 개인에 따라 차이가 크지. 미노루 씨처럼 성인이 될 때까지 뚜렷한 증상이 나타나지 않는 사람이 있는가 하면, 유아기부터 뼈 발육부전이 두드러지게 나타나는 사람도 있어. 아마 미즈키 치하야 양은 증상이 심한 편이었을 거야."

"…그래서 뼈가 물렀구나. 넘어진 충격으로 금방 뼈가 부러질 만큼."

반쯤 벌어진 치하야의 입에서 가냘픈 목소리가 흘러나왔다. 시오리는 고개를 끄덕였다.

"내 가설은 이래. 그날, 한밤중에 깨어난 미즈키 치하야 양은 어두운 방에서 엄마를 찾으러 일어났다가 넘어졌고, 그 충격으로 경추가 부러져서 목숨을 잃었어. 아침에 일어난 어머니는 옆에서 자던 딸이 숨이 끊어져 차갑게 식어 있는 걸 발견했겠지. 오랫동안 임신이 되지 않아서 고생 끝에 겨우 얻은 외동딸을 잃은 어머니는 그 사실을 받아들일 수 없었을 거야. 그래서 혼란스러운 상태로 밖에 나가 배회했어."

"왜 밖에…?"

"두 가지 이유 때문이었을 거야. 자기 자식이 죽었다는 사실로부터 도망치기 위해서, 그리고 소중한 외동딸을 찾기 위해서."

그 정도로 정신적인 혼란을 겪었다는 말인가. 치하야의 등에서 식은땀이 흘렀다.

"그렇게 몇 시간을 방황하던 어머니는 쇼핑센터 주차장에서 홀로 차에 남아 우는 아이를 발견했어. 어머니의 눈에는 그 아이가 자신이 계속 찾아 헤매던 딸로 보였겠지. 그래서 그 아이를 곧장 차에서 구해냈어."

치하야는 우두커니 서서 시오리의 이야기에 귀를 기울였다.

"그런데 집에 아기를 데리고 돌아온 어머니는 목숨을 잃은 자기 아이를 다시 목격했어. 분명히 자기 품 안에 딸이 있는데, 침실에도 목숨을 잃은 아이가 있는 거야. 정신적으로 과부하가 와서 도움을 요청했겠지. 사건을 수사하느라 며칠이나 집에 돌아오지 않은 남편 미노루 씨에게."

짙은 안개 속에 감춰진 28년 전의 진실이 서서히 모습을 드러냈다. 치하야는 숨 쉬기가 힘들어 가슴을 부여잡았다.

"타치바나 목재에서 탐문을 하던 미노루 씨는 삐삐로 아내의 연락을 받고 공장 뒤에 있는 공중전화 부스에 들어가 집에 전화를 걸었어. 혼란에 빠진 아내의 이야기를 듣고 큰일이 난 걸 깨달은 미노루 씨는 곧장 집으로 돌아가서 죽은 자기 자식과 아내가 데려온 아기를 목격했지. 형사였던 그분은 분명히 신고하려고 했을 거야. 하지만 그렇게 하면 아내의 정신이 버텨내지 못하리라는 걸 알아서 신고하지 못했어. 어떻게 할지 결단을 내리지 못한 상태로 다음날을 맞았고, 사태는 더 심각해졌지. 이 여자가 쇼핑센터 주차장에 얏코상을 두고 가는 바람에 진나이 사쿠라코 양 유괴사건이 종이학의 짓이 돼 버렸으니까."

시오리는 와카코를 내려다보았다. 와카코는 못마땅한 듯 혀를 찼다.

"미노루 씨는 처음에 그게 어떤 의미인지 몰랐다가, 종이접기 한 얏코상이 집에 배달돼서야 종이학에게 이용당했다는 걸 깨달았어. 만약 신고하면 범인을 몰아붙일 수 있겠지만, 아내는 정신을 놓고 유괴범으로 체포될 게 뻔했어. 연쇄살인범에게 집 위치가 발각됐으니 잘못 움직였다가는 당장 목숨이 위험해질 수도 있었고, 게다가 아기는 자기를 학대하던 부모에게 돌아가야 했지. 고민하고 고민한 끝에 미노루 씨는 결단을 내렸어."

"…나를 딸로 키우기로."

치하야가 목구멍을 쥐어짜 말하자, 시오리는 "맞아" 하며 고개를 끄덕였다.

"미노루 씨는 사망한 치하야 양의 시신을 화장한 다음 유골함을 오동나무 상자에 넣고 정성스럽게 매장했어. 그 안에 얏코상을 넣은 이유는 진실을 알려야 할 때가 되면 증거로 삼기 위해서였지. 그리고 모든 일을 마친 미노루 씨는 종이학을 막기로 했어."

와카코의 얼굴이 더 험악해졌다.

"종이학이 타치바나 목재의 관계자라고 확신한 미노루 씨는 그 뒤로 공장을 감시하면서 끊임없이 경고했어. 수사본부가 해체된 뒤에는 경찰을 관두고 경비원이 돼서 28년 동안 범인을 견제했지. 하지만 그 교착 상태에도 곧 끝이 보였어."

"…아버지가 말기 암에 걸렸으니까."

치하야가 작게 중얼거리자, 시오리는 슬프게 고개를 끄덕였다.

"미노루 씨는 본인이라는 속박이 사라지면 범인이 다시 움직일 거라고 생각했어. 그래서 사후에 사쿠라이 씨가 수사할 수 있도록 위벽에 암호를 새겼지. 그리고 신사에 묻힌 유골을 파내는 것도 목적이었을 거야. 본인이 살아 있는 동안에는 찾아가서 추모할 수 있었지만, 죽은 뒤에는 찾아오는 사람 하나 없이 차가운 땅속에 방치될 테니까. 소중한 외동딸의 유골에 공양해 주기를 바라신 것 같아."

이야기하느라 지쳤는지 시오리는 크게 한숨을 쉬었다.

"그다음은 네가 아는 대로야. 미노루 씨가 예상한 것처럼 종이학은 다시 움직였어. 그리고 미노루 씨가 남긴 단서로 체포할 수 있었지."

시오리가 이야기를 마치자, 창고에 침묵이 내려앉았다. 우두커니 선 치하야는 얼굴 앞으로 양손을 가져왔다. 시오리가 설명한 것이 진실이라고, 머리로는 이해했다. 하지만 감정은 그것을 받아들이길 거부했다.

나는 진나이 사쿠라코였다. 나는 아버지와 어머니의 딸이 아니었다.

해변에 지은 모래성이 파도에 먹혀 스러지듯 정체성이 무너져 내렸다.

"나는… 누구지…?"

가냘픈 목소리가 입술 사이로 새어 나왔다. 하지만 그 물음에 대답해주는 사람은 아무도 없었다.

"저는 이만 가보겠습니다."

무거운 침묵을 견디기 힘들었는지 사쿠라이가 코트 주머니에서 수갑을 꺼냈다. 와카코는 혼이 빠져나간 것처럼 멍한 표정으로 미동도 하지 않았다.

사쿠라이가 뒷짐을 지우고 수갑을 채우려 한 순간, 와카코가 새된 괴성을 지르며 막 건져 올린 물고기처럼 버둥거렸다. 예상치 못한 움직임에 당황한 사쿠라이는 균형을 잃고 휘청거렸다. 와카코는 그 틈을 놓치지 않고 맹수가 먹이를 노리듯 네발로 기어서 창고 구석에 떨어진 검고 투박한 기계 쪽으로 달음박질쳤다.

조금 전에 내던진 전기 충격기를 손에 든 와카코가 일어섰다. 두 전극 사이에서 방전이 일어나 불똥을 튀길 듯 지지직거렸다.

"으아아아!"

와카코가 전기 충격기를 들고 사쿠라이에게 돌진했다. 사쿠라이는 몸을 보호하듯 양손으로 앞을 막았다.

몸이 멋대로 움직였다. 사쿠라이에게 전기 충격기의 전극이 닿기 직전에 뛰어든 치하야는 오른 다리를 힘껏 치켜올렸다. 와카코는 발차기를 맞고 큰 호를 그리며 날아가는 전기 충격기를 얼빠진 얼굴로 바라보았다. 다음 순간 사쿠라이가 와카코의 다리를 걸어 넘어뜨렸다. 사쿠라이는 허리를 콘크리트 바닥에 세게 부딪쳐 고통스럽게 소리치는 와카코의 팔을 비틀고 수갑을 채웠다.

"제가 방심했군요. 감사합니다."

사쿠라이의 말에 치하야는 힘없이 "네…"라고 대답했다. 위험을 감지하자 저도 모르게 몸이 움직였지만, 뇌세포는 아직도 합선된 것처럼 움직일 줄을 몰랐다.

"이야, 그나저나 훌륭한 대처였습니다. 역시 미노루 씨의 따님이군요."

사쿠라이는 아직도 고통스러운 비명을 지르는 와카코를 억지로 일으켜 세우면서 말했다. 치하야는 콧잔등에 주름을 잡으며 두 주먹을 꽉 쥐었다.

"저는 아빠의, …미즈키 미노루의 딸이 아니에요."

"아니, 그건…." 사쿠라이의 뺨 근육이 굳었다. "아, 저는 밖에 나가서 지원을 부르겠습니다. 두 분은 안에서 기다리세요. 잠시 후에 진술을 좀 해주셔야 하거든요."

치하야는 사쿠라이의 손에 끌려나가는 와카코를 쳐다보았다. 시선을 느낀 와카코는 눈을 피하며 힘없이 고개를 떨구었다.

두 사람은 나가고, 치하야와 시오리는 창고에 남았다. 조금 전까지 묶여 있던 의자로 다가간 치하야는 쓰러지듯 주저앉았다. 시오리가 걱정스럽게 "괜찮아?"라고 물었다.

"…모르겠어." 치하야는 바닥을 내려다보며 대답했다. "살았으니까 좋아해야 하는데, 그냥 공허해. 가슴속을 채우던 무언가가 모조리 빠져나간 것 같아."

"치하야…"

시오리가 어깨에 뻗은 손을 치하야는 가볍게 쳐냈다.

"치하야가 아니지. …나는 미즈키 치하야가 아니었어." 치하야는 입술을 꽉 깨물었다. "하지만 이제 와서 진나이 사쿠라코로 돌아갈 수도 없어. 나는… 누구도 아니야."

"아니야. 너는 치하야야. 28년 전에 무슨 일이 있었든 너희 부모님은 너를 하나뿐인 소중한 딸로 키웠어. 원래 누구였는지는 중요하지 않아. 너는 가족과 함께 자라는 과정에서 '미즈키 치하야'라는 사람이 된 거야."

시오리가 필사적으로 쏟아내는 위로의 말도 치하야의 마음에 닿지는 못했다.

"그 두 사람이 애정을 갖고 나를 키운 거라면, 네 말을 수긍했을지도 몰라. 하지만 어머니에게 나는 죽은 딸의 대용품이었어. 게다가 아버지에게는 갑자기 집에 쳐들어온 눈엣가시일 뿐이었고."

29년의 인생을 통째로 부정당했다. 끝없는 늪에 빠져드는 듯한 착각이 밀려왔다.

"그렇지 않아!"

갑자기 날아든 고함에 놀라서 고개를 들었다. 시오리가 얼굴을 벌겋게 물들인 채 눈물을 글썽거렸다.

"처음에는 죽은 딸 대신이었을지도 몰라. 하지만 같이 사는 동안 너희 부모님은 딸의 죽음을 받아들이고 너를 새로운 가족으로서, 소중한 외동딸로서 사랑했어."

치하야는 시오리의 말을 머릿속에서 천천히 곱씹은 후에 입을 열었다.

"…엄마는 그랬을지도 몰라. 나를 한 인간으로서, 가족으로서 사랑해줬어. 하지만 아버지는 달랐어. 아버지가 왜 그렇게 나를 피했는지 드디어 알겠어. 피 한 방울도 섞이지 않은 나는 아버지에게 그냥 남일 뿐이었어. …집에 기생하는 완전한 타인이었다고."

"아니야!" 시오리가 울음 섞인 목소리로 외쳤다. "미노루 씨는 너를 사랑했어."

"속 편한 소리 그만해! 아무 상관도 없는 네가 그걸 어떻게 알아!"

괜한 화풀이인 것은 치하야도 알고 있었다. 하지만 도저히 언성을 높이지 않을 수 없었다.

"난 미노루 씨의 유지를 읽어냈으니까. 해부를 통해서 그분의 목소리를 들었으니까."

치하야는 입을 닫았다. 시오리가 사건 이면에 숨겨진 진실을 알아낸 것은 명백한 사실이다. 반박할 수가 없었다.

"만약 미노루 씨가 너를 사랑하지 않았다면, 굳이 위벽에 암호를 새길 필요도 없었을 거야. 본인이 말기 암인 걸 안 시점에 모든 진실을 밝혔겠지. 사모님은 이미 돌아가셨고, 당신 목숨도 얼마 남지 않았으니, 28년 전 유괴사건의 진상을 밝힌다 한들 손해 볼 사람이 없잖아. 그런데 너 때문에 밝히지 못한 거야."

"나 때문에?"

"그래." 시오리는 크게 고개를 끄덕였다. "모든 진실을 밝히면, 너는 28년 전에 유괴된 아기가 자신이라는 걸 깨닫고 큰 충격을 받을 테니까."

"내가 그 사실을 깨닫지 못하도록 사쿠라이 씨에게만 정보를 넘기려고 했다는 말이야?"

"사쿠라이 씨라면 본인의 의도를 파악해서 잘 수사해 줄 거라고 믿었으니까."

"그게 무슨 소리야? 그럼 사쿠라이 씨를 직접 만나서 전해주면 됐잖아."

치하야가 지적하자, 시오리가 젖은 눈으로 바라보았다.

"그럴 수 없었어. 사쿠라이 씨가 너의 비밀을 반드시 지키리라는 보장이 없으니까. 사쿠라이 씨라면 종이학을 체포하기 위해서 오히려 모든 비밀을 폭로하고 수사할 가능성이 더 컸어."

"위벽에 암호를 새긴다고 해서 사쿠라이 씨가 비밀을 지킬 확률이 높아지는 건 아니잖아."

"하지만 적어도 미노루 씨가 살아 있을 때는 비밀이 드러나지 않지. 미노루 씨는 본인이 살아 있는 동안에는, 너와 피가 섞이지 않았다는 사실을 너에게 숨기고 싶어 했어."

"도대체 왜…." 치하야가 혼란스러워하며 중얼거렸다.

"죽기 전에 너와의 유대가 끊길까 봐 무서워서. 적어도 목숨이 다하는 날까지는, 사랑하는 너와 부녀로 있고 싶었으니까. 그게 바로 미노루 씨의 마지막 소망이자 마지막 고집이었어."

예상치 못한 말에 치하야는 양손으로 입을 막았다.

"…아니야." 치하야는 입을 덮은 손가락 사이로 목소리를 짜냈다. "아버지는 나를 사랑하지 않았어. 마지막까지 나를 가족으로 인정하지 않았단 말이야. 그러니까 너는 틀렸어."

"아니, 틀리지 않았어."

흔들림 없이 자신만만한 목소리에 치하야는 입을 다물었다.

"나는 현미경으로 조직을 관찰하면서 미노루 씨와 열심히 대화를 나눴어. 계속해서 그분의 마음에 귀를 기울였고, 그 과정에서 너를 향한 한없이 깊은 사랑을 느꼈어."

"그럼 아버지는 왜 마지막 순간까지 나를 밀어냈는데?!"

치하야는 감정의 소용돌이에 휩쓸려 소리를 질렀다. 시오리는 천천히 고개를 가로저었다.

"미노루 씨는 너를 밀어낸 게 아니야. 그분이 너에게 마지막으로 한 말을 잘 생각해 봐."

"마지막으로 한 말…."

치하야의 머릿속에서 아버지와 나눈 마지막 추억이 되살아났다.

"…단순히 피가 섞였다고 부녀가 되는 건 아니야."

중얼거린 치하야의 몸에 큰 전율이 일었다. 시오리가 손을 뻗어 치하야의 머리를 살며시 어루만졌다.

"그건 너를 향한 두 가지 의미를 품은 메시지야. 하나는 친부모가 얼마나 끔찍한 사람이든 너의 가치는 변하지 않는다는 응원. 그리고 또 하나는…."

시오리는 부드럽게 미소 지었다.

"비록 피가 섞이지는 않았어도 부녀가 될 수 있다. 아버지로서 너를 진심으로 사랑한다. 그렇게 말하고 싶으셨던 거야."

텅 비었던 가슴에서 불덩이처럼 뜨거운 감정이 솟구쳤다. 그것은 가슴속에 고이지 못하고 눈물이 되어 흘러넘쳤다.

"…아빠. …아빠."

울음을 토하며 아버지를 부르짖는 치하야를 시오리가 다정하게 끌어안았다. 치하야는 부드러운 가슴에 얼굴을 묻으며 눈을 감았다. 눈꺼풀 뒤에 아버지의 모습이 비쳤다. 그 어느 때보다도 다정하게 미소 짓는 아버지의 모습이. 더더욱 큰 오열이 터져 나와 셔츠를 적셨다.

얼마나 울었을까. 치하야에게는 몇 분 같기도 몇 시간 같기도 한 시간이었다. 드디어 감정의 소용돌이가 잦아든 치하야는 시오리의 품에서 나왔다.

"…미안해. 셔츠가 다 젖었네. 물어줄게."

치하야가 멋쩍어서 어깨를 움츠리자, 시오리는 항상 무표정하던 얼굴에 장난스러운 미소를 지었다.

"얘, 너 누구야?"

순간 "뭐?" 하며 얼빠진 표정을 짓다가 시오리의 의도를 이해한 치하야는 입꼬리를 살며시 올리며 가슴을 폈다.

"나는 미즈키 치하야야. 미즈키 미노루의 하나뿐인 딸."

에필로그

에필로그

일요일 정오가 조금 지난 시각, 진나이 신타로는 길가에 가래를 뱉었다. 요즘 자꾸만 마음이 심란했다. 기분을 전환하려고 파친코도 해봤지만, 돈을 잔뜩 잃어 더 기분을 잡쳤다.

"그놈 때문이야."

신타로는 크게 혀를 찼다. 몇 주 전에 등이 구부정한 형사의 말을 들은 뒤로 계속 기분이 개운치 않았다.

마약 중독자인 것을 들키는 바람에 경찰이 언제 들이닥칠지 몰라서 전전긍긍하느라 약을 흡입하지 못했다. 그렇지 않아도 파친코로 크게 한탕 했을 때가 아니면 적은 생활보호비로 약을 사기는 어려웠다.

이참에 뽕에서 손을 털어 볼까. 하루에도 몇 번씩 그런 생각이 들었지만, 약을 원하는 미칠듯한 욕망이 금세 또 솟아올라서 다짐을 삼켜 버렸다.

나는 왜 사는 것일까.

신타로는 탁 트인 푸른 하늘을 바라보다가 문득 그런 생각을 했다. 젊은 시절부터 욕망에 몸을 맡긴 채 살아왔다. 그거면 충분하다고 생각했다. 그런데 50대 중반에 접어들어 문득 뒤를 돌아보니 자신이 터무니없이 의미 없는 인생을 살아왔음을 깨달았다.

이대로는 안 된다. 몇 년 전부터 그런 생각이 들어 일자리를 구하려고 했지만, 경력이 거의 없는 50대 남자를 고용해 주는 곳이 없어서 악에 받쳐 또다시 약으로 도망가기를 반복했다.

이 삶은 이대로 썩어갈 것이다. 확신에 가까운 예상이 자꾸만 뒤꽁무니를 쫓아왔다. 그렇게 비참한 여생을 사느니 그냥 지금….

신타로는 바로 옆에 있는 아파트를 올려다보다가 고개를 흔들었다.

이럴 때 뽕이 있으면 전부 잊을 수 있을 텐데.

몸속 깊은 곳에서 솟아오르는 욕망에 허덕이며 집으로 향하는 발길을 재촉했다. 집에 도착한 신타로는 현관 앞에 어떤 사람이 서 있는 것을 발견하고 몸이 뻣뻣해졌다.

순간 경찰이 왔나 싶었다. 하지만 자세히 보니 거기에 서 있는 사람은 정장을 입은 젊은 여자였다.

안도의 한숨을 내쉬는 신타로에게 여자가 다가왔다.

"진나이 신타로 씨 되시나요?"

여자가 긴장한 기색으로 물었다. 어쩐지 얼굴이 낯익었다. 어디서 본 적이 있나? 하지만 어디서 봤는지 떠오르지 않았다.

"맞는데, 너 누구야?"

"미즈키 치하야라고 합니다."

여자는 공손하게 대답했다.

"처음 듣는 이름인데. 너, 어디서 나랑 마주친 적 있나?"

"네. 아주 오래전에, 제가 어릴 때요."

어릴 때라. 그렇다면 생김새가 바뀌었을 것이다. 기억나지 않는 것이 당연하다. 그렇게 생각하면서 여자의 얼굴을 응시했다. 어찌 된까닭인지 가슴속이 뜨거워졌다.

"그래서 나한테 무슨 용건이야?"

솟구치는 감정에 당황하며 무뚝뚝하게 말하자, 여자가 미소를 지었다. 어쩐지 후련해 보이는 미소였다.

"감사 인사를 드리러 왔습니다."

"감사 인사?"

여자가 "네, 맞아요"라고 말하더니, 갑자기 깊숙이 고개를 숙였다.

"감사합니다."

"어이, 뭐야? 내가 왜 이런 인사를 받아야 해?"

"당신 덕분에 아버지를 만났거든요."

"아버지를?"

"네, 맞아요. 저희 아버지는 과묵하고 고지식하고 무뚝뚝했지만, 아주 다정했고 진심으로 저를 사랑해주셨어요. 아버지를 만나지 못했다면 저는 지금 미즈키 치하야로서 당당하게 살아갈 수 없었을 거예요."

당혹스러워서 미간을 찌푸리는 신타로에게 여자는 다시 고개를 숙였다.

"다시는 당신을 찾아오지 않을 겁니다. 하지만 멀리서나마 당신이 행복하기를 빌게요."

고개를 든 여자는 조금 슬프게 눈웃음 짓고 신타로를 스쳐 지나갔다.

"뭐야?"

여자의 등이 사라질 때까지 지켜보던 신타로가 고개를 갸웃거렸다. 저 여자가 무슨 말을 하는지 전혀 이해할 수 없었다.

다시 현관문 쪽으로 돌아선 신타로는 문득 가슴께에 손을 얹었다. 방금까지 거기에 똬리를 틀고 있던 약을 향한 미칠 듯한 욕망이 사라졌다.

별 뜻 없이 크게 심호흡했다. 몇십 년 만에 신선한 공기가 폐 구석구석까지 닿는 것 같았다. 항상 묵직한 권태감에 시달리던 몸이 조금 가벼워진 기분이었다.

"행복…이라."

이번에야말로 성실하게 일해 보는 것도 나쁘지 않을 것 같다. 신타로는 입꼬리를 올리고 문손잡이로 손을 뻗었다.

"수고했어."

진나이 신타로의 집에서 조금 걸어 나오자, 기다리고 있던 시오리가 평소처럼 나른한 목소리로 말했다.

"끝났어?"

"응, 끝났어. 내 나름대로 마무리 지었어."

"그래. 그럼 집에 가자."

치하야는 뒤돌아선 시오리에게 "고마워"라고 말을 걸었다.

"뭐가?"

"내 마무리 작업에 일부러 따라와 줘서."

"고마워할 필요 없어. 이건 미노루 씨의 해부를 담당한 나한테도 일종의 마무리였으니까."

시오리의 정 없는 말에 쓴웃음을 짓던 치하야는 푸른 하늘을 올려다보았다.

타치바나 와카코가 체포된 지 벌써 한 달 넘게 지났다. 사쿠라이가 말하기를, 와카코는 검찰로 송치됐지만 거기서도 완전히 침묵으로 일관한다고 했다. 그러나 두 여자를 살해했다는 증거가 하나둘 나오고 있고 치하야에 대한 살인미수 혐의도 있어서 틀림없이 유죄 판결이 나올 것이며, 어쩌면 사형을 받을 수도 있다고 했다.

경찰은 와카코가 28년 전 사건을 일으킨 것이 확실하다고 보면서도 이미 공소시효가 끝난 사건이라 재수사하지는 않았다. 그 덕에 치하야가 28년 전에 유괴된 아기라는 사실은 경찰에 알려지지 않았다.

치하야는 신사에서 발견된 유골을 어떻게든 인수하게 해달라고 사쿠라이를 들쑤셨다. 여러모로 복잡한 절차를 거쳐야겠지만 가능할 것 같다는 대답을 기어이 받아냈다.

유골을 인수하면, 부모님의 묘에 함께 매장할 생각이었다. 그러면 드디어 가족 셋이 함께 지낼 수 있게 된다. 그리고 언젠가는 치하야도 그곳에….

푸르고 쾌청한 하늘에서 쏟아지는 빛이 눈 부셔 치하야가 실눈을 떴을 때, 벨소리가 울렸다. 시오리가 가방에서 스마트폰을 꺼냈다.

"네, 토야 시오리입니다. …네. …네, 알겠습니다."

짧은 통화를 마친 시오리는 치하야를 돌아보았다.

"일정이 바뀌었어. 저쪽 대로에서 택시를 잡아야겠어. 병원에 가야 돼."

"뭐? 병원? 무슨 일인데?"

"병리해부 의뢰가 들어왔어. 시신과 유족을 기다리게 할 수는 없어."

스마트폰을 집어넣은 시오리는 대로를 향해 달리기 시작했다.

"조금만 천천히 가. 나는 구두라서 빨리 달리기 힘들어."

치하야가 불러 세우자, 시오리는 뒤를 돌아보며 의아하게 눈을 깜빡였다.

"너도 가려고?"

"당연하지. 너는 내 지도의니까. 돌아가신 환자분과 대화하는 너의 기술을 하나도 빠짐없이 배울 거야. 그럼 잘 부탁해."

치하야가 눈을 찡긋하고 손을 내밀자, 시오리는 소녀처럼 수줍어하며 힘차게 악수했다.

"나야말로 잘 부탁해, 치하야."

옮긴이 권하영

한국외국어대학교 일본어통번역학과를 졸업하고, 이화여자대학교 통역번역 대학원에서 한일번역을 전공하였다. 《전남친의 유언장》, 《루팡의 딸 2》, 《루팡의 딸 3》, 《루팡의 딸 4》, 《죽인 남편이 돌아왔습니다》, 《내가 나를 버린 날》 등을 우리말로 옮겼다.

종이학
살인사건

초판 2025년 1월 1일 5쇄
저자 치넨 미키토
옮긴이 권하영
ISBN 979-11-90157-78-0   03830

출판브랜드 북플라자
주소 서울시 강남구 논현동 118-13 5층
홈페이지 www.bookplaza.co.kr